Avertissement

Nous avons voulu faire de cet ouvrage un livre d'initiation. Cela nous a amenés à opter pour un certain style qui risque de heurter les initiés. Qu'ils nous pardonnent en pensant aux autres. Nous avons été, pour la même raison, entraînés à ne pas tout « dévoiler » en même temps.

Dans le premier tome, nous approchons chaque courant de pensée en donnant d'abord une vue globale, puis en allant un peu plus loin. Parfois, en ce qui concerne les courants que nous avons analysés au début de l'ouvrage, nous avons réservé certains sujets aux derniers chapitres du tome 1. Ainsi, on trouvera, dans les troisième et quatrième parties, des encadrés ou des annexes qui permettent des retours en arrière et des analyses transversales. Il est bien évident que nous ne pouvions multiplier les comparaisons entre écoles dans la première partie. Bien plus, un des domaines que certains économistes considèrent comme le plus fondamental, celui de la valeur, n'est traité que dans le chapitre de conclusion. Nous avions aussi quelques autres bonnes raisons pour agir ainsi.

Le second tome est consacré à l'analyse du déroulement historique de chaque grand courant de la pensée économique. Quand, dans le cadre d'une initiation, on commence par une description historique, cela présente un inconvénient majeur : on ne peut pas saisir les caractéristiques essentielles de chaque école. Ce n'est qu'après avoir donné les « clés de lecture », qui permettent de comprendre les différences, que l'on peut aller plus loin dans la connaissance des économistes. Ce sera l'objet du second tome de situer les enchaînements historiques entre les théories et les économistes.

Quant aux références bibliographiques, notre comportement est véritablement sacrilège. Nous avons réduit au minimum les citations qui émaillent certains ouvrages comme des rappels incessants à une écriture sainte. Nous n'avons pas mis de références bibliographiques en bas de page. Toute notre expérience pédagogique nous montre que ces références provoquent une véritable répulsion chez les non-initiés. Ceux qui désirent aller plus loin trouveront des indications à la fin du tome 2. Elles sont sommaires. Nous y indiquons les livres d'histoire de la pensée auxquels nous nous sommes référés et notons, pour chaque partie, les livres qui, à notre avis, permettent d'approfondir la connaissance du courant étudié. Nous n'avons cité que les ouvrages publiés en français.

Un dernier mot. Cet ouvrage est une œuvre commune. La rédaction finale de sa majeure partie a été faite, cependant, par J.-M. Albertini. Une unité de style facilite la lecture. A. Silem a été plus directement responsable du tome 2 sur le déploiement de la science économique.

Notons aussi que sans les graphiques de F. Lerouge et sans J.-B. Mathieu, qui a préparé le manuscrit pour l'édition, cet ouvrage ne serait pas ce qu'il est. Merci aussi à P.-M. Perret, qui a préparé l'index des économistes qui se trouve à la fin du tome 2 et a revu les tableaux d'enchaînement des écoles.

Merci enfin aux auteurs qui nous ont précédés et dont nous avons utilisé les idées. On trouvera à la fin du second tome une bibliographie sommaire indiquant les ouvrages qui nous ont particulièrement inspirés. Certains trouveront ce procédé peu orthodoxe, il nous a été imposé par le caractère « initiatique » de cet ouvrage.

Jean-Marie Albertini
et Ahmed Silem

Comprendre les théories économiques

tome 1

CLÉS DE LECTURE

Édition mise à jour en 1991

Éditions du Seuil

SCHÉMAS ET GRAPHIQUES DE F. LEROUGE

ISBN : 2-02-006569-X éd. complète ;
2-02-006567-3 tome 1 ; 2-02-006568-1 tome 2

INTRODUCTION

Où les auteurs essaient de justifier leur livre et — finalement — justifient les économistes

Depuis bientôt deux décennies, « l'économie ne va pas bien ». Le chômage a partout augmenté. Dans certains pays, il a, par moment, sensiblement diminué. Mais en France, sa croissance a presque été continue. Après s'être accélérée, l'inflation s'est ralentie ; elle n'en reste pas moins menaçante. La croissance de la production s'est tassée. Sa reprise après 1985 a été, au début des années 1990, marquée par une nouvelle récession.

Devant cette situation on consulte souvent les économistes ; on leur confie des responsabilités gouvernementales.

Le non-économiste attend beaucoup de ces « spécialistes » qui semblent détenir la « potion magique » qui permettra de sortir de la crise.

Malheureusement, leurs espoirs se transforment en inquiétude lorsque ces « médecins » de l'économie prescrivent leurs ordonnances.

Chacun semble avoir la sienne, tout aussi « scientifiquement » fondée que celle de son confrère ; chacun l'étaye d'arguments convaincants. Même lorsque ces éminents spécialistes consentent à constater à peu près les mêmes faits, ils n'aboutissent pas aux mêmes conclusions. Bien plus, ils parent leurs propos de tels mots, de telles formules que l'on est tenté d'ajouter à la fin de chaque phrase, à la façon de Molière : « et voilà pourquoi votre fille est muette ».

1. Chacun voit l'économie d'un point de vue différent

1. Contrairement à ce que pensent la plupart des économistes, l'étonnement, sinon la colère du non-économiste devant des discours aussi contradictoires et obscurs, n'est pas lié à l'analphabétisme économique.

Toutes les études sur la manière dont un non-économiste voit l'économie montrent que la description qu'il en fait, même lorsqu'il est très jeune, n'est pas absurde. Elle est cohérente et correspond, à la fois, à son point d'observation, aux problèmes qu'il a à résoudre et à ses objectifs.

Un jeune élève de 10-11 ans (classe de sixième) parle de l'économie à partir du revenu de sa famille, de la consommation, de la gestion de son argent de poche. L'ouvrier aura, sur l'économie, des propos censés mais, évidemment, différents de ceux du patron. Il ne voit pas la même chose et n'a pas les mêmes préoccupations. Ce n'est pas en le formant à l'économie qu'il « parlera » (qu'il verra l'économie et l'analysera) comme un patron. La seule manière efficace pour obtenir un tel résultat est d'en faire un patron, de déplacer son point de vue, de lui donner d'autres objectifs à poursuivre et d'autres problèmes à résoudre.

2. Ce n'est pas parce que les non-économistes ne sont pas familiers avec le vocabulaire économique qu'ils ne comprennent pas les économistes. En fait, c'est parce qu'ils n'observent pas l'économie du même point de vue qu'eux. La « science économique » emploie peu de mots compliqués ; ses termes sont des termes de tous les jours : offre, demande, prix, monnaie, ménage, épargne, investissement, baisse, hausse... Ce n'est qu'au moment où un économiste ne sait pas bien expliquer un phénomène qu'il le décrit de manière compliquée. Ainsi est né le mot « stagflation » (terme qui allie deux phénomènes en apparence contradictoires : la stagnation et l'inflation). Cette démarche, que connaissent bien les médecins, est heureusement rare. La plupart du temps, l'économiste s'empare d'un mot « bien de chez nous » et il en décale le sens. Les mésaventures du mot « ménage » sont, sur ce point, très caractéristiques. Pour le commun des mortels, il évoque la famille, la vie en ménage de deux personnes. Pour l'économiste, « ménage » signifie, aujourd'hui, un secteur institutionnel de la Comptabilité nationale. Sous ce titre, il regroupera toutes « les unités économiques dont la fonction principale est la consommation, éventuellement la production, si celle-ci est organisée dans le cadre d'une entreprise individuelle ». Un célibataire, une entreprise agricole, les personnes vivant dans une même communauté, religieuse ou non (dans des ménages dits collectifs), les soldats d'un régiment appartiennent à la même grande catégorie. C'est du moins le sens actuel de la Comptabilité nationale française. Ce sens, bien entendu, a varié et peut encore varier suivant l'objectif poursuivi. C'est en cela que le langage économique n'est pas compliqué, mais *décalé*. C'est là une des causes fondamentales de son obscurité. Pour le comprendre, il faut comprendre les raisons du décalage.

3. Contrairement à ce qui peut paraître, les analyses contradictoires, les disputes sans fin, les prescriptions opposées des économistes, ne viennent pas des imperfections de la science économique. Ce n'est pas le retard de cette science qui explique la diversité de ses analyses et de ses conclusions.

Les économistes sont dans une situation semblable à celle des non-économistes. Ils n'observent pas l'économie du même endroit et ne poursuivent pas un but commun.

4. Que faire pour initier à l'économie ?

— Initier à l'économie revient à faire comprendre au non-initié à travers quelle grille l'économie est analysée.

— Initier aux théories économiques revient à faire comprendre au non-économiste à partir de quel point de vue et de quels objectifs chaque grand courant théorique décrit l'économie.

C'est ce que nous allons tenter de faire, en analysant successivement les quatre grands courants de la pensée économique contemporaine.

a) L'économie selon les fils de Keynes.

J. M. Keynes (1883-1946) a fondé toute une partie de la politique économique occidentale contemporaine en se plaçant du point de vue d'un ministre des Finances désireux de réguler l'économie.

b) L'économie selon les descendants d'Adam Smith.

A. Smith (1723-1790), que certains considèrent comme le père de la science économique, analyse l'économie en voulant justifier la liberté d'entreprendre ou, plutôt, la liberté d'entreprise. C'est, en quelque sorte, l'économie vue de l'entreprise.

c) L'économie selon les disciples orthodoxes de Karl Marx.

K. Marx (1818-1883) fonde une vision de l'économie cohérente avec les objectifs d'un courant révolutionnaire. Il se place du point de vue de ceux qui veulent renverser le capitalisme, en orientant la lutte de la classe ouvrière.

d) L'économie selon les hérétiques « à la Schumpeter ».

Joseph Aloys Schumpeter (1883-1950) se refuse à une coupure stricte entre l'analyse économique, sociale, politique. Intellectuel plus qu'homme d'action, il rejette les simplifications nécessaires à l'action. Il fonde le point de vue de ceux qui veulent d'abord comprendre la complexité des choses et les rendre intelligibles.

2. De quelques-unes de nos excuses et de nos justifications

1. Certes, nous savons bien toutes les approximations que supposent ces regroupements. Ils sont, cependant — comme nous espérons le démontrer —, loin d'être arbitraires.

L'objectif pédagogique est notre excuse immédiate, mais notre justification est plus profonde.

2. L'ordre dans lequel nous présentons ces quatre courants n'est pas arbitraire.

a) Nous nous sommes refusés à une présentation suivant le déroulement historique. Un courant de pensée a des représentants à chaque époque historique. Lorsqu'on suit le déroulement chronologique, la description devient plus confuse. Cela suppose aussi une connaissance précise des contextes historiques qui est de moins en moins répandue. Par ailleurs, une description historique a un inconvénient majeur. Elle fait penser que la science économique est parfaitement cumulative. Chaque économiste tire parti, bien sûr, de ce que ses prédécesseurs ont dit. Mais ce caractère cumulatif doit être fortement relativisé. Il existe dans la science économique des césures (les spécialistes diraient « des ruptures épistémologiques »), que risque de camoufler une description historique de la pensée des économistes.

b) Nous avons commencé par le courant keynésien pour plusieurs raisons :

D'abord, il est au centre d'une partie des polémiques actuelles sur les politiques économiques. En ce sens, il est plus proche de nous.

Ensuite, il permet une description plus simple de l'économie, d'autant plus simple à comprendre que les informations économiques transmises par les médias et les discours politiques empruntent plus ou moins explicitement une approche keynésienne. Toute une partie des comptabilités nationales contemporaines est inspirée par le « système keynésien ». Les catégories dominantes de l'information économique sont, le plus souvent, des catégories keynésiennes. Il y a là une « proximité culturelle » qui permet une initiation économique plus aisée. Ce n'est pas par hasard si notre premier ouvrage d'initiation, *les Rouages de l'économie nationale*, fut largement inspiré par le circuit keynésien et la comptabilité nationale.

Enfin, historiquement, le courant keynésien est sans doute le courant le plus ancien (par ses ancêtres), du moins si on essaie de commencer l'histoire de la pensée économique contemporaine à partir du moment où elle se détache de la morale, de la théologie ou de la philosophie. Ce moment peut être situé, assez exactement, à la fin du Moyen Âge. Il coïncide avec la montée d'une administration centrale et la transformation des arts militaires (notamment, à la suite de l'invention de l'artillerie). Les besoins des trésors royaux vont croître rapidement. Alors, à l'affirmation de Machiavel : « La richesse du prince est fondée sur l'appauvrissement de ses sujets », va répondre l'interrogation des premiers économistes, tous conseillers du pouvoir royal : « Comment enrichir le prince sans appauvrir ses sujets ? » Les économistes cherchent toujours une réponse définitive à cette question. Les manipulations de la valeur des monnaies auxquelles se livrent les rois d'alors mettent en outre l'accent sur les politiques monétaire et budgétaire. Peu à peu se constitue une science qui vise d'abord à définir la politique financière et économique du gouvernement. C'est aussi en fonction de cet objectif que Keynes a décrit l'économie de son époque. Il voulait découvrir quelle politique économique et financière permettrait une diminution du chômage.

c) C'est en réaction contre cette optique que s'est constituée la science des descendants d'Adam Smith. Au moment où la révolution industrielle éclate, les réglementations royales et corporatives, les interventions publiques en tout genre paralysent les initiatives. Elles risquent d'arrêter le progrès technique, dans lequel l'optimisme des philosophes du XVIIIe siècle voit la clé du progrès humain. Les économistes vont justifier la liberté d'entreprendre, en fondant théoriquement le laissez-faire et le laissez-passer. Pour ce faire, ils vont changer le point d'observation de l'économie.

d) Réagissant contre l'écrasement de la classe ouvrière, Karl Marx s'oppose, en même temps, à ce qu'il nomme l'économie politique bourgeoise. Il veut construire une science économique de la classe ouvrière. L'étude de la vision économique marxiste vient donc, tout naturellement, après celle de l'économie selon les descendants d'Adam Smith. C'est par opposition à elle qu'elle se construit, tout en lui empruntant une partie de ses concepts.

e) Enfin, nous examinerons en dernier lieu les hérétiques « à la Schumpeter » (même si nous nous sentons, personnellement, plus proche de ce courant — avouons-le avant qu'on nous en accuse). Là encore, il ne s'agit pas d'une brutale apparition. A certaines époques, au XIXe siècle en Allemagne et en 1930 aux Etats-Unis, des hérétiques « à la Schumpeter » tiennent le haut du pavé. Certes, il ne s'agit pas d'un courant très unifié, mais plutôt d'une attitude qui incite à limiter les conclusions que l'on peut tirer de la seule science économique. Au moment où les autres sciences humaines progressent et où les problèmes à résoudre paraissent de plus en plus ardus, le nombre des tenants de ce courant augmente. En fait, l'attitude schumpétérienne est proche de celle de l'intellectuel qui se dit que rien n'est simple et dont l'objectif est, d'abord, la progression de ce qu'il croit être la connaissance, tout en s'interrogeant sur la nature de la vérité. On comprend que, pédagogiquement, nous ayons renvoyé à la quatrième partie l'analyse schumpétérienne de l'économie.

3. Pour chaque partie, nous avons adopté l'ordre suivant :

— *Le premier chapitre* décrit le fonctionnement de l'économie par les tenants du courant de pensée retenu. Une première section fait une description non située dans le temps ; la seconde section l'analyse dans la situation présente (la crise et, surtout, le chômage).

— *Le second chapitre* de chaque partie va plus loin dans l'analyse théorique ; il est d'un niveau de difficulté supérieur. Son objectif est de situer *les clés de lecture,* les articulations théoriques et méthodologiques. Toutefois, il essaie de demeurer à un niveau d'initiation.

Quand cela nous a paru nécessaire, nous avons mis en « encadré » ou dans des annexes des développements plus difficiles pour un premier niveau de lecture. Ils sont marqués d'un astérisque *. Ils peuvent être sautés. Leur compréhension n'est pas nécessaire pour la suite ; ils constituent un approfondissement, à lire éventuellement plus tard.

Ceux pour lesquels la lecture de ce livre est une première initiation à la pensée économique, voire à l'économie, peuvent :

1. lire le premier chapitre de chaque partie (la lecture du premier chapitre d'une partie ne suppose pas que soient connus les éléments se trouvant dans le second chapitre de la partie qui le précède) ;
2. lire les seconds chapitres, à la suite ;
3. lire le chapitre de **conclusion** de l'ouvrage ;
4. lire — ensuite et seulement — les **annexes** et **encadrés** marqués d'un *.

— *Dans le tome 2,* sur le déploiement des économistes, on trouvera le développement dans le temps du courant de pensée, allant de son origine à notre époque. Il s'agit d'un mémento chronologique qui permettra de mieux situer les principaux économistes et d'affiner un peu plus la description des grands courants de la pensée économique.

A chaque étape — quand cela est nécessaire —, nous avons établi et inséré dans le texte des schémas et des graphiques pour illustrer ou synthétiser certains développements.

3. Après la lecture de cet ouvrage ...

Après la lecture de cet ouvrage, le lecteur se posera peut-être la question qu'il se pose sans doute déjà : *« Mais à quoi servent les économistes ? »*

La lecture de la liste des prescriptions pour sortir de la crise et vaincre le chômage par laquelle se termine chacun des premiers chapitres des quatre parties ne le fera certes pas sortir de sa perplexité. Ces prescriptions sont, le plus souvent, contradictoires. Il le savait déjà. Il commence sans doute à comprendre pourquoi.

Ce qui est plus grave, c'est que le lecteur découvrira, au passage, des mesures qui ont été déjà prises, en France ou ailleurs. Leurs résultats ont été, dans l'ensemble, très médiocres. Tant de science pour si peu d'effets, cela semble bien décourageant...

Les économistes seraient-ils la mouche du coche, s'agitant sans cesse, s'affrontant, proposant beaucoup ?... A force de dire et de proposer ils finissent bien par faire coïncider leur théorie avec un certain succès. Quand l'économie va bien, leur science triomphe.

1. Un tel jugement serait une contrevérité historique.

Il est toujours difficile de dire si une théorie est vraie. Nous le verrons, cela n'a guère de sens. En revanche, on peut aisément constater que les économistes ont, depuis plus de deux siècles, joué un rôle éminent dans l'évolution historique de la société.

Après tout, les instruments de la politique keynésienne ont permis, pendant près de vingt-cinq ans, la *régulation* d'une croissance économique sans précédent.

Les grands classiques, de Smith à Ricardo, ont fondé la politique libérale, lutté pour une profonde modification des institutions politiques et économiques. Sans eux, le capitalisme industriel se serait heurté à des obstacles qui auraient, sans doute, considérablement ralenti son expansion... et l'évolution technologique.

Le marxisme a animé des combats révolutionnaires à l'échelle planétaire et permis l'instauration d'un nouveau régime économique qui, aujourd'hui, gouverne plus d'un milliard et demi d'hommes.

A côté de ces monstres sacrés, il y a aussi les Sully, les Colbert et les Turgot de nos livres d'histoire, puis les moins connus du grand public. A un titre ou à un autre, ils ont influencé l'évolution historique et, finalement, notre vie quotidienne, voire notre destin. Ils furent et demeurent divers. Jamais science n'a réuni un tel échantillon d'humanité : philosophes, mathématiciens, militants révolutionnaires, technocrates, banquiers, ministres, religieux, bannis, dictateurs, doux cinglés, orateurs enflammés et raseurs en tout genre. Certains firent des faillites retentissantes ou vécurent dans la misère ; d'autres, bâtirent d'immenses fortunes. Certains aimèrent les succès mondains et les honneurs ; ils ne déméritèrent cependant pas de la science économique ; quelques-uns gouvernèrent des empires, d'autres luttèrent pour leurs idées et moururent dans des geôles obscures et dans quelques *goulags* sibériens, ou bien furent assassinés par des soudards imbéciles ou des tueurs à gages.

Dans son ouvrage sur *les Grands Économistes*, R. L. Heilbroner l'a mieux dit que nous : « Ces hommes n'ont eu de commun ni leurs défauts, ni leur carrière, ni leurs idées. Leur dénominateur commun fut tout autre : la curiosité. Tous furent fascinés par le monde de leur époque, par sa complexité et son désordre apparents, sa cruauté sous des dehors bénins et ses succès, pourtant inconnus de lui-même. Tous s'absorbèrent dans l'étude du comportement de l'homme, leur semblable ; cet homme qui créa, le premier, la richesse matérielle et qui, par la suite, marcha sur les plates-bandes de son voisin pour accroître sa richesse. »

2. Tout cela est bien beau, direz-vous, mais cela n'excuse pas l'incapacité apparente des économistes contemporains à proposer une solution efficace au chômage.

D'abord, en êtes-vous si sûr ? Une proposition ne peut être efficace qu'à certaines conditions : encore faut-il que les groupes en présence soient d'accord pour les accepter et ne luttent pas avec acharnement pour qu'elles ne se réalisent pas. Certains économistes proposent ainsi d'arrêter l'inflation non en réduisant, d'une manière ou d'une autre, la demande, ce qui provoque, au moins passagèrement, l'accroissement du chômage, mais par *une politique des revenus.* Mais, qui veut donc, en France, une politique des revenus ? Chaque groupe social a peur d'en être le perdant. La politique économique n'est pas simplement l'affaire des économistes ; elle est, surtout, l'affaire des rapports de force, et c'est pour cela que ce sont des hommes politiques, et non des économistes, qui doivent en avoir la responsabilité.

Ensuite, il ne suffit pas de décrire un phénomène ou la conséquence d'un phénomène pour convaincre. En 1929, l'aveuglement idéologique de la plupart des gouvernements de l'époque a mené le monde à la plus grande crise économique de l'histoire. A voir l'entêtement des gouvernements, par exemple dans leur obstination à ne pas réformer le système monétaire international, on a l'impression désagréable que l'histoire se répète.

Enfin et surtout, l'économiste observe ce qui se passe à partir de ce qui a été observé dans le passé. Il a quelquefois — et même souvent — du mal à comprendre une situation quand il y a rupture d'évolution, changement des tendances et des comportements. Comme l'a écrit, à la fin du XVIIIe siècle, le moraliste français Chamfort : « L'économiste est un chirurgien qui a un merveilleux scalpel et un bistouri ébréché ; il fait merveille sur le mort et martyrise le vivant. » Or, on ne demande pas simplement à l'économiste ce qui se passe, mais ce qui va se passer. « La prévision, dit un proverbe chinois, est surtout difficile quand elle concerne l'avenir. »

Si vous avez acheté ce livre c'est que vous êtes déjà disposé à l'indulgence. Nous en sommes heureux pour vous, pour eux et, surtout, pour nous.

*

APPENDICE AU CHAPITRE D'INTRODUCTION

Petite liste d'affirmations, souvent contradictoires, où, après avoir lu la suite du livre, le lecteur pourra voir l'influence d'un ou de plusieurs courants de la pensée économique

	N° du courant
1. Nous devons libérer la volonté d'entreprendre.	□ □ □ □
2. Il faut augmenter le pouvoir d'achat des masses populaires.	□ □ □ □
3. Le déficit budgétaire amènera fatalement l'inflation, la banqueroute et le chômage.	□ □ □ □
4. Les dépenses publiques doivent permettre de relancer l'économie.	□ □ □ □
5. Le progrès scientifique et technique nous permettra de sortir de la crise.	□ □ □ □
6. L'augmentation de la pression fiscale décourage les plus entreprenants.	□ □ □ □
7. Toute atteinte aux lois du marché se traduit par des erreurs qui, tôt ou tard, se payent.	□ □ □ □
8. En évitant, par des allocations chômage, l'effondrement de la consommation, on empêche une aggravation de la crise.	□ □ □ □
9. Le désordre monétaire international est une des causes fondamentales de la crise.	□ □ □ □
10. Les charges sociales et fiscales minent la compétitivité des entreprises françaises.	□ □ □ □
11. Les superprofits des entreprises amputent le pouvoir d'achat des masses laborieuses.	□ □ □ □

12. Les profits d'aujourd'hui font les investissements de demain et l'emploi d'après-demain. .... ☐☐☐☐
13. Il faut partager le travail, en réduisant pour chacun sa durée ; cela permettra, en outre, d'améliorer les conditions de travail. .... ☐☐☐☐
14. Les forts taux d'intérêt bloquent l'investissement. .. ☐☐☐☐
15. Il faut garantir l'épargne contre l'inflation. .... ☐☐☐☐
16. La productivité et les cadences infernales font partie de l'exploitation des travailleurs et de la diminution de leur pouvoir d'achat. .... ☐☐☐☐
17. Pas de diminution du chômage sans rééquilibre du commerce extérieur ; pas de rééquilibre du commerce extérieur sans redéploiement industriel et arrêt de l'inflation. .... ☐☐☐☐
18. Le développement du Tiers Monde facilitera la sortie de la crise ; il faut lancer un « plan Marshall » en sa faveur. .... ☐☐☐☐
19. La nationalisation des principales industries permettra la mise en place d'une politique d'investissement adaptée à la situation. .... ☐☐☐☐
20. Les multinationales préfèrent investir dans les pays à bas salaires et entraînent une désindustrialisation de la France. .... ☐☐☐☐
21. La concurrence des pays à bas salaires entraîne le chômage. .... ☐☐☐☐
22. Nationaliser les entreprises, c'est les bureaucratiser, en d'autres termes, les priver de toute efficacité. ... ☐☐☐☐
23. L'orthodoxie budgétaire, la limitation de la croissance des dépenses publiques, la suppression du déficit, voilà les éléments d'une politique efficace de lutte contre l'inflation. .... ☐☐☐☐
24. Parmi les chômeurs, beaucoup le sont volontairement, car ils n'acceptent pas les places qu'on leur propose. .... ☐☐☐☐
25. La politique des revenus est le seul moyen de sortir de l'inflation. .... ☐☐☐☐
26. Sans amélioration des conditions de travail, on ne parviendra pas à réduire le chômage et on sera entraîné à faire appel à des travailleurs étrangers. . ☐☐☐☐
27. Accroître la productivité, c'est remplacer des travailleurs par des machines et aggraver le chômage. .... ☐☐☐☐

28. S'il y avait moins de fonctionnaires, les entreprises auraient moins de charges fiscales et moins d'entraves à leurs initiatives. .... □□□□
29. Il faut libérer les prix. .... □□□□
30. Il faut contrôler, sinon bloquer, les prix, voire les salaires. .... □□□□
31. Il n'y a pas de politique économique efficace sans politique sociale efficace. .... □□□□
32. Seule, une bonne politique économique permet une bonne politique sociale. .... □□□□
33. La propriété privée, voilà l'ennemi. .... □□□□
34. La rareté est la principale contrainte économique. . □□□□
35. Pas de politique économique efficace sans consensus social. .... □□□□
36. Payer des chômeurs à ne rien faire, c'est aggraver le chômage. .... □□□□
37. Il faut créer de nouveaux types d'emplois et de besoins ; il faut développer l'économie sociale. ..... □□□□

Vous pouvez compléter vous-même cette liste

38. .... □□□□
39. .... □□□□
40. .... □□□□
41. .... □□□□
42. .... □□□□
43. .... □□□□
44. .... □□□□
45. .... □□□□

Après la lecture de chaque chapitre, mettre le numéro du courant (K : keynésien ; S : smithien ; M : marxiste ; H : schumpétérien) auquel on peut trouver un fondement théorique à cette affirmation.

Voyez notre opinion à la fin de l'ouvrage, mais après avoir terminé sa lecture.

PREMIÈRE PARTIE

L'économie selon les fils de Keynes

Qui était Lord John Maynard Keynes ? (1883-1946)

Lord Keynes, né roturier, est un pur produit des Public Schools [1] *et de la haute société britannique. Il fut un homme heureux de vivre, brillant et omniprésent dans tous les aspects de la vie britannique de la première moitié de ce siècle. Il réussit, en effet, à être le premier économiste de son temps, un spéculateur de génie (fait relativement rare chez les économistes), un haut fonctionnaire, un directeur de théâtre et de restaurant à la mode, un amateur d'art averti, etc.*

*Après ses études à Eton, puis au King's College de Cambridge, on lui propose de devenir professeur. Il refuse car, à l'époque, il désire devenir directeur de société ... de chemin de fer (ce fut le seul rêve qu'il ne réalisa pas, même si, au soir de sa vie, il prétendait que son plus grand regret était de ne pas avoir assez bu de champagne). Il prépare le concours lui ouvrant la haute administration. Il y est reçu second (avec une note médiocre en économie) et est affecté à l'*Indian Office. *Il y demeure peu de temps et revient vite en Grande-Bretagne. Alors, commence sa carrière de professeur au King's College, qu'il n'abandonnera jamais. En 1911, il devient directeur de l'*Economic Journal *et, en 1913, publie* Indian Currency and Finance. *Cela l'amène à être membre d'une commission royale sur les problèmes monétaires indiens.*

Ces fonctions ne l'empêchent nullement de mener joyeuse vie et bien d'autres activités intellectuelles. Passionné de jeu, pour améliorer ses gains il s'intéresse aux mathématiques. Il étudie les probabilités (en 1921, il publiera un traité sur ce sujet). Il se

1. *Écoles privées réservées aux enfants de familles fortunées. Les plus célèbres sont Eton (Oxford) et Cambridge.*

lie à des écrivains, des peintres et des artistes et appartient au groupe dit de Bloomsbury, animé par Virginia Woolf. Ce groupe fut à l'origine d'une réaction profonde contre l'ère victorienne [1]. Très anticonformiste, « Bloomsbury » ne reculait pas devant les pires canulars. Il fut ainsi à l'origine du « scandale des cuirassés » en organisant la visite des navires de guerre les plus modernes par un faux empereur d'Abyssinie.

La guerre de 1914 amène Keynes à reprendre ses activités de fonctionnaire. Il commence par s'occuper de la gestion des réserves en devises étrangères, puis devient un des principaux responsables du financement de la guerre.

A ce titre, il spécule sur les devises étrangères et propose à la France de payer ses importations avec les tableaux de ses grands peintres. Il en profite pour acheter un Cézanne. C'est à cette époque qu'il rencontre la danseuse Lydia Lopokova, qui devait devenir sa femme.

En 1919, il participe à la Conférence de la Paix. Il comprend vite l'absurdité dans laquelle le partage de l'Empire austro-hongrois et les réparations exigées de l'Allemagne engagent l'Europe. Il tente de s'y opposer, mais en vain. Le morcellement de l'Autriche-Hongrie livre toute une partie de l'Europe à la stagnation car toute croissance suppose des espaces économiques importants. Les réparations s'élèvent à 24 milliards de livres sterling de l'époque, elles supposent que l'Allemagne exporte « gratuitement » l'équivalent du coût total de la guerre pour les Alliés. Ne pouvant pas faire prévaloir son point de vue, Keynes démissionne de la délégation britannique et publie *les Conséquences économiques de la paix*. Ce livre lucide et prophétique eut un grand retentissement mais les responsables politiques ne le comprirent pas. « Si nous cherchons délibérément, écrivait Keynes, à appauvrir l'Europe centrale, j'ose prédire que la vengeance sera terrible. Nous aurons encore une guerre ... (car) les hommes ne meurent pas toujours tranquillement ... Nous pouvons provoquer une hystérie nerveuse et la rage du désespoir. »

Keynes retourne à l'Université et tente de s'enrichir par des

1. Elle correspond au règne de la reine Victoria qui va de 1837 à 1901 et fut marqué par l'impérialisme, la vertu, le moralisme et le conformisme.

*spéculations financières. Il se ruine puis, grâce au prêt d'un banquier américain, gagne plus de deux millions de dollars. Il reprend sa vie mondaine, collectionne les tableaux et s'occupe de la troupe de ballets dirigée par sa femme. Tout cela ne l'empêche pas de continuer à s'insurger contre l'*establishment *des économistes de son temps. Quatre ouvrages vont marquer les étapes de la révolution keynésienne.*

En 1923, Essai sur la réforme monétaire *est une critique du retour à l'étalon-or. En 1925,* les Conséquences économiques de W. Churchill *montre comment le retour de la livre à sa parité de 1914, la déflation et les économies budgétaires entraînent la montée du chômage. En 1930, son* Traité de la monnaie *pose les bases théoriques des rapports entre l'épargne, l'investissement, la déflation, le cycle et le chômage. C'est cependant la* Théorie générale de l'emploi, de l'intérêt et de la monnaie *qui, en 1936, fondera ce qu'il est désormais convenu d'appeler le système keynésien.*

Dans ce dernier ouvrage, en se plaçant délibérément au niveau des grands équilibres globaux et du revenu national, il fonde à la fois une nouvelle approche de la macro-économie et une nouvelle politique économique. La voie est ouverte à la mise en place des comptabilités nationales, à l'élaboration de modèles prévisionnels et à la définition de politiques de régulation par la demande.

Sa notoriété devient mondiale. Il conseille le gouvernement et, en même temps, profite de ses « coups » heureux dans l'effondrement de la Bourse. Il fait construire le Théâtre des Beaux-Arts de Cambridge, y adjoint un restaurant dont il surveille personnellement les menus, ouvre un bar renommé pour son champagne. Malheureusement, en 1937, une grave crise cardiaque en fait un demi-invalide. Cela ne l'empêche pas de devenir en 1939 le conseiller financier du Chancelier de l'Échiquier (le ministre des Finances britanniques). En 1940, dans un ouvrage : Comment financer la guerre, *il propose une politique anti-inflationniste fondée sur des emprunts forcés. En 1942, il devient Lord et membre du Comité d'encouragement de la musique et des beaux-arts. Il participe à la rédaction du rapport Beveridge, qui fonde le* Welfare State, *la politique sociale britannique de l'après-guerre. Il négocie les prêts améri-*

cains à la Grande-Bretagne, devient conseiller de la Banque d'Angleterre et prépare la conférence de Bretton-Woods chargée d'établir un nouveau système monétaire international. Il y combat la thèse américaine. Keynes demande en effet la création d'une véritable banque centrale mondiale à laquelle chaque État abandonnerait une partie de ses prérogatives. Cela ne correspondait guère aux idées de la nouvelle puissance dominante. L'anarchie monétaire internationale actuelle montre que Keynes, une fois de plus, avait vu juste.

En 1946, une crise cardiaque le terrasse ; ses obsèques ont lieu dans l'abbaye de Westminster.

*Cet homme riche, doué, comblé d'honneurs ne supportait pas orthodoxie et conformisme en tout genre. Il fut ainsi amené à réconcilier le capitalisme et l'État, la recherche du profit, le bien-être et le plein emploi. Les conservateurs sociaux et les partisans du libéralisme ne le lui ont pas pardonné. Périodiquement, ils annoncent la mort .... de Keynes. Il n'avait pourtant rien d'un socialiste celui qui, en 1931, écrivait à propos du communisme : « Comment puis-je adopter une doctrine qui préfère la vase au poisson, exalte le prolétariat crasseux au détriment de la bourgeoisie et de l'*intelligentsia ? »

CHAPITRE PREMIER

Le fonctionnement de l'économie et l'explication du chômage par les fils de Keynes

Dans l'immédiate après-guerre, des deux côtés de l'Atlantique, les keynésiens sont légion. Les plus grands économistes sont influencés par les idées de J. M. Keynes. Tous ceux qui créent alors les premières comptabilités nationales se réfèrent à l'approche mise en honneur par l'auteur de la *Théorie générale*. Plus près de nous, une partie des auteurs américains de modèles macro-économiques, en particulier ceux de Wharton School, de Klein, sont des continuateurs directs de son œuvre. Par ailleurs, le professeur Davidson, co-éditeur du *Journal of Post Keynesian Economics*, cherche à développer une voie hors du chemin de la pensée néo-classique.

Toutefois, il faut signaler la position originale de J. K. Galbraith. Certains voient en lui un économiste plus radical que keynésien. En réalité, il a réintégré Keynes dans la tradition institutionnaliste américaine. Il a lié l'approche keynésienne à une approche sociopolitique qui lui a donné une autre dimension. J. K. Galbraith fut un proche du président J. Kennedy. Homme du Middle-West au franc-parler, il a poussé, beaucoup plus que d'autres, l'étude des rapports de force dans le capitalisme contemporain. Il a permis de situer, de manière plus concrète et plus historique, l'analyse keynésienne. En France, la *Théorie générale* a largement inspiré les vues économiques de Pierre Mendès France. Parmi les économistes français actuels, le doyen A. Barrère, animateur du CEREF, est le plus connu des keynésiens. Certaines positions des premiers gouvernements de Pierre Mauroy en 1981 et en 1982, notamment en ce qui concerne la relance, peuvent être rattachées à l'analyse de J. M. Keynes.

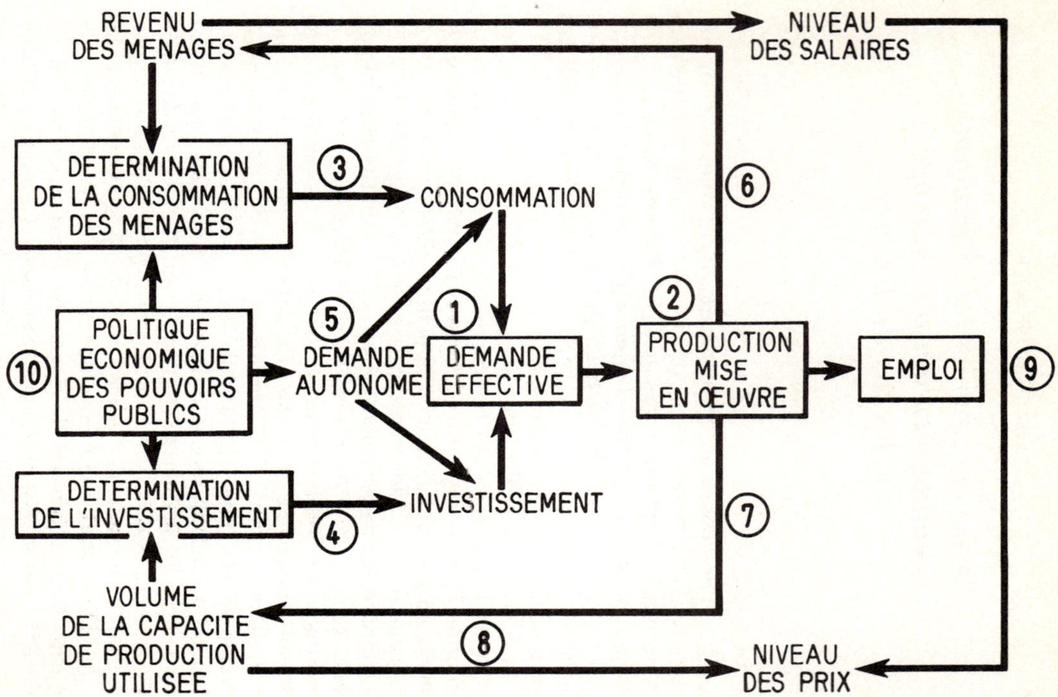
REVENU
DES MENAGES
NIVEAU
DES SALAIRES
DETERMINATION
DE LA CONSOMMATION
DES MENAGES
3
CONSOMMATION
6
POLITIQUE
ECONOMIQUE
DES POUVOIRS
PUBLICS
10
5
DEMANDE
AUTONOME
1
DEMANDE
EFFECTIVE
2
PRODUCTION
MISE
EN ŒUVRE
EMPLOI
9
DETERMINATION
DE L'INVESTISSEMENT
4
INVESTISSEMENT
7
VOLUME
DE LA CAPACITE
DE PRODUCTION
UTILISEE
8
NIVEAU
DES PRIX

1. Le « circuit keynésien »[1].

Pour les keynésiens, les chefs d'entreprise fixent le montant de la production à réaliser en essayant de prévoir la demande solvable, *la demande effective*.

En fixant la production à partir de la demande prévisible, les chefs d'entreprise déterminent l'emploi. C'est donc la demande ou, plus exactement, la demande que les entreprises se préparent à satisfaire, qui commande l'emploi.

DEMANDE EFFECTIVE ⟶ PRODUCTION MISE EN ŒUVRE ⟶ EMPLOI

Lorsque les entrepreneurs veulent déterminer la demande qu'ils chercheront effectivement à satisfaire — *la demande effective* **1** — par *une production* **2**, ils tentent de prévoir :

— la demande des ménages en biens de consommation **3**, ou, si vous préférez,de la consommation des ménages ;

— la demande des entreprises en biens de production **4**, ou, si vous préférez, de l'investissement des entreprises ;

— la demande de biens de consommation et de biens de production des administrations et de l'étranger (les exportations) ; cette demande est dite *autonome*[2] **5**, car son niveau n'est pas influencé par celui de la production et, donc, par celui des autres demandes.

Comme le montre le schéma, il existe des liens étroits :

— D'une part, entre la production et la consommation des ménages ; la consommation dépend des revenus distribués dans la mise en œuvre de la production **6** ;

1. Tel qu'il peut être analysé aujourd'hui, et non dans sa présentation primitive par Keynes.

2. Certains préfèrent « exogène ».

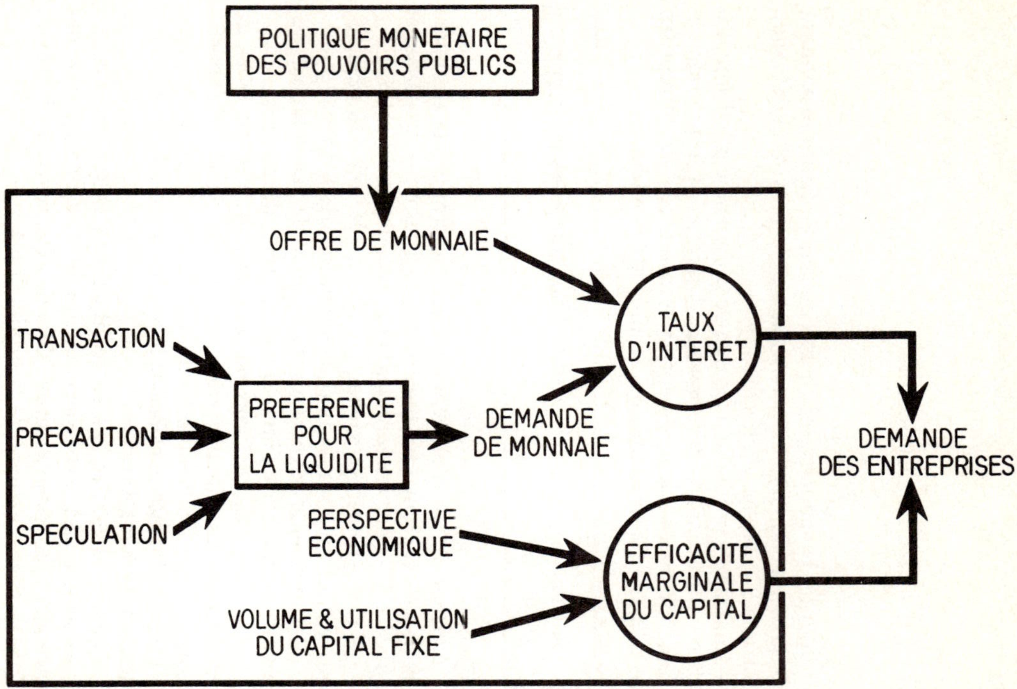
POLITIQUE MONETAIRE
DES POUVOIRS PUBLICS
OFFRE DE MONNAIE
TRANSACTION
PRECAUTION
SPECULATION
PREFERENCE
POUR
LA LIQUIDITE
DEMANDE
DE MONNAIE
TAUX
D'INTERET
PERSPECTIVE
ECONOMIQUE
VOLUME & UTILISATION
DU CAPITAL FIXE
EFFICACITE
MARGINALE
DU CAPITAL
DEMANDE
DES ENTREPRISES

— D'autre part, entre la production et l'investissement des entreprises ; l'investissement est en partie fonction de l'utilisation de la capacité de production **7**, du rapport entre la production désirée et la capacité de production existante.

Dans ce schéma, *le niveau des prix* est lié à la volonté des entrepreneurs de réaliser la production avec un profit suffisant. En simplifiant, on peut dire qu'ils prennent d'abord en compte le taux d'utilisation de la capacité de production **8** ; plus ce taux sera faible, plus les entrepreneurs chercheront à élever leurs prix, afin de pouvoir amortir et renouveler leurs équipements.

En second lieu, les entrepreneurs feront varier leurs prix en fonction des salaires **9** qu'ils devront distribuer (ce niveau des salaires est fixé par les conventions collectives passées entre syndicats et patrons). Dans tous les cas, les rapports de forces jouent un rôle décisif dans la fixation du prix et des salaires.

Même à ce stade de l'analyse, il est aisé de comprendre que le seul facteur qui peut rapidement et de manière autonome influencer *la demande effective* est, en définitive, la politique des pouvoirs publics **10**.

Les pouvoirs publics peuvent agir directement sur la demande effective, en faisant varier leurs dépenses propres. Ils peuvent, en outre, par leur politique fiscale, monétaire et budgétaire, influencer les prévisions concernant la consommation des ménages et l'investissement des entreprises.

1. Comment se fixe l'investissement ?

Un entrepreneur n'investit pas, n'achète pas de nouveaux équipements sans en attendre un profit. Il commence donc par évaluer ce que peut lui rapporter cet équipement, tant qu'il sera en état de le faire fonctionner. Il fait ainsi une estimation des ventes et des profits probables. Bien entendu, cela l'amène à prendre en considération le volume des équipements qui existent à un moment donné, leur évolution possible et leur taux d'utilisation.

Rapporté à l'investissement envisagé, le profit escompté

pendant toute la durée de vie de l'équipement permet de calculer *l'efficacité marginale du capital*, c'est-à-dire le taux du profit maximum que l'on peut attendre d'une unité supplémentaire de capital.

L'entrepreneur compare alors cette *efficacité marginale du capital au taux d'intérêt*. Plus le taux d'intérêt sera inférieur à l'efficacité marginale du capital, plus l'entrepreneur aura avantage à investir. Pour investir, il faut pouvoir emprunter à un taux inférieur au taux de profit attendu, ou encore n'avoir pas avantage à prêter ses fonds propres.

Reste à savoir de quoi dépend le taux d'intérêt. Pour Keynes, la réponse est simple : *le taux d'intérêt est le prix de la monnaie*. Il résulte de la confrontation de l'offre et de la demande de monnaie.

La quantité de monnaie mise à la disposition de l'économie par la Banque centrale (en France, la Banque de France) *est l'élément essentiel de l'offre*. Par ses avances à l'État, par ses interventions sur le marché monétaire, la Banque centrale peut faire varier de façon déterminante l'offre de monnaie.

La demande de monnaie dépend du désir des agents économiques de se procurer et de conserver des avoirs liquides.

Plusieurs motifs expliquent cette *préférence pour la liquidité*. Certains ne varient qu'en fonction du revenu national. Il s'agit des motifs de transactions (pour faire face aux achats courants) et de précaution (par exemple, pour faire face aux aléas de la défaillance d'un débiteur ou aux risques de chômage). La variation des liquidités recherchées pour ces motifs est relativement lente et dépend du revenu des agents. En revanche, il existe *des motifs de spéculation* qui peuvent faire très sensiblement varier à court terme la préférence à la liquidité.

Notons dès maintenant que, si le taux d'intérêt est faible, *la soif de liquidités* devient immense, car la détention d'encaisses liquides permet de profiter des bonnes occasions. La demande de monnaie augmente aussi vite que l'offre. Le taux d'intérêt ne peut plus baisser.

2. Comment se fixe la consommation ?

Généralement, la consommation est inférieure au revenu. Les pauvres épargnent peu et leur revenu est presque entièrement dépensé. En revanche, les plus riches épargnent beaucoup. Pour Keynes, l'épargne est ainsi une sorte de résidu. C'est ce qui reste lorsqu'on a dépensé tout ce qu'on désirait affecter à la consommation. Certes, il existe des exceptions. Il se peut que l'on veuille dépenser plus qu'on ne gagne. Il faudra s'endetter. Durant la période suivante, on épargne plus, pour pouvoir rembourser ses dettes.

De toute façon, selon la « loi de Keynes », au fur et à mesure que les revenus augmentent, la part du revenu consacré à la consommation diminue, celle de l'épargne s'élève. C'est là une simple constatation.

Toutefois, pour affiner l'analyse, il faut distinguer la manière dont s'effectue, à un moment donné, le partage du revenu total (*la propension moyenne*) de la manière dont se partage l'augmentation du revenu ou, pour être plus exact, d'une unité supplémentaire du revenu (*la propension marginale*).

D'une période à une autre, le partage du revenu total entre la consommation et l'épargne évolue. La propension moyenne à consommer diminue.

En revanche, le partage d'une unité supplémentaire se réalise suivant une propension toujours identique. *La propension marginale à consommer est, à court terme, constante.* Elle n'évolue que très lentement. Au fur et à mesure que la distribution des revenus entre les riches et les pauvres se modifie, les besoins changent, et les structures de consommation et de production se transforment. Ces transformations n'ont pas, toutefois, d'effet sensible à court terme.

Prenons un exemple chiffré :

Soit, au début de la première période, un revenu de 100 et

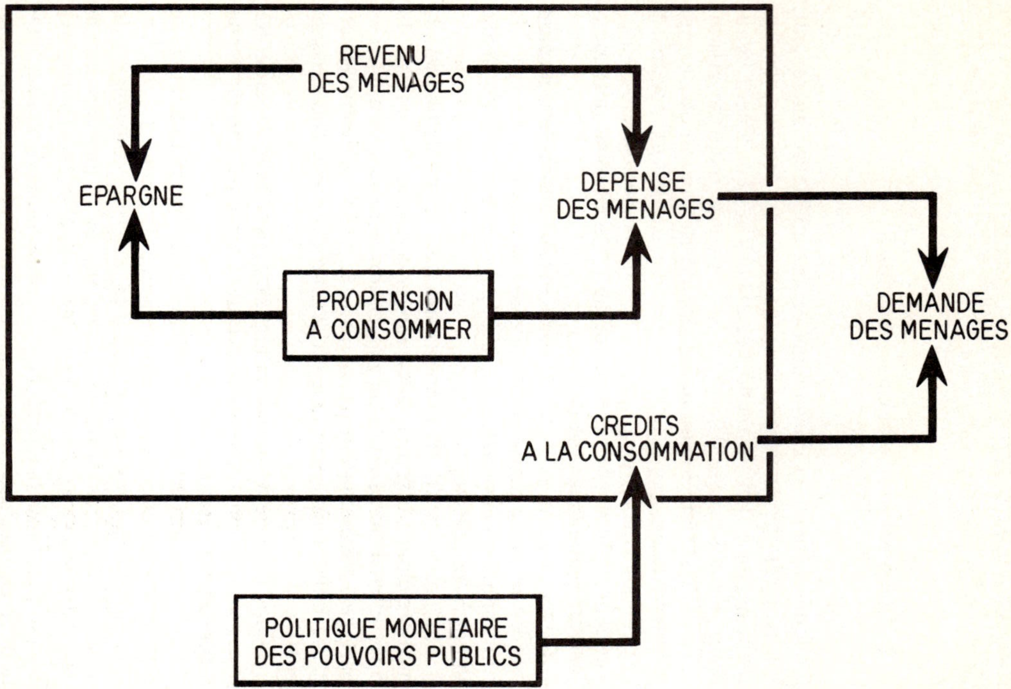
REVENU DES MENAGES
EPARGNE
DEPENSE DES MENAGES
PROPENSION A CONSOMMER
DEMANDE DES MENAGES
CREDITS A LA CONSOMMATION
POLITIQUE MONETAIRE DES POUVOIRS PUBLICS

une consommation de 80, la propension moyenne à consommer $\frac{C}{R}$ [1] est de 0,80.

Durant la période suivante, le revenu passe à 110. Si la propension marginale à consommer $\frac{\delta C}{\delta R} = 0{,}75$ [2], le revenu supplémentaire 10 va donc se partager en 7,5 de consommation et 2,5 d'épargne.

Au total, la consommation de la deuxième période devient :

$$80 + 7{,}5 = 87{,}5$$

et la propension moyenne devient :

$$\frac{87{,}5}{110} = 0{,}7955.$$

Elle a donc légèrement baissé, tandis que la propension marginale à consommer est demeurée constante.

Notons qu'il est normal que la propension moyenne à consommer soit supérieure à la propension marginale. Un revenu supplémentaire a tendance à être davantage épargné, car les besoins ressentis sont mieux satisfaits.

La relative fixité de la propension marginale à consommer est un des éléments essentiels du système keynésien.

Par ailleurs, la propension marginale à consommer étant inférieure à la propension moyenne, au fur et à mesure que la croissance du revenu s'accélère, la consommation croît de moins en moins rapidement. L'optimisme des entrepreneurs risque d'en souffrir et, finalement, la poursuite de la croissance peut être compromise.

1. En langue anglaise, $\frac{C}{R}$ est représenté par $\frac{C}{Y}$ (Y = *yield* : revenu).

2. δ est la lettre grecque *delta*. Elle désigne habituellement une augmentation. Sous sa forme δ minuscule, c'est la dernière augmentation. Sous sa forme △ majuscule, c'est une augmentation totale. La formule anglaise de la propension marginale à consommer est, bien entendu, $\frac{\delta C}{\delta Y}$. Cette propension marginale est le résultat de $\frac{C_2 - C_1}{R_2 - R_1}$. Notons également que l'abréviation utilisée pour l'épargne, en langue anglaise, est S *(saving)*.

Ce risque a incité certains keynésiens à proposer une redistribution des revenus en faveur des bas salaires. Une meilleure couverture des risques sociaux, des impôts progressifs, éviteront l'effritement de la croissance de la consommation et permettront le plein emploi.

Les systèmes de sécurité sociale entraînent, en outre, un certain dégonflement des encaisses de précaution. On fait alors coup double. La consommation est favorisée, la demande de monnaie amoindrie, l'intérêt baisse.

Malheureusement, au moment où l'inflation se combine au chômage, ces politiques sont d'une application de plus en plus délicate. En effet, les politiques anti-inflationnistes directement inspirées de Keynes consistent en partie à encourager l'épargne [1]. A son époque, Keynes affrontait une inflation par excès de la demande sur la production, qui ne pouvait qu'exceptionnellement aller de pair avec le chômage.

Nous savons aujourd'hui que l'inflation contemporaine n'est plus de cet ordre. Dès lors, la mise au point de nouvelles politiques anti-inflationnistes se révèle délicate.

3. La fixation des prix chez Keynes.

En fixant la production à mettre en œuvre, les entrepreneurs déterminent aussi son prix. Ce prix est naturellement égal au prix de la demande effective (tant en volume qu'en valeur, la demande effective et la production à mettre en œuvre pour la satisfaire sont deux aspects d'une même réalité : le niveau d'activité prévu par les entrepreneurs).

Ce prix tient compte des prix effectifs de la période précédente et de la volonté des entrepreneurs d'obtenir un profit suffisant. A ce propos, les entrepreneurs intègrent dans leur calcul la hausse des salaires nominaux, résultat des rapports de forces syndicat-patronat. La hausse des salaires

1. Durant la guerre de 1939-1945, Keynes dans son livre *Comment financer la guerre*, proposa un système d'épargne forcée qui fut mis en application, mais avec une ampleur bien moindre qu'il ne l'aurait souhaité. Le Gouvernement britannique, tout en comprenant Keynes, eut peur de le suivre totalement.

nominaux est aussi un indicateur important pour prévoir à quel prix ils devront acheter les biens de production qu'ils désirent se procurer. Les entrepreneurs prennent ensuite en compte les frais financiers (les intérêts) qu'ils devront payer pour se procurer des liquidités. Enfin, ils ne doivent pas ignorer les conséquences sur les coûts des variations de la production. Cela n'est pas très simple. Au fur et à mesure que la production autorisée par la demande effective s'élève, il y a à la fois des économies d'échelle (on peut, par exemple, amortir certains équipements ou des dépenses de publicité sur le plus grand nombre de ventes) et des coûts croissants. L'usure du matériel est plus intense, certaines fournitures risquent d'augmenter, par suite de pénuries relatives. Afin d'éviter ces coûts croissants, les entrepreneurs peuvent accélérer le renouvellement de leur matériel, envisager des techniques plus perfectionnées. Ils sont ainsi incités à augmenter le niveau du profit souhaitable.

Bien entendu, tout au long du processus de fixation du prix, les entrepreneurs ne doivent pas perdre de vue le prix acceptable par leurs clients.

La prévision de la demande effective porte donc à la fois sur des prix et des quantités (des volumes). Une fois fixée la production à mettre en œuvre, les revenus sont distribués. Si tout se passe comme prévu, la demande globale qui apparaîtra sera égale à la demande effective, les prix effectifs, aux prix anticipés. Si l'ensemble des agents économiques (ménages, entreprises, administrations, extérieur) dépensent plus que ce que les entrepreneurs attendaient, les prix effectifs s'élèveront, à moins qu'il n'existe des stocks, que les importations s'accroissent ou qu'une augmentation rapide de la production soit possible. Si les agents économiques dépensent moins, les entrepreneurs chercheront d'abord à maintenir leur prix en réduisant leur production ou en gonflant leurs stocks. En d'autres termes, les adaptations entre les flux d'offre et de demande se réalisent d'abord par des variations de volume, et ensuite seulement par des variations de prix.

De toute manière, chez Keynes, la fixation des prix dépend des décisions des entrepreneurs, de leurs calculs et de leur situation dans la confrontation entre l'offre et la demande.

LE POINT D'ÉQUILIBRE DES COURBES

Nous savons que la demande effective est une anticipation des entrepreneurs. Elle correspond à celle que les entrepreneurs vont effectivement tenter de satisfaire par la mise en œuvre de la production. Au point de demande effective, il y aura donc *identité* entre les prévisions des entrepreneurs, l'offre globale et la demande globale prévues.

On peut schématiser le calcul des entrepreneurs sur un graphique qui met en relation les divers niveaux des recettes attendues avec les divers niveaux de l'emploi.

Sur l'axe des x, on porte les niveaux de l'emploi, sur celui des y, ceux des recettes attendues. Les deux courbes croissent en fonction de l'emploi. C'est évident en ce qui concerne la courbe de l'offre (sans modification technologique : plus la production est élevée, plus l'emploi l'est aussi) et il est normal qu'au fur et à mesure que le revenu augmente, la demande augmente mais :

1. La courbe de demande globale tend à croître moins vite que la courbe d'offre globale, c'est le résultat de la propension marginale à consommer ;
2. A chaque niveau de production, l'offre globale a *un prix* [1] qui intègre le profit minimum que les entrepreneurs désirent pour mettre en œuvre la production. A ce profit minimum s'ajoute le coût des facteurs ;
3. La combinaison de ces deux éléments amène la courbe de la demande à partir plus haut que la courbe de l'offre globale, puis à s'accroître moins vite que la courbe de l'offre globale, qui intègre un coût croissant des facteurs et des espérances de profit minimum supérieur.

Tant que la courbe DD' est supérieure à la courbe OO', pour un même niveau d'emploi, les espérances de recettes sont supérieures aux recettes minimales exigées. Les entrepreneurs ont avantage à

1. Global de la production, donc de recette attendue.

2. La fixation de l'emploi et les difficultés actuelles de la lutte contre le chômage

En fixant le niveau de la production capable de satisfaire la demande qu'ils prévoient, les entrepreneurs déterminent l'emploi.

D'OFFRE ET DE DEMANDE GLOBALE

mettre en œuvre une production plus grande. Lorsque la courbe DD' est située plus bas que la courbe OO', les entrepreneurs ont avantage à diminuer la production à mettre en œuvre, car les recettes minimales exigées ne sont pas réalisables.

Un seul point stable existe : celui de la demande effective. Rien, malheureusement, ne dit que ce point coïncide avec un niveau d'emploi qui permette la disparition du chômage. Nous sommes ici bien loin des courbes d'offre et de demande classiques, dont le point d'équilibre stable correspond aussi à la réalisation du plein emploi.

OFFRE GLOBALE & DEMANDE GLOBALE

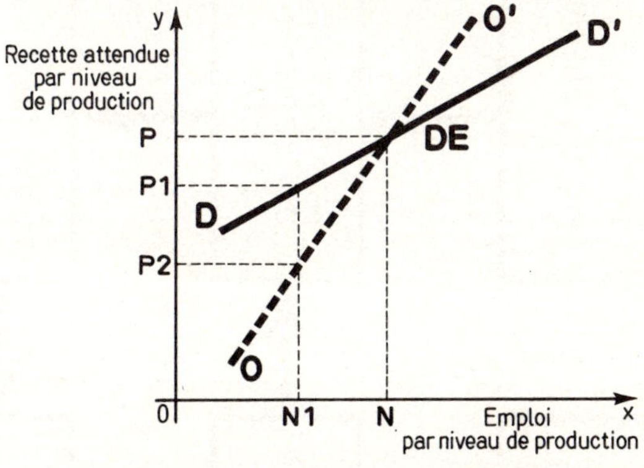

Rien ne garantit, *a priori*, que cet emploi corresponde au plein emploi. Si les entrepreneurs sont trop timorés et leurs prévisions, pessimistes, il y a de fortes chances pour que des travailleurs ne puissent pas trouver un emploi.

Pour lutter contre le chômage, il faut donc prendre des mesures qui favorisent la croissance de la demande prévisible par les entrepreneurs. Les entrepreneurs deviendront plus optimistes ; pour produire plus, ils emploieront plus de personnes, reconstitueront des stocks, achèteront de nouvelles

LES CONTRAINTES EXTERIEURES CONTRE LES POLITIQUES DE RELANCE

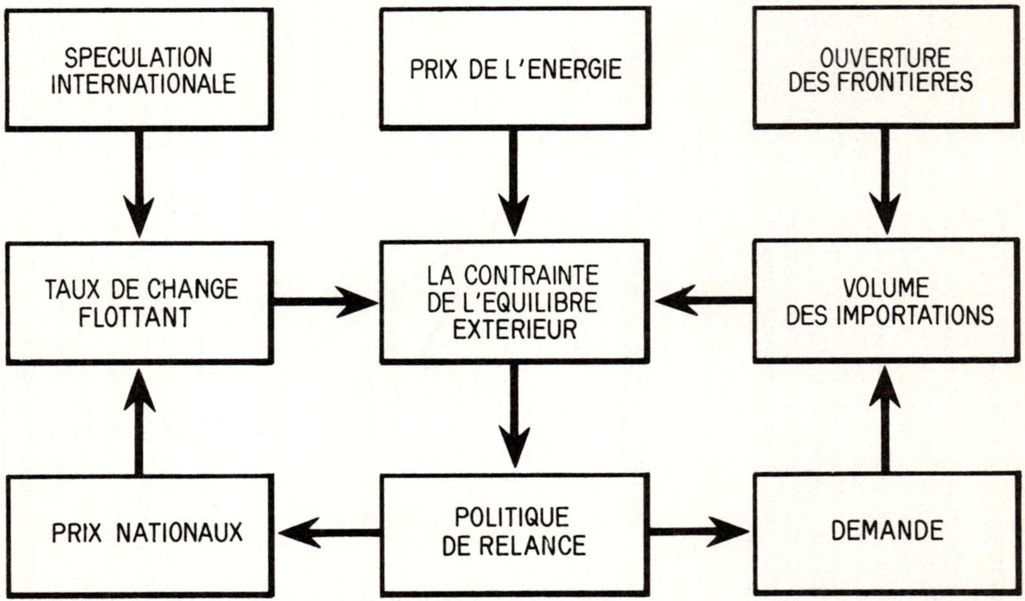

machines ... Directement ou indirectement, ils créeront des emplois.

La lutte contre le chômage passe par la relance de la demande.

Malheureusement, les keynésiens actuels constatent que bien des obstacles s'opposent à une politique de relance :

1. la contrainte extérieure compromet les politiques nationales de relance ;
2. la contrainte inflationniste fait rapidement déraper dans l'inflation les politiques de relance ;
3. les contraintes qui pèsent sur l'investissement font perdre aux politiques de relance une partie de leur efficacité.

1. La contrainte extérieure.

La situation internationale actuelle ne facilite guère les relances économiques.

Avec les augmentations en cascade du prix du pétrole, la plupart des pays industriels ont dû faire face à des déficits énergétiques importants. Pour la France, ce déficit est passé de dix milliards de francs en 1973 à cinquante et un milliards en 1974 et cent quatre-vingts milliards en 1985. La chute des prix du pétrole après 1985, qui a réduit notre déficit énergétique de moitié, n'a pas eu d'effets sur les contraintes extérieures. En France, en effet, le paiement de la facture pétrolière a entraîné une ouverture plus importante de l'économie. Il n'y a plus de taux de change fixe des monnaies. Les monnaies *flottent*. Leurs valeurs internationales sont déterminées par l'offre et la demande de chaque monnaie sur les marchés de change. Pour un pays, tout déficit extérieur risque de se traduire par une dévalorisation rapide de sa monnaie. Si le cours du franc chute, il faudra plus de francs pour obtenir un même dollar. Le pétrole étant généralement payable en dollars, la facture pétrolière augmentera... le déficit aussi, la spéculation contre le franc s'accentuera.

Par ailleurs, depuis 1945, on assiste à une ouverture toujours plus grande des économies industrielles au commerce mondial. La nécessité de payer le pétrole plus cher a accéléré cette ouverture. Chaque pays exporte une part croissante de sa production. En France, on est ainsi passé d'un taux d'ouverture de 10 % à la fin des années 50 à un taux de 25 % au début des années 80. Au départ, cette internationalisation des économies a été un élément important de la prospérité économique. La demande externe a renforcé la demande interne, le déplacement des capitaux d'un pays à un autre a facilité l'investissement.

Aujourd'hui, toute politique de relance bute contre cette ouverture. L'augmentation de la demande se traduit par des importations supplémentaires non seulement de matières premières et d'énergie mais de biens d'équipement et de biens de consommation. Sans une capacité d'exporter plus, le déficit extérieur s'aggrave. La spéculation est d'autant plus forte que les capitaux étrangers cherchent, dans ces conditions, à quitter le pays. Dans certains cas, les effets de la relance sont plus sensibles à l'étranger que dans le pays où le gouvernement cherche à la promouvoir.

2. La contrainte inflationniste.

Pour les keynésiens — comme nous l'avons vu — les prix sont le résultat de rapports de forces. En ce sens, les keynésiens sont plus aptes que d'autres à comprendre les mystères de l'inflation moderne, qui allie hausse des prix et mévente. Nous sommes bien loin d'une inflation pouvant s'analyser en termes d'excès de la demande sur l'offre. Aujourd'hui, chaque groupe social s'est organisé pour conserver sa part relative dans le revenu national. Le maintien de la croissance sur une longue période a favorisé cette stratégie. Les contraintes qui pesaient sur les salaires et les prix ont été longtemps très faibles. Peu à peu, chaque groupe social a pu perfectionner les pratiques qui lui permettaient une plus grande liberté dans la fixation de son revenu. Aujourd'hui, les prix augmentent… quand la demande chute ; les salaires s'élèvent aussi… quand le chômage s'accroît. Publicité, innovations techniques et commerciales, services joints, facilité de crédit, *marketing* en tout genre augmentent les coûts et facilitent les ventes à des prix plus élevés. Le poids des amortissements oblige d'ailleurs les entreprises à empêcher toute baisse des prix. De leur côté, les salariés s'organisent pour faire garantir leur pouvoir d'achat, voire son élévation, quoi qu'il arrive.

En l'absence d'une vigoureuse politique des revenus, la relance risque de perpétuer l'inflation, sinon de l'accélérer. Une expansion plus grande diminue en effet les contraintes qui pèsent sur les entreprises. Elles sont moins obligées de modérer la hausse de leurs prix. Un crédit abondant atténue, de son côté, leur résistance aux revendications de salaires. Si une entreprise sait qu'elle peut obtenir un crédit à bon marché, elle accepte les revendications de ses salariés. Parallèlement, elle augmente ses prix. Elle peut ainsi rembourser avec ses gains supplémentaires l'avance bancaire qui lui avait permis d'augmenter son fonds de roulement.

Dans ces conditions, une politique de relance est d'autant moins praticable que toute accélération de l'inflation aggrave la spéculation monétaire extérieure.

3. Les contraintes de l'investissement.

Actuellement, lorsque les entrepreneurs déterminent la demande effective (celle qu'ils chercheront à satisfaire), ils sont incités à prévoir des investissements médiocres.

Tous les facteurs qui expliquent le niveau de l'investissement les entraînent en effet, à le baisser.

Il existe depuis plusieurs années une tendance à l'élévation des taux d'intérêt. L'inflation accélère l'augmentation de toutes les encaisses, et notamment des encaisses de spéculation. Le désordre monétaire international les fait aussi grossir. On désire garder de l'argent liquide, afin de pouvoir réaliser des gains de change ou éviter des pertes de change. L'existence de grandes firmes multinationales ayant besoin de liquidités internationales immédiatement disponibles ne fait qu'aggraver la situation. De leur côté, les Banques centrales cherchent à retenir les capitaux étrangers qui, en partant, risqueraient de faire déprécier la monnaie nationale et bondir la facture pétrolière. Elles sont obligées de maintenir des taux d'intérêt élevés en restreignant l'offre de monnaie. L'effondrement du système monétaire international a été ainsi un facteur décisif de la hausse des taux d'intérêt.

Au moment où les taux d'intérêt s'orientent vers la hausse, tout indique que l'efficacité marginale du capital s'oriente vers la baisse. Les incertitudes présentes rendent les entrepreneurs pessimistes. Dans les années 70, nous avons subi, en outre, les erreurs d'investissement de l'euphorie des années 60. Durant cette période, la main-d'œuvre était rare et les salaires réels augmentaient rapidement. Les entreprises ont massivement investi. La substitution du capital au travail [1] a été rapide. Elle a été d'autant plus forte que l'inflation atténuait les dettes, alors que les salaires étaient en quelque sorte « surindexés ». Au moment où la croissance s'est ralentie, le fardeau du renouvellement de capital a été de plus en plus lourd, et le rendement net [2] escompté s'en est trouvé amoindri.

Dans les années 80, on aurait pu revenir à une situation plus normale mais le dérèglement du Système Monétaire International a contrarié l'existence des taux d'intérêts jusqu'alors inconnus. Ils ont découragé les investissements dont les rendements escomptés étaient en dessous de leur niveau.

3. Les prescriptions des fils de Keynes pour lutter contre le chômage

Les keynésiens actuels ont donc pris conscience que les remèdes qui pouvaient être efficaces dans les années trente pour lutter contre le chômage sont, aujourd'hui, d'une application délicate et aléatoire.

Cette constatation ne les amène pourtant pas à prétendre que le plein emploi est impossible et que les politiques de relance sont caduques. Ils recherchent les conditions qui ren-

1. La substitution du capital au travail désigne l'augmentation du capital par personne employée.

2. Rendement une fois déduit l'amortissement.

draient ces dernières à nouveau efficaces. Ils en énoncent cinq :

1. *Il est indispensable de rétablir un système monétaire international.* Sans cette restauration, la hausse des taux d'intérêt, qui cherche à stabiliser les capitaux spéculatifs existant dans un pays, découragera toute reprise de l'investissement privé. Keynes avait compris, dès 1944, la nécessité d'un véritable pouvoir monétaire international. Dans le même esprit, les keynésiens sont partisans d'un contrôle des firmes multinationales. La capacité des multinationales à se moquer des frontières et à déplacer les liquidités internationales paralyse les politiques gouvernementales de relance.

2. *Il faut prendre en compte l'ouverture grandissante des économies nationales.* Même si l'on parvenait à lutter contre la spéculation internationale, l'ouverture de l'économie peut amener un transfert des effets de relance à l'étranger, le pays qui en est à l'origine n'en retirant qu'une élévation de son déficit intérieur. Il est donc nécessaire de constituer de grands espaces au sein desquels, grâce à un pouvoir monétaire unique, les politiques de relance deviennent communes. En d'autres termes, les keynésiens réclament la transformation d'une partie des échanges externes en échanges internes. Imaginons les pays de la CEE ne formant plus qu'un seul espace monétaire ; la contrainte extérieure serait pour chaque pays réduite de moitié. Imaginons, en revanche, les États-Unis d'Amérique, où le commerce inter-États serait paralysé par des problèmes de change. Plus aucune politique de relance ne serait praticable. Les keynésiens sont, le plus souvent, de farouches partisans de la relance européenne.

3. *Il faut, parallèlement, organiser la croissance mondiale.* Après vingt-cinq ans de prospérité, ce n'est que par rapport à cette croissance que se justifie l'énorme capacité de production des puissances industrielles actuelles. On ne peut se contenter aujourd'hui de relancer la consommation interne. Il faut relancer la demande mondiale. Les keynésiens sont partisans d'un plan Marshall pour le Tiers Monde.

4. Le dépassement de l'espace économique national n'empêche pas les keynésiens de prendre en compte les risques de dérapage inflationniste. L'inflation interne aurait tôt fait d'amoindrir les possibilités de relance. *Pour la réduire, une politique des revenus est nécessaire*. Prix et salaires sont les résultats de rapports de forces que, seule, une telle politique peut arbitrer. Si on ne négocie pas le partage du revenu national, la volonté de chaque groupe social d'améliorer sa part anéantira toute chance d'un retour au plein emploi.

5. *Les investissements doivent être plus volontairement orientés*. D'une part, on doit éviter toute reprise du surinvestissement et de la substitution abusive du capital en travail qui ont caractérisé les années soixante. D'autre part, il faut adapter les économies nationales au nouveau cours de l'économie mondiale. Politique d'expansion, politique de plein emploi et politique de croissance sont désormais inséparables. Reste à savoir si la volonté d'investir réapparaîtra. Certes, l'arrêt de la guerre des taux d'intérêt pourrait raffermir cette volonté. Il existe cependant encore beaucoup trop d'incertitudes. Dans cette perspective, certains keynésiens ont pensé que la nationalisation de certaines industries est une manière d'établir l'efficacité marginale du capital à un niveau qui permette l'investissement.

Après tout, en France, de 1973 à 1980, ce sont les grandes entreprises nationales qui ont le mieux maintenu leurs investissements. Aujourd'hui, nos entreprises sont devenues plus compétitives. Malheureusement, elles ne produisent pas toujours ce qui est demandé. La production des biens d'équipement, nécessaire à la croissance, est insuffisante. Nous devons importer plus de 50 % de nos machines.

Au total, il s'agit de restaurer un espace keynésien au sein duquel *les pouvoirs publics pourraient mener à nouveau une politique active de relance*.

CHAPITRE 2

Les clés de la lecture keynésienne de l'économie

Lorsque Keynes écrit la *Théorie générale*, le capitalisme vient de subir la plus formidable crise de son histoire : celle de 1929. L'économie mondiale est plongée dans une profonde dépression. A l'époque, le capitalisme était déjà parvenu à la production de masse (la *Ford T* a été produite à treize millions d'exemplaires). Malheureusement, la consommation de masse ne progressait pas au même rythme. Bien plus, les facteurs externes (exogènes, c'est-à-dire indépendants des principales variables économiques) ne jouent plus le rôle qu'ils avaient eu jusqu'en 1914. Les empires coloniaux sont en place. Aux États-Unis, la marche vers l'Ouest est terminée. Il n'existe pas d'innovations techniques ayant un poids économique comparable à ceux de la machine à vapeur et des chemins de fer. Le réarmement n'a pas encore repris... En revanche, la plupart des économistes, et surtout des hommes politiques, s'acharnent à prendre des mesures à contretemps : déflation monétaire, pression sur les salaires afin de favoriser les profits, encouragement de l'épargne, retour au protectionnisme. Toutes ces mesures paralysent la croissance de la consommation et prolongent, voire amplifient, la dépression [1]. Le désarroi est immense. Pour sortir de la crise, des hommes aussi divers que Roosevelt aux États-Unis ou le docteur Schacht en Allemagne découvrent pragmatiquement le rôle stratégique des dépenses publiques. La gloire de Keynes est de les avoir théoriquement

1. On notera que la description que nous faisons est directement inspirée par une approche hérétique « à la Schumpeter ». Pour nous, la crise de 1929 s'enracine dans l'incohérence entre des évolutions techniques, économiques, sociales et politiques ; d'un point de vue hérétique « à la Schumpeter », Keynes a permis de mettre en accord les politiques économiques (et sociales) avec les évolutions techniques et économiques.

justifiées. Cette politique a-t-elle vraiment réussi ? On en discute encore. Certains prétendent que, de toute manière, la reprise aurait eu lieu : d'autres pensent que, sans le réarmement et la guerre, le monde aurait connu une nouvelle crise en 1938. Cependant, il faut bien constater que, de 1950 à 1970, les politiques d'inspiration keynésienne sont intimement liées à l'histoire de la plus longue période de croissance du capitalisme.

Pour comprendre la lecture keynésienne de l'économie, il faut se rappeler les cinq points suivants :

1. L'analyse économique est d'abord une analyse macro-économique en terme de flux ;
2. Son cadre préférentiel est l'économie nationale ;
3. Elle intègre la monnaie dans toutes les fonctions économiques ;
4. L'économie est décrite en heurts de pouvoirs ;
5. Le marché n'est pas le régulateur de la vie économique.

1. L'analyse économique keynésienne est d'abord macro-économique

Au départ de l'analyse keynésienne, nous n'avons pas des individus, mais des relations entre des données globales (demande globale, offre globale, épargne globale...).

Cette optique est, comme nous aurons l'occasion de le voir, aussi ancienne que la science économique, mais elle fut quelque temps éclipsée par la démarche « smithienne ».

Bien entendu, la détermination de ces grandeurs et leurs relations entre elles dépendent, en fin de compte, de comportements et de décisions. Toutefois, ces comportements ne sont ni une généralisation des comportements individuels ni leur simple sommation. Ils sont le résultat d'une interaction entre le comportement qu'un individu a au départ et celui qu'il a avantage à prendre, étant donné l'opinion dominante qui se dégage ou risque d'apparaître. Les interdépendances économiques font en effet que chacun doit se conformer au comportement majoritaire. Les comportements « keynésiens » sont du type *grégaire* ou, plus vulgairement, *moutonnier*.

Si une entreprise décide de produire plus, alors que la demande effective que cherchent à satisfaire les autres entreprises est en contradiction avec cette décision, l'entrepreneur optimiste est voué à l'échec. La demande globale réelle sera insuffisante pour qu'il puisse écouler la totalité de sa production. Si des individus désirent épargner plus que ne le voudrait la propension marginale à consommer, il y aura baisse de la demande globale, diminution des revenus distribués et, finalement, diminution de l'épargne.

2. Le cadre de l'analyse est l'économie nationale

Keynes et, après lui, ceux qui se sont inspirés de son analyse, recherchent d'abord les conditions de l'équilibre entre des flux de biens (évalués en monnaie) et des flux de revenus et de dépenses à l'intérieur d'une économie nationale.

Ils supposent que l'économie nationale forme un tout nettement distinct du reste de l'économie mondiale, réduite à une économie inter-nations (internationale). L'existence de monnaies nationales brise en espaces monétaires nationaux l'espace économique mondial. Les keynésiens vont même plus loin ; ils supposent que l'ouverture de l'économie ne remet pas en cause la primauté des équilibres internes. C'est d'ailleurs l'importance actuelle de l'ouverture qui est une des limites, reconnue par les keynésiens, aux politiques de régulation globale. Leurs prescriptions cherchent à reconstituer un espace homogène au sein duquel l'équilibre des flux soit à nouveau maîtrisable par un pouvoir politique. De la nation, on passe au supranational.

La clé de l'équilibre du circuit de l'économie nationale est donnée par I = S : l'égalité entre l'investissement et l'épargne (*Saving*).

Au niveau de la prévision initiale de la demande effective, cette égalité est purement comptable. En effet, quand les entrepreneurs décident d'un niveau de production à mettre en œuvre, ils décident de ce fait d'une certaine distribution des revenus. Tout coût de production (y compris la rémunération de la fonction d'entrepreneur par un profit jugé normal) est aussi un revenu, donc :

$$\text{Production} = \text{Revenu distribué}$$
$$P = R$$

Par ailleurs, la production mise en œuvre doit satisfaire à la fois la demande de consommation et la demande d'investissement :

$$P = C + I$$ [1]

De leur côté, les revenus distribués se partagent en consommation et épargne : R = C + S

si P = R, C + I = C + S, donc I = S

Quand ils prévoient la demande effective, les entrepreneurs sont, par définition, amenés à équilibrer l'épargne et l'investissement.

Mais que se passe-t-il, si les entreprises constatent qu'elles se sont trompées ?

Supposons, par exemple, que les entrepreneurs investissent plus que prévu et que les familles épargnent moins que prévu. Il y aura déséquilibre entre l'épargne et l'investissement, mais pour peu de temps, car le fonctionnement de l'économie amènera une nouvelle égalité entre l'épargne et l'investissement.

En effet, l'excédent initial d'investissement se transforme en

1. On notera qu'en ajoutant en ressources les importations (IM) et en emploi les exportations (EX), on a l'équation de base de la comptabilité nationale :

$$P + IM = C + I + EX$$

revenus, puis en dépenses. Les dépenses deviennent à leur tour des recettes nouvelles pour les entreprises et entraînent une nouvelle distribution de revenus qui, à leur tour, sont dépensés... A chaque « tour de circuit » de revenus et de dépenses, l'épargne s'accroît et les dépenses sont amputées d'autant. Lorsque la totalité de l'accroissement de l'épargne sera égale à l'excès d'investissement sur l'épargne initiale, le circuit sera à nouveau équilibré [1].

Si $I > S$, R s'accroît et à nouveau $I = S$

En fait, l'égalité de l'épargne et de l'investissement a une signification précise : elle fonde les politiques nationales de relance. L'épargne est une donnée peu modifiable à court terme, elle est déterminée de manière très stricte par la propension marginale à consommer. Il faut donc agir par l'investissement. En accroissant de manière autonome l'investissement, on peut faciliter l'expansion. La relation qui unit l'augmentation de l'investissement à une élévation des revenus permettant d'égaliser à nouveau I et S est *l'effet de multiplication*.

Bien entendu, cet effet de multiplication n'a d'effet positif sur la production que si celle-ci peut s'accroître, autrement dit, si le plein emploi n'est pas atteint. Au-delà, l'effet de multiplication débouche sur l'inflation. L'originalité de l'approche keynésienne est d'avoir fait comprendre que l'équilibre $I = S$ pouvait exister, même si le plein emploi n'était pas atteint.

1. Bien entendu, une insuffisance de l'investissement par rapport à l'épargne entraînera, par un mécanisme du même ordre, une régression des revenus distribués et un fléchissement de l'épargne ; l'égalité de l'épargne et de l'investissement sera réalisée, mais pas une diminution de l'épargne.

LE MULTIPLICATEUR

Chez les keynésiens, l'équilibre des flux du circuit économique est donc garanti par les relations qui unissent la production, les revenus distribués, la consommation, l'épargne et l'investissement.

Comme nous l'avons vu, ces éléments ne sont pas indépendants les uns des autres. Le prix de la production représente les revenus distribués. Consommation et épargne sont déterminés de manière très stricte par la propension marginale à consommer. La propension marginale à consommer permet, à travers le jeu du multiplicateur, d'égaliser l'épargne et l'investissement.

Nous avons décrit son effet ; essayons de le préciser en prenant un accroissement autonome d'investissement de 100 et une propension marginale à consommer de 0,5 (autrement dit, les familles épargnent 50 % de tout revenu additionnel), on peut établir le tableau suivant :

										Total des 8 périodes
Période	1 •	2 •	3 •	4 •	5 •	6 •	7 •	8		
Production	100 +	50 +	25 +	12,5 +	6,25 +	3,12 +	1,6 +	0,8	=	199,27
Revenus distribués	100 +	50 +	25 +	12,5 +	6,25 +	3,12 +	1,6 +	0,8	=	199,27
Épargne	50 +	25 +	12,5 +	6,25 +	3,12 +	1,6 +	0,8 +	0,4	=	99,67
Consommation	50 +	25 +	12,5 +	6,25 +	3,12 +	1,6 +	0,8 +	0,4	=	99,67

A la huitième période, le montant des revenus distribués est pratiquement le double (donc un multiple) de l'investissement

3. La monnaie est directement intégrée au fonctionnement de l'Économie

Chez Keynes, l'ensemble des prévisions des agents économiques est exprimé en termes monétaires.

Il n'y a pas, chez les keynésiens, d'un côté des prix *réels*, exprimant la valeur relative des biens en termes d'utilité (ou de valeur travail) et de l'autre, des prix *monétaires*. Il n'y a pas séparation entre une théorie des prix fondée sur les coûts de production (et/ou l'utilité) et, de l'autre, un niveau général des prix lié à la quantité de monnaie en circulation. L'ensemble

KEYNÉSIEN *

autonome initial. De son côté, l'accroissement de l'épargne est très proche de l'investissement autonome initial. Bien entendu, si la propension marginale à consommer avait été de 0,8, l'épargne aurait mis beaucoup plus de temps à égaliser l'investissement et l'effet de multiplication aurait dû être plus fort (4 au lieu de 2, faites le calcul). L'effet de multiplication est inversement proportionnel à la *fuite* provoquée à chaque période par l'épargne, autrement dit, à la propension marginale à épargner.

En d'autres termes : $K = \frac{1}{s}$

et s étant égal comme nous l'avons vu à 1 - c on peut donc écrire :

$$K = \frac{1}{1 - c}$$

A partir de cette première approche du multiplicateur, on peut élargir son emploi et l'appliquer à tout apport supplémentaire de monnaie non immédiatement compensé par des fuites. Il en va ainsi d'un déficit budgétaire ou d'un accroissement des exportations. Dans ce dernier cas, on peut considérer les importations comme une *fuite* de monnaie annulant les injections de monnaie liées aux exportations. Le degré d'ouverture et le coefficient d'importation (importations induites par un accroissement de la production) font ainsi varier l'effet de multiplication des exportations et le transfèrent éventuellement à l'étranger.

des calculs économiques est monétarisé. L'intérêt est un phénomène purement monétaire (c'est le prix de la monnaie), l'efficacité marginale du capital est aussi exprimée en monnaie, les salariés agissent en défendant leur salaire nominal. Monnaie et production sont intégrées. L'ensemble des fonctions économiques [1] de la monnaie est pris en compte.

La monnaie a plusieurs fonctions économiques :

— Elle sert d'abord d'unité de compte, d'étalon des valeurs pour permettre des comparaisons.

1. Nous verrons plus loin que les fonctions *sociales* de la monnaie sont, en revanche, négligées. Ce sont les marxistes et, surtout, certains hérétiques « à la Schumpeter » qui prennent en compte les fonctions sociales de la monnaie. Cf. p. 180 et 321.

— Elle facilite les échanges, en décomposant le troc [1] en plusieurs échanges. Dans le troc, il faut que celui qui possède ce que vous désirez désire ce que vous possédez. Les échanges possibles sont donc restreints. Dans l'échange monétaire, tout le monde désire de la monnaie. Chacun vend donc contre de la monnaie ce qu'il possède et peut ensuite, avec la monnaie, acheter ce qu'il désire... quand il le veut.

— La monnaie est, en effet, une réserve de valeurs. On peut garder de la monnaie ou l'utiliser. Elle est l'instrument idéal pour permettre la prévision et, bien sûr, la... spéculation.

Cette dernière fonction explique le rôle central qu'a la monnaie dans le système keynésien. Grâce à elle et à son rôle dans l'échange, la monnaie n'est pas un bien comme les autres : elle est un droit à agir dans l'économie [2]. Elle n'est pas neutre ; ceux qui la possèdent commandent aux autres.

Or, ce droit, ce pourvoir, est créé par l'État. Le droit de battre monnaie est un droit régalien lié à l'histoire, sinon à « l'essence » même du pouvoir politique. La création d'une monnaie internationale véritable se heurte ainsi à un des attributs les plus essentiels dc la souveraineté nationale.

Il existe toutefois une limite *objective* à ce droit : la capacité d'une économie à mettre des biens en face de la monnaie, et cela à un prix relativement stable. La valeur de la monnaie est en fin de compte son pouvoir d'achat et s'enracine dans la puissance économique d'une nation. Il ne faut pas voir chez les keynésiens l'adoption d'une relation naïve et fruste entre la quantité de monnaie et la quantité de biens disponibles. Le pouvoir d'achat ne résulte pas d'une simple confrontation de l'offre et de la demande. Il est fixé par les anticipations des entrepreneurs, relatives à la demande effective, aux profits espérés et aux salaires socialement acceptés.

1. L'idée que le troc précède historiquement la monnaie est, aujourd'hui, contestée. Cf. p. 276.

2. Par là, un pont est possible avec les fonctions *sociales* de la monnaie.

LES KEYNÉSIENS ET LA POLITIQUE MONÉTAIRE *

De la monnaie-*pouvoir,* il ne faut pas déduire que la politique monétaire soit le *nec plus ultra* de la politique keynésienne. Bien au contraire, pour les keynésiens, une simple création plus ou moins importante de monnaie ne peut permettre une véritable régulation. En effet :

1. Le niveau général des prix ne résulte pas de l'équilibre économique général et de la plus ou moins grande masse de monnaie face aux biens disponibles. Pour Keynes, les prix sont déterminés par les anticipations des entrepreneurs, qui prennent ainsi en compte l'état des rapports de forces dans le partage salaire-profit. L'aisance monétaire n'est qu'un des éléments de ce rapport de forces. La fixation du niveau nominal des salaires, l'exigence d'un niveau minimum de profit, le degré de concurrence sont tout aussi importants, sinon plus.

2. En faisant varier la masse monétaire, on peut agir sur les taux d'intérêt (ils représentent le prix de la monnaie disponible). Cela n'est pas sans importance sur la demande d'investissements, compte tenu, par ailleurs, du niveau de l'efficacité marginale du capital. Toutefois, une variation du taux d'intérêt a aussi et, principalement, une autre conséquence. Il amène des changements dans les diverses encaisses que les agents économiques se constituent.

Lorsqu'il y a élévation de la masse monétaire et une première baisse du taux d'intérêt, les agents économiques vont profiter de l'occasion. Ils vont gonfler les encaisses liquides. Une partie de ces encaisses sert à faire face aux transactions courantes ; elle dépend du niveau de la production et des prix. L'autre a un but spéculatif, elle est constituée par la monnaie que les agents économiques détiennent pour, éventuellement, profiter de bonnes occasions. Lorsque le taux d'intérêt baisse, les agents économiques vont chercher à élever cette encaisse de spéculation. Comme nous l'avons vu plus haut, à un certain taux d'intérêt très bas, tout accroissement de la masse monétaire est englouti par la soif de liquidités. Il existe alors une véritable trappe à monnaie, qui empêche toute nouvelle baisse des taux d'intérêt.

Dans ces conditions, les keynésiens préfèrent se servir des dépenses budgétaires que de la politique monétaire. Ces dépenses n'ont pas pour fonction première de créer de la monnaie, mais d'agir directement sur la demande et de provoquer ainsi un déséquilibre entre l'épargne et l'investissement. C'est dans cette perspective qu'il faut situer le rôle attribué par les keynésiens au déficit budgétaire.

4. L'économie est décrite en heurts de pouvoirs

Keynes et, à sa suite, les économistes de sa tendance, situent leur analyse dans le cadre d'une économie fortement structurée par des pouvoirs. Ce n'est pas par hasard si l'un des plus éminents héritiers actuels de Keynes, J. K. Galbraith, est l'auteur de la *Théorie des pouvoirs compensateurs* [1].

L'économie keynésienne est commandée moins par des décisions individuelles rationnelles que par des rapports de forces. Le professeur A. Barrère l'a fort bien montré :

a) Le pouvoir des salariés s'exprime à travers les syndicats. Il est capable de bloquer toute baisse du salaire nominal (même en période de chômage) et de lutter pour le maintien du salaire réel. Malheureusement, il est difficile pour les syndicats de prévoir quel sera le niveau auquel se fixera le salaire réel ; selon le rapport de forces du moment, ils vont, d'abord, tenter de faire fixer le plus haut possible les salaires nominaux [2].

Ajoutons que, dans l'analyse keynésienne, ce sont les conventions collectives, expression du rapport de forces syndicat-patronat, qui fixent, en début de période, le niveau des salaires nominaux.

b) Le pouvoir des entrepreneurs s'exprime à travers les anticipations des entreprises. Il détermine l'investissement, l'emploi à mettre en œuvre, les prix et les revenus distribués. Ce pouvoir est donc considérable ; il n'est cependant pas

1. Cf. p. 33.
2. Notons, au passage, que l'impossibilité de connaître à l'avance le salaire réel revient à rejeter l'idée que l'utilité du salaire, pour un salarié, dépend de la désutilité marginale du travail. On ne peut pas connaître l'utilité réelle du salaire, puisqu'on ne peut pas déterminer à l'avance son pouvoir d'achat qui, en fin de compte, dépend des entrepreneurs.

autonome. Il doit prendre en compte le niveau des salaires nominaux fixés par les conventions collectives et la politique menée par le gouvernement.

c) Le pouvoir des banques est, pour les keynésiens, réduit. De leur propre initiative, les banques ne peuvent que tenter d'ajuster la masse monétaire au niveau de la production et des prix (notamment, à travers les avances accordées aux entreprises pour leur permettre de faire face à l'accroissement des salaires nominaux et des autres fournitures). Même dans ce simple ajustement, leur pouvoir est limité, car elles sont, directement et institutionnellement, soumises au pouvoir de l'État. Seul, ce dernier possède le droit de battre monnaie et, par sa législation, il contrôle étroitement la création de monnaie scripturale. Notons aussi que le pouvoir des banques est d'autant plus réduit que l'effet des variations de la masse monétaire est limité. Il reste qu'aujourd'hui, en échappant au pouvoir politique national, grâce à un réseau bancaire international capable de créer de la monnaie internationale, les banques acquièrent une autonomie dangereuse.

d) Le pouvoir de l'État est, en revanche, autonome et doté d'initiatives. Il commande la demande autonome et le taux d'intérêt. La création monétaire des banques dépend, en dernière analyse, de ses décisions. Il assure la compatibilité entre les comportements des autres agents économiques et arbitre les conflits. Il régente les anticipations et les comportements, notamment des entrepreneurs. Il peut réguler et stabiliser un système fondamentalement instable.

e) Le pouvoir des consommateurs est, chez Keynes, à peu près nul. Le consommateur règne, mais ne gouverne pas. Il se contente d'obéir aux comportements routiniers, voire aux réflexes qui commandent sa consommation. Au premier rang des éléments qui expliquent son comportement : la propension marginale à consommer, dont nous avons vu le rôle central dans le système keynésien.

On comprend mieux, maintenant, que cette vision du fonctionnement de l'économie puisse permettre aux keyné-

BAISSE DES SALAIRES

Les descendants d'Adam Smith voient dans la baisse des salaires réels la meilleure arme contre le chômage involontaire. Si le chômage persiste, la faute en revient aux syndicats et au Gouvernement qui, par leur action ou leur législation, bloquent toute baisse des salaires et empêchent donc les profits de se reconstituer.

Keynes s'est fermement attaqué à cette théorie. Toutefois, sa conception est plus complexe qu'on ne le croit.

On trouve dans Keynes plusieurs manières d'expliquer son opposition à la baisse des salaires.

La première, relativement triviale est la plus répandue. Elle reprend les arguments populaires. La consommation dépendant des revenus, toute baisse des salaires nominaux entraîne des anticipations pessimistes chez les entrepreneurs. La demande effective fléchit, et l'emploi se dégrade. On peut rétorquer à cette explication que la baisse des coûts de production permet une baisse des prix et une amélioration de la compétitivité qui facilite le développement des ventes. Cela suppose que les salariés ne représentent qu'une petite partie des consommateurs ou, ce qui revient au même, que l'essentiel de la production est exporté. S'il en va autrement, l'entrepreneur sera plus attentif à sa demande qu'à ses coûts. Pour prévoir l'avenir, il regardera devant lui, et non derrière lui.

En fait, ce premier niveau d'explication n'est pas le niveau privilégié par Keynes. Keynes part d'un fait : la difficulté de faire admettre, dans un capitalisme évolué, une baisse des salaires nominaux (voire des prix nominaux). Pour lui, le salaire nominal est le seul auquel s'intéressent les salariés, car il est le seul à pouvoir être déterminé avec certitude. Il n'est donc pas flexible à la baisse. Cela ne signifie pas qu'une baisse du salaire réel moyen ne faciliterait pas la résorption du chômage.

Pour comprendre la position de Keynes, il faut revenir à la loi des rendements décroissants. Cette loi sert d'hypothèse de base à toute une partie de la science économique. Selon cette loi, toute chose étant égale par ailleurs, au fur et à mesure que l'emploi se développe, la production augmente, mais le rythme de sa croissance fléchit. Il y a baisse de la productivité marginale du travail (c'est-à-dire de la dernière unité de travail). Cette loi des rendements décroissants joue pour toutes les activités humaines.

Il est, en effet, normal que l'on utilise d'abord ce qui est le plus efficace et que l'on ne mette en œuvre qu'ensuite ce qui n'aura qu'un rendement médiocre. Les bonnes terres sont cultivées avant les mauvaises, les impôts à haut rendement sont institués avant ceux dont la levée est difficile et hasardeuse. Dans les gisements miniers, on exploite en priorité les bons filons ; on ne s'intéresse aux autres qu'en cas de pénurie.

ET EMPLOI *

Lorsque la production augmentera — si le progrès technique n'en bouleverse pas les conditions —, on aura donc baisse de productivité marginale de travail (et des autres facteurs de production) [1] le coût relatif de leur mise en œuvre s'élèvera. Les entrepreneurs seront donc tentés d'élever leurs prix. L'inflation entraîne une baisse du *salaire réel moyen.* Cette baisse du salaire réel moyen ne porte cependant pas atteinte à la croissance de la demande, puisqu'elle se produit quand plus de personnes sont employées. Comme chez les néoclassiques, le plein emploi s'accompagne d'une baisse des salaires réels, mais cette baisse n'est pas la cause du plein emploi, elle en est la conséquence. Bien entendu, on peut échapper à cette baisse par le progrès technique. Keynes, qui raisonne à court terme, n'intègre pas un tel changement. L'urgence des problèmes de l'emploi, quand il écrit la *Théorie générale* ne l'incite pas à prendre en considération des éléments sans effets immédiats.

Ce deuxième niveau d'explication a un inconvénient. Il part d'un cas particulier, celui d'une économie et d'une société dans lesquelles les salaires et les prix sont rigides. La théorie générale en perd sa généralité. Dans le cas où prix et salaires retrouveraient leur flexibilité, la baisse des salaires, suivie de celle des prix, ne peut-elle pas faciliter la reprise de l'emploi, que l'économie soit ouverte ou fermée, que les salariés représentent ou non le plus grand nombre de consommateurs ?

Ici, l'explication keynésienne va se servir du rôle des encaisses liquides, dont nous avons précédemment parlé. Si les salaires et les prix baissent, les besoins d'encaisses pour les transactions courantes diminuent. De la monnaie sera disponible, et le taux d'intérêt baissera ; il y a bien là les premières conditions de la reprise, mais cette baisse a une limite.

En effet, lorsque le taux d'intérêt est bas, la soif de liquidités pour les encaisses de spéculation intervient. Nous avons déjà parlé de cette trappe à monnaie. Lorsqu'elle fonctionne, la monnaie dégagée par les encaisses de transaction, grâce à une baisse des prix et des salaires, se retrouve dans les encaisses de spéculation. Le taux d'intérêt se stabilise. Or, rien ne garantit que cette stabilisation corresponde au plein emploi. Bien au contraire, lorsqu'une dépression est assez profonde pour provoquer une baisse des prix et des salaires, les taux d'intérêt doivent être extrêmement bas, voire négatifs, pour entraîner une reprise de l'investissement. Un équilibre de sous-emploi a donc toute chance de s'instaurer.

1. Au moins, à partir du moment où les économies d'échelles ne jouent plus et ne permettent plus un rendement croissant. Cf. p. 108.

siens, de décrire la *stagflation* et débouche sur une politique volontaire des revenus.

5. Le marché n'est pas le régulateur de la vie économique

Chez Keynes, le prix n'est pas l'expression de l'équilibre entre l'offre et la demande. C'est le résultat du calcul des entrepreneurs. Ce calcul prend en compte les coûts de production et le profit considérés comme normaux et le rapport de forces dans lequel se trouve l'entrepreneur. Une variation de prix n'exprime pas un rééquilibre entre une offre et une demande mais le résultat de la lutte pour le partage du revenu national.

Dans ces conditions, les déséquilibres keynésiens ne sont pas des déséquilibres du marché, mais des déséquilibres entre les flux monétaires. Les réajustements ne se font pas principalement à partir des prix, considérés comme très peu flexibles à la baisse. Les réajustements principaux se font au niveau des quantités globales, qui intègrent principalement des modifications de volume et, accessoirement, des variations de prix. Ils sont gouvernés par un certain nombre de phénomènes cumulatifs, dont le principal est le *multiplicateur d'investissement.* Ces mouvements cumulatifs sont déclenchés à partir du déséquilibre entre certaines quantités globales. L'inégalité, en début de période, entre l'épargne et l'investissement, déclenche l'effet de multiplication.

Bien entendu, quand les affaires vont mal, il est difficile de provoquer une reprise de l'investissement par une baisse du taux d'intérêt. Les keynésiens préfèrent relancer l'économie par un investissement autonome de l'État, financé par le déficit budgétaire. Le déséquilibre entre I et S, créé par les dépenses publiques disparaîtra en fin de période, car l'effet de multiplication aura amené une augmentation de l'épargne de telle façon qu'à nouveau I = S. L'ajustement des flux sera alors complet ; le surcroît d'épargne permettant un financement du déficit par l'emprunt, ou sa résorption par des entrées fiscales supplémentaires.

Les prix, quant à eux, varieront en fonction de l'évolution des rapports de force. Il est évident qu'au moment où le plein emploi est atteint ou lorsque d'importantes pénuries apparaissent, la position des entrepreneurs est renforcée. Ils vont pouvoir imposer des prix. En période de plein emploi, le multiplicateur d'investissement devient un multiplicateur des prix. En effet, à ce moment-là, l'ajustement entre les flux ne peut plus être en volume, la production a de plus en plus de difficultés à s'accroître, et elle est principalement réalisée en valeur. Toutefois, *le multiplicateur des prix* est une image et, en tout cas, n'a pas la même stabilité que le multiplicateur d'investissement, qui dépend de la propension à consommer. Les variations de prix étant liées à l'état des rapports de force, à un même équilibre entre des flux globaux peuvent correspondre plusieurs hausses de prix, voire une infinité.

Dans un tel système, l'État est le seul élément qui puisse permettre une régulation de l'économie.

Comme nous l'avons vu, par le maniement du taux d'intérêt et surtout la variation de ses dépenses, il peut agir sur la fixation de la demande effective des entrepreneurs.

*

Au total, pour les keynésiens, le système capitaliste est instable et, spontanément, son équilibre général peut se fixer à n'importe quel niveau de l'emploi. Rien ne permet donc de garantir une allocation des ressources qui entraînerait la suppression du chômage. Seule, l'intervention publique peut donner une certitude (ou un espoir) de plein emploi.

Le point de vue est, en quelque sorte, celui d'un ministre de l'Économie et des Finances qui cherche à améliorer le fonctionnement du capitalisme. Il ne tente pas de se substituer aux entreprises dans l'orientation de l'économie. Il ne désire qu'encadrer les anticipations des entrepreneurs. Son but est de parvenir à une régulation générale des flux économiques, en accord avec les exigences du plein emploi. Nous sommes loin des conceptions qui voyaient dans l'intervention publique un palliatif provisoire à la défaillance du système. Il ne s'agit pas simplement de faire d'épisodiques politiques de grands travaux. *L'État est un rouage fondamental du système.* Sans l'intervention publique, il n'y a pas d'équilibre de plein emploi garanti.

La spécificité de la crise des années soixante-dix-quatre-vingt a diminué l'efficacité des interventions publiques en faveur du plein emploi. Les keynésiens le reconnaissent. Aussi cherchent-ils à reconstituer un espace keynésien qui permette à l'État de jouer pleinement son rôle.

Annexe

La présentation de la politique keynésienne dans les schémas anglo-saxons *

L'analyse keynésienne a bousculé la présentation traditionnelle de l'économie que faisaient les néo-classiques anglo-saxons. Ils aiment raisonner à partir de graphiques d'offre et de demande, de courbes d'indifférence ou de coût marginal.

A la suite de Keynes, des auteurs tels que Samuelson, Hicks et Hansen ont tenté de faire une présentation qui explicite les relations keynésiennes sous une forme assez traditionnelle pour eux. Tel est le but du schéma (ou modèle) dit IS-LM [1] proposé par R. Hicks et par A. H. Hansen. Que ceux qui débutent dans la connaissance des auteurs économiques en délaissent la description. Il est, certes, utile pour synthétiser les effets attendus d'une politique keynésienne ; il est surtout utile pour se familiariser avec un certain type de présentation de l'économie.

1. Construisons d'abord le schéma IS-LM.

Soit un graphique. Sur l'axe des x, on porte les divers niveaux de la production (P) dont un P_e correspond au plein emploi. Sur l'axe des y, les divers niveaux du taux d'intérêt (i).

a) Pour chaque niveau de production et de taux d'intérêt (toute chose étant égale par ailleurs, notamment, l'efficacité marginale du capital est liée à la propension marginale à consommer), il existe une égalité possible entre l'épargne et l'investissement. Si on joint tous les points d'égalité entre I et S, on obtient la courbe IS. Son orientation est due au fait qu'à efficacité marginale du capital égale, un fort taux d'intérêt va de pair avec un faible niveau d'investissement, et donc de production, un faible taux d'intérêt facilitera le développement de l'investissement et de la production. *Production et intérêt varient ici en sens contraire.*

1. Exprimant la double égalité, d'une part entre l'épargne et l'investissement (IS) et d'autre part entre l'offre de la monnaie, la masse monétaire (M) et la demande de liquidités (L).

SITUATION COURANTE

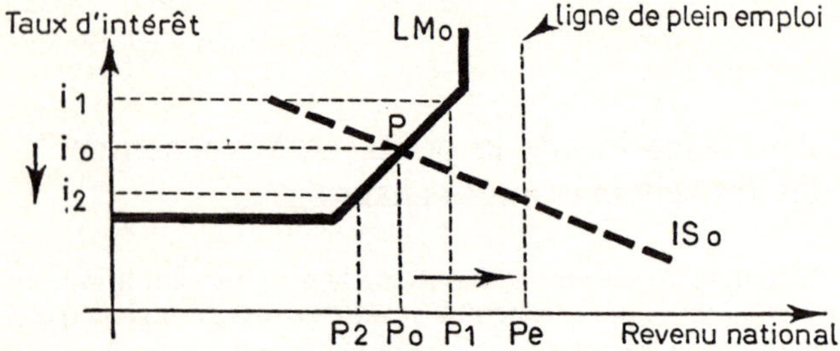

EFFET DE LA POLITIQUE BUDGETAIRE
(augmentation du revenu national et du taux d'intérêt.)

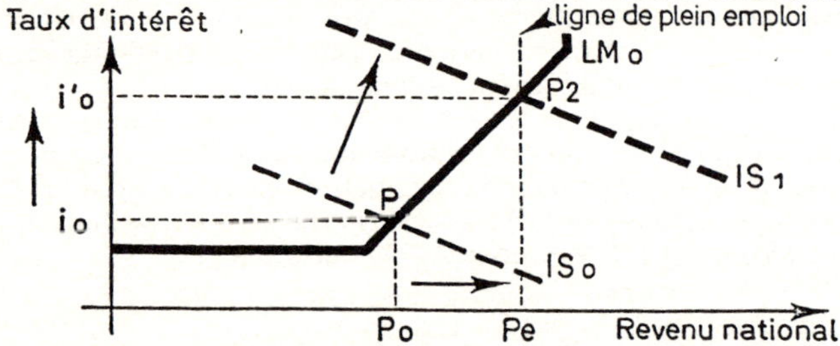

EFFETS DE LA COMBINAISON DES POLITIQUES BUDGETAIRES ET MONETAIRES EXPANSIONNISTES

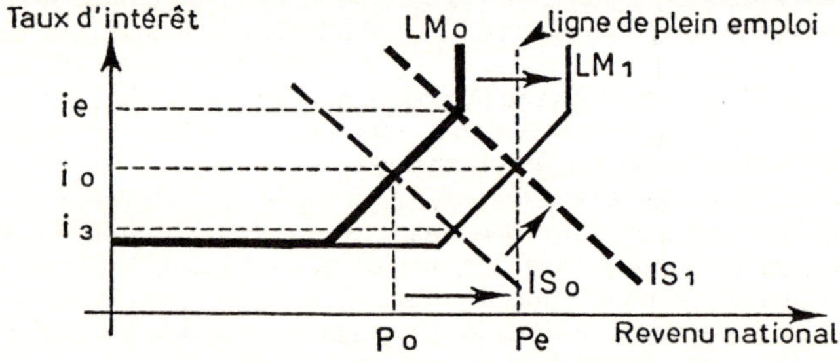

b) A chaque niveau de production et d'intérêt correspond aussi un point qui assure l'égalité de l'offre de monnaie (M) et de la demande pour les diverses encaisses de liquidité (L). S'il n'y a pas d'intervention publique au fur et à mesure que la production augmente, la demande de monnaie pour les encaisses de liquidité deviendra plus forte (puisque la demande des encaisses de transaction augmentera), le taux d'intérêt montera. Intérêt et production varient ici dans le même sens, ce qui détermine l'orientation de la courbe.

2. Comme pour toute chose égale par ailleurs, il n'y a jamais, pour chaque niveau de i et P, qu'un seul point de croisement entre la courbe I S et la courbe LM. Les deux courbes se coupent en un point P.

a) Ce point correspond fatalement au niveau de production (P_o) de la *demande effective* que les entrepreneurs chercheront à mettre en œuvre.

En effet, à droite de ce point, l'égalité de l'épargne et de l'investissement est réalisée à un niveau plus élevé, mais la production (P_1) à mettre en œuvre entraînerait des besoins de liquidités qui, à leur tour, feraient bondir le taux d'intérêt en i_1. Or, i_1 est incompatible avec le niveau de l'égalité IS (l'égalité IS correspondant à la production P_1 va de pair avec un taux d'intérêt i_1'), le taux d'intérêt i_1 amènera une réduction des anticipations. A gauche de P_o, le besoin de liquidités est faible, le taux d'intérêt impliqué par l'égalité LM est bas (en i_2), mais à ce taux d'intérêt ne correspond pas un niveau de l'investissement et de l'épargne allant de pair avec la production P_2. Avec un tel taux d'intérêt (i_1), les anticipations de l'investissement et de la production vont devenir plus optimistes.

Il n'existe qu'un seul point d'équilibre *stable* P_o, ce point, comme le point de demande effective auquel il correspond, se fixe indépendamment du niveau de plein emploi. Aucune coïncidence spontanée entre P et le plein emploi n'est garantie.

b) Supposons maintenant une augmentation des dépenses budgétaires qui, dans chaque niveau du taux d'intérêt, entraîne, d'une part un gonflement parallèle de I et de S, d'autre part, une augmentation de la production conforme aux résultats du multiplicateur.

La courbe IS va se déplacer vers le haut. Si le supplément de dépenses publiques est suffisant, la courbe IS peut couper la courbe LM en P. La différence entre P et P_2 (du graphique 2) est due à l'effet de multiplication.

On notera qu'une politique fiscale qui redistribue les revenus en faveur de ceux qui épargnent le moins — et augmente donc la propension marginale à consommer — a le même résultat. Toute augmentation de la propension marginale à consommer accroît l'effet de multiplication [1].

c) Supposons maintenant une politique d'expansion de la masse monétaire. Ne serait-ce qu'à travers le déficit budgétaire qui accompagnerait les dépenses publiques, ce qui n'est pas fatal, puisqu'un déficit définitif peut être financé par des emprunts et non des avances de l'Institut d'émission.

La masse monétaire variant de manière autonome, la courbe LM va se déplacer vers le bas. Si l'offre de monnaie augmente pour chaque niveau de production, le taux d'intérêt qui assure l'égalité LM sera plus bas qu'auparavant, la production, plus élevée.

Cette démonstration ne joue que dans une situation normale.

En effet, en dehors de sa partie médiane, la courbe LM est :

— horizontale et parallèle à l'axe des X lorsque le taux d'intérêt devient trop bas. C'est le fonctionnement de la « trappe à monnaie ». Toute création de monnaie se précipite dans l'encaisse de spéculation ;

— verticale et parallèle à l'axe des Y lorsque le taux d'intérêt devient trop élevé. En effet, au-delà d'un certain taux, toutes les liquidités existantes vont se placer ; plus aucune somme n'est conservée dans les encaisses de spéculation.

1. Lorsque la courbe LM est horizontale, seule l'action budgétaire (autrement dit, le multiplicateur de dépenses) est efficace. Le taux d'intérêt ne pouvant plus baisser, les entreprises ne peuvent plus être incitées à investir. La politique monétaire est inefficace.

2. Lorsque la courbe LM est verticale on ne peut plus agir sur les dépenses budgétaires. Il n'y a plus d'argent susceptible d'être emprunté par l'État. Il faut commencer par faire déplacer la courbe LM vers la droite, en créant plus de monnaie. L'intersec-

1. Cf. p. 54.

tion entre LM et IS se déplace aussi vers la droite. Le taux d'intérêt baisse, et la production s'élève. Toute augmentation des dépenses budgétaires, en faisant déplacer la courbe IS vers le haut, ne ferait qu'élever le taux d'intérêt.

En fait, lorsque les taux d'intérêt sont très élevés, l'efficacité de la politique monétaire est subordonnée à une efficacité marginale du capital encore plus élevée. Sans cela la politique monétaire ne pourra pas provoquer une augmentation des investissements et entraînera une augmentation induite de la production. Ce n'est pas une impossibilité théorique, mais une impossibilité pratique.

En d'autres termes, l'efficacité de la politique monétaire est, dans une perspective keynésienne, très douteuse. Les keynésiens préfèrent agir directement par le budget. Ils dénoncent, en outre, toute politique qui aboutit à des taux d'intérêt élevés.

LES SITUATIONS EXCEPTIONNELLES

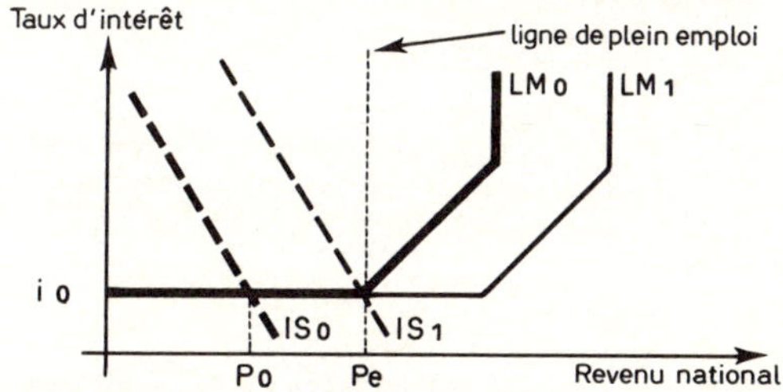

Seule la politique budgétaire est efficace au niveau de la trappe à la liquidité.

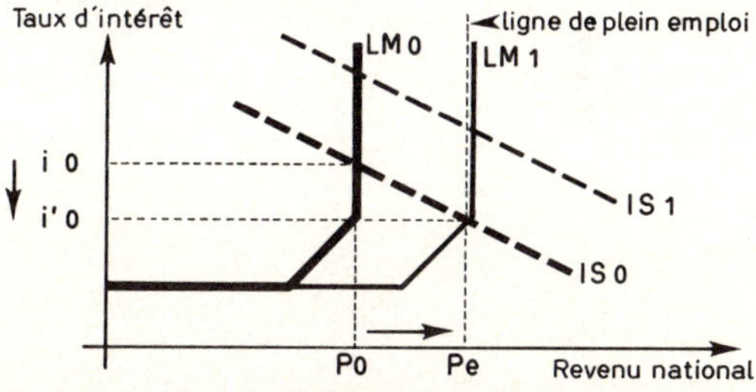

Seule la politique monétaire est efficace au-dessus d'un taux d'intérêt considéré comme maximum par les détenteurs d'encaisse spéculation.

DEUXIÈME PARTIE

L'économie selon les descendants d'Adam Smith

Qui était Adam Smith ? (1723-1790)

Adam Smith naquit en Écosse en 1723, à la veille de la révolution industrielle. Au départ, l'économie ne le tente guère. Il désire devenir professeur de philosophie. Il fait ses études à Glasgow, puis à Oxford à une époque où cette université ne passe pas pour un lieu de travail acharné. On y débat un peu de tout et on lit ce qu'on veut. Adam Smith pousse cependant un peu loin la curiosité intellectuelle en se passsionnant pour le Traité de la nature humaine *de Hume. L'auteur y prêchait l'introduction de la méthode expérimentale dans l'étude des sujets... moraux. Cela fit scandale, et Adam Smith frôla l'exclusion de cette université peu contraignante.*

En 1751, à 28 ans, il retourne en Écosse. Après avoir donné quelques cours de littérature et... d'économie à Édimbourg, il obtient la chaire de logique, puis celle de philosophie morale de l'université de Glasgow, une des plus grandes universités du XVIIIe siècle. En 1759, il publie son premier ouvrage : la Théorie des sentiments moraux. *Il tente d'y expliquer un paradoxe : l'homme n'a rien de bon, il est un loup pour l'homme, et il est capable de porter des jugements moraux, voire de se juger lui-même, pourquoi ? Adam Smith voit la réponse dans la capacité de l'homme à se placer en observateur et à prendre des distances vis-à-vis de lui-même.*

Ce livre eut un grand retentissement ; on discutait dans toute l'Europe intellectuelle du temps du paradoxe d'Adam Smith. Une conséquence inattendue se produisit pour Smith : son livre attira l'attention du richissime et intrigant Ch. Townshend. C'était un homme doué, mais capricieux, qui manquait parfois de bon sens. Il restera dans l'histoire le protecteur temporaire d'Adam Smith, et surtout le chancelier de l'Échiquier qui, par des mesures absurdes, a provoqué la révolution américaine. En 1754, il venait d'épouser la riche veuve du duc de Dolkeit et avait en charge l'éducation du jeune duc, son beau-fils. Il offre à Adam Smith d'en devenir le précepteur contre, outre le remboursement de ses dépenses courantes, une rente à vie de huit cents livres sterling. Smith en gagnait alors trois fois moins.

L'éducation du jeune duc commence par un long voyage de dix-huit mois à travers l'Europe, en fait, essentiellement en France, la patrie des encyclopédistes. Smith et son jeune élève séjournent d'abord de longs mois à Toulouse, passent ensuite par Genève, rencontrent Voltaire et arrivent enfin à Paris où ils demeureront dix mois. A Paris, Smith est lié aux encyclopédistes et surtout aux physiocrates[1] *(les économistes de l'époque, qui prêchaient la liberté mais qui affirmaient que seule l'agriculture était source de richesse). Sa rencontre avec le Dr Quesnay, médecin de Mme de Pompadour et le plus célèbre des physiocrates, est capitale. Pendant tout son séjour, il multiplie les dialogues avec lui et Turgot. Malheureusement (et heureusement pour la science économique) le rôle de précepteur d'Adam Smith s'achève brutalement. Le frère cadet du jeune duc est assassiné au coin d'une rue de Paris, et Adam Smith rentre précipitamment en Angleterre.*

Il retourne en Écosse, s'enferme à Kirkaldy et, pendant dix ans, rédige (ou plutôt, dicte) ce monument de la science économique, commencé deux ans plus tôt à Toulouse : Recherches sur la nature et les causes de la richesse des nations. *L'ouvrage paraît en 1776. Il fonde le libéralisme économique. C'est un livre complexe, et souvent obscur. Il fait le point des connaissances économiques de l'époque, polémique, décrit le monde de Smith, moralise quelquefois et, au détour, règle des comptes ou se complaît dans d'amusantes boutades.* La Richesse des nations *n'affirme que rarement des règles absolues. Smith n'est ni un doctrinaire ni un utopiste. Il adore les digressions et les anecdotes ; quand il affirme un principe, il multiplie immédiatement les exceptions. Certes, il vante les mérites du marché, mais il ne se fait guère d'illusions sur les rustres égoïstes que sont les industriels de l'époque. Il prône le*

1. Cf. p. 325 et II, p. 16.

libéralisme, condamne l'intervention gouvernementale, démontre que la liberté est la condition du progrès. Il s'accommode cependant du protectionnisme ou du monopole de la Compagnie des Indes. Cet homme peu effarouché par les contradictions accepte même, en 1778, le poste de commissaire des douanes d'Édimbourg !

En réalité, dans cet ouvrage complexe et en apparence attrape-tout qu'est Recherches sur la nature et les causes de la richesse des nations, *deux livres s'entrecroisent. Dans le premier, Adam Smith élabore une théorie générale de l'économie. Dans le second, il illustre et commente sa théorie par des observations et des digressions en tout genre.*

Le premier livre montre les hommes se livrant à l'activité qui domine leur vie tout entière : l'échange. *Toutefois, cet échange se structure d'abord dans des entités où s'affrontent et cohabitent des intérêts opposés :* les nations. *Nous sommes très loin de la Nation de Jean-Jacques Rousseau. Pour Adam Smith, la nation c'est d'abord la « société civile » par opposition à la société pratique. Son but est la réalisation des intérêts matériels et la satisfaction des besoins en permettant l'épanouissement des pulsions qui incitent les hommes à échanger et, à travers l'échange, la maximisation du plaisir. La division du travail, en rendant le travail plus efficace, accroît les richesses à échanger et suppose l'accumulation du capital. Adam Smith n'ignore pas, comme nous le dirons plus loin, l'État mais il interprète « la politique » en fonction de « l'économie ». Il est bien en cela le père de l'économie politique.*

Parallèlement, il fonde le libéralisme car il démontre que l'économique fonctionne de toute éternité suivant la recherche de l'intérêt particulier et parvient à travers l'échange (et les mécanismes du marché) à l'intérêt général. L'État chez Smith existe, il est même indispensable, car les hommes en société ont besoin d'une entité, située au-dessus des passions et intérêts particuliers, et garantissant la nécessité de vie économique.

L'État de Smith c'est l'État-gendarme rassurant les propriétaires et tous ceux qui œuvrent à l'accroissement de la richesse de la nation et qui craignent les désordres sociaux. Cette nécessité explique le regroupement des individus en nations. La boucle est bouclée et Adam Smith est le père du libéralisme économique et de l'État libéral. L'influence de cette vision théorique sur les pensées économiques a été considérable, beaucoup plus grande que ses implications politiques immédiates. En effet, au moment où Adam Smith écrit, l'État libéral de ses vœux est déjà en Angleterre une réalité. Il y a bien longtemps qu'outre-Manche l'absolutisme et le corporatisme d'antan sont déjà morts. Parallèlement, la révolution industrielle bat son plein et il est étonnant que le grand chantre de l'accumulation du capital et de la division du travail ne dise pas un mot des machines à vapeur qui commencent à envahir la vie industrielle. Quand au libre-échange, il faudra plus d'un demi-siècle avant qu'il ne devienne une réalité (du moins pour la Grande-Bretagne).

Ses contemporains ne s'y sont point trompés, ils ont fait de son livre le livre fondateur de la pensée libérale. Recherches sur la nature et les causes de la richesse des nations *sera traduit, de son vivant, en allemand, en français, en danois, en italien et en espagnol. Adam Smith devient recteur de l'université d'Édimbourg, et le gouvernement lui rend officiellement hommage. Sa mort, en 1790, fait cependant peu de bruit. La Révolution française avait éclipsé l'événement. On y parlait de liberté, mais pas exactement de celle de* la Richesse des nations.

Nous pouvons représenter les intentions d'achat et de vente de chemises sur un graphique. Sur l'axe des X, nous portons les quantités offertes ou demandées ; sur l'axe des Y, les prix. A chaque niveau de prix correspond une intention d'achat ; en reliant tous les points ainsi obtenus, on obtient la courbe de la demande. De la même manière, nous pouvons tracer la courbe de l'offre.

Si le prix du marché lui était supérieur, des entreprises auraient théoriquement avantage à produire une plus grande quantité de chemises, mais ces chemises resteraient invendues. Ce prix ne pourrait pas être maintenu. Si le prix du marché était inférieur à ce prix d'équilibre, les achats pourraient être importants, mais les entreprises ne produiraient pas les quantités demandées.

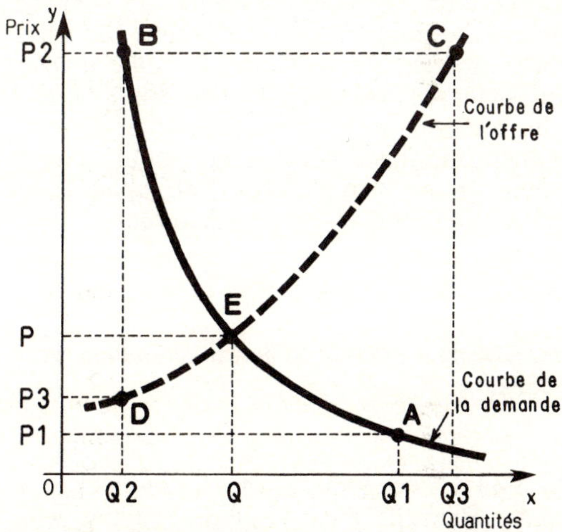

Si le prix était P1, les consommateurs seraient disposés à acheter Q1 ; mais à ce prix, les entreprises ne sont pas intéressées à produire la moindre chemise. S'il était P2, ils n'achèteraient que Q2, alors que, pour ce prix, les entreprises sont disposées à produire une quantité de chemises égale à Q3 ; cette production resterait invendue. Un seul point correspond à l'égalité de l'offre et de la demande : E. Il correspond au croisement des deux courbes et détermine le prix dit *d'équilibre*.

L'ajustement entre l'offre et la demande suppose naturellement une circulation parfaite de l'information et des anticipations sur les conséquences de tel prix ou de telle quantité offerte ou demandée. Des tâtonnements sont prévisibles mais le prix qui apparaît sera stable car, à un moment donné, il n'existe (normalement) qu'un point d'équilibre.

Bien entendu, sur une période plus longue, le prix d'équilibre change. Par exemple, une augmentation du revenu des consommateurs peut les amener à accepter d'accroître pour chaque niveau de prix les produits désirés. La courbe de la demande se déplace alors vers la droite. On peut aussi imaginer que des innovations techniques abaissent les coûts de production. A chaque niveau de production, le prix permettant un profit acceptable est abaissé. La courbe de l'offre se déplace elle aussi vers la droite ; le prix d'équilibre change.

Il s'agit là d'un exemple théorique et simplifié. Nous affinerons par la suite cette description. Les partisans de l'économie de marché pensent que, de toute manière, il est bon de raisonner à partir d'un modèle exemplaire. On peut ainsi mieux comprendre les conditions d'un équilibre stable (comportement rationncl, concurrence, bonne circulation de l'information... nous en reparlerons) et expliquer les distorsions entre les prix réels et les prix théoriques.

2. Le marché peut assurer le bon fonctionnement de l'économie.

L'explication de l'économie par les « smithiens » est centrée sur le marché. Bien sûr, il existe plusieurs types de marchés : marché des biens de consommation, marché des biens de production, marché des capitaux, marché du travail. Toutefois, pour les « smithiens », un seul est déterminant : *le marché des biens de consommation* [1].

1. La valeur des choses remonte des utilisations finales, cf. p. 308.

a) Le marché et la formation d'un prix d'équilibre.

Supposons que, sur le marché, la demande d'un produit excède son offre. Si la production ne peut immédiatement suivre, les prix vont monter.

Cette hausse de prix va avoir pour effet immédiat de diminuer la demande (l'augmentation des prix est une manière de rationner la consommation ; les prix montant, certains consommateurs renoncent totalement à l'achat qu'ils envisageaient ; d'autres, au contraire, vont diminuer leur demande). L'équilibre entre l'offre et la demande est rétabli.

Toutefois, cette hausse des prix n'a pas seulement pour effet de diminuer la demande. Elle se transmet à tous les autres marchés, par l'intermédiaire des entrepreneurs. Voyant les prix monter, l'entrepreneur a avantage à produire plus, car il peut espérer un profit plus élevé.

Une hausse des prix incite donc les entreprises à transmettre au reste de l'économie l'ordre du consommateur de produire plus. Les entreprises vont ainsi augmenter leur demande sur le marché des biens de production, sur le marché des capitaux et sur le marché du travail.

Suivant les situations de ces marchés, les demandes risquent, bien entendu, d'amener de nouvelles hausses de prix (prix des biens de production), prix du travail (le salaire), prix des capitaux (les taux d'intérêt).

Ces diverses hausses ont évidemment pour résultat de décourager certains entrepreneurs, car une partie des profits attendus est progressivement grignotée par la hausse des coûts de production.

La production réalisée peut donc être inférieure à celle qui avait été primitivement envisagée. Une nouvelle confrontation a lieu, entre l'offre et la demande sur le marché des biens de production.

L'apparition d'une production supplémentaire sur le marché des biens de consommation amène une baisse des prix du produit dont l'offre augmente. Cette baisse a pour conséquence normale la satisfaction des besoins qui n'avaient pu être satisfaits à la suite d'un prix trop élevé. Cependant, si les entreprises ont été trop optimistes ; si elles ont produit et

L'ÉQUILIBRE

L'économiste Léon Walras (1834-1910), professeur de l'université de Lausanne à partir de 1870, a donné la première vue parfaitement cohérente de l'équilibre général. Par bien des aspects il a fondé l'approche « smithienne » contemporaine.

L. Walras était socialiste agrarien (il proposait la nationalisation de toutes les terres), mais il voulait fonder scientifiquement sa théorie économique, ce qui signifiait, pour lui, le rejet de toute démarche normative. Il distinguait donc les faits économiques, qui relevaient de la science, des faits *humanitaires,* qui relevaient de la morale. C'est là une approche typiquement réformiste, fortement opposée à l'approche marxiste qui cherche à unir dans une même science l'étude des faits économiques et sociaux.

Sa volonté d'une science économique parfaitement autonomisée l'a amené à donner une formulation mathématique de l'équilibre général. Il a ainsi mathématiquement démontré que, dans un système de concurrence pure et parfaite, le prix de chaque produit est égal à son prix de revient, et que l'ensemble des facteurs de production est utilisé. C'est ce qu'on nomme *l'équilibre walrassien.* En fait, cette économie pure n'est pas parfaitement autonomisée, car elle suppose exacts des postulats libéraux sur les comportements des individus. Or, ces postulats sont de nature philosophique et idéologique.

Nous verrons dans le chapitre suivant d'autres caractéristiques supplémentaires de l'équilibre walrassien. Disons seulement ici que Walras a complété et dépassé la vision d'Adam Smith. Il lui a donné une cohérence d'ensemble et les instruments d'une démonstration mathématique. Il a surtout démontré l'interdépendance de tous les prix et de toutes les quantités. Certains y voient la *justesse* de la vision smithienne ; d'autres font remarquer que possibilité de *formalisation mathématique* et *vérité* sont deux choses bien différentes.

L. Walras n'était pas dupe de sa théorie pure. Il n'y voyait qu'un instrument d'analyse, et non une représentation de la réalité. Socialiste agrarien, il proposait, dans son *Traité d'économie sociale,* que toute la terre soit propriété de l'État. Ce dernier s'appropriera ainsi la rente foncière et pourra supprimer l'impôt. L'inégale fertilité des terres et la diversité des charges fiscales seront ainsi supprimées. L'échange se fera alors dans de meilleures conditions. Nous sommes ici bien loin du « laisser-faire » libéral.

Les défenseurs du marché se réfèrent toujours à l'équilibre

compté sur une baisse moins importante des prix, on assistera à une série de rééquilibrages. Les demandes sur les marchés des biens de production, du travail et des capitaux baissent.

WALRASSIEN

walrassien, mais ils ont oublié cet aspect du maître de Lausanne. L'égalisation du prix de vente et du prix de revient dans l'équilibre général n'était certainement pas pour Walras une justification du capitalisme, mais de la concurrence et du libre-échange. Au passage, il faisait la démonstration mathématique que la meilleure allocation des ressources et le plein emploi ne sont atteints qu'au moment où le profit a disparu. Les libéraux français de l'époque, politiquement conservateurs, ne s'y sont pas trompés ; ils l'obligèrent à aller enseigner à l'étranger.

Il n'était que polytechnicien et n'avait pas soutenu de thèse. Son opposition au marxisme ne suffisait pas à lui faire pardonner sa proposition de *nationalisation des terres* par l'État. P. Leroy-Beaulieu, pape du conservatisme universitaire et libéral français de la fin du siècle dernier, n'avait pas de mots assez forts pour condamner la méthode mathématique. « C'est, disait-il, une pure chimère, une vraie duperie. Elle n'a aucun fondement scientifique, ni aucune application pratique. C'est un jeu de l'esprit qui ressemble à la recherche de martingales à la roulette de Monaco » (*Traité d'économie politique,* t. I, p. 85).

Aujourd'hui, la revanche de Léon Walras est spectaculaire. Les imperfections mathématiques de ses démonstrations ont été, peu à peu, supprimées par des économistes. On a beaucoup, depuis sa mort, perfectionné l'équilibre général walrassien. Cet équilibre est le plus généralement défini par le système d'équation mis au point par les économistes Arrow et Debreu. Mais la gloire de Walras est moins sa démonstration que la découverte fondamentale de l'interdépendance de tous les prix et de toutes les quantités. Ce fut, dans la longue suite des descendants d'Adam Smith, la seule idée réellement nouvelle depuis Ricardo. Toute l'analyse des équilibres sur des marchés particuliers, réalisée au début du siècle par l'économiste britannique A. Marshall, en a découlé. Keynes lui-même n'aurait pas pu parvenir à un système aussi noué, s'il n'avait pas eu le concept d'interdépendance. Plus près de nous, l'analyse de l'économie en termes de tableaux, de relations industrielles, a été créée par l'économiste américain d'origine russe, W. Leontief. La mise au point des modèles économétriques s'appuie sur la constatation fondamentale de L. Walras.

Au-delà des descendants d'Adam Smith, elle fonde l'économie contemporaine et préfigure l'analyse systémique actuelle.

Les prix sur ces marchés chutent, ce qui permet la poursuite de certaines productions menacées par la baisse des prix de vente sur le marché des biens de consommation.

A travers une série d'oscillations successives de la production entraînant des hausses et des baisses de prix, on s'achemine peu à peu vers un équilibre stable entre l'offre et la demande. Cet équilibre sera général, car il s'étendra à tous les marchés.

Pour les « smithiens », ce prix d'équilibre stable est le meilleur possible. Au moment où un prix d'équilibre stable s'établit, plus aucun consommateur ne peut et ne veut acheter plus qu'il ne le fait ; les besoins solvables sont tous satisfaits. Aucune entreprise ne peut produire plus, car le profit est juste suffisant pour maintenir la production. Aucun salarié ne cherche du travail, car le niveau du salaire est tel, que tous ceux qui étaient sans emploi et prêts à accepter un salaire moindre, ont trouvé du travail. Il peut, certes, exister encore des chômeurs. Ce sont des chômeurs volontaires : s'ils demeurent sans travail, c'est qu'ils le veulent bien ; s'ils acceptaient une rémunération moindre, ils trouveraient un emploi. En effet, les salaires baissant, les entreprises auraient des perspectives de profit plus grandes. Elles produiraient plus. Les prix baisseraient, mais les acheteurs seraient alors plus nombreux, et un nouvel état d'équilibre stable pourrait s'établir.

b) De la formation d'un prix d'équilibre à l'équilibre général, instrument d'analyse économique.

La formation d'un prix d'équilibre général que nous venons de décrire, est, par rapport à la théorie de l'équilibre général de L. Walras, très triviale.

Nous avons supposé un déroulement dans le temps et la formation d'équilibres provisoires, nécessaires à une première explication de l'équilibre général.

Dans l'équilibre walrassien l'information circule parfaitement entre tous les participants à l'échange. C'est le marché qui la fait circuler. Walras imagine, à ce propos, qu'il joue le rôle d'un *commissaire-priseur* qui centralise toute l'information, la diffuse, et propose des prix qui se rapprochent peu à peu des prix de l'équilibre général. Les oscillations que nous avons décrites sont, en quelque sorte, des propositions successives, des tâtonnements qui acheminent les échanges vers les *prix d'adjudication* de l'équilibre général.

L'échange, sur l'ensemble des marchés, n'a lieu qu'au moment où l'on est parvenu à définir les prix.

Nous verrons plus loin pourquoi nous sommes ici en présence d'une nécessité théorique fondamentale. Disons simplement que chacun, dans l'échange, poursuit sa satisfaction personnelle et cherche à la satisfaire au mieux de ses intérêts. L'échange ne peut donc se faire qu'au moment où toutes les préférences sont devenues compatibles entre elles. Bien entendu, cela suppose que l'information circule bien, mais dans la théorie pure de Walras, c'est, par définition, le cas.

Le fonctionnement de l'économie que nous venons de décrire suppose, en outre, que les entrepreneurs et les travailleurs se fassent une concurrence acharnée. Sitôt qu'une entreprise espère pouvoir vendre plus en abaissant ses prix, elle le fait. Les travailleurs au chômage sont, de leur côté, prêts à accepter des salaires moindres pour trouver un emploi. Les prix et les salaires se fixent librement ; aucune réglementation ni entente ne les empêche de baisser.

L'État n'a pas à intervenir, puisque l'équilibre est automatique. Il doit se contenter d'assurer le respect des règles de la concurrence.

C'est là un modèle *idéal,* mais la réalité est différente ; pour les « smithiens », ce modèle n'a pas pour objectif de décrire exactement ce qui existe il doit permettre de juger ce qu'il est nécessaire de modifier pour assurer un meilleur fonctionnement de l'économie de marché.

La plupart des économistes « libéraux » pensent que les diverses formes de concurrence imparfaite sont néfastes pour une bonne allocation des ressources. C'est Joseph Schumpeter (1883-1950), dont nous reparlerons plus loin, qui s'éleva le premier et le plus vigoureusement contre cette idée. Pour lui, en fixant des prix plus élevés que ceux autorisés par la concurrence pure et parfaite, la grande firme réalise ses investissements avec plus de certitude. Elle peut mettre en œuvre des plans à long terme plus ambitieux, et finalement promouvoir le progrès économique et social. En fait, comme

TABLEAU D'ENSEMBLE DES FORMES DE MARCHÉS

DEMANDE / OFFRE	Un seul acheteur	Quelques acheteurs	Très grand nombre d'acheteurs	Très grand nombre d'acheteurs, mais avec d'autres hypothèses d'imperfection
Un seul vendeur	MONOPOLE BILATÉRAL	MONOPOLE CONTRARIÉ	MONOPOLE	MONOPOLE IMPARFAIT
Quelques vendeurs	MONOPSONE CONTRARIÉ	OLIGOPOLE BILATÉRAL	OLIGOPOLE	OLIGOPOLE IMPARFAIT
Très grand nombre de vendeurs	MONOPSONE	OLIGOPSONE	CONCURRENCE PURE ET PARFAITE	CONCURRENCE IMPARFAITE DES ACHETEURS
Très grand nombre de vendeurs, mais d'autres formes d'imperfection	MONOPSONE IMPARFAIT	OLIGOPSONE IMPARFAIT	CONCURRENCE IMPARFAITE DES VENDEURS	CONCURRENCE DOUBLEMENT IMPARFAITE

SOURCES : Tableau inspiré de Stackelberg, repris par le professeur H. Guitton dans son *Précis d'économie politique*, Dalloz, 1953.

**CONCURRENCE PURE ET PARFAITE,
CONCURRENCE IMPARFAITE,
ÉQUILIBRE GÉNÉRAL, DÉSÉQUILIBRE ***

La description smithienne de l'économie part d'une situation de concurrence pure et parfaite.

Dans un tel marché, la concurrence est pure, car :

— Les vendeurs et les acheteurs sont très nombreux, et aucun d'eux ne peut, à lui seul, influencer la formation des prix (hypothèse d'atomicité) ;

— Les produits échangeables sont identiques et substituables les uns aux autres (hypothèse d'homogénéité) ;

— Aucune réglementation n'empêche acheteurs et vendeurs de s'exprimer librement (hypothèse de fluidité).

La concurrence est dite parfaite, car :

— L'information *circule librement* (hypothèse de transparence) ;

— Les facteurs sont parfaitement *mobiles* (hypothèse de mobilité).

Reprenez le fonctionnement du marché que nous venons de décrire. Vous verrez que, si l'une des hypothèses n'est plus vérifiée, *l'équilibre général* ne peut plus se former de manière *optimale*, avec la meilleure allocation possible des ressources.

Or, il existe de nombreuses impuretés et imperfections. La publicité, les habitudes, la facilité d'accès troublent la concurrence, même si vendeurs et acheteurs sont très nombreux. Ce sont les auteurs anglo-saxons du début de ce siècle et des années trente qui ont le plus étudié les conséquences de ces imperfections. Les plus célèbres d'entre eux furent A. Marshall, E. Chamberlin et Joan Robinson. Ils abandonnèrent l'équilibre général et étudièrent comment des équilibres partiels pouvaient se produire. Les interdépendances entre les marchés étaient délaissées au profit de l'étude de tel ou tel marché. On trouvera ci-contre un tableau d'ensemble des diverses formes de confrontation entre l'offre et la demande.

nous le verrons, son argumentation et sa représentation de l'économie sortent du code de référence des descendants d'Adam Smith. J.A. Schumpeter est un hérétique.

Nous avons vu que J.M. Keynes a porté un rude coup à l'idée que l'équilibre général correspondait à la meilleure allocation possible des ressources. En refusant d'admettre les postulats du raisonnement smithien et en se plaçant directement au niveau macro-économique, J.M. Keynes a montré que l'équilibre stable pouvait correspondre à une situation de sous-emploi. Même dans une situation de concurrence pure et parfaite et de flexibilité de salaires et des prix, le chômage peut exister, si on tient compte de la monnaie.

2. Le fonctionnement normal de « l'économie de marché » perturbé par les politiques keynésiennes

Pour les descendants d'Adam Smith, la situation actuelle est, en grande partie, la conséquence de l'application des idées keynésiennes. En intervenant systématiquement, soit pour relancer l'économie, soit pour stabiliser la conjoncture, les pouvoirs publics perturbent les décisions des entreprises et des salariés. Des erreurs sont commises et s'accumulent. Aujourd'hui, nous les payons.

Pour les libéraux contemporains, l'erreur part d'une mauvaise interprétation de la crise de 1929. De la persistance du chômage dans les années trente, Keynes a cru pouvoir conclure qu'il ne pouvait y avoir de retour spontané au plein emploi. Or, d'après les descendants actuels d'Adam Smith, 1929 n'est qu'un accident historique. A la suite de mesures prises à contretemps, les autorités monétaires américaines avaient provoqué une amputation de 30 % de la masse monétaire. Cet événement fortuit créait le chômage, car les salariés refusaient une baisse identique de leur salaire, autorisant une baisse des prix et un rajustement général.

Dans une telle situation, en partant de prémisses théoriques non fondées, la politique keynésienne eut à l'époque des résultats relativement efficaces. La réinjection de pouvoir d'achat et de monnaie permettait de relever les prix et de rendre plus supportables les rigidités des salaires nominaux.

Malheureusement, par la suite, la politique keynésienne n'eut plus à lutter contre une situation exceptionnelle. Elle a donc perdu son efficacité. Pire, en déstabilisant les comportements des agents économiques, elle est devenue pernicieuse.

Aujourd'hui, la persistance du chômage n'est plus due à une insuffisance de la demande effective. La relance de la demande ne peut pas améliorer l'emploi. *Pour réduire le chômage, il faut d'abord permettre à l'économie de marché de retrouver un fonctionnement normal.*

Pour parvenir à ce diagnostic, les descendants d'Adam Smith font trois constatations ;

1. Il existe, dans nos économies, une tendance à l'augmentation du chômage volontaire ;
2. Les politiques keynésiennes ne parviennent qu'à un abaissement passager du taux *naturel* du chômage ;
3. Les errements keynésiens débouchent sur l'inflation, l'instabilité et des erreurs dans l'allocation des ressources.

1. Il existe, dans nos sociétés, une augmentation du chômage volontaire.

Dans toute société, des personnes, en raison notamment de leur situation de famille, peuvent se permettre de refuser de travailler pour le salaire qu'on leur offre. Elles constituent le groupe des chômeurs volontaires. Certaines d'entre elles peuvent, bien sûr, se retirer du marché du travail. D'autres vont rechercher un emploi correspondant mieux à leurs désirs. Dans certains cas, des personnes tombées involontairement au chômage y demeurent volontairement en attendant une proposition plus avantageuse que celles qu'elles ont eues jusque-là.

En fait, un individu qui recherche un emploi fait toujours un arbitrage entre l'utilité et la pénibilité du travail, entre le coût psychologique et économique du chômage et le temps de loisir supplémentaire que le chômage lui procure. En demeurant au chômage plus longtemps, cet individu peut espérer trouver un emploi qui, par le salaire et l'agrément, compensera la pénibilité du travail et la perte de liberté.

Le nombre des chômeurs volontaires est très lié au niveau de

CHÔMAGE INVOLONTAIRE ET CHÔMAGE VOLONTAIRE

Pour les keynésiens, le chômage volontaire est extrêmement réduit, voire nul. Tout au plus acceptent-ils d'appeler chômeurs volontaires les personnes en changement d'emploi. Pour eux, toute société doit être capable d'offrir à tous ses membres les emplois qu'ils désirent. Le plein emploi n'est pas un mythe, mais une réalité. Si la recherche d'un emploi s'avère vaine, même si le chômeur a quitté volontairement son emploi, il devient un chômeur involontaire. Dans ces conditions, le chômage volontaire ne dépasse guère 1 % de la population active.

Les libéraux néo-classiques, monétaristes ou nouveaux économistes, ont une tout autre conception. La notion de chômage volontaire est très extensible. Elle englobe tous ceux qui, se voyant proposer un emploi, le refusent. Pour eux, le chômage involontaire n'existe que dans deux cas extrêmes. Soit les entreprises, par suite de pénurie physique, ne peuvent pas produire autant qu'elles le désireraient ; une partie des travailleurs sont mis au chômage. Soit, à l'opposé, les salariés accepteraient de travailler avec un salaire réel plus bas, qui conviendrait aux entreprises ; malheureusement, les ajustements de prix, de demandes et de salaires ne peuvent, pour diverses raisons, avoir lieu. La formation d'un nouvel équilibre est gagnée de vitesse par la récession. Alors, apparaît le chômage involontaire. On conviendra que ces deux situations extrêmes sont aujourd'hui relativement rares.

vie, à l'environnement social et culturel. Il ne varie que lentement. A ce propos, les descendants d'Adam Smith parlent de *chômage naturel.* On constate que, ces dernières années, l'évolution économique et sociale a amené une croissance de ce chômage. Les allocations-chômage se sont généralisées. Elles permettent à ceux qui ont perdu un emploi de prendre leur temps. L'évolution du niveau de vie a accru la pénibilité psychologique de certains emplois. Il est apparu en effet une distorsion grandissante entre l'amélioration des conditions générales de vie et de revenus et les conditions de travail. Certaines tâches deviennent inacceptables. Nos économies doivent faire appel à des travailleurs étrangers, alors que des jeunes préfèrent demeurer sans emploi. On parle, à ce propos, de chômage d'incohérence ; il vaut mieux parler de chômage volontaire. Ce chômage est d'autant mieux accepté par les jeunes que leur prise en charge par leur famille leur permet de profiter de leurs loisirs forcés. Enfin, parmi les chômeurs, nous trouvons de plus en plus de femmes.

L'évolution de la famille et de la société incite en effet les femmes à rechercher un travail rémunéré. Toutefois, le revenu de la femme n'est pas le plus souvent le revenu principal de la famille. Le temps de prospection d'un emploi peut s'allonger. L'abaissement du coût relatif du chômage et l'accroissement du coût psychologique du travail amènent normalement l'élévation du taux naturel du chômage.

2. Les politiques keynésiennes ne provoquent qu'un abaissement de plus en plus passager du chômage naturel.

La montée du chômage volontaire rend aujourd'hui la réalisation du plein emploi de plus en plus mythique. Telle est du moins l'opinion des descendants d'Adam Smith. On ne peut, pour eux, durablement descendre au-dessous du taux *naturel* du chômage.Les politiques de relance ne peuvent que passagèrement le camoufler. Malheureusement, l'illusion ne dure pas, et rapidement, nous sommes ramenés au taux naturel du chômage.

Que se passe-t-il, en effet, lorsqu'un gouvernement accroît brutalement et de manière artificielle la demande, par une injection supplémentaire de monnaie (déficit budgétaire financé par la création de monnaie, modification dans la réglementation du crédit, etc.)?

Les entreprises voient brutalement s'élever leurs ventes. Elles interprètent cette évolution comme l'ordre de produire plus, comme une amélioration durable de leur position sur le marché. Les entreprises font difficilement le départ entre une augmentation réelle de leurs ventes (notamment par substitution d'un produit qu'elles offrent à un autre, par amélioration de leur compétitivité...) et un gonflement artificiel de la demande. Espérant produire plus et abaisser leurs coûts fixes, voire vendre plus cher (puisque la demande semble augmenter), elles acceptent de payer des salaires plus élevés.

LES EFFETS DE L'ÉVOLUTION DU COÛT RELATIF DU CHÔMAGE ET DE LA PÉNIBILITÉ DU TRAVAIL SUR LA COURBE D'OFFRE DE TRAVAIL

Comme tout prix, le salaire est déterminé par une offre et une demande (ici, de travail). Sur ce marché, ce sont les entreprises qui demandent le travail que les salariés offrent. Lorsque le prix du travail est élevé, les salaires compensent mieux la pénibilité de l'emploi et le désagrément de la perte d'une partie de son temps libre. En revanche, à un haut niveau des salaires, certaines productions ne sont pas rentables et les entreprises demandent moins de travail. Si les salaires baissent, des salariés préfèrent rechercher un emploi plus rémunérateur et deviennent volontairement chômeurs. Inversement, les entreprises seraient susceptibles de demander plus de travail car, avec des salaires plus bas, certaines productions deviendraient ou redeviendraient rentables.Bien entendu, le salaire se fixera au prix d'équilibre entre l'offre et la demande.

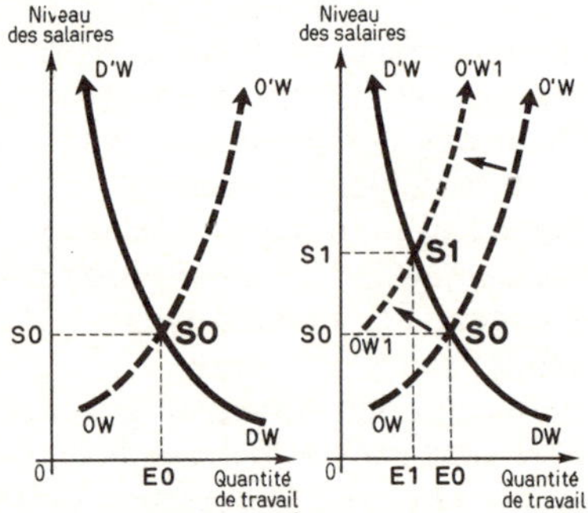

Lorsque le coût psychologique relatif du travail augmente, que l'utilité du revenu qu'il procure diminue, et que le coût psychologique (voire économique, par suite des indemnités-chômage) du chômage diminue pour chaque niveau des salaires, le travail offert est le moindre.

La courbe de l'offre de travail se déplace vers la gauche. Le prix du travail (le salaire) qui permettra l'équilibre entre l'offre et la demande de travail passe de E_0 à E_1. L'emploi diminue, car à ce prix les entreprises demandent moins de travail ; certaines entreprises font faillite, et d'autres abandonnent les productions non rentables. Mais en E_1, il n'y a aucun chômage involontaire. La diminution de l'emploi est due à l'augmentation du chômage volontaire, puisque aucun travailleur se trouvant à droite de E_1 n'accepterait de travailler pour le salaire S_1.

De leur côté, les salariés, qui voient augmenter les propositions des entreprises, acceptent d'offrir plus de travail. Ils ne peuvent savoir que l'augmentation de salaire proposée est purement nominale. Le nombre des chômeurs volontaires diminue ; *pour un certain temps, le chômage naturel régresse.* A la demande de travail des entreprises, répond une offre de travail.

Malheureusement, toute injection brutale de monnaie entraîne une hausse des prix nominaux [1]. Les coûts de production vont s'élever. Des entreprises perdent leur compétitivité, le pouvoir d'achat des salariés baisse. L'augmentation de la demande réelle est bien moindre que prévu. La hausse des salaires nominaux ne se traduit pas par une hausse du salaire réel. Dans ces conditions, pour chaque niveau des salaires, les entreprises sont moins portées à demander autant de travail. Quant aux salariés, ils rétablissent leur offre au niveau qui correspond au salaire réel.Un nouvel équilibre entre l'offre et la demande a lieu ; l'emploi se dégrade ; le taux naturel du chômage est identique à celui qui existait avant la relance de la demande.

Paradoxalement, disent les libéraux actuels, l'échec des politiques keynésiennes a renforcé le mythe du plein emploi. En effet, pendant un certain temps, le taux naturel du chômage a reculé ; lorsqu'il retourne à son étiage normal, les responsables économiques réagissent en accentuant leur politique de relance.

Peu à peu, cette politique va devenir de moins en moins efficace. En effet, entreprises, salariés et consommateurs savent désormais que le gonflement de la demande est artificiel, et l'augmentation des salaires, purement nominale. Dans ces conditions, ils n'anticipent plus l'expansion, mais l'inflation [2]. Le taux naturel du chômage ne baissera plus, même momentanément, bien au contraire, puisque la perte de

1. Nous reverrons plus loin et plus en détail ce qui se cache derrière cette phrase. Disons, pour l'instant, que les descendants d'Adam Smith établissent une relation étroite entre création de monnaie et inflation. Ils ont une conception très *monétaire* de l'inflation.

2. C'est *la théorie des anticipations rationnelles*. Elle se fonde sur une capacité grandissante des agents économiques à anticiper les effets d'une politique monétaire.

l'illusion monétaire se combine avec l'élévation, à moyen terme, du chômage volontaire.

Pire, aujourd'hui, les politiques sociales de *welfare*, inspirées par la théorie keynésienne, ont amené une accentuation de la pression fiscale. La progressivité de l'impôt sur le revenu décourage.

Les impôts et les charges sociales rognent le profit des entreprises. Même lorsque la demande augmente, les entreprises n'ont pas avantage à produire plus. Ici, les théoriciens de l'offre, tel le Californien Laffer, s'allient au monétariste M. Friedman.

Les gouvernements prisonniers des vues de Keynes ont beau procéder à des injections de plus en plus fortes de monnaie, le chômage ne recule pas. On débouche dans l'inflation et le chômage : la *stagflation*.

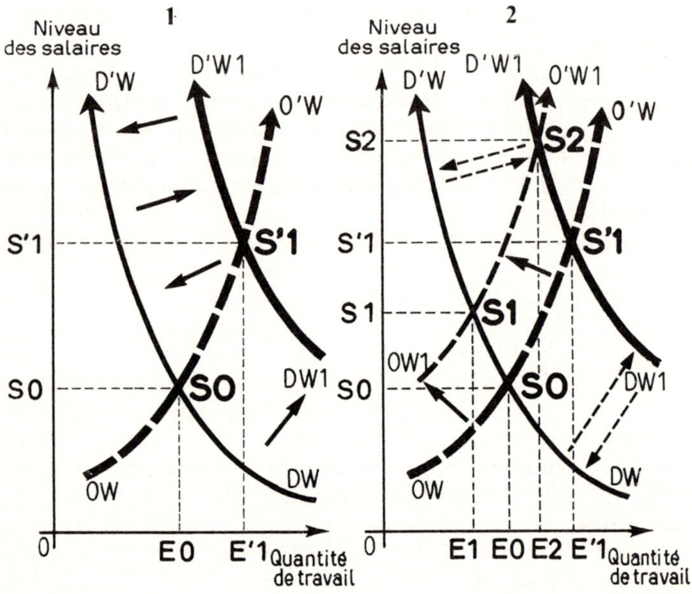

Reste à savoir pourquoi une politique de relance est une illusion monétaire et toute injection de monnaie, inflationniste.

Résumons-nous :

La relance brutale de la demande par une injection de monnaie provoque un déplacement de la courbe de demande de travail vers la droite. Pleins d'espérance, les entrepreneurs, pour chaque niveau des salaires, demandent plus de travail. Quand l'illusion monétaire disparaît, puisque toute injection intempestive aboutit, selon les descendants d'Adam Smith, à l'inflation, la courbe de demande de travail se redéplace vers la gauche. L'emploi rejoint progressivement son niveau primitif (graphique 1).

Lorsque, pour les salaires, l'utilité relative du travail et le coût relatif du chômage diminuent, la courbe de l'offre de travail se déplace vers la gauche. Aussi, la relance sera moins efficace (l'emploi se déplacera seulement de E_o à E_2). Par ailleurs, lorsque l'illusion monétaire disparaîtra, on pourra ici très bien aller en deçà du taux initial du chômage (en E'_1) (graphique 2).

Bien entendu, pour les économistes, le résumé paraîtra bien sommaire. Nous nous en tiendrons là pour des raisons pédagogiques. C'est seulement dans le chapitre quatre que nous analyserons les présupposés théoriques qu'implique *l'illusion monétaire,* ou certain déplacement des courbes d'offre et de demande.

3. Les errements keynésiens entraînent l'inflation et des erreurs de plus en plus graves dans l'allocation des ressources.

Pour les descendants d'Adam Smith, il est facile de comprendre pourquoi toute injection brutale de monnaie est inflationniste. Dans une économie donnée, tout agent garde par-devers soi une certaine encaisse liquide. Elle lui est nécessaire pour faire face à son activité courante (nous avons vu que Keynes parle, lui aussi, des encaisses). Lorsqu'on injecte brutalement de la monnaie, ces encaisses se gonflent au-dessus du montant désiré. Ce surplus va être dépensé. Mais en devenant brutalement plus abondante, la monnaie perd sa valeur car la production ne peut augmenter aussi rapidement. Elle est abondante, et les biens sont rares. Or, la valeur d'un bien dépend de sa rareté relative (nous aurons à réexaminer et affiner cette proposition au chapitre suivant). L'augmentation des prix est d'autant plus forte que la demande s'élève brutalement et que certaines productions ne peuvent suivre qu'après un long délai.

Cette augmentation des prix entraîne un besoin d'encaisses supplémentaires. L'augmentation initialement prévue de la demande réelle ne peut pas se réaliser. Les entreprises qui s'étaient trop pressées de mettre en œuvre une production plus importante sont en difficulté. L'emploi entre dans une phase de contraction et de dégradation. Bien entendu, les gouvernements, comme nous l'avons analysé antérieurement, interviennent d'abord pour arrêter l'inflation, puis pour relancer la demande. On entre dans des politiques de *« stop and go »*. Elles allient le maximum d'inflation au minimum de croissance. Elles provoquent une instabilité croissante dans les anticipations des entrepreneurs. Des erreurs de plus en plus graves affectent leurs investissements, la substitution du capital au travail et, en un mot, l'allocation des ressources.

Tandis que le fonctionnement *naturel* du marché aurait favorisé la circulation de l'information la plus adéquate à une bonne allocation des ressources, les interventions publiques n'ont fait que multiplier les bruits, les fausses nouvelles et les indications contradictoires. La situation devient de plus en plus critique et fragile.

Il vient un moment où un choc peut brutalement entraîner une récession. L'augmentation du prix du pétrole, qui est aussi la conséquence de la violation — pendant des décennies — des lois du marché, a été ce choc. L'augmentation du chômage est accélérée. Les salaires réels ne fléchissent pas. Leur rigidité et la défense de l'emploi amènent des faillites de plus en plus nombreuses. Il vient un moment où certains salariés accepteraient un revenu moindre ; ils ne trouvent pas d'emploi. Un véritable chômage involontaire apparaît.

Il faut alors un certain temps avant qu'un nouvel équilibre puisse apparaître. Encore faudrait-il que les gouvernements s'abstiennent de tenter d'abaisser à nouveau le chômage au-dessous de son taux naturel.

3. Les prescriptions des descendants d'Adam Smith pour sortir de la crise

On peut résumer en une phrase les prescriptions des descendants d'Adam Smith : laisser fonctionner le marché et éviter que les décisions du gouvernement ne troublent les calculs rationnels des entreprises et des salariés. C'est la position fondamentale de tout partisan du libéralisme économique.

A cette fin :

a) Il faut abandonner l'idée que le plein emploi est un objectif politique. Le marché du travail est un marché comme un autre ; il ne faut pas en perturber le fonctionnement. Si on laisse librement se confronter l'offre et la demande de travail, tous ceux qui désirent un emploi au prix d'équilibre du marché en trouveront un. Bien entendu, cela suppose qu'on ne cherche pas à obtenir une baisse artificielle du taux naturel de chômage, du nombre des chômeurs volontaires. Cette baisse ne serait que le résultat d'une illusion monétaire qui, tôt ou tard, se dissiperait. En effet, le taux de chômage naturel est, à moyen terme, indépendant de l'activité économique ; il peut même varier en sens inverse de l'activité, puisqu'il est lié à l'amélioration générale du niveau de vie.

b) Il est nécessaire d'empêcher la monnaie de jouer un rôle actif dans les anticipations. Contrairement à ce que pensaient les premiers successeurs d'Adam Smith, la monnaie n'est pas

LA COURBE

En 1958, l'économiste d'origine néo-zélandaise A.W. Phillips mettait en relation l'évolution du chômage et la variation des salaires. Des études sur une longue période (1861-1957) lui permettaient d'affirmer qu'en Grande-Bretagne, le taux de chômage variait en sens inverse de la variation des salaires. En 1962, A.W. Phillips, poursuivant ce travail, démontre une liaison étroite entre l'évolution des prix et le taux de chômage. Plus le chômage était élevé, plus l'inflation se ralentissait.

Ces études étaient purement empiriques. Elles furent parfois prises comme instrument d'une politique de régulation relativement simpliste. Si on voulait éviter que le taux de croissance des salaires ne débouche sur l'inflation, il suffisait de le maintenir en-deçà de la croissance de la productivité. A cette fin, une *demande effective* n'assurant pas le plein emploi, pouvait faciliter l'ajustement de chômage, de la croissance des salaires et de celle de la productivité. On notera au passage que cette interprétation, qui établissait une liaison directe entre le salaire et l'équilibre de l'offre et de la demande de travail, s'éloigne sensiblement de Keynes. On pouvait aussi, de manière encore plus simpliste, en déduire qu'un peu d'inflation facilite la résorption du chômage, et qu'un peu de chômage freine l'inflation.

Malheureusement, à peine découvertes, les courbes de Phillips perdirent leur belle allure d'antan. Peu à peu, dans tous les pays

LA COURBE DE PHILLIPS NORMALE

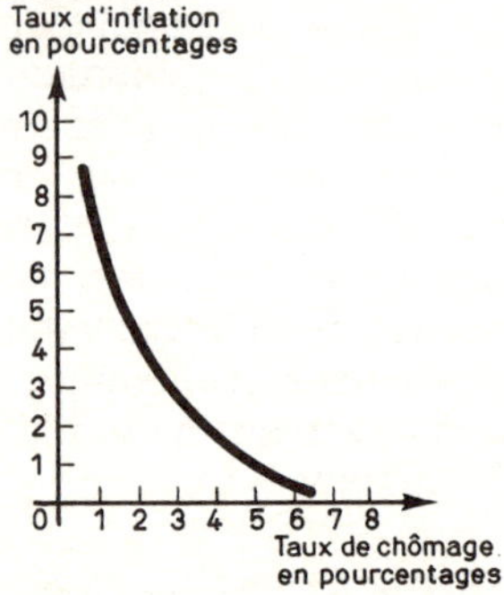

LA COURBE DE PHILLIPS AUX E.U.A. DE 1959 A 1978

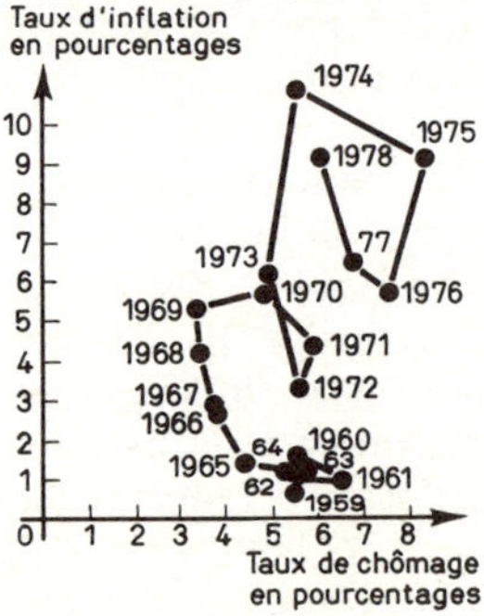

DE PHILLIPS

industrialisés, hausses de salaires et chômage ne varieront plus forcément en sens inverse. Cette évolution peut être interprétée de deux manières.

Les keynésiens y voient la preuve que la fixation des salaires est de plus en plus le résultat d'un rapport de forces sur lequel la situation du marché du travail a de moins en moins d'influence. Les descendants d'Adam Smith y voient la preuve de l'inefficacité croissante des politiques keynésiennes.

La courbe théorique publiée en 1958 est un peu plus complexe que le modèle théorique présenté ci-dessus et qui n'envisage pas les baisses de salaires (semblable à ce qui s'est passé lors de la grande dépression). De plus, elle ne montre pas les relations entre augmentation des salaires et augmentation de la production.

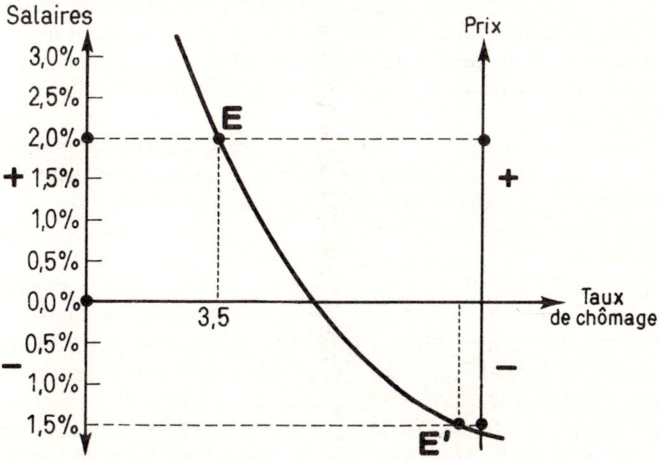

Ici, le graphique se lit de la manière suivante : plus le taux de chômage est élevé plus l'augmentation des salaires est faible. Si l'accroissement du salaire, qui correspond à un taux de chômage de 3,5 %, soit 2,6 %, est égal à celui de la productivité, l'augmentation des prix est nulle. Un taux de chômage suffisamment élevé peut entraîner une baisse des salaires et peut favoriser une baisse des prix si la productivité ne chute pas.

spontanément un simple voile, sans influence sur l'activité économique. A court terme, les mécanismes de l'illusion monétaire le prouvent ; elle peut influencer les comportements et l'activité économiques. Mais, à moyen et long terme, ce sont les forces réelles (progrès techniques, variation des utilités relatives du travail et des biens, facteur de production disponibles) qui influencent l'orientation de l'économie. S'il y a contradiction entre, d'une part, l'évolution à court terme, influencée par le maniement de la monnaie et, d'autre part, l'orientation à moyen et long terme, de dangereuses distorsions peuvent apparaître. Les gouvernements doivent donc promouvoir une politique monétaire qui maintiendra, à court terme, la neutralité de la monnaie.

Cette politique aura pour but essentiel d'éviter toute variation intempestive de la masse monétaire, des taux de change et, plus généralement, de tous les prix nominaux (exprimés en monnaie, sans référence au pouvoir d'achat réel). Les manipulations monétaires perturbent les anticipations et déstabilisent l'économie.

Dans cette optique, il faut assurer une croissance régulière (et, si possible, modérée) de la masse monétaire, sans se préoccuper du taux d'inflation. En règle générale, la croissance de la masse monétaire doit être égale à la somme de la croissance de la production et de celle des prix.

Lorsque l'inflation est déclenchée, dans une certaine mesure, il vaut mieux ne pas freiner brutalement les hausses des prix nominaux. Milton Friedman est même partisan de taux de change flottants et d'une indexation généralisée des prix. De telles mesures évitent que des variations purement monétaires n'influencent les variations réelles. A partir du moment où les conséquences de l'inflation sont neutralisées, les prévisions se font à nouveau en termes réels, et l'illusion monétaire est éliminée.

c) Il faut réduire le poids des dépenses publiques et leur assurer une plus grande neutralité. L'objectif est toujours le même : ne pas perturber les choix rationnels des individus. Les descendants d'Adam Smith se prononcent donc pour un strict équilibre des dépenses publiques et leur réduction progressive avec, parallèlement, une diminution de la progressivité de l'impôt.

Bien entendu, les descendants d'Adam Smith s'opposent rigoureusement à toutes les réglementations. Ils prônent un réel retour à la concurrence et à la liberté des prix et des salaires. La liberté des salaires, alliée à la suppression des allocations-chômage, remplacées par un revenu garanti, faciliterait, selon eux, l'abaissement du chômage. En effet, une baisse des salaires permettra d'éviter des faillites ou d'améliorer la rentabilité.

d) Il faut stimuler la recherche de leur intérêt personnel par tous les acteurs de la vie économique. Tout ce qui empêche un individu de profiter de ses gains freine son initiative. Il serait donc bon de diminuer sensiblement la progressivité de l'impôt, les taxes indirectes et les cotisations sociales. Elles empêchent les plus dynamiques de développer pleinement leur activité. Il faut, en outre, diminuer les coûts des entreprises, afin qu'elles aient à nouveau avantage à produire plus et deviennent ainsi plus compétitives. C'est en s'occupant plus de l'offre et moins de la demande qu'on développera l'emploi.

CHAPITRE 4

Les clés de la lecture smithienne de l'économie

Lorsque Adam Smith écrit *la Richesse des nations,* la révolution industrielle vient d'éclater. Elle a été précédée par une révolution agricole, née en Angleterre, et qui est allée de pair avec le phénomène des *enclosures*[1]. Pour pouvoir faire face à la croissance démographique, qui a débuté depuis le XVIe siècle, on doit introduire de nouvelles techniques agricoles (assolement biennal, prairie artificielle). L'ancien système, qui consistait à laisser périodiquement en jachère les champs sur lesquels vaquaient librement les troupeaux, doit être supprimé. Les champs doivent être clos, et les communaux, biens de tous, constitués de prairies naturelles et de bois, doivent être partagés pour être mis en culture. Les paysans sans terres qui vivaient en faisant paître leurs quelques bêtes sur les champs en jachère et les communaux sont chassés de la terre et émigrent vers les villes. Or, au moment où les *enclosures* se mutiplient rapidement, débute la dispute des toiles peintes. La compagnie des Indes importait en Grande-Bretagne des cotonnades imprimées qui concurrençaient les tissus de lin et de laine. Les tisserands de lin et de laine obtinrent l'interdiction des importations de tissus imprimés en provenance des Indes. Pour tourner l'interdiction, les importateurs cherchent alors à tisser le coton sur place. Malheureusement, ils se heurtent aux réglementations qui empêchent d'utiliser une main-d'œuvre qui n'a pas suivi un long apprentissage. Bien plus, les chômeurs sans ressources sont envoyés dans leur village d'origine où, selon la « loi des pauvres », ils doivent être pris en charge par les paroisses. Les tisseurs de coton vont essayer de se passer de main-d'œuvre en mécanisant le travail. Mais

1. Clôture des champs.

partout, les innovations techniques se heurtent aux interdictions et aux normes qui cherchaient à organiser et à garantir la qualité de la production artisanale d'antan. La lutte pour la liberté d'entreprendre va aller de pair avec la propagation du progrès technique. La leçon des faits semble claire : il faut laisser les entrepreneurs faire ce qu'ils veulent pour accroître leur profit. En cherchant à s'enrichir, ils lutteront contre la pénurie et feront la prospérité de tous.

Derrière l'analyse du fonctionnement de l'économie que font aujourd'hui les descendants d'Adam Smith, nous retrouverons en fait les trois grands principes qui fondent le libéralisme économique :

1. Les individus ont des comportements rationnels ;
2. Le marché est l'élément moteur de toute régulation économique ;
3. Les valeurs s'échangent contre des valeurs.

1. Les individus ont des comportements rationnels

Le libéralisme économique est étroitement lié aux philosophies du XVIIIe siècle, qui proclament le triomphe de la *raison.* L'homme est un être rationnel. C'est le postulat de départ sans lequel la pensée libérale perdrait tout fondement. Encore faut-il s'entendre à partir de quel critère et de quelle place les individus raisonnent.

1. Les hypothèses de base.

Le postulat du comportement rationnel est complété par un autre : chaque homme cherche ce qui est utile à son plaisir, à maximiser ou à optimiser son plaisir [1]. Tout individu va donc se

1. Nous verrons plus loin, notamment dans le chapitre de conclusion, qu'il s'est produit, vers 1870, une rupture dans le courant smithien. Smith voyait dans la poursuite par chacun de son intérêt particulier le moteur de l'économie. Mais il

livrer à une série de calculs sur l'utilité ou la désutilité de tel bien ou de tel acte par rapport au plaisir qu'il lui procure ou dont il se privera. Nous avons vu que l'examen du chômage par les « nouveaux économistes » est réalisé à partir de ce type de comportement.

Ces deux premiers postulats débouchent sur un troisième : les choix sont avant tout des choix individuels. On ne voit d'ailleurs pas comment l'hédonisme rationaliste pourrait aller de pair avec autre chose que l'individualisme. Toutefois, dans la première moitié du XXe siècle, les néo-marginalistes [1] ont admis l'influence de la société sur la conception de l'utilité.

L'essentiel de la science économique smithienne, ou si l'on préfère, néo-classique, se concentre donc sur les allocations de ressources effectuées par des individus rationnels. Cela peut choquer, lorsqu'on connaît les comportements réels des individus. Ils sont bien souvent éloignés de ceux de l'*homo œconomicus*. Mais il ne s'agit pas, pour les néo-classiques, et même pour la plupart des néo-marginalistes, d'observer des comportements concrets, qui marient à la fois des motivations économiques, sociales, morales, idéologiques et qui mêlent intimement raison et pulsions. Le but est tout autre ; il faut justifier l'élaboration des instruments conceptuels et d'analyses d'une science au champ parfaitement autonomisé du reste de la réalité. Le réalisme observable des hypothèses n'est pas nécessaire, si ces hypothèses permettent de juger la réalité de manière cohérente, et surtout de fonder des prescriptions politiques efficaces. Cette position n'est pas propre au courant smithien. Nous touchons là un problème de critique de la science (d'épistémologie) sur lequel nous aurons à revenir [2].

---

n'avait qu'une vue très élémentaire du calcul en termes d'utilité ou de désutilité. Bien plus, pour Smith, comme chez les classiques, les choix rationnels se faisaient entre des valeurs exprimées en valeur-travail. Ce n'est qu'aux environs de 1870 que le courant smithien abandonna la valeur-travail et unifia réellement le calcul en termes d'utilité. A partir de cette date la valeur d'échange est, pour les smithiens, fondée, comme la valeur d'usage, sur l'utilité. Cette rupture n'empêche pas les classiques et néo-classiques de croire à l'unicité de la *rationalité économique* et à l'efficacité d'une économie gouvernée par les choix de sujets rationnels en situation de concurrence. Cf. p. 306 et s.

1. Cf. II, p. 73.
2. Cf. p. 240 et s., 330 et s.

L'APPROCHE MICRO-ÉCONOMIQUE

Par opposition à la macro-économie, qui part des données globales, des agrégats nationaux et des relations qui les unissent, la micro-économie part de décisions individuelles.

Cette distinction paraît simple. Il est cependant parfois difficile de tracer la ligne de partage. Les analyses micro-économiques cherchent à prendre en compte l'influence des variations de données globales sur les comportements individuels. D'autres, intégrant un certain nombre de leçons de Keynes, recherchent les fondements micro-économiques des relations et comportements macro-économiques. Enfin, toute une série de recherches se situent à un niveau intermédiaire, celui des secteurs, branches, régions. On parle à leur propos de *méso-économie*.

Toutefois, il est possible d'employer un critère relativement sûr pour déterminer la frontière entre la micro et la macro-économie. La micro-analyse part d'une rationalité qui se refère à la maximisation de l'utilité et à la maximisation des profits. La macro-économie n'a pas besoin d'une telle rationalité. Elle part de relations comptables et de comportements qui peuvent être des habitudes ou des phénomènes grégaires. Ainsi, la propension marginale à consommer de Keynes n'est pas le résultat d'un calcul rationnel, mais un *comportement psycho-sociologique* observable.

Notons que l'accent mis par la micro-analyse sur les comportements individuels (ceux des chefs d'entreprise, des commerçants, des épargnants, des banques...) fait de cette méthode un instrument privilégié de la gestion des firmes et des décisions d'investissement. Quant à son utilité pour la politique économique, tout dépend de l'objectif que l'on se donne ; mais n'anticipons pas.

Disons pour l'instant qu'il s'agit de déterminer un corps d'hypothèses cohérent et simple, à partir duquel on peut déduire des conséquences et, finalement, des lois économiques. Par la suite, on peut corriger ces lois, affiner les hypothèses, montrer pour quelles raisons concrètes leur application n'est pas complète. En raisonnant au départ à partir de l'*homo œconomicus,* l'économiste se rapprochera de la situation du savant dans son laboratoire.

Si nous admettons, pour l'instant, le bien-fondé d'hypothèses comportementales *abstraites,* deux difficultés demeurent.

a) A-t-on le droit de passer du comportement des individus au fonctionnement global de l'économie par généralisation ou totalisation de ces comportements ? La réponse des smithiens, anciens ou nouveaux, est, bien sûr, affirmative. Pour eux, il n'existe qu'un seul type de rationalité économique ; on peut donc généraliser son application de l'individu à l'ensemble.

Certains « nouveaux économistes » trouvent dans cette affirmation la base d'une soumission sans limite de toute activité humaine à la science économique. Rien ne peut y échapper, de la politique au sexe, en passant par la drogue et la religion. La théorie économique devient la science des choix rationnels.

b) Si la raison, le plaisir et l'individu sont les trois piliers de l'idéologie libérale, ne risque-t-on pas de déboucher dans l'anarchie et la désintégration sociale ? Ici, Adam Smith très explicitement, et ses successeurs actuels plus implicitement, se réfèrent à l'ordre naturel qui assure, selon eux, l'harmonie entre les intérêts particuliers et l'intérêt général. Nous retrouverons ici la philosophie du XVIIIe siècle, en lutte contre l'absolutisme. Pour fonder la liberté et combattre les despotes, il faut prouver que la société n'a pas besoin du pouvoir absolu pour faire régner l'ordre. Il existe *une main invisible* qui guide les passions individuelles vers le bien de tous. « Nous n'attendons pas notre dîner, disait Adam Smith, de la bienveillance de notre boucher ou de celle du marchand de vin et du boulanger, mais bien de la considération qu'ils ont de leur propre intérêt. Nous nous adressons non pas à leur humanité, mais à leur égoïsme, nous ne leur parlons pas de nos besoins, mais de leurs intérêts. »

Encore faut-il appuyer cette constatation, en apparence de bon sens, sur une démonstration économique. L'ordre naturel et la main invisible se concrétisent dans les lois du marché.

2. Les principaux outils d'analyse des choix en micro-économie.

Comment raisonnent le consommateur et le producteur ? Le consommateur part de *l'utilité* [1] des biens qu'il peut acheter pour maximiser le plaisir qu'il peut attendre de sa dépense. Le producteur cherche aussi à maximiser sa satisfaction, mais, pour lui, cette maximisation se confond avec celle du profit. Il va donc essayer, en partant des conditions de production et de la demande, d'obtenir le profit le plus satisfaisant possible.

Au départ, l'analyse des comportements rationnels a été relativement fruste. Ce n'est qu'aux alentours de 1870 que l'on a vu se réaliser des analyses plus fines. L'école marginaliste, que nous présenterons dans le second tome, est à l'origine de ces progrès.

Nous voudrions ici simplement décrire ses principaux instruments :

1. Le calcul à la marge ;
2. La prise en compte des utilités marginales par la consommation ;
3. L'analyse des coûts de production.

a) Le calcul à la marge.

Pour un individu rationnel, qu'il soit consommateur ou producteur, ce qui compte, ce n'est pas seulement la satisfaction totale (ou le profit total), mais celle que lui apportera la dernière unité consommée ou produite par rapport à ce qu'elle lui coûtera (aux divers sens de ce terme).

Prenons, par exemple, une entreprise ; au fur et à mesure qu'elle augmente le nombre de ses représentants, elle peut espérer vendre plus, selon les proportions suivantes :

1. Cf. p. 104 et chapitre de conclusion, p. 306 et s.

Nombre de représentants	C.A. total	Coût total des représentants	Profit total	C.A. marginal	Coût marginal	Profit marginal
1	120	100	20	120	100	+ 20
2	360	200	160	240	100	+ 140
3	510	300	210	150	100	+ 50
4	560	400	160	50	100	- 50

L'entreprise qui ne regarderait que son chiffre d'affaires et le bénéfice global embaucherait quatre représentants. Ce serait une grossière erreur de gestion, en effet, le quatrième représentant permet bien d'accroître le chiffre d'affaires, mais seulement de 50. Au total, l'embauche se traduit par une perte de 50.

En fait, le calcul à la marge se fonde sur la loi des rendements décroissants [1]. Certes, au départ, deux représentants, en s'entendant mutuellement, peuvent conquérir facilement des marchés nouveaux. Mais, après l'embauche du troisième, il ne reste plus que des marchés sans intérêt ou déjà très fortement tenus par des concurrents.

Ce type de raisonnement à la marge est utilisé dans un très grand nombre d'activités humaines (fiscalité, sécurité routière, campagnes électorales), du moins, dans toutes les activités où la loi des rendements décroissants peut être appliquée.

b) La prise en compte des utilités marginales par le consommateur.

Un calcul à la marge peut être fait par le consommateur. Il ne raisonne plus en termes de coût ou de profit marginal, mais en terme d'utilité.

On part d'une constatation : au fur et à mesure que la consommation d'un bien augmente, la satisfaction qu'apporte chaque unité supplémentaire consommée décroît [2]. A la

1. Ou plus exactement non proprotionnels.
2. On peut s'amuser à trouver de multiples exceptions à cette loi. Après tout, la dernière utilité d'un verre de porto au moment où l'ivresse vous gagne vous semblera nettement plus grande que l'utilité de votre premier verre. Cela amène à distinguer l'utilité marginale qualitative de l'utilité marginale quantitative, ce qui ne manque pas de sel pour un concept qui ne se prête guère à la mesure.

limite, après la satiété vient le dégoût, et l'utilité marginale est alors négative.

En présence de plusieurs biens, dont on peut consommer des quantités diverses, le calcul à la marge peut faciliter une maximation de l'utilité. Avec un revenu limité, la bonne stratégie consistera à égaliser les utilités marginales (celles des dernières unités consommées). S'il n'en allait pas de la sorte, on regretterait toujours d'avoir gaspillé ses possibilités d'achat à acquérir des biens moins utiles que ceux négligés.

Tout cela paraît de bon sens et bien simple. A partir de cette base, les marginalistes ont multiplié les cas de figure et affiné le calcul du consommateur. Le simplisme de l'*homo œconomicus* a fait place à l'extrême subtilité de l'*homo marginalus*. Malheureusement, contrairement aux espérances des premiers marginalistes, l'utilité n'a pu être quantifiée. L'analyse théorique n'a pas débouché sur des applications concrètes (ce qui n'est pas le cas pour les études de coûts).

Au début du XXe siècle, V. Pareto a essayé de tourner la difficulté en passant de l'utilité marginale cardinale à l'utilité ordinale, qui n'exige qu'un classement entre des utilités. Les néo-marginalistes ont supplanté les marginalistes.

On ne raisonne plus sur l'utilité d'un bien, mais sur l'utilité relative de deux biens et, dans certains cas, ce deuxième est tout simplement la monnaie.

Partons d'un exemple : vous désirez à la fois du lait et du café. A un certain niveau de satisfaction possible, vous pouvez combiner de manières diverses les quantités de lait et de café. Si vous reportez sur un graphique toutes les combinaisons vous donnant un même degré de satisfaction, vous obtiendrez une courbe dite *courbe d'indifférence.*

Si une satisfaction supérieure totale est possible, vous pouvez obtenir, pour ce niveau supérieur de satisfaction, une courbe d'indifférence. Elle exprime comme précédemment les combinaisons possibles pour un degré de satisfaction supérieure. On peut ainsi tracer toute une série de courbes d'indifférence. A vrai dire, si des satisfactions très supérieures sont possibles, il faudra probablement en plus combiner lait et café, mais aussi *toasts* et foie gras. Ce sont des problèmes de substitution qui ont d'ailleurs été étudiés. Mais revenons à nos démocratiques lait et café.

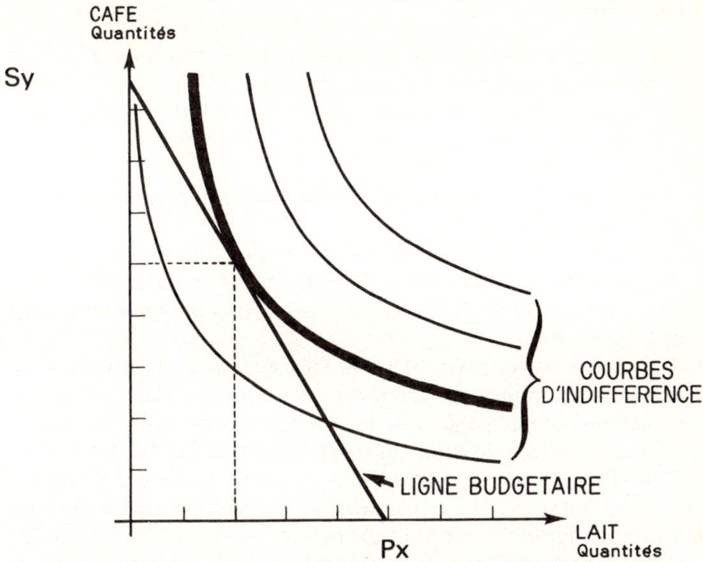

Quelle combinaison choisir ? On part du budget disponible. Si on le consacrait tout entier au lait, on pourrait en acheter Px, si on le consacrait entièrement à des achats de café, on obtiendrait Sy de café. En joignant Px et Sy, on s'aperçoit que le point de satisfaction maximum est celui où la droite du budget est tangente à une courbe d'indifférence. Tout autre point possible (correspondant à un budget d'achat) donne une satisfaction inférieure.

Là encore, les calculs à partir des *utilités ordinales* ont donné lieu à des perfectionnements de plus en plus subtils. J.R. Hicks [1], en outre, a mis au point des méthodes permettant de calculer comment et pourquoi un produit peut se substituer à un autre.

1. Cf. II, p. 70.

c) L'analyse des coûts de production et les calculs du producteur.

En présentant le calcul à la marge, nous avons déjà abordé l'étude de la marge des coûts de production. C'est l'économiste britannique Alfred Marshall qui, au début du siècle, a mis à l'honneur ce type d'analyse.

1° Prenons les divers coûts d'une entreprise, nous trouvons successivement :

— *Le coût constant* : il est le même, quelle que soit la quantité produite (il va par exemple ainsi de l'amortissement des bâtiments, du moins tant que les bâtiments ne doivent pas être agrandis).

— *Le coût variable* : il varie en fonction de la production, mais sa variation n'est pas toujours uniforme. Par exemple, à un certain niveau de production, si des heures supplémentaires sont nécessaires, le coût du travail augmentera brutalement.

— *Le coût total* est l'addition des deux coûts précédents.

Bien entendu, on peut calculer l'ensemble des coûts par unité produite. On obtient alors :

- Le coût total moyen par unité produite selon le niveau de la production ;
- Le coût variable moyen par unité produite selon le niveau de la production ;
- Le coût fixe moyen suivant le niveau de la production ;

auxquels on ajoute *le coût marginal* qui est *le coût d'une unité supplémentaire de production.* Il ne comprend que les coûts variables supplémentaires, puisque les coûts fixes sont déjà payés.

2° Si on reporte sur un graphique ces divers coûts, on s'aperçoit que, sauf le coût fixe moyen qui diminue, tant que de nouvelles installations et investissements ne sont pas nécessaires, tous les autres coûts, après avoir diminué, passent par un minimum, c'est la conséquence de la combinaison coût fixe moyen et coûts variables de plus en plus élevés, surtout à partir du moment où les rendements ne s'améliorent plus, mais se mettent à croître selon la *loi des rendements décroissants.*

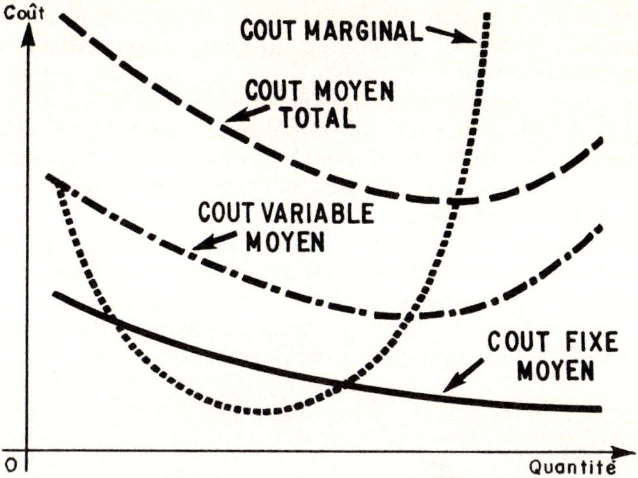

Bien entendu, pour la première unité produite, le coût marginal et le coût variable moyen sont confondus. Au départ lorsque la production augmente, le coût marginal diminue ; on peut accroître la production sans beaucoup de moyens supplémentaires, puis il se remet à croître. Nous entrons dans une phase de rendements décroissants, et il faut, au-delà d'un certain seuil de production, embaucher et payer des heures supplémentaires. Cette courbe du coût marginal coupe d'abord la courbe du coût variable moyen, puis celle du coût total moyen en leur minima. Cela est évident tant que le coût marginal est inférieur au coût moyen, le coût moyen décline. A partir du moment où le coût marginal est supérieur au coût moyen, ce dernier remonte.

3° A partir de ces courbes, on peut déterminer quelle stratégie la firme peut avoir. Par exemple, plaçons-nous dans le cas de la concurrence pure et parfaite. La production de l'entreprise n'a pas d'influence sur le prix du marché, l'entreprise est trop petite pour qu'il en soit autrement. Il reste à l'entreprise à déterminer quel est le niveau de production le plus avantageux pour elle. L'entreprise va pousser sa production jusqu'au moment où le coût marginal est égal au prix du marché. Au-delà de ce point, toute unité supplémentaire de production entraînerait des pertes. En tout cas, l'entreprise ne doit pas produire d'unités supplémentaires dont le coût moyen serait supérieur au prix du marché. A ce niveau tout bénéfice disparaît. A partir de ce modèle simple, on peut là encore examiner tous les cas de figure et étudier les comportements rationnels des producteurs.

Peu à peu, l'approche des descendants d'Adam Smith a permis d'analyser comment consommateur et producteur réagissaient à des variations de prix et de quantités.

Les réactions de l'offre et de la demande ont été mieux cernées, les réactions du marché, mieux comprises.

2. Le marché est l'élément moteur de toute régulation économique

Les descendants d'Adam Smith sont partisans de l'économie de marché et de la libre concurrence. Nous avons vu son fonctionnement dans le chapitre précédent. Situons-nous maintenant dans une telle économie, tout en tenant compte des postulats du comportement rationnel précédemment décrit.

Chaque individu va faire des choix et optimiser les utilités et les désutilités de ses ventes ou de ses achats. Les chefs d'entreprise le feront en essayant de maximiser les profits.

Un individu vend lorsque l'utilité du bien qu'il possède pour maximiser sa satisfaction personnelle est inférieure à celle d'un bien qu'il pourra acheter avec le produit de sa vente.

1. Le marché est l'instrument idéal pour la circulation des informations sur les choix de chacun. Il joue, selon l'expression de Léon Walras [1], le rôle d'un « commissaire-priseur » qui annonce les prix des offres et des demandes.

L'échange a lieu au moment où chaque partenaire a optimisé le plaisir qu'il peut retirer de la transaction. Quand nous avons décrit les courbes d'offre et de demande, nous avons vu que le prix du marché est le seul prix réalisable [2]. Nous voyons ici que cet ajustement correspond à des modifications dans les projets de chacun à propos de l'utilité que lui procurera l'échange. Dans la section précédente, nous avons vu le type de calcul à partir duquel consommateur et producteur parviennent à une décision.

Tant que l'ajustement entre les comportements n'est pas réalisé, l'échange effectif ne peut avoir lieu. Il subsisterait, soit une offre, soit une demande excédentaires, qui rendraient possibles les modifications de prix.

2. Lorsqu'on laisse fonctionner librement le marché, on parvient à la fois à la meilleure satisfaction possible de tous et à la meilleure allocation possible des ressources, c'est-à-dire à leur plein emploi [3].

Nous voyons mieux, maintenant, comment, dans la vision des « smithiens », ce fonctionnement optimal est lié aux postulats concernant la rationalité économique des individus.

3. Le marché permet d'éliminer les incapables et les rentes de situation ; à la limite, au moment de l'équilibre général, le profit a disparu.

Toutes les entreprises qui ont des coûts moyens supérieurs à ceux du marché seront éliminées au profit des autres.

Lorsqu'il existe des rentes de situation, les entreprises sont incitées à produire les biens qui permettent des profits aisés ; la production augmente; les prix baissent ; les rentes disparaissent.

1. Cf. p. 84.
2. Cf. p. 85.
3. Cf. p. 84

A travers les ajustements entre l'offre et la demande, l'élimination des incapables et des rentes, la concurrence, le profit va être réduit au point de disparaître. Si un profit subsistait, il inciterait les entreprises à produire plus, et les prix baisseraient. (Bien entendu, nous parlons du profit net après amortissement et rémunération de la fonction d'entreprise que l'on peut inclure dans les coûts.)

4. Au centre de cet ensemble d'ajustement, nous trouvons les entrepreneurs. En effet, l'entrepreneur est l'agent économique qui, par sa fonction, intervient sur le plus grand nombre de marchés. Il est partie prenante du marché des biens, tantôt en tant qu'acheteur (pour l'équipement et les matières premières), tantôt en tant que vendeur.

Il est présent sur le marché du travail et sur le marché des capitaux. Par ses achats et ses ventes à l'étranger, il fait le lien entre le marché national et le marché international.

Il faut bien avouer que l'entrepreneur n'est guère récompensé de ce rôle central, puisque la concurrence réduit le profit au minimum.

Le fonctionnement de l'économie est conçu comme celui d'un ensemble de marchés sur lesquels se forment simultanément des équilibres interdépendants.

Bien entendu, il faut distinguer entre ce fonctionnement idéal (il n'est qu'un outil d'analyse que certains prennent un peu trop facilement pour ce qui devrait exister) et la réalité. Le fonctionnement idéal permet de mieux comprendre ce qui existe et ce qui devrait être fait pour éviter la mauvaise allocation des ressources.

3. Les valeurs s'échangent contre des valeurs

Dans l'échange tel qu'il est décrit par les descendants d'Adam Smith, ce ne sont pas des demandes exprimées par une certaine quantité de monnaie et une offre de biens évaluée aux prix courants qui sont en rapport. La confrontation se fait en *valeur réelle,* c'est-à-dire en valeur mesurée en termes d'utilité attribuée par chaque partenaire aux biens échangeables, y compris, bien entendu, l'utilité relative attribuée à la monnaie [1].

Cela a plusieurs conséquences :

1. L'échange fonctionne sur le modèle du troc ;
2. La monnaie est une marchandise comme une autre ;
3. La monnaie n'est qu'un voile.

1. L'échange fonctionne sur le modèle du troc [2].

Si les prix expriment des rapports entre des utilités, nous sommes ramenés au troc. Dans ce type d'échange, comme nous l'avons déjà dit, celui qui possède ce que vous désirez doit désirer ce que vous possédez, et les quantités qui permettent d'égaliser la satisfaction de chacun. C'est exactement ce qui se passe lorsqu'on raisonne en terme d'*utilité.* Le troc n'est pas, pour les descendants d'Adam Smith, l'échange primitif. Il constitue le modèle de références de tout échange. Une telle position a l'avantage de mettre entre parenthèses le droit régalien de battre monnaie ; c'est donc là, comme nous le verrons, une position théorique qui a d'importantes conséquences dans le domaine de la politique économique. Notons aussi que, dans la mesure où l'échange monétaire fonctionne sur le modèle du troc, cela explique pourquoi il ne peut avoir lieu avant que soit établi l'équilibre général walrassien. L'échange ne peut avoir lieu qu'à partir du moment où tous les partenaires sont satisfaits par le prix.

J.-B. Say (1767-1832), qui diffusa, voire vulgarisa, en France, les idées d'Adam Smith, l'avait fort bien compris. Pour lui, comme l'a dit Keynes, « les produits s'échangent contre des produits ». J. M. Keynes ne s'est pas trompé sur

1. Jusqu'aux néo-classiques, on calculait à partir de la valeur-travail. Cf. p. 104.
2. Comme nous l'avons déjà dit, nous verrons plus loin, dans le chapitre de conclusion, que l'hypothèse du troc préexistant à l'échange monétaire est fortement mise en question, notamment par Aglietta et Orlean.

l'importance de cet axiome ; il a écrit un grand nombre de pages pour le pourfendre. Il est vrai que J.-B. Say ne s'est pas contenté d'affirmer que tout échange fonctionne sur le modèle du troc ; il a voulu y voir la démonstration de l'impossibilité théorique des crises de surproduction [1].

2. La monnaie est une marchandise comme une autre.

Si les produits s'échangent contre des produits, que devient l'échange, quand on réintroduit la monnaie ? La réponse à cette question est simple : *il demeure un troc,* car la monnaie est une marchandise comme les autres. Bien entendu, une telle affirmation a de quoi révolter tout keynésien qui se respecte.

Au fond, les descendants d'Adam Smith banalisent la monnaie. Elle n'est pour eux ni un droit ni un pouvoir lié à la puissance publique. C'est tout simplement un bien qui a, comme tout autre, ses courbes d'offre et de demande, son utilité et sa désutilité. Ils admettent cependant une particularité : la monnaie a des fonctions d'échange avec tous les autres biens. Sa valeur dépend donc de la combinaison optimale de son utilité avec celle de tous les autres biens.

Si elle est, par rapport à eux, en trop grand nombre, il faudra plus de monnaie pour acquérir la même quantité de biens, sa valeur réelle baissera. Si elle est rare, son utilité relative sera plus grande ; avec moins de monnaie, on pourra acquérir plus de biens. Sa valeur réelle montera, les prix exprimés en monnaie baisseront. La fixation de la valeur de la monnaie s'inscrit donc dans le cadre de l'équilibre général walrassien.

Dans cette conception de la monnaie, seule la fonction d'unité de compte, d'étalon des valeurs, est prise en compte. La fonction d'échange est à peine entrevue. La monnaie n'est pas, ici, un véritable pouvoir permettant à ceux qui le possèdent de participer à l'échange. La fonction de réserve de valeurs est oubliée. Les anticipations se font en valeur réelle,

1. Voir annexe 1, p. 122.

et non en monnaie. La monnaie n'est pas, comme chez les keynésiens, ce qui permet de faire le pont entre le présent et l'avenir.

Comme nous l'avons dit, cela amène une réduction sensible du rôle de l'État et, à la limite, du droit régalien de battre monnaie. De là aussi, la préférence de certains descendants d'Adam Smith, tel l'économiste français J. Rueff (1896-1978) pour l'étalon-or. Il rapproche la monnaie de la marchandise et interdit à l'État des manipulations monétaires « contre nature ».

Lorsque M. Friedman propose une indexation générale des prix et des changes flottants, il poursuit le même objectif et se fonde sur les mêmes prémisses que les partisans de l'étalon-or.

Naturellement, on ne nie pas que la monnaie puisse conserver des valeurs mais, pour les descendants d'Adam Smith, cela est vrai de tous les biens. Ainsi, un producteur a toujours le choix de vendre ou de stocker un bien quelconque. De la même manière, il peut « vendre » sa monnaie, l'échanger contre un bien ou la conserver.

Reste à poser une question indiscrète : pourquoi la monnaie a-t-elle la faculté de s'échanger contre tous les biens ? On peut y répondre par une tautologie : parce qu'elle facilite l'échange... notamment parce qu'elle s'échange contre tous les biens. J.-B. Say disait : « Elle est " la voiture de la valeur ". » Nous n'en sommes pas moins ramenés au problème précédent. Après la révolution keynésienne, les descendants d'Adam Smith ne pouvaient plus se contenter de répondre par une évidence. Les monétaristes ont été ainsi entraînés à prendre en compte certains éléments de l'analyse keynésienne. Pour eux, la fonction de réserve de valeurs communes à tous les biens a, dans le cas de la monnaie, une conséquence particulière : elle incite à conserver la monnaie dans les encaisses mises en réserve. Il y a ainsi une offre et une demande de monnaie indépendantes des échanges monnaie-produits. En effet, les agents économiques voient dans la monnaie mise en réserve le moyen de se couvrir contre certains risques et de réaliser à tout instant un échange. La réserve de monnaie est assimilable à un véritable capital (notez qu'ici, ce n'est pas la monnaie en tant que telle, mais ses réserves, qui donnent un pouvoir). Ce capital monétaire, s'il fonde une demande autonome de monnaie, est indépendant de la monnaie engagée dans les transactions. Il justifie pourtant le rôle de la monnaie dans tous les échanges.

3. La monnaie n'est qu'un voile.

Finalement, dans la conception des descendants d'Adam Smith analysée ici, la monnaie facilite l'échange, mais ne lui ajoute rien. *Elle est neutre.* « L'échange terminé, il se trouve qu'on a payé les produits avec les produits. » Enlevez la monnaie, vous retrouverez l'économie réelle.

Si on double la masse monétaire, les prix doubleront, mais l'équilibre en valeur réelle sera toujours le même. Cette constatation découle parfaitement de la loi de J.-B. Say qui, une fois de plus, a simplifié et systématisé la pensée d'Adam Smith.

Nous avons vu que la révolution keynésienne s'est directement attaquée à la neutralité de la monnaie, elle a, du même coup, ébranlé tout l'édifice smithien.

L'École de Chicago, et notamment son plus illustre membre, Milton Friedman, a cherché une parade. On peut résumer ainsi les positions monétaristes :

a) La monnaie a un rôle effectif, voire décisif, sur le volume de la production, mais seulement à court terme [1];

b) A moyen et long terme, elle n'a pas d'influence sur l'équilibre général ; seule, la confrontation des valeurs réelles compte ;

c) On peut donc bien, à court terme, modifier l'équilibre général en manipulant la monnaie. Les forces réelles dissipent assez vite les illusions monétaires, et c'est l'équilibre en valeur réelle qui réapparaît ;

d) En fin de compte, les politiques keynésiennes ne laissent

1. On verra comment dans l'annexe 2 ; contentons-nous, ici, d'énoncer les points clés de la démonstration, en nous rappelant comment les descendants d'A. Smith analysent *l'échec* des politiques de plein emploi.

derrière elles qu'un niveau général des prix plus élevé. L'inflation, conformément à la théorie quantitative de la monnaie, est bien un phénomène monétaire. On doit lutter contre elle par des moyens monétaires ;

e) Même si la monnaie peut avoir un rôle actif sur le déroulement de la conjoncture, il faut éviter de s'en servir. On n'arrive qu'à perturber l'évolution économique à court terme. La situation devient de plus en plus instable, et le retour à l'équilibre général réel, plus douloureux ;

f) Aussi faut-il assurer par tous les moyens possibles la neutralité de la monnaie dans l'évolution à court terme. La neutralité de la monnaie vérifiée à long et moyen terme doit devenir l'objectif essentiel de toute politique monétaire à court terme (l'indexation des prix, les taux de change flottants, *l'augmentation régulière de la masse monétaire* en fonction de la croissance économique, sont les instruments de cette neutralité).

Paradoxalement, les monétaristes, en cherchant à rétablir la neutralité de la monnaie, proposent une politique monétaire opposée à la politique budgétaire des keynésiens.

*

Qu'est-ce à dire ? En fait, les descendants d'Adam Smith, comme Smith lui-même, se méfient de l'intervention de l'État. Pour eux, le système capitaliste est stable. Spontanément, il peut parvenir à un équilibre général satisfaisant. L'instabilité est créée par les interventions de l'État. « Pourquoi des lois, quand tout va bien sans lois ? », disaient déjà les libéraux du XVIIIe siècle. Par-derrière les formalisations parfois bien abstraites, nous trouvons la justification de la liberté d'entreprendre. Il faut laisser faire les individus rationnels. C'est l'économie observée à partir de la position et des objectifs des chefs d'entreprise.

Annexes

ANNEXE 1

1. J.-B. Say et l'impossibilité théorique des crises générales de surproduction *

A l'époque où J.-B. Say écrit la première édition de son *Traité d'économie politique ou simple exposition de la manière dont se forment, se distribuent et se consomment les richesses,* l'optimisme industriel est de règle. La révolution industrielle, en Angleterre, est déjà triomphante, grâce, en particulier, à la liberté économique. La France, toujours aux prises avec l'étatisme, n'a pas connu un pareil épanouissement économique. Elle était pourtant, en 1750, techniquement et économiquement plus avancée que la Grande-Bretagne. Quoi qu'il en soit, la pénurie a reculé et on n'a pas encore reconnu l'existence de graves crises générales de surproduction. Les premières crises ont lieu en 1810 et entre 1815 et 1818 ; elles peuvent être attribuées à des causes accidentelles.

Pour J.-B. Say, la richesse, c'est la production, et la surproduction n'est pas possible. En créant des biens, on crée de la valeur et, par là même, la possibilité de participer à l'échange. *Les produits se servent mutuellement de débouchés.* « Certains produits surabondent, parce que d'autres sont venus à manquer. » Certes, il peut se faire que l'on produise trop de marchandises par rapport aux besoins : « Des engorgements partiels sont possibles. » Le tout est de produire ce qui convient. Si on produit des biens qui ne correspondent à rien, ils sont inutiles et n'ont pas de valeur ; ils ne permettent pas de participer à l'échange. Le libre fonctionnement du marché et la concurrence permet d'éviter de tels événements. Il y a quelques sophismes dans « la loi de J.-B. Say » et les retours réguliers de crises de surproduction lui ont apporté un démenti formel. Sa loi hante, cependant, toute la théorie économique et provoque toujours des polémiques.

Th. R. Malthus [1], Britannique contemporain de J.-B. Say, a tout de suite compris que l'épargne était le grain de sable qui pouvait bloquer l'application de la loi de J.-B. Say. Mais, ce dernier était si brillant, et Malthus, si obscur...

Après bien d'autres, J. M. Keynes s'attaque à cette loi en démontrant sa fausseté dans son optique macro-économique. En fait, J.-B. Say suppose que toute épargne est investie car, pour lui, la variation du taux d'intérêt assure l'égalité de l'épargne et de l'investissement. Si l'épargne est importante, le taux d'intérêt baissera et l'investissement augmentera.

A partir du moment où le taux d'intérêt devient le prix de la monnaie et, le niveau global de l'épargne, le résultat d'un comportement sociologique (la propension marginale à consommer), indépendant du calcul économique, le raisonnement de J.-B. Say s'effondre. Rien ne garantit que les produits s'échangent contre des produits. Il est vrai que, dans la démonstration keynésienne, l'échange ne se fait pas sur le modèle du troc.

Il n'en demeure pas moins que, si les conclusions de J.-B. Say peuvent être contestées, *l'assimilation de tout échange à un troc* est fondamentale pour comprendre la pensée des descendants d'A. Smith. Elle est encore, aujourd'hui, l'objet de débats, y compris à l'intérieur du courant smithien.

En fait, la discussion de la loi de J.-B. Say est complexe.

Tout d'abord, la préoccupation de J.-B. Say est la défense de l'expansionnisme industriel. Il redoute le recours aux limitations de la production du corporatisme d'antan. Il veut montrer que la stagnation n'est pas pour demain. Appliquer sa « loi » à courte échéance, c'est un peu trahir sa pensée ou, du moins, ses intentions.

Ensuite, il y a plusieurs possibilités d'interpréter cette loi, et les classiques les ont souvent confondues.

Dans un premier sens, il y a identité ; l'offre est identique à la demande, car la monnaie n'est qu'un voile, un numéraire, pure unité de compte. Chacun la recherche pour la dépenser.Il y a donc séparation complète entre les prix réels et les prix exprimés en monnaie. Dans leur volonté de lutte contre les pratiques mercantilistes, les classiques et les néo-classiques ont souvent appuyé leur raisonnement sur cette première conception de la loi de J.-B. Say. C'est celle que J. M. Keynes attaque de manière cinglante, après

1. Cf. II, p. 19 et 51.

l'avoir rigidifiée jusqu'à la caricature. Elle débouche sur la théorie quantitative de la monnaie de stricte observance.

Il existe une autre interprétation, plus souple, de la loi de J.-B. Say. Ce serait une égalité qui ne s'établirait qu'à une condition : l'équilibre entre l'offre et la demande de monnaie. Si la demande est excédentaire, autrement dit, si la monnaie est demandée pour être mise en réserve, il peut y avoir mévente. Mill le dit très explicitement. Dans ce cas, « personne ne peut nier la possibilité d'une surproduction générale ». On peut aussi imaginer que la monnaie arrive en plus forte quantité. Dans tous les cas, nous sommes en présence d'éléments qui permettent d'affirmer que, dès les classiques, des liaisons entre les variations des prix monétaires et les variations de la production étaient envisagées. Notons aussi que l'hypothèse de l'égalité à réaliser et, non de l'identité, est plus conforme aux hypothèses monétaristes contemporaines.

Reste à savoir comment la variation de la monnaie en circulation affectera la production et la variation des prix.

Si la variation de la monnaie en circulation est uniforme, les prix monétaires varieront uniformément. C'est l'ajustement direct, qui aboutit à une identité, à condition qu'il n'y ait pas d'agent favorisé ou défavorisé [1]. Cela limite forcément la portée de la loi de J.-B. Say. C'est, semble-t-il, l'optique la plus proche de Ricardo et de Mill. Dans le cas d'inégalité de la répartition dans la diminution de la circulation, nous sommes renvoyés à des ajustements entre marchés qui ne seront véritablement analysés que par la théorie actuelle des déséquilibres.

A côté de l'ajustement direct, il existe une autre voie possible : celle de *l'ajustement indirect*. Il fut décrit pour la première fois en 1802 [2]. Une modification dans les encaisses va faire varier le taux d'intérêt des banques. Si ce taux d'intérêt baisse à la suite d'une plus grande abondance de monnaie, et si ce taux d'intérêt bancaire (monétaire) est inférieur au taux d'intérêt *naturel*, on verra se développer la demande de capitaux. Ainsi, commence une élaboration théorique qui devait mener, un siècle plus tard, à l'école suédoise de Wicksell [3] et, finalement, à Keynes. Notons, cependant, que contrairement à l'école suédoise, Keynes applique la différence entre le taux d'intérêt et l'efficacité marginale du capital à une économie décrite comme un circuit, et non comme une imbrication de marchés. Ricardo et Mill pensaient que ce type

1. Hypothèse émise par Cantillon, un mercantiliste qui, peu à peu, perdait ses certitudes.
2. Par Thorton, économiste qui ne marque pas l'histoire de la pensée économique.
3. Cf. II, p. 23 et s.

d'ajustement ne jouait qu'un rôle restreint. Ricardo redoutait les pratiques inflationnistes et l'intervention publique qui, pour lui, allaient de pair.

2. La théorie des déséquilibres *

ou des descendants d'A. Smith qui désirent débarrasser l'équilibre walrassien de la loi de J.-B. Say.

Depuis quelques années un groupe d'économistes tente de réinterpréter Keynes, dans une optique largement influencée par Walras. En simplifiant beaucoup, disons qu'ils veulent démontrer la possibilité de l'existence de prix de déséquilibre aussi stables que les prix de l'équilibre général. Il s'agit de modifier le système walrassien, afin de tenir compte de certaines propositions keynésiennes, notamment de celles qui concernent la monnaie et l'ajustement par les quantités. R. Clower et A. Leijonhufvud ont inauguré cette démarche.

En France, cette école de pensée est plus spécialement représentée par Jean-Pascal Benassy et Edmond Malinvaud.

Quels que soient leurs objectifs, les tenants de *la théorie des déséquilibres* ont, pour parvenir à leurs fins, abandonné, plus ou moins explicitement, la loi de J.-B. Say.

1. Les produits ne s'échangent pas contre des produits, mais contre de la monnaie. L'échange devient un échange monétaire et non un échange exprimé en valeur réelle. Les prix sont *monétaires*, car la valeur de la monnaie n'exprime pas son utilité réelle (au même titre qu'un quelconque bien). La monnaie servant à l'ensemble des transactions, les partenaires de l'échange peuvent s'entendre sur des prix exprimés en monnaie, sans pour autant qu'il y ait équivalence entre les valeurs réelles échangées. En voulant se procurer de la monnaie, résoudre au mieux leurs problèmes de solvabilité dans le cadre des rapports de forces existants, ils sont amenés à fixer des prix monétaires. Par rapport aux prix en valeur réelle ce sont de faux prix.

2. Le commissaire-priseur de Walras ne contrôle plus l'information pour la faire circuler. L'espace monétaire des théoriciens du déséquilibre est un espace fractionné en de multiples marchés. L'accord possible sur les prix monétaires d'un marché particulier, entre partenaires capables de les imposer afin d'obtenir de la *monnaie*, rend inutile le commissaire-priseur nécessaire à l'équilibre général.

3. Dans ce cadre, **des prix rigides peuvent, théoriquement, exister.** Ils ne sont plus simplement des réalités triviales dont il faut critiquer les conséquences sur l'allocation des ressources à partir de modèle walrassien. Dans ces conditions, l'existence de prix rigides permet de substituer, comme dans le système keynésien, les ajustements de quantités aux ajustements de prix.

4. Des déséquilibres stables peuvent apparaître. Prenons l'exemple du marché du travail. Si le salaire nominal est fixé en dehors du point d'équilibre du marché, l'offre de travail est supérieure à la demande. A ce prix fixé, les travailleurs aimeraient travailler, mais ne parviennent pas à trouver un emploi. L'ajustement par les quantités va être à l'origine d'un *équilibre* de sous-emploi, avec existence d'un *chômage involontaire.* On s'écarte ainsi de la position orthodoxe, qui nie la possibilité théorique d'un équilibre stable de sous-emploi.

5. Le déséquilibre d'un marché se transmet à l'ensemble des autres marchés. Le rationnement du travail, qui a accru le chômage involontaire, atteint la solvabilité des chômeurs. Une sous-consommation apparaît d'autant plus rapidement, sur le marché des biens de consommation, que là aussi, les prix sont des faux prix rigides (entendons par là des prix qui ne se déterminent pas en valeur réelle). Conformément à l'ajustement par les quantités, des biens sont invendus. Le déséquilibre est alors transmis du marché des biens de consommation au marché des biens de production, puis au marché du capital. En diminuant, l'investissement fait apparaître un excès d'épargne (on arrive ici au déséquilibre entre épargne et investissement, dont on serait parti dans une explication keynésienne d'un processus récessionniste).

On ne peut nier que la théorie des déséquilibres fait entrer une bouffée de réalisme (certains diraient, au contraire, des miasmes) dans la théorie pure de l'équilibre walrassien.

Keynes et Walras sont-ils enfin réconciliés sur le dos de J.-B. Say ? La réponse n'est pas évidente.

a) Les calculs des agents économiques ne sont pas véritablement monétarisés. Les tenants de la théorie du déséquilibre font ainsi apparaître des *demandes notionnelles,* des *offres notionnelles,* des *prix notionnels* qui sont tirés de l'équilibre walrassien et sont calculés en valeur réelle. Il faut les distinguer des demandes, offres et prix *effectifs* (au sens d'effectivement réalisés, et non au sens keynésien de la demande effective, qui est une prévision). Ils étudient les conséquences des distorsions entre les éléments *notionnels* et les éléments *effectifs.* C'est là une monétarisation bien incomplète du calcul économique. Elle est fatale, car les partisans de la théorie du déséquilibre ne vont pas jusqu'au bout de leur découverte du rôle autonome de la monnaie. Ils ne font pas de la monnaie un pouvoir lié à la souveraineté étatique : pouvoir d'agir qui, du même coup, permet la liaison entre le présent et le futur, et la monétarisation de tous les calculs économiques.

b) Les déséquilibres qui apparaissent sont des déséquilibres de marché, et non des déséquilibres entre des flux de circuits. Nous sommes loin de la conception keynésienne d'un circuit gouverné par des rapports de forces. Nous demeurons dans une interdépendance de marché. Notons, à ce propos, qu'il existe dans la théorie des déséquilibres un véritable marché du travail, ce qui n'est guère compatible avec l'analyse keynésienne.

c) Les comportements décrits sont ceux d'individus recherchant les meilleures allocations possibles de leurs ressources. Nous demeurons dans l'analyse micro-économique. On a d'ailleurs dit, à propos de la théorie des déséquilibres, qu'elle recherchait le fondement micro-économique de la macro-économie. Les comportements pris en compte ont peu d'éléments communs avec ceux qu'intègre un modèle véritablement keynésien. La bonne rationalité hédoniste fonde la théorie du déséquilibre.

Nous sommes donc loin d'une réconciliation entre Keynes et Walras. Un Japonais, Michio Morishima, tente aujourd'hui d'échapper aux objections que nous venons de faire. Il veut, non pas introduire des éléments de Keynes dans Walras, mais élargir le modèle walrassien pour le rendre compatible avec l'approche keynésienne. En fait, si la tentative est audacieuse, elle se heurte à la même objection. Dans un cas, on raisonne à partir du marché et, par là même, d'un individu qui désire faire des choix rationnels. Dans l'autre cas, nous sommes en présence d'un circuit économique commandé par des rapports de pouvoir. Or, si ces deux approches ne sont guère compatibles, ce n'est peut-être pas pour rien. Keynes observe l'économie à partir de ce qu'en voit le responsable d'une politique économique gouvernementale ; Walras, comme tous les smithiens, a le point d'observation d'un chef d'entreprise. N'oublions pas que Smith voulait avant toute chose montrer qu'en laissant chacun libre de poursuivre son intérêt particulier, on devait aboutir à l'équilibre général. Cela permettait de fonder la liberté d'entreprendre, qu'il jugeait indispensable à l'accroissement de la richesse des nations.

3. L'économie de l'offre *

ou des économistes contemporains qui réaffirment la loi de J.-B. Say dans toute son ampleur.

Nous avons vu que la loi de J.-B. Say avait deux significations:

1er sens : L'échange est toujours un troc. En définitive, les produits s'échangent contre des produits, car la monnaie n'est qu'un voile.

2e sens : Les produits se servent mutuellement de débouchés. Plus on crée de biens, plus on crée de la valeur, plus on participe à l'échange, plus on réduit le chômage.

Depuis 1929, peu d'économistes défendent le second sens de la loi de J.-B. Say : la théorie de l'offre. Cependant, d'éminents économistes, comme les Américains Laffer et Barlett, osent le faire.

Le point de départ des théoriciens de l'économie de l'offre est *la courbe de Laffer*. Elle montre qu'au fur et à mesure que la pression fiscale s'accentue, le rendement de l'impôt diminue. Pire, il vient un moment où la pression fiscale est telle, qu'elle décourage l'initiative et l'effort productif. Au-delà d'un certain seuil, on assiste à une chute des recettes fiscales. C'est l'application de la loi des rendements décroissants aux recettes publiques.

Dès lors, pour relancer l'économie et... les recettes fiscales, il faut commencer par baisser la pression fiscale (c'est-à-dire le pourcentage du prélèvement fiscal). Bien entendu, il faut commencer par abaisser les prélèvements les plus élevés, car ce sont eux qui sont les plus dissuasifs de l'effort productif. Leur nocivité est d'autant plus forte que ces prélèvements atteignent les agents économiques les plus entreprenants. En d'autres termes, Laffer propose un abaissement sensible de la progressivité de l'impôt. On comprend que les groupes les plus privilégiés de l'électorat américain aient fait de Laffer leur économiste préféré.

L'attaque de la progressivité de l'impôt est sans pitié. Lorsque le taux d'imposition dépasse un certain seuil, les contribuables passent autant de temps à éviter l'impôt qu'à gagner plus d'argent par une activité productive. On incite les agents économiques à créer une économie « souterraine », qui prive l'État de recettes. On décourage l'investissement productif par des placements improductifs plus facilement camouflables.

Malheureusement, aujourd'hui, l'État dépense beaucoup. Sa politique sociale exige des moyens financiers considérables. Comment, dans ces conditions, diminuer les recettes sans entraîner un déficit et, par là même, aggraver l'inflation ? La réponse est simple : il faut trancher dans les transferts sociaux, les aides aux chômeurs et autres soutiens « qui permettent de vivre aussi bien, sinon mieux, que si l'on travaillait ». Pour les théoriciens de l'offre, le *welfare* n'a même pas l'excuse de soutenir la demande et d'éviter la montée du chômage. Soit on le finance avec des impôts et on ralentit la croissance de la production par l'élévation de la pression fiscale. Soit on le finance par la création de monnaie et on aggrave l'inflation. L'inflation accentue alors la pression fiscale (non-révision automatique de la progressivité de l'impôt et de l'amortissement autorisé). On décourage un peu plus l'effort productif. Parallèlement, le coût relatif du « non-travail » diminue ; les chômeurs sont un peu plus incités à demeurer sans travail.

Une réduction de la progressivité de l'impôt liée à la diminution des transferts sociaux modifiera les *prix relatifs* (l'utilité et la désutilité) de l'épargne, de la consommation, du travail, du loisir.

Les revenus de l'épargne et du travail augmenteront ; l'investissement et la productivité en seront stimulés.

Dans un premier temps, les théoriciens de l'offre proposent donc un abaissement simultané de la progressivité de l'impôt et des économies budgétaires portant essentiellement sur les transferts sociaux. Dans un second temps, la reprise de l'activité productive amènera un surcroît de recettes fiscales, et le déficit disparaîtra.

Toute une partie du programme électoral de Reagan se fondait sur la théorie de l'offre. En France, au cours de la campagne électorale de 1981, J. Chirac a proposé une politique plus modérée, mais d'inspiration identique.

En fait, quand on cherche la justification théorique de la *théorie de l'offre,* on doit remonter à J.-B. Say. Ce n'est plus en stimulant la demande qu'on pourra sortir de la crise. Il faut d'abord s'occuper de l'offre ; c'est elle qui est la seule source réelle de la demande. C'est l'offre qui fait la demande, et non le contraire.

L'establishment des économistes américains — y compris les monétaristes orthodoxes — a accueilli avec quelque scepticisme le rétablissement de cet aspect, quelque peu oublié, de la loi de J.-B. Say. Les modèles prévisionnels américains avaient, d'ailleurs, quelque mal à simuler les mirifiques effets attendus d'une politique de l'offre. Qu'à cela ne tienne, les théoriciens de l'offre attaquèrent violemment les modèles économétriques. Ils se fondaient trop, selon eux, sur l'expérience passée, alors que leur politique était rupture dans les habitudes. La place qu'ils donnaient à la demande était trop importante. Finalement, ces modèles ne pouvaient, disaient-ils, prendre en compte *l'effet* politique de l'application de la théorie de l'offre, l'effet de choc bienfaisant qu'il allait produire dans l'économie.

Il faut bien avouer que le résultat fut assez piteux. Les mesures prises par l'administration Reagan (dépenses sociales amputées, progressivité de l'impôt allégée) n'ont pas été suivies d'effets spectaculaires. La baisse des dépenses a eu un effet plus dépressif et rapide que les effets expansionnistes de la baisse de la progressivité de l'impôt. Le déficit budgétaire s'est brutalement aggravé. Le besoin de financement des administrations [1], l'appel à l'épargne pour financer le Trésor public ont maintenu les taux d'intérêt et ont atteint des niveaux bien supérieurs à ce qu'aurait supposé une simple politique monétariste. L'investissement, notamment dans

1. Le déficit initialement prévu de 50 milliards de dollars pour l'exercice 1981-1982, et qui devait disparaître en 5 ans, s'est élevé, en fait, à près de 150 milliards de dollars en 1982. Les experts prévoyaient, en juillet 1983, un déficit de 215 milliards pour l'exercice suivant. En 1983, une reprise s'amorce. Elle est due à la reconstitution des stocks et aux dépenses militaires, mais l'investissement ne repart pas suffisamment. Nul ne sait plus, depuis, comment réduire ce déficit. Le seul mérite de ce déficit a été de provoquer en 1984 une reprise parfaitement keynésienne. Malheureusement, l'importance des taux d'intérêts du déficit budgétaire et du Système Monétaire International et, à la « rigueur », de la politique monétaire, l'a rendu instable et fragile.

le bâtiment, s'est effondré ; la production industrielle a chuté ; le déficit de la balance commerciale s'est aggravé, car le haut niveau du dollar handicape les exportations américaines. Des institutions financières devant se refinancer ont fait faillite.

Certes, les partisans de la théorie de l'offre ont beau jeu de prétendre que les mesures prises au départ par l'administration Reagan ont été trop timorées. Les dégrèvements ont été trop tardifs et insuffisants; les réductions des dépenses sociales freinées par une opposition démocrate non satisfaite. En outre, certains mettent en cause des aspects de la politique monétariste qui, par leurs objectifs macro-économiques, seraient en contradiction avec une véritable politique de l'offre. Quoi qu'il en soit, ce n'est pas encore cette fois qu'on vérifiera la loi de J.-B. Say.

Le plus surprenant est l'attitude des experts français du gouvernement de Pierre Mauroy. Le succès de la politique française de relance par la demande était, dans leurs calculs, conditionné par une vigoureuse reprise aux États-Unis, en d'autres termes, par le succès de la *reaganomie*. Cela ne manque pas de piquant...

ANNEXE 2

Allons un peu plus loin dans l'étude de la théorie quantitative de la monnaie *

Depuis longtemps, les économistes ont constaté une relation entre les prix et la monnaie en circulation. C'est Irving Fisher [1] qui, en 1907, a cependant le premier formalisé cette relation dans une célèbre formule :

$$MV + M'V' = PT$$

M est la masse de la monnaie manuelle (billets et pièces) ;
V sa vitesse de circulation ;

1. Cf. II, p. 75.

M' la masse de la monnaie scripturale (la monnaie représentée par des comptes à vue dans les banques) ;
V' sa vitesse de circulation ;
P le niveau général des prix ;
T le volume des transactions.

Pour lui, M' dépendait de M, puisque c'est l'abondance de la monnaie fiduciaire qui permet aux banques de se procurer la trésorerie en monnaie fiduciaire qui leur évite de courir de trop grands risques dans la création de monnaie scripturale.

Dans ces conditions, le niveau général des prix exprimé en monnaie est fonction de M [1].

Cette formule s'intègre dans l'équilibre walrassien et, d'une manière générale, dans la conception de la monnaie des néoclassiques anciens ou modernes. Elle permet une dichotomie entre les prix réels (les rapports entre les valeurs réelles) et le niveau général des prix.

Pour un même niveau d'équilibre général, déterminé par la confrontation *des valeurs réelles* et indépendamment de la monnaie en circulation, il peut exister plusieurs niveaux généraux des prix exprimés en monnaie. Tout dépend de la quantité de monnaie en circulation.

1. La critique keynésienne.

Les keynésiens n'admettent pas la théorie quantitative de la monnaie. Ils l'ont attaquée à sa base, en contestant la stabilité de la vitesse de circulation de la monnaie. Le seul élément stable du système keynésien est la propension marginale à consommer. En revanche, *la préférence à la liquidité* varie très fortement selon le taux d'intérêt. Le temps moyen durant lequel la monnaie est conservée entre deux transactions (qui permet une approximation de la vitesse de circulation de la monnaie) n'est donc pas une constante.

1. Par la suite, afin de faciliter l'utilisation de la formule de Fisher, on la transforme en : MV = pY ;
M, étant la masse monétaire totale ;
V, l'inverse de la vitesse de circulation de la monnaie (le temps moyen durant lequel une monnaie est conservée entre deux transactions) ;
p, le niveau général des prix ;
Y, le revenu national en volume (car la valeur des transactions est fonction du revenu national).

Pour préciser la position keynésienne, on peut opposer à la formule « quantitativiste » simplifiée : MV = pY la formule keynésienne qui obéirait à une même logique : M/p = K'(i) (Y) + L(i), M/p est la masse monétaire exprimée en monnaie constante, p est le niveau des prix ; il est fixé indépendamment de M par les rapports de force et les anticipations des entrepreneurs (rappelons qu'il n'y a pas, dans le système keynésien, dichotomie entre les prix réels et les prix monétaires, ce sont les prix déterminés par le fonctionnement économique général qui donnent le niveau général des prix). K'(y) est la demande de monnaie en fonction des transactions ; elle est fonction du volume du revenu national (y) et du rapport habituel que les agents économiques établissent entre le volume des transactions et leur besoin d'encaisses de transactions. Ce rapport relativement constant est K' ; L(i) symbolise la demande de monnaie pour les encaisses de spéculation, L est la préférence de la liquidité, elle varie en fonction du taux d'intérêt (i). Mais (i) n'est pas indépendant de M, il est le prix de la monnaie. Toutefois, si (i) tombe trop bas, L va bondir et ouvrir la trappe à monnaie dont nous avons parlé au chapitre précédent.

Y et p se fixent indépendamment : p, selon les rapports de force et les anticipations ; Y, en fonction de la demande effective et de mécanismes du multiplicateur. Le rôle de la masse monétaire est donc très restreint. Elle n'agit sur Y qu'en faisant varier (i), mais cette action peut être annulée par l'élévation de (L). Si elle agit, elle ne le fait que très indirectement, à travers la comparaison de i et de l'efficacité marginale du capital.

On peut aussi admettre une action de M sur p. Elle est encore plus indirecte et imprécise. Une variation rapide de la masse monétaire, en créant des liquidités, peut influencer les rapports de force qui déterminent les prix. Plus une entreprise peut se procurer aisément des crédits, moins elle résistera aux revendications de ses salariés et de ses fournisseurs.

Au total, s'il n'y a pas de variation autonome de la masse monétaire, la masse monétaire sera induite par le système. Ce sont les prix, le volume et la valeur des transactions et la liquidité qui fixeront son niveau. Quant aux variations volontaires, elles n'ont qu'un effet limité et réduit, tant sur le revenu que sur le niveau des prix. En aucune manière, on ne peut déterminer avec précision l'effet sur les prix d'une variation de la masse monétaire. Tout au plus peut-on dire qu'en période de plein emploi, toute chose étant égale par ailleurs, elle sera plus importante qu'en sous-emploi, mais la quantification de la différence n'est pas possible *a priori*.

Dans le système keynésien, l'action de la monnaie dans l'économie n'est pas liée à sa masse, mais à sa nature. Si la monnaie n'est pas neutre elle le doit aux anticipations réalisées en monnaie. La monnaie doit être créée par l'État, afin que l'on ait la possibilité d'agir au moment adéquat et de faire le pont entre le présent et l'avenir.

2. Le rétablissement de la théorie quantitative de la monnaie par les monétaristes

Les monétaristes admettent au départ deux éléments qui, en apparence, reprennent certaines idées keynésiennes.

A) Une brutale augmentation de la masse monétaire peut avoir une influence sur la demande à court terme. En effet, comme nous l'avons vu, les monétaristes pensent que lorsqu'on augmente la masse monétaire, les agents économiques ont des encaisses supérieures à celles désirées, le surplus d'encaisse est immédiatement dépensé.

B) La demande de monnaie dépend d'un grand nombre d'éléments. Disons, en simplifiant, du revenu, du niveau des prix effectifs et anticipés, de la structure des encaisses et des rendements de ces diverses encaisses... le taux d'intérêt et la composition des encaisses sont donc bien un élément de la demande de monnaie.

Toutefois, le rapprochement n'est finalement qu'apparent. Derrière les formules, au départ fort complexes, on retrouve la théorie quantitative de la monnaie. En effet :

a) Il n'existe pas chez les monétaristes de trappe à monnaie ; de ce fait, en entraînant une baisse du taux d'intérêt, une augmentation brutale de la masse monétaire ne s'engouffre pas dans les encaisses de spéculation. *L'encaisse monétaire fait partie des actifs,* elle est un élément du capital des agents économiques. Or, à court terme, l'encaisse monétaire évaluée en monnaie constante [1] est très stable [2]. Elle n'évolue, à moyen et court terme, que sous l'influence de l'évolution du revenu et des comportements, cette évolution n'ayant pas d'action à court terme. Les taux d'intérêt

1. Encaisse réelle.
2. Sous réserve de l'effet du revenu permanent dont nous parlons en *b*.

ne peuvent donc amener, à court terme, une variation de l'encaisse en monnaie réelle. Dans ces conditions, une augmentation brutale de la masse monétaire se traduit par un excès de demande sur le marché des biens et des services. D'où la primauté de la politique monétaire sur la politique budgétaire… et le risque d'inflation.

b) Les variations de la demande de monnaie sont d'autant plus lentes que les individus tendent à uniformiser leurs dépenses dans le temps. Ce n'est pas le revenu de la période qui fixe le niveau de la dépense, mais le revenu personnel qui progresse entre le revenu actuel et le revenu attendu. Si un individu pense qu'il gagnera plus dans l'avenir, il va élever sa dépense en fonction du revenu espéré. Au contraire, il va le diminuer s'il craint une diminution de revenu. C'est la reprise de la théorie du revenu permanent.

Il y a bien, ici comme chez les keynésiens, une variation de *vitesse de circulation de la monnaie,* mais variation n'est pas instabilité : à long terme, elle varie en fonction de la croissance du revenu réel. A moyen terme, la vitesse de circulation s'élève en fonction de l'expansion, car pour anticiper sur les augmentations de revenu, on pioche dans ses encaisses ou dans de l'argent qui « dormait » dans le circuit. La vitesse de circulation s'abaisse en période de récession, quand on restreint ses dépenses en anticipant sur une baisse du revenu réel. Toutefois, ces variations sont lentes, il n'y a pas d'instabilité de la vitesse de circulation de la monnaie et les encaisses réelles ne varient, à court terme, que très faiblement.

Nous sommes très loin des brutales variations de la vitesse de circulation qu'entraîne, chez Keynes, la préférence à la liquidité. En revanche, à court terme, la stabilité des encaisses liquides donne une relation très instable entre la consommation et le revenu.

Autrement dit, à court terme, la demande de monnaie et la vitesse de circulation de la monnaie sont les éléments les plus stables, la propension à consommer l'élément le plus instable. C'est le renversement complet de l'optique keynésienne, et le retour à la théorie quantitative de la monnaie. Avec cependant une différence : à court terme, et seulement à court terme, il y a bien une relation entre la masse monétaire et la production, mais elle passe par les excès ou les insuffisances d'encaisses par rapport à l'offre de monnaie, et non par le multiplicateur, qui a sombré dans l'instabilité de la propension à consommer.

Dans la formule : $MV = pY$, si V est relativement constant, et si M a une action de volume sur Y, à partir du moment où les transactions en valeur réelle ne peuvent plus s'accroître, l'utilité de la monnaie décroît, celle des biens augmente, le niveau général des prix change. Les keynésiens, en apparence, disent la même chose. Mais, V étant instable et p dépendant des rapports de forces, ils affirment qu'il ne peut y avoir de prévisions exactes des effets d'une variation de la masse monétaire sur p. Par ailleurs, la nouvelle théorie quantitative de la monnaie a une faille importante. Quand on fait varier M (la masse monétaire), on ne peut pas, à court terme, savoir exactement comment se répartira son effet entre le niveau général des prix et la production. M. Friedman a reconnu cette incertitude et a admis que le problème n'était pas résolu.

La formule quantitative de la monnaie n'est donc utilisable — sous réserve d'une stabilité de la vitesse de circulation de la monnaie — qu'en période de pénurie extrême. Malheureusement, dans ce cas, l'application de la formule quantitative n'est guère aisée, car il est probable que l'on va assister à une fuite devant la monnaie. On veut se débarrasser au plus vite de la monnaie que l'on possède, la vitesse de circulation va s'accroître… l'incertitude demeure. Même si la vitesse de circulation était constante, l'application de la formule quantitative de la monnaie est douteuse. Quand tout augmente, quel est donc l'élément déterminant ? Sont-ce les prix (et/ou la production) qui tirent la masse monétaire ? Nous sommes renvoyés au vieux problème de la première poule et du premier œuf. Keynésiens et monétaristes ne sont pas près de s'entendre ; les enjeux théoriques et… politiques sont trop importants.

TROISIÈME PARTIE

L'économie selon les disciples orthodoxes de Karl Marx

Qui était Karl Marx ?
(1818-1883)

Karl Marx se situe au confluent de plusieurs traditions. Il est né à Trèves, dans un pays catholique. Sa famille, israélite, s'est convertie, pour des raisons socio-économiques, à la religion luthérienne. Il vit d'abord en Rhénanie, où se fait fortement sentir l'influence de la Révolution française. Il fait ses études à Berlin où domine la pensée des philosophes allemands. Il s'exile en Grande-Bretagne, où s'achève la révolution industrielle et où monte le prolétariat.

C'est un économiste, mais il est d'abord philosophe et ne cesse d'être un agitateur politique, un révolutionnaire professionnel souvent poursuivi par la police, souvent en conflit avec les autres membres de son mouvement.

A Bonn, il commence des études de droit et s'inscrit aussi à des cours d'esthétique et de littérature. A partir de 1837, il poursuit ses études juridiques à Berlin, où il a pour maîtres des disciples de Hegel. Tout naturellement, il passe alors du droit à la philosophie, et prépare une thèse sur Démocrite et… Epicure. A l'époque, il se lie à « la gauche hégélienne » et est influencé par la pensée de L. Feuerbach. De Hegel, il retiendra la dialectique, de Feuerbach, le matérialisme et sa conception de l'aliénation. Dès cette époque, il milite contre le pouvoir en place (l'État prussien) et prône le libéralisme politique. La police le repère, et il doit abandonner ses ambitions professionnelles.

Le voilà de retour à Bonn, en juillet 1841. Il se lance dans le journalisme. Après une tentative avortée de fonder, avec B. Bauer et L. Feuerbach, les Archives de l'athéisme, *il entre, en février 1842, à la* Gazette rhénane, *fondée à Cologne le premier janvier de la même année. Ce journal est en fait l'organe de la bourgeoisie financière, commerçante et industrielle opposée aux propriétaires fonciers et à l'État prussien. Marx en devient le rédacteur en chef et développe rapidement son audience grâce à des positions libérales, mais opposées au radicalisme des jeunes hégéliens. Marx sera accusé par ces derniers d'opportunisme.*

La souplesse de Marx n'empêchera pas l'interdiction de la Gazette rhénane, *sous la pression du tsar, qui n'aurait pas aimé les critiques à l'égard de sa politique et de son absolutisme. Cependant, le Gouvernement prussien, qui avait apprécié le talent du jeune rédacteur en chef, fait à Marx des propositions. Marx refuse, et préfère, en octobre 1843, s'exiler en France. Il part avec sa jeune épouse, Jenny von Westphalen, fille d'aristocrates qui est presque son antithèse.*

A Paris, il prend contact avec un tout autre milieu que celui de la Rhénanie. Le prolétariat y est important, les idées socialistes et communistes s'y diffusent, l'agitation politique y est permanente. Marx y fait paraître l'unique numéro des Annales franco-allemandes *avec deux articles « A propos de la question juive » et « Contribution à la critique de la philosophie du droit ». Il poursuit l'approfondissement de sa pensée philosophique. Il écrit les* Manuscrits économiques et philosophiques de 1844, *qui ne seront publiés qu'en... 1932. Il parle d'aliénation, mais pas encore d'exploitation ; il passe de la philosophie à l'économie. (Nous reviendrons, dans le chapitre six, sur la rupture de 1844, mise en lumière par le philosophe français Althusser.)*

En fait, à partir de cette époque, Marx se rapproche du communisme et adhère à la cause du prolétariat. Il vit dans la même maison qu'un des dirigeants allemands de la Ligue des justes [1]*, fréquente le poète H. Heine, auteur du « Chant des pauvres tisserands », rencontre des membres de sociétés secrètes françaises. A nouveau, le voici en butte à la police. En janvier 1845, sous la pression de la Prusse, le gouvernement de Guizot l'expulse. Il part pour Bruxelles. Il y retrouve F. Engels ; c'est le début d'une amitié qui jamais ne faillira.*

F. Engels est le fils d'un industriel allemand et s'occupe plus spécialement de la filiale britannique de la société familiale. Placé directement dans l'industrie, il fera bien comprendre à

1. Société secrète communiste.

Marx la situation réelle du prolétariat. En avril, Engels et Marx partent faire un voyage d'études en Angleterre ; ils y demeurent jusqu'en août. A Londres, Engels fait rencontrer Marx et W. Wething de la Ligue des justes, fondateur d'un communisme populaire, révolutionnaire et maçonnique. En fait, c'est moins le théoricien que le militant que vont voir Marx et Engels.

Avec son retour à Bruxelles en septembre 1845, et jusqu'en 1848, commence pour Marx une longue période d'accumulation d'études théoriques économiques. Il écrit de nombreux manuscrits, élaborant peu à peu ce qui deviendra le « marxisme ». En 1847, paraît Misère de la philosophie, *pamphlet ironique réfutant les thèses de Proudhon publiées dans* Philosophie de la misère. *C'est un des ouvrages les plus clairs de Marx. Il contient l'essentiel de sa vision économique. Le socialisme de Marx s'affirme « scientifique ».*

Marx acquiert à cette époque un grand prestige. La Ligue des justes, qui se transforme en Ligue des communistes, l'invite à participer à sa réorganisation. Marx, faute d'argent, ne peut aller à Londres à son premier congrès. Seul, Engels y participe. Il est chargé avec Marx de préparer ce qui allait devenir le Manifeste du Parti communiste de 1848.

Le texte est publié en février. En mars, le gouvernement provisoire de la République française l'invite à revenir en France. « La tyrannie vous avait banni, la libre France vous ouvre ses portes. » Mais le mouvement révolutionnaire s'éteint. Marx repart en Allemagne et, pour quelques mois, s'installe à Cologne, le temps d'entrer en conflit avec la ligue communiste locale, d'adhérer à une société secrète et de se faire poursuivre par la police. Sans moyens d'existence, il se retrouve à Paris en juin 1849 et, en août 1849, part pour la Grande-Bretagne.

Il va y vivre chichement grâce à sa collaboration à divers journaux, notamment au New York Tribune *(inspiré par le socialisme utopique du Français Fourier). Il a un petit emploi de bureau au British Museum. Il emprunte de l'argent à Engels, postule un emploi dans une société de chemin de fer, y est refusé pour mauvaise... écriture. Sa situation ne s'améliorera qu'en 1864, avec l'héritage de sa mère et surtout après 1869, lorsque Engels, après avoir vendu sa part dans l'entreprise familiale, vivra de ses rentes et servira à Marx une petite pension.*

La précarité de sa situation ne l'empêche, cependant, ni d'écrire, ni surtout de militer.

Peu à peu, il élabore ce qui devait devenir son œuvre maîtresse : le Capital. *En 1857, il conçoit une première introduction générale, qu'il laisse inédite* [1] *; en 1859, c'est* Critique de l'économie politique, *de toute évidence éditée à Berlin. Il annonce son œuvre maîtresse. En fait, ce livre a peu d'écho, même chez ses amis. Il faudra attendre 1867 pour qu'éclate, avec la publication du livre* I *du* Capital, *le génie marxiste. Seul, le livre* I *sera publié de son vivant. Engels publiera le livre* II *en 1885, et le livre* III *en 1894. C'est Kautsky qui publiera, entre 1905 et 1910, les éléments du livre* IV.

Une grande partie des écrits de Marx restent enfouis dans deux énormes fonds, l'un à l'Institut d'histoire internationale d'Amsterdam, l'autre à l'Institut marxiste léniniste de Moscou. Ce sont ses disciples, et surtout F. Engels, qui ont choisi ce qui était publiable, en systématisant au passage sa pensée.

Ses activités révolutionnaires, parfois la misère, puis la maladie n'ont pas permis à Karl Marx de donner à son œuvre une forme définitive. Jenny devra un jour emprunter pour acheter le cercueil d'un de ses enfants. Une furonculose chronique fait horriblement souffrir Marx : « J'espère que la bourgeoisie aura quelque raison de se rappeler mes furoncles. »

Cependant, il milite et polémique. En 1864, il participe à la fondation de la première Internationale ouvrière. Il s'y oppose violemment à Bakounine, puis participe à sa dissolution progressive, en 1872. Au fur et à mesure qu'il vieillit, Marx devient de plus en plus intolérant. Il ne cesse d'attaquer les autres socialistes, s'en prend à ses propres partisans, condamne les premiers sociaux-démocrates. Le « Je ne suis pas marxiste » des dernières années de sa vie n'a pas fini d'interpeller l'histoire.

En fait, dès 1873, Marx s'est retiré de la vie publique. C'est Engels qui propage les idées de Marx. Jenny meurt en 1881. Trop malade, Marx ne peut aller à son enterrement. Il décède à son tour, en 1883, d'un abcès au poumon. Le marxisme commence ; il s'unira, au début du XX*e siècle, au léninisme.*

1. Publiée par K. Kautsky, en 1903. Elle est suivie d'un autre travail de préparation, *Critique de l'économie politique,* connu sous le nom de *Grundrisse* (fondements) et publié en 1939.

CHAPITRE 5

Le fonctionnement de l'économie et l'explication du chômage par les disciples orthodoxes de Karl Marx

Exposer le point de vue marxiste est quelque peu embarrassant. Il n'y a pas de marxisme mais des marxismes. Certains marxistes s'accusent mutuellement de « révisionnisme » et de « déviationnisme ». Bien plus, une grande partie des économistes contemporains sont influencés par le marxisme. Il y a des néo-keynésiens néo-marxistes et des néo-ricardiens qui réhabilitent la valeur-travail. A côté du marxisme savant, tant des économistes que des sociologues ou des philosophes, il existe un marxisme simplifié et populaire, certains diraient vulgaire. Il envahit la grande presse, les discours politiques et les… sermons du dimanche. On a bien le droit de s'y perdre un peu. R. Fossaert qui, depuis quelques années, élabore une théorie de la société en reprenant la conceptualisation marxiste, a dénombré, sur le seul concept de « mode de production », quatre interprétations divergentes chez les seuls marxistes français contemporains.

Afin de simplifier notre propos, nous nous référons dans ce chapitre aux économistes français proches du parti communiste. Leurs deux chefs de file sont P. Boccara et Ph. Herzog. On retrouve chez eux une approche assez voisine de celle de G. Kozlov, économiste soviétique, auteur d'un ouvrage sur le capitalisme paru aux éditions du Progrès, de Moscou. Autour d'eux s'est constitué un ensemble d'auteurs que l'on pourrait appeler l'École française du *capitalisme monopoliste d'État.* Sans se confondre avec cette École, mais parfois assez proche d'elle, nous trouvons aussi certains *radicaux américains,* ou encore certains économistes français qui ont étudié la suraccumulation. Parmi eux, citons M. Aglietta et G. Dumesnil ; ce dernier a été cependant vigoureusement critiqué par P. Boccara. Quant à M. Aglietta son analyse, sans ignorer Marx, est de plus en plus caractéristique de celle d'un hérétique « à la Schumpeter ».

1. Le capitalisme de crise en crise

Les keynésiens décrivent le fonctionnement de l'économie en termes de circuit ; les smithiens, au travers des mécanismes du marché ; les marxistes, à partir du jeu des contradictions qui, de crise en crise, mèneront le capitalisme à sa perte.

Pour les marxistes, la crise n'est pas, en effet, un accident du capitalisme : c'est l'élément essentiel de sa régulation. Grâce à la crise, le capitalisme résout, provisoirement, ses contradictions.

Toutefois, la crise n'apporte au capitalisme qu'un répit. Tôt ou tard, à l'occasion d'une crise, sous la pression du prolétariat, on assistera à l'effondrement général du capitalisme, car :

1. Le développement capitaliste est miné par une contradiction fondamentale ;
2. Les capitalistes sont en mesure de s'emparer de la plus-value ;
3. Mais, en recherchant par tous les moyens le profit, ils perdent de vue son origine, et s'engagent dans des impasses ;
4. La crise devient alors une nécessité : c'est elle qui permet le rétablissement du taux de profit.

1. La contradiction fondamentale du développement capitaliste.

Lorsqu'un producteur fabrique une marchandise destinée à la vente, et non à son propre usage, il peut y avoir rupture entre *la valeur d'usage* (utilité reconnue) de cette marchandise et *sa valeur d'échange* (mesurée par le travail socialement nécessaire à sa production [1]). Ce risque n'existait pas quand chacun fabriquait les biens qui lui étaient nécessaires. Dans une économie d'échange, si le producteur ne vend pas la marchandise produite, le *travail concret* qui a permis de la fabriquer ne se transforme pas en *travail abstrait* [2], mesure de la valeur des choses.

Par sa seule existence, l'échange monétaire rend donc la crise possible.

Avec le capitalisme, cette possibilité grandit. La propriété privée des biens de production décime les producteurs et confère à toute la production un caractère privé. Chaque producteur agit en fonction de son intérêt, sans reconnaissance préalable des besoins de la société. *Le caractère social* du travail, c'est-à-dire l'interdépendance croissante des activités, par suite de la division des tâches et de l'allongement du processus de production, est oublié jusqu'au moment de la vente des marchandises. Il y a contradiction croissante entre la socialisation de la production et l'appropriation privée des biens de production.

Au fur et à mesure que le progrès technique accentue la socialisation de la production, le développement antagoniste de la production se renforce, et le risque de crise augmente.

Nous analyserons plus longuement dans un autre chapitre la signification méthodologique de cette contradiction fondamentale.

1. *Le travail socialement nécessaire* est le travail dépensé en moyenne dans une société pour obtenir un bien donné, et non le travail dépensé pour obtenir ce bien dans une entreprise particulière.

2. *Le travail abstrait* est une notion qui vient de la transformation du travail concret, de qualité variable, en travail ordinaire non qualifié, afin de mesurer sa valeur. Le travail complexe concret n'est alors qu'un multiple de travail simple. En clair, cela signifie que dix heures de travail qualifié peuvent être données comme l'équivalent de vingt heures de travail simple. S'il faut à la fois dix heures de travail qualifié et dix heures de travail non qualifié, le travail nécessaire sera égal à trente heures de travail abstrait.

2. La confiscation de la plus-value.

L'essence même du capitalisme est l'exploitation de la force de travail par le capital, dont la propriété appartient aux capitalistes.

1. La force de travail nécessaire à la production d'un bien a une particularité fondamentale : elle peut apporter à la production plus que sa propre valeur, c'est-à-dire son coût de production et de reproduction ; ainsi apparaît une plus-value.

2. Avec la naissance du mode capitaliste de production, trois évolutions ont lieu :

— Ne possédant pas les moyens de production, *les ouvriers doivent vendre leur force de travail, qui est leur seule richesse, à ceux qui possèdent ces moyens ;*

— L'économie monétaire se généralise, la division extrême du travail et la coupure travail-capital ne limitent plus les échanges monétaires à la vente des surplus. C'est l'ensemble de la production qui est monétarisé.

— *Les ouvriers subissent une contrainte au surtravail.* Ils doivent travailler au-delà de ce qui leur serait nécessaire pour vivre. Le capitalisme promeut une production massive, de nouveaux besoins et de nouveaux biens. Chacun veut travailler plus pour profiter des nouveaux biens.

Au total, les relations « du maître des conditions de travail » avec les travailleurs vont devenir de pures relations de vente. *Le mode de production capitaliste transforme le travail en marchandise.*

3. Or, la valeur d'échange d'une marchandise tend toujours à être ramenée à son coût de reproduction (dans notre cas, au temps de travail socialement nécessaire pour permettre à un ouvrier de vivre et de se reproduire). La concurrence et les mécanismes de l'économie de marché expliquent cette tendance.

4. Dans ces conditions, les capitalistes vont pouvoir s'emparer de la plus-value [1]. C'est la plus-value qui permet le profit.

DE QUELQUES DÉFINITIONS NÉCESSAIRES POUR LA SUITE

Commençons par quelques définitions de base d'une approche marxiste :

Le taux de plus-value $\left(\frac{PLV}{V}\right)$ est le rapport entre la plus-value et le montant des sommes engagées pour acheter la force de travail nécessaire, en d'autres termes, le capital variable V. Ce capital est dit variable, car la force de travail apporte à la production plus que la valeur à laquelle elle est achetée (valeur d'échange).

Le taux de profit est le rapport entre la plus-value et les sommes engagées dans la production. En d'autres termes, c'est le rapport entre la plus-value et le capital engagé, somme à la fois du capital variable (V) et du capital constant (C).

Le capital constant (C) représente les sommes nécessaires, d'une part à l'achat de fournitures diverses, de matières premières, d'énergie, etc. et, d'autre part, à l'amortissement du capital fixe [1].

La composition organique du capital est le rapport C/V entre le capital constant et le capital variable.

1. Il ne faut pas confondre *capital variable* et *capital constant* avec les notions de *capital circulant* et de *capital fixe*. Ces deux dernières notions désignent les catégories de biens nécessaires à la production.

— *Le capital circulant* regroupe toutes les matières premières, fournitures diverses et sources d'énergie qui vont disparaître (circuler) dans le processus de production et être en quelque sorte intégrées aux produits fabriqués.

— *Le capital fixe* regroupe les machines, installations diverses et équipements de transport qui servent à plusieurs cycles de production et ne « s'usent » que lentement.

— *Le capital constant* des marxistes représente les sommes nécessaires à l'achat du capital circulant et à l'amortissement du capital fixe.

— *Le capital variable* représente les sommes consacrées au paiement du travail (les marxistes parlent de la *force de travail*).

3. Les capitalistes aveuglés par la recherche du profit.

Malheureusement pour eux, les capitalistes ne peuvent pas se rendre compte de la liaison entre profit et plus-value. La

1. Nous gardons ce terme popularisé par la première traduction du *Capital* (revue par Marx), de préférence à la « survaleur » que lui préfèrent certains auteurs actuels.

concurrence amène, en effet une égalisation des taux de profit.

Prenons un exemple. Supposons que, dans une branche, la composition organique du capital permette de substantiels profits. Les capitalistes, à l'affût de gains toujours plus élevés, vont affluer. Ils vont produire au-delà de ce qui est demandé. La mévente éclatera. Une partie du travail *privé* ne se réalisera pas en travail *social.* Les prix baisseront, et les capitalistes ne pourront pas récupérer la totalité de la plus-value. Le taux de profit réel faiblira. En revanche si, au départ, la composition organique du capital ne permet qu'un taux de profit plus faible que dans les autres branches, les capitalistes chercheront à investir ailleurs, des pénuries apparaîtront, les prix s'élèveront, la plus-value réellement réalisée augmentera, le taux de profit s'élèvera.

Cette égalisation des taux de profit incite les capitalistes à une erreur très grave : ne percevant pas le rôle de la composition organique du capital, ils vont tenter d'accroître le profit en engageant plus de capital pour accroître la productivité du travail et maximiser la plus-value relative.

Pour extorquer la plus-value, les capitalistes peuvent agir de différentes manières. Lorsqu'ils prolongent la journée de travail, ils augmentent *la plus-value absolue.* Lorsqu'ils tentent de faire produire plus avec une durée identique de temps (ce qui revient à augmenter la productivité du travail), ils élèvent *la plus-value relative.* Or, l'égalisation des taux de profit les incite à agir de la sorte. Ce faisant, ils modifient la composition organique du capital.

Cette modification de la composition organique du capital va progressivement entraîner une baisse générale des taux de profit.

En effet, la part de *capital constant* sera de plus en plus grande, et celle de *capital variable,* seule source de plus-value, sera moindre. Tôt ou tard, l'accroissement de la plus-value relative ne permettra plus le maintien du taux de profit. Le capitalisme est victime de la suraccumulation qu'il provoque en voulant accroître la plus-value relative (la productivité).

4. La crise, élément essentiel de la régulation du capitalisme.

Les faillites ont un grand mérite : elles entraînent un déclassement d'une partie du capital constant ; des usines sont abandonnées, d'autres sont cédées pour un franc ou un dollar symbolique, la valeur des stocks est dépréciée. La composition organique du capital se modifie, mais cette fois-ci en faveur du capital variable. Le rapport entre la plus-value et le capital engagé augmente. *Le taux de profit se rétablit.* Cette reprise peut être d'autant plus rapide qu'au moment où la rentabilité réapparaît, le crédit (Marx parle de capital de prêt) peut être abordable et bon marché. La crise a, en effet, entraîné une chute de la demande de capitaux financiers. La crise est la condition de la reprise ; elle liquide les erreurs passées et évite le blocage du système.

Nous sommes là en présence d'une conception de la crise que l'on retrouve chez la plupart des « smithiens ». Toutefois, pour les marxistes, cette opinion n'a rien de très optimiste. La crise ne sert pas de leçon aux capitalistes ; sitôt leur profit rétabli, ils s'engouffrent à nouveau dans la surcapitalisation. La baisse du taux de profit réapparaît et amène, tôt ou tard, une nouvelle chute de l'activité économique.

De crise en crise, on assiste ainsi à une baisse tendancielle du taux de profit. La crise arrête momentanément cette baisse. La suraccumulation qui lui succède l'accentue. Un jour, une crise encore plus grave entraînera l'effondrement général et définitif du capitalisme.

Si la crise est une nécessité et si sa cause fondamentale est le développement antagoniste de la production capitaliste, à quel moment apparaîtra-t-elle ?

On trouve, dans Marx, la combinaison de deux explications :

a) La défaillance du taux de profit : il arrive un moment où le taux de profit est inférieur à celui qui exige une reproduction du capital. Le profit ne permet plus la croissance.

b) L'anarchie du système capitaliste : les capitalistes ne peuvent pas produire suivant les besoins sociaux et en respec-

L'ARMÉE DE RÉSERVE DES CHÔMEURS ET LA SURPOPULATION RELATIVE

Au point où nous sommes de notre analyse, nous pouvons aller un peu plus loin sur le chômage et son rôle dans l'explication marxiste de la crise.

Marx suppose qu'en permanence, il existe une armée de réserve des chômeurs, qu'il nomme *armée de réserve industrielle*.

D'où provient-elle ?

1. Des augmentations de la productivité réalisées pour accroître la plus-value relative ;

2. De l'élimination des petits propriétaires et des petits commerçants et artisans par les grandes firmes capitalistes. Incapables de faire face à la concurrence capitaliste, ils sont éliminés, vendent leurs biens de production et rejoignent le prolétariat ;

3. Des crises générales de surproduction, dont nous avons vu la nécessité. Elles gonflent brutalement l'armée de réserve des chômeurs.

Par la suite, la reprise sera suivie d'une diminution du chômage. Toutefois, les deux autres causes existent toujours, l'armée de réserve subsistera, voire se remettra à croître.

Cette armée de réserve ne signifie nullement, pour Marx, que les travailleurs sont trop nombreux, qu'il y a trop de bras et de bouches à nourrir. *Cette population n'est excédentaire que par rapport aux besoins du capital.* Elle est liée à l'accumulation du capital dans un régime capitaliste. Quand le socialisme organisera scientifiquement la production, elle pourra être résorbée.

Cette explication permet à Marx de ne pas nier l'importance des luttes ouvrières pour l'amélioration des salaires et des conditions du travail tout en niant la possibilité d'un changement véritable. Le réformisme ne peut réussir, car l'armée de réserve des chômeurs ne permet aux luttes ouvrières que des succès limités et fragiles. Par ailleurs, la tendance des salaires à se fixer au coût de la reproduction de la force de travail n'équilibre en aucune manière le marché de l'emploi. C'est même le chômage qui limite le succès des luttes ouvrières et empêche le salaire de se fixer durablement à un autre niveau.

Marx rejette ici l'explication par la croissance démographique du maintien des salaires à son niveau de subsistance. Cette « loi d'airain [1] », décrite par Smith, Ricardo et Malthus, fait dépendre le niveau des salaires d'un phénomène extérieur au *rapport de production*.

1. Le terme est du socialiste non marxiste F. Lassalle, qui fonda la social-démocratie allemande. Cf. 199 et II, 107.

tant exactement les proportions nécessaires. Dans certaines branches, il y a trop de biens, dans d'autres, pas assez. L'appropriation privée des biens de production ne peut faire face à la socialisation de la production. La brutale augmentation de certains coûts allant de pair avec la mévente, des effondrements partiels vont se produire. Ils auront tôt fait de généraliser mévente et chômage. C'est là la conséquence directe du *développement antagoniste du capitalisme*.

La sous-consommation ouvrière est un des principaux éléments de cette anarchie, mais elle n'est pas le seul facteur de la défaillance des marchés. Dès le moment où les capitalistes tentent d'accroître la plus-value relative, le chômage s'élève. Quand les premières défaillances ont lieu, il bondit. La consommation du plus grand nombre chute et généralise la crise. « La raison ultime de toutes les crises réelles, c'est toujours la pauvreté et la sous-consommation des masses. » Toutefois, on ne peut expliquer un phénomène nouveau, la crise générale de surproduction, par un phénomène ancien bien antérieur au capitalisme : la sous-consommation des masses.

*

Résumons maintenant l'ensemble de l'analyse [1] :

La production capitaliste **1**, par l'appropriation privée des biens de production **2**, l'élargissement de l'échange monétaire **3** et la contrainte au surtravail **4**, transforme le travail en marchandise **5**.

L'ouvrier est obligé de vendre sa force de travail au prix de sa production **6**, c'est-à-dire à ce qui lui est nécessaire pour survivre et élever ses enfants. Or, contrairement aux autres éléments de la production, la force de travail apporte à la production plus que *sa valeur d'échange*. Elle ajoute à la production *une plus-value* **7**. Cette valeur est appropriée par le capitaliste auquel l'ouvrier a vendu sa force de travail.

Parallèlement, l'appropriation privée des moyens de production **8** va de pair avec une socialisation croissante de la

1. Suivre l'explication sur le schéma de la p. 153.

production **9**, ce qui est parfaitement contradictoire. Cette contradiction *donne un caractère antagoniste au développement capitaliste* **10**. La possibilité de ne pouvoir transformer en travail social (socialement reconnu) le travail privé de chaque unité devient plus problématique. La rupture que réalise tout système dans lequel celui qui travaille ne travaille pas pour satisfaire directement ses propres besoins, s'élargit.

Le développement antagoniste de la production débouche sur l'anarchie de la production **11** et, indirectement, sur la baisse tendancielle du taux de profit.

En effet, si le profit trouve son fondement dans la plus-value **12**, la concurrence entraîne une égalisation des taux de profit **13**. Aveuglés par la recherche du profit, les capitalistes *tentent d'accroître la plus-value* relative **14**. Ils élèvent systématiquement la productivité ou accentuent l'accumulation du capital. Ils modifient ainsi *la composition organique du capital C/V* **15**, aux dépens du capital variable. Puisque, seul le capital variable est capable d'apporter à la production une plus-value, il y a baisse du taux de profit **16**.

L'accroissement de la plus-value relative élève le nombre des chômeurs **17.** La défaillance du taux de profit liée à la mauvaise orientation de la production **18** et la baisse tendancielle du taux de profit **19** élèvent encore le nombre des chômeurs **20**. La sous-consommation ouvrière **21** s'accentue et généralise la crise **22.**

La crise est une nécessité pour déprécier le capital constant et remodifier aussi la composition organique du capital **23**.

Les disciples orthodoxes de Marx vont, à ce point de l'analyse, introduire les conséquences de l'évolution du capitalisme.

Nous ne sommes plus au temps du capitalisme libéral. Les grandes firmes et l'État qu'elles soumettent, organisent l'économie. Elles tentent de lui éviter les conséquences de ses contradictions et du développement des luttes ouvrières. L'exploitation du Tiers Monde diminue la pression sur les classes ouvrières des pays industrialisés et favorise leur « intégration » provisoire dans les sociétés capitalistes.

Toutefois, le capitalisme monopoliste d'État n'a pas rendu caduque l'analyse marxiste. La crise actuelle est liée à la suraccumulation décrite par Marx et accompagne la baisse

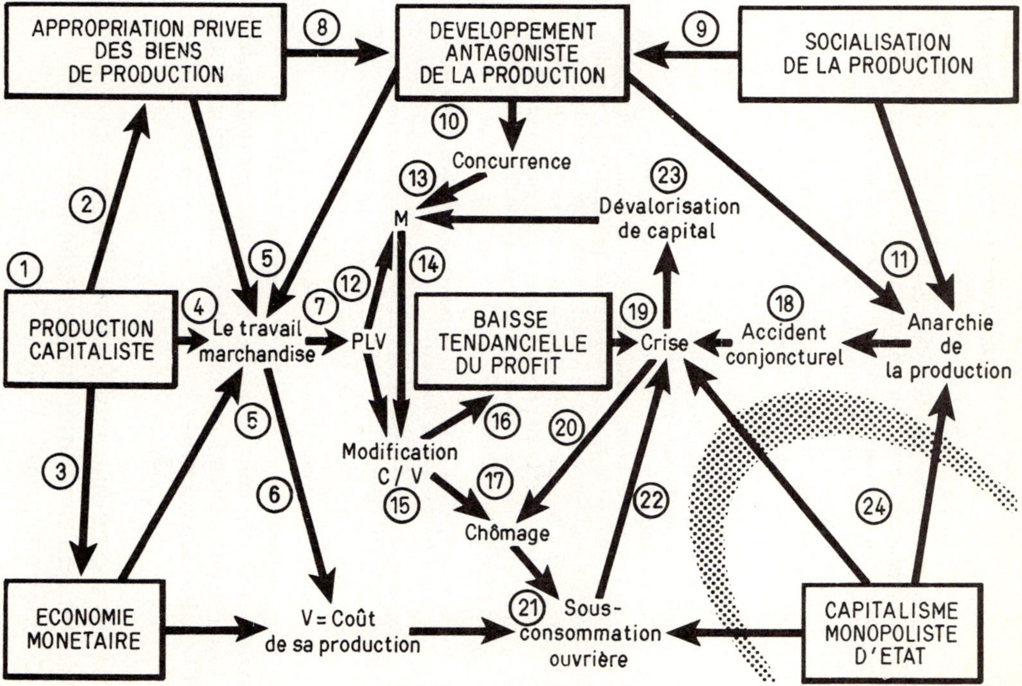
APPROPRIATION PRIVEE DES BIENS DE PRODUCTION
DEVELOPPEMENT ANTAGONISTE DE LA PRODUCTION
SOCIALISATION DE LA PRODUCTION
PRODUCTION CAPITALISTE
Le travail marchandise
PLV
M
Concurrence
Dévalorisation de capital
BAISSE TENDANCIELLE DU PROFIT
Crise
Accident conjoncturel
Anarchie de la production
Modification C / V
Chômage
ECONOMIE MONETAIRE
V = Coût de sa production
Sous-consommation ouvrière
CAPITALISME MONOPOLISTE D'ETAT
1
2
3
4
5
5
6
7
8
9
10
11
12
13
14
15
16
17
18
19
20
21
22
23
24

DE LA PAUPÉRISATION ABSOLUE

« Le capitalisme monopoliste d'État », a dit un jour Lénine, « est la préparation la plus complète du socialisme, il en constitue l'antichambre, l'étape du capitalisme qu'aucune autre étape ne sépare du socialisme [1]. » Toutefois, cette forme de capitalisme n'avait jamais donné lieu, avant le milieu des années soixante, à de véritables études théoriques.

Or, lorsqu'elles furent entreprises, il fallait prendre en compte un fait troublant : *l'amélioration des conditions de vie des travailleurs.* Jusque-là, la thèse orthodoxe était celle de la *paupérisation absolue* de la classe ouvrière. Un extrait de Lénine était cité à titre de référence : « L'ouvrier, y lisait-on, devient moins riche qu'avant. Il est obligé de vivre moins bien, d'avoir une nourriture plus chiche, de manger moins souvent à sa faim, dans des caves et des greniers [2]. » Des statistiques portant sur le travail ouvrier dans la région parisienne depuis le Front populaire, sur la crise du logement et sur l'augmentation de la durée du travail qu'exigeait une population stagnante au moment où se formait la croissance, semblaient, dans les années soixante, donner raison à cette analyse. De violentes polémiques eurent lieu ; pour la critiquer, des économistes français furent exclus ou démissionnèrent du PCF. De Staline à Khrouchtchev en passant par Maurice Thorez, l'orthodoxie exigeait qu'il y ait

1. Il s'agit en fait d'une citation de circonstance extraite du *Manifeste* de 1919, diffusé lors de la Troisième Internationale socialiste.

2. « La paupérisation dans les sociétés capitalistes », *Œuvres complètes* T. 18, p. 451. Cependant, cet extrait, souvent cité à l'appui de la paupérisation absolue, ne tient pas compte de développements totalement opposés. Lénine justifiait en effet la révolution dans les pays non industriels par l'embourgeoisement de la classe ouvrière dans les pays industriels. Pour lui, cet embourgeoisement était le résultat de l'impérialisme, car l'exploitation des colonies permet au capitalisme d'accepter certaines revendications des travailleurs (cf. notamment : *L'Impérialisme, stade suprême du capitalisme*).

tendancielle du taux de profit. Le capitalisme monopoliste d'État a pu, pendant quelque temps, la camoufler ; depuis 1973, il ne le peut plus.

2. Le capitalisme monopoliste d'État n'a pu que camoufler momentanément les contradictions du capitalisme

Comme l'avait prédit Karl Marx, nous assistons à une concentration rapide du capital. Elle dépasse aujourd'hui les

A LA PAUPÉRISATION RELATIVE

paupérisation absolue de la classe ouvrière, ce qui allait plus loin que Marx [3].

Ce n'était pas la première fois qu'une telle dispute divisait les marxistes. Au début du siècle, le marxiste allemand K. Kautsky avait avancé la thèse de la paupérisation relative. « La quantité des produits qui revient à chaque ouvrier augmente, la part qui lui revient dans les produits qu'il fabrique diminue. » De son côté, Rosa Luxemburg distingue l'économie pure du capitalisme et son application à la réalité. La paupérisation absolue n'existe que du point de vue théorique. Ce n'est, en quelque sorte, qu'un instrument d'analyse. D'autres marxistes parlent de paupérisation subjective et psychologique. Au fur et à mesure que la classe ouvrière prend conscience de son sort, la paupérisation devient plus intolérable.

C'est finalement en 1956 qu'une formulation de la paupérisation relative fut acceptée. L'économiste soviétique A. Arzoumanian distingue, dans la valeur de la force de travail, *un minimum vital* incompressible et un élément dépendant de l'environnement économique, historique et social qui, lui, ne fait que croître.

Jamais le capitalisme ne permet la couverture de ce *minimum* historico-social. Bien au contraire, la croissance des salaires n'est pas aussi rapide que celle du minimum. *La paupérisation est donc bien à la fois absolue et relative.* En d'autres termes, il y a un écart croissant entre le salaire réel de la période et le salaire économiquement possible.

3. Karl Marx ne parle jamais de paupérisation absolue, en revanche, il écrit, dans la section 4 du chapitre 24 du livre I : « Les salaires réels n'augmentent jamais proportionnellement à la productivité du travail », ce qui correspond à la paupérisation relative, la paupérisation absolue étant un produit croisé de l'orthodoxie stalinienne et du marxisme naïf dont les économistes marxistes ont eu du mal à se défaire.

frontières. Désormais, de puissantes firmes internationalisent le capital et la production. Bien plus, les grandes firmes sont capables de produire là où le travail est le moins cher. Parallèlement, leur stratégie évolue ; les firmes monopolistes ont de plus en plus une forme financière, les préoccupations industrielles passent au second plan.

A cette concentration accentuée, répond la montée des interventions publiques. Par de nombreux canaux, l'État finance les firmes capitalistes et leur garantit des bénéfices. C'est là une évolution qu'avait envisagée Lénine dans *l'État et la Révolution*.

L'avènement de ce capitalisme monopoliste d'État a été

favorisé par les grands conflits mondiaux. Ils ont multiplié les occasions d'intervention publique et favorisé la concentration. La grande crise de 1929 et la dépression qui l'a suivie allaient dans le même sens. Les crises accélèrent les concentrations et, de crise en crise, acheminent le capitalisme vers son stade ultime. Parallèlement, l'intervention publique est devenue nécessaire pour conforter les profits et permettre aux capitalistes d'affronter des luttes ouvrières de plus en plus efficaces.

Bien plus, les grandes firmes monopolistes ont renforcé l'impérialisme des États capitalistes et l'exploitation du Tiers Monde. Déjà, Lénine avait vu combien le colonialisme permettait aux capitalistes d'accepter certaines revendications ouvrières et d'éviter les risques sociaux grâce à l'exploitation des colonies. Aujourd'hui, après l'effondrement des empires coloniaux, les grandes firmes transnationales maintiennent et intensifient les exploitations des pays en voie de développement. Les prélèvements réalisés aux dépens des pays de la « périphérie [1] » garantissent, eux aussi, le maintien du taux de profit suffisant.

1. Le capitalisme monopoliste d'État a camouflé pendant plusieurs décennies la suraccumulation capitaliste et la baisse tendancielle des profits qui l'accompagnent.

a) L'intégration de l'État au fonctionnement du capitalisme a plusieurs « avantages ».

Elle fait supporter par l'État les déficits ou les capitaux à faible rentabilité. Les nationalisations ont été détournées de leurs objectifs initiaux. Par des ventes à perte, des tarifs préférentiels, elles ont facilité le maintien des profits dans les secteurs contrôlés par les oligopoles et les monopoles privés. Ces derniers ont pu ainsi perpétuer leur accumulation, sans subir de baisse sensible du taux de leurs profits. Bien plus, par des prêts et des financements privés, l'État a assuré lui-même une partie de l'accumulation. Le prélèvement de la plus-value

1. Que l'on peut assimiler en première analyse au Tiers Monde. Cf. II, p. 140 à 143. Cf. aussi II, p. 161.

s'est fait sous forme d'impôts, ce qui amenuisait la résistance ouvrière.

b) La capacité des firmes à dominer le marché leur a permis des pratiques accélérant l'obsolescence technique du capital.

Le capitalisme monopoliste d'État a pu ainsi, sans crise, déclasser du matériel, arrêter des usines, même si ce matériel n'était pas techniquement, voire économiquement, amorti. Grâce à des augmentations de prix, les firmes ont réalisé des réserves pour faire face à une obsolescence accélérée. Elles ont anticipé des dépréciations par l'accroissement de leur marge. L'amortissement fiscal a largement légalisé cette situation. Ainsi s'explique la coexistence de l'inflation et du chômage. L'inflation a maintenu la rentabilité des firmes et a prélevé la plus-value de manière moins visible, par la dépréciation du pouvoir d'achat salarial.

c) Le capitalisme a, par ailleurs, tiré les conséquences de la sous-consommation ouvrière des années trente ; *à la production de masse a correspondu, grâce à « l'État providence »* et aux « hauts » salaires, une consommation de masse. Le fordisme a succédé au taylorisme et a accepté certaines revendications ouvrières. Là encore, l'inflation permise par la maîtrise du marché a, pendant un certain temps, rendu acceptable cette évolution « contre nature » du capitalisme. La hausse des prix a d'ailleurs permis de régler l'élévation réelle des salaires sur l'élévation moyenne de la productivité, voire sur celle des firmes les plus faibles. La paupérisation à la fois absolue et relative ne s'est ainsi jamais arrêtée. Elle a été, pendant un certain temps, moins ressentie.

2. Il vient cependant un moment où tous ces subterfuges du capitalisme perdent leur efficacité.

a) L'État prend en charge à la fois une partie du capital constant (par des subventions, des prêts, des financements publics...) et des capitaux variables (la Sécurité sociale et les dépenses du personnel de l'État). Tôt ou tard, l'arbitrage que faisaient autrefois les firmes entre capital constant et capital variable doit être fait par l'État. Les difficultés de prélèvements obligatoires toujours croissants rendent cet arbitrage nécessaire. Soit l'État diminue son aide à la suraccumulation du capital constant, et la baisse du profit devient patente, soit il comprime les dépenses qui correspondent à la prise en charge d'une partie du capital variable, et la sous-consommation ouvrière ne peut plus être cachée.

b) Peu à peu l'inflation rend insupportable le renouvellement du capital.

L'inflation incite à une substitution croissante du capital au travail, à une plus-value relative toujours accrue, mais le coût de remplacement du capital bondit. A partir du moment où l'État hésite à financer la suraccumulation, celle-ci peut difficilement se poursuivre, d'autant que l'inflation accroît la résistance ouvrière. On tente de la briser en robotisant l'industrie, et on ne fait que modifier un peu plus la composition organique du capital. On cherche aussi à internationaliser encore plus rapidement le capital et la production.

c) L'internationalisation du capital qui avait jusqu'ici participé à l'adoucissement des crises dans les pays industrialisés, grâce à l'exploitation des pays de la « périphérie », va provoquer son aggravation.

1. La désindustrialisation des pays européens, où la résistance ouvrière grandit, commence. Après avoir tenté de faire appel à des mains-d'œuvre plus dociles (femmes, travailleurs étrangers), les grandes firmes monopolistes délocalisent la production vers les pays à main-d'œuvre bon marché et plus malléable. Le chômage, qui avait été jusque-là contenu, bondit.

2. Par ailleurs, l'internationalisation du capital et de la production rend de plus en plus dangereuse la poursuite de l'inflation. Il y a de plus en plus de contradictions entre l'inflation et la croissance, l'inflation et le profit. Les mesures prises dans la logique du capitalisme (notamment la pression sur le pouvoir d'achat des masses) déclenchent une crise.

La crise actuelle fait réapparaître la nécessité, pour la reprise, d'une dévalorisation du capital nécessaire à une nouvelle reprise. Son arrivée tardive dans le processus de suraccumulation la rend obligatoirement longue et profonde.

3. Les prescriptions des disciples orthodoxes de Karl Marx pour sortir de la crise

Rien ne dit qu'une crise aboutisse à la fin du capitalisme. *Les crises sont d'abord un mode de régulation du capitalisme.* Certes, les capitalistes ne la recherchent pas ; elles sont involontaires, mais elles font partie du fonctionnement du capitalisme. Elles y complètent la régulation par la concurrence et le marché, qui ne peuvent rien contre les conséquences des contradictions fondamentales, notamment la suraccumulation. Malheureusement pour le capitalisme, ce mode de régulation ne fait qu'accroître ses contradictions. La production se concentre, les conditions d'une accentuation de la plus-value relative sont rétablies.

Toutefois, durant la crise, le capitalisme est fragile. Les inconvénients de son fonctionnement et de son anarchie éclatent au grand jour. Des groupes sociaux nouveaux sont prolétarisés. La pression sur les travailleurs est accentuée. La crise est donc un moment où ceux qui luttent contre le capitalisme peuvent le plus aisément agir. Pour empêcher le capitalisme de faire table rase des conquêtes ouvrières réalisées au moment de l'expansion, pour éviter aux travailleurs de supporter le coût de la crise, puis de la reprise, mais surtout pour limiter le pouvoir des capitalistes, il faut agir.

Dans cette perspective, les disciples orthodoxes de Karl Marx proposent :

a) De profiter de la crise pour transférer à la collectivité de vastes secteurs de l'économie.

La crise est l'occasion d'étendre au maximum les nationalisations. Ainsi pourra-t-on assurer la survie de certains secteurs, éviter la désindustrialisation, supprimer les obsolescences abusives, causes de hausses inflationnistes, arrêter, au moindre coût, les substitutions irrationnelles du capital au travail. Toutefois, il ne s'agit pas d'être dupe, et de renforcer le capitalisme monopoliste d'État ; il faut que les nationalisations soient aussi l'occasion d'accroître le pouvoir des travailleurs au sein des entreprises.

b) De profiter de la crise pour renforcer le contrôle du pouvoir politique :

— par une véritable planification qui atténuera les conséquences de l'anarchie capitaliste ;

— par un arrêt du pillage et du gaspillage des dépenses publiques au profit des firmes monopolistes.

Ces mesures ont le double avantage de faciliter l'amélioration du bien-être par la promotion des biens collectifs (en dégageant des ressources budgétaires) et d'orienter les investissements en fonction des besoins sociaux.

c) De profiter de la crise pour arrêter la désindustrialisation.

Les marxistes orthodoxes sont très tentés par le protectionnisme. Toutefois, ils n'y voient pas la seule manière de stopper la délocalisation des économies. Il faut aussi renforcer politiquement les luttes des pays du Tiers Monde contre l'impérialisme capitaliste (ce qui est, pour eux, un pléonasme). Il ne faut pas que les firmes monopolistes trouvent refuge dans les pays de la « périphérie ». Parallèlement, dans les pays développés, le contrôle des firmes multinationales (certains marxistes ou néo-marxistes préfèrent souvent le terme de transnationales [1]) doit être institué. Les nationalisations, au sein desquelles le pouvoir des travailleurs sera effectif, doivent faciliter ce contrôle.

1. On peut être quelque peu perplexe sur le sens de cette expression. Elle semble indiquer que les firmes multinationales n'ont pas de nationalité. En réalité, elles ont pris un pays d'origine, une *patrie* et leur stratégie est bien souvent liée à l'impérialisme d'un État, notamment aux États-Unis.

d) D'améliorer le pouvoir d'achat des travailleurs en s'attaquant au surprofit capitaliste.

En faisant payer les riches, on peut atténuer la sous-consommation ouvrière. Cette redistribution des revenus doit être l'occasion d'amoindrir la puissance capitaliste en renforçant l'adhésion des travailleurs en lutte contre le capitalisme.

Les disciples orthodoxes de K. Marx ne sont donc pas des partisans du pire. Ils n'attendent pas que le capitalisme, de crise en crise, tombe comme un fruit mûr. Ils ne veulent cependant pas « gérer la crise » au profit du capitalisme. Pour eux, faciliter la reprise doit être aussi le moyen d'introduire des éléments de plus en plus étrangers au fonctionnement du capitalisme : « Le capitalisme monopoliste d'État est l'antichambre du socialisme. »

CHAPITRE 6

Les clés de la lecture marxiste de l'économie

Lorsque K. Marx commence à s'intéresser à l'économie, aux environs de 1840, le capitalisme est aux prises avec de violentes crises économiques, sociales et politiques. Les crises périodiques de surproduction deviennent de plus en plus dures. Les premières révoltes ouvrières éclatent. La révolution de 1848, à la fois politique et sociale, s'accompagne de troubles dans toute l'Europe. En 1871, la Commune de Paris, atrocement réprimée par la bourgeoisie, passe, en partie à tort, pour la première révolution prolétarienne. Peu à peu, ses soubresauts vont, dans le dernier quart du XIXe siècle, s'atténuer. Toutefois, le mouvement ouvrier va continuer partout à s'organiser. Après l'ère des sociétés secrètes et des mutuelles, on entre dans celle des syndicats et des premiers grands partis ouvriers.

Durant toute la période où Marx élabore son œuvre économique, le capitalisme semble difficilement être en mesure de résoudre le problème du chômage. En fait, jusqu'au dernier quart du XIXe siècle, l'évolution technique a pris de vitesse les évolutions économique et sociale. Les anciennes structures artisanales et agricoles s'effondrent. Les progrès de la médecine sont plus rapides que ceux de la contraception ; la démographie européenne devient, sauf en France, explosive. Des millions d'hommes sont forcés d'émigrer vers le Nouveau Monde. La demande intérieure pâtit de la faiblesse des salaires ouvriers. La demande extérieure se heurte à l'inadaptation des structures commerciales et d'une partie des transports. L'organisation bancaire, encore bien fragile, connaît des *krachs* retentissants.

Curieusement, c'est en Grande-Bretagne, lieu où Marx écrit *le Capital*, que l'évolution est le mieux maîtrisée. Très rapidement la classe ouvrière, qui regroupe, dès cette époque, la majorité de la population active devient une puissance et s'organise. La polarisation en deux classes de la société britannique facilite l'amélioration — toute relative — du bien-être ouvrier, tandis que l'émigration aux États-Unis réduit le chômage plus qu'ailleurs. Marx et Engels semblent avoir été plus marqués par l'agitation révolutionnaire et la situation ouvrière en Allemagne et en France que par la réalité britannique. Ce n'est peut-être pas pour rien que le marxisme progressa moins en Grande-Bretagne. Il reste que l'opposition bourgeoisie-prolétariat est à l'époque une réalité essentiellement britannique, alors que l'écrasement de la classe ouvrière est nettement plus réel lorsque existent de puissantes classes moyennes.

Pour comprendre Karl Marx et ses disciples orthodoxes, il nous faut prendre du champ. En effet,

1. le marxisme ne cherche pas à expliquer le fonctionnement du capitalisme mais les lois de son développement économique et, au-delà, les lois de l'évolution historique. *Le marxisme est une révolution théorique* [1] ;

2. la mise au jour des lois du développement historique a, pour le marxisme, un but révolutionnaire : celui de faciliter le renversement du capitalisme. *Le marxisme est une pratique révolutionnaire* [1].

1. Le marxisme cherche à expliquer les lois du développement capitaliste. Le marxisme est une révolution théorique.

Karl Marx a tenté, en effet,

— une explication matérialiste de l'histoire sans recours à des normes supérieures ;

— une critique scientifique du capitalisme qui ne renvoie pas à autre chose qu'à l'analyse scientifique.

1. Ces expressions sont de J. Guichard.

LE MATÉRIALISME MARXISTE REFUSE UNE THÉORIE EMPIRIQUE DE LA CONNAISSANCE *

Marx se rallie à l'affirmation de L. Feuerbach : « Tout ce qui n'est pas fondé sur l'existence sensible est faux. » Toutefois, il récuse toute une partie des conclusions de Feuerbach. L. Feuerbach refuse la valeur d'un simple raisonnement, fût-il dialectique. Il veut découvrir le suprasensible à partir du sensible, penser avec le cœur tout autant qu'avec la tête. Il débouche donc sur une théorie empirique de la connaissance, qui suppose que l'objet pensé est le reflet *exact*, pratiquement le décalque, de l'objet réel.

Marx rejette fortement cette conception de la connaissance empirique et de la science. Pour lui, on ne peut aller directement du concret à l'abstrait. Certes, la pensée n'est pas antérieure au monde ; certes, la science doit tenir compte des éléments d'information que lui donne la réalité ; certes, on ne peut faire une élaboration scientifique par un raisonnement coupé du réel, mais le rôle de la science est, non de « sentir » le réel et de le réfléchir, mais de produire des *objets pensés*.

A cette fin, la connaissance scientifique doit être conçue comme une construction théorique permettant de comprendre le réel. Au départ, la connaissance scientifique doit écarter les filtres idéologiques qui empêchent de voir ; elle doit critiquer les représentations idéologiques du réel ; puis réaliser, à partir des informations qu'elle possède, ses propres découpages et reconstructions. Le produit de cette démarche, objet produit au même titre qu'un produit matériel, est le *concept opératoire*. Dans la réalité, cet objet pensé n'existe jamais. Il sert à voir et à construire une théorie qui permet l'action.

C'est l'efficacité pour l'action du concept et de la théorie qui les valide scientifiquement. Nous sommes en présence d'une conception instrumentale de la connaissance.

1. Une explication matérialiste de l'histoire.

Karl Marx, à la suite de bien d'autres (Aristote, Albert le Grand, Thomas d'Aquin...), affirme que le monde existe en dehors de la conscience de l'homme. Pour lui, il y a un rapport étroit entre la conscience de la réalité et la réalité elle-même.

Cela ne va pas de soi pour certains scientifiques contemporains et pour toute une partie des philosophes, tels que Descartes et Kant.

Le marxisme affirme, en outre, à la suite de L. Feuerbach, que tout ce qui n'est pas fondé, d'une manière ou d'une autre, sur l'existence sensible, est faux. Ici, le marxisme s'oppose à la philosophie judéo-chrétienne et à Hegel. Il nie à la fois l'idée de création [1], le rôle moteur et l'antériorité de « l'esprit »... en attendant de récuser l'autonomie des phénomènes mentaux, sinon le libre arbitre (au sens des philosophes chrétiens).

A ce propos, Marx pense que l'idée de création a reçu un coup mortel avec la découverte de l'évolution des espèces. En fait, il faut bien convenir que l'existence d'une évolution ne prouve pas qu'il y ait eu autocréation. L'évolution des espèces contredit, tout au plus, le fixisme et le mythe antique de l'éternel retour.

Nous voilà bien loin de l'analyse économique. Toutefois, si on ne prend pas en considération ce point de départ, on ne peut comprendre le cheminement de l'analyse et certaines de ses conclusions.

A) Le marxisme veut être une philosophie tout entière fondée sur les sciences positives.

Il récuse la métaphysique et l'appel à des normes supérieures. Il doit rechercher une explication de l'évolution historique et économique parfaitement autonomisée par rapport à des « valeurs », « croyances » ou « opinions » morales, religieuses ou philosophiques.

B) Le marxisme, en rejetant des normes supérieures et antérieures à l'analyse, ne fait plus de l'homme un absolu hors du temps.

Le matérialisme marxiste n'est ni mécaniste ni déterministe. Pour Marx, la réalité évolue à travers des contradictions qui,

1. En fait, c'est le jeune Marx et Engels qui s'intéressent à l'origine du monde. Le Marx de la maturité ne parle que du développement des sociétés.

depuis l'apparition de l'homme, résultent de l'affrontement de l'homme et de la nature. C'est de cet affrontement primordial que surgit l'histoire [1].

En affrontant la nature, l'homme l'humanise. Il lui donne une forme utile et se réalise du même coup, en tant qu'être social.

L'homme n'est pas pour autant extérieur à la nature. Il n'y a ni homme, ni conscience, ni pensée indépendants du monde matériel. Les hommes, leur conscience, leur pensée appartiennent au monde de la nature. La capacité de penser des hommes, leur savoir ne se créent pas en dehors des relations que les hommes entretiennent et qui, finalement, les produisent. La connaissance n'est pas spéculation, mais *praxis*. Le savoir n'est pas contemplatif, mais révolutionnaire.

L'homme n'est ni une réalité abstraite, ni un absolu. Il n'y a pas d'homme en soi. L'homme naît de l'affrontement à la nature par le travail. Il se réalise ainsi en tant qu'être social, car l'homme-individu n'a pas d'existence réelle. L'homme ne peut pas être pensé en dehors de la société. Aussi, les hommes qui affrontent la nature ne sont jamais les mêmes. En créant des objets, ils créent et transforment la société, ils se créent et se transforment eux-mêmes, car, en dehors des rapports sociaux et de la nature, l'homme n'existe pas. Notons ici qu'à travers l'affrontement de l'homme et de la nature, nous voyons se dessiner la méthode dialectique du matérialisme historique.

2. Une critique scientifique du capitalisme qui ne renvoie pas à des éléments étrangers à l'analyse scientifique.

La science marxiste n'a pas pour objet de connaître l'absolu des choses. Elle veut étudier les lois qui commandent l'évolution d'une société, afin d'y agir plus efficacement. Ces lois ne sont pas naturelles. Elles sont les produits de l'évolution historique elle-même et ne s'enracinent pas dans la « nature humaine ».

1. A dire vrai, le Marx de la maturité ne s'occupera plus guère de la naissance de l'histoire, son analyse tout entière se situera à l'intérieur de l'histoire.

LA DIALECTIQUE HÉGÉLIENNE

On réduit souvent, à tort, la dialectique hégélienne à la trilogie « thèse, antithèse, synthèse ». En réalité, la dialectique hégélienne part de la « conscience malheureuse de l'homme » qui pense l'infini et a conscience de sa finitude. Il manque en effet à l'homme ce qui permet de réconcilier le fini et l'infini, l'un et son contraire. Renvoyé de l'un à l'autre, il ne peut se stabiliser. La dialectique est, pour Hegel [1], ce mouvement incessant entre des contraires qui règlent la pensée humaine, l'action, l'histoire, tant que les contraires ne se réconcilient pas. Tant que l'absolu se pense seulement et sans limites, il est vide absolu. La liberté absolue débouche sur l'impuissance infinie. Ce n'est que lorsque Dieu rencontre notre humanité que la négation est niée, dépassée. Cependant, le Verbe incarné est aussi une négation de Dieu, son aliénation dans notre histoire n'est surmontée que par sa mort et sa résurrection.

Pour parvenir à la réconciliation des contraires, il faut, dit Hegel, introduire dans l'histoire un élément médiateur : l'Homme-Dieu. Hegel veut ainsi fonder, par un raisonnement « dialectique », le christianisme. Si la conscience humaine rejette la réconciliation chrétienne, si les Églises la trahissent, l'histoire humaine ne peut être qu'instabilité et violence.

Nous sommes très loin du matérialisme historique. Mais la dialectique hégélienne est aussi une manière de raisonner. La pensée progresse en niant l'affirmation, et l'affirmation est elle-même une négation niée. La contradiction ne peut alors être dépassée que par un nouveau terme, qui naîtra de l'opposition des contraires et qui introduira, à son tour, une nouvelle contradiction. Toutefois, notons que, pour Hegel, tout ne relève pas de la dialectique. Ce qui existe en dehors de la conscience, par exemple les vérités mathématiques, y échappe. La dialectique hégélienne est avant tout une dialectique de l'esprit et de la conscience.

Au nom du matérialisme, L. Feuerbach a fortement critiqué

1. Georg Wilhelm Friedrich Hegel (1770 - 1831) philosophe allemand, né à Stuttgart. Il devint professeur à l'université de Berlin en 1817, puis son recteur. Son enseignement toucha à la philosophie, au droit et à l'esthétique. Il mourut d'une épidémie en 1831. Lorsque Marx arriva à Berlin, en 1832, l'enseignement à l'université était dominé par la pensée de Hegel et de ses disciples.

A) Conformément à sa vision de l'évolution historique où l'homme se constitue progressivement, à partir de son affrontement utilitaire à la nature, Marx introduit quatre concepts de base :

— la production, ou — si l'on préfère — l'économique ;

ET LA DIALECTIQUE MARXISTE *

Hegel. Il refusa la dialectique de la pensée au nom du primat du sensible et du concret, et son renversement de la dialectique déboucha, comme nous l'avons dit, sur une théorie empirique de la connaissance. Elle le privait, de fait, des ressources du raisonnement dialectique.

Marx, formé par des disciples de Hegel, refusa de se priver de la dialectique. Il fut ainsi amené à construire une théorie instrumentale de la connaissance qui l'autorisait à utiliser la dialectique à partir de contradictions entre concepts opératoires.

Cependant, il fit subir à la dialectique de Hegel une transformation autrement plus importante que le simple renversement réalisé par Feuerbach.

Le concept marxiste est différent du concept hégélien. Il ne trouve pas son origine dans l'idée et, finalement, l'absolu originel. Il naît de l'affrontement au réel et à l'évolution sociale. Du même coup les contradictions marxistes sont différentes des contradictions hégéliennes. Chez Hegel, la contradiction est intérieure à chacun des éléments ; nous sommes dans une dialectique de la pensée. Chez Marx, la contradiction se définit d'une manière externe, par rapport au réel. Une contradiction peut ainsi se combiner avec d'autres et produire des ensembles complexes. Nous sommes loin de l'opposition de « l'un et de son contraire », beaucoup plus proches de l'analyse structurale ou systémique.

La combinaison entre la contradiction interne du capitalisme (la lutte des classes qui oppose la bourgeoisie et son contraire, le prolétariat) et la contradiction externe (le caractère antagoniste du mode de production capitaliste au fur et à mesure que se développent les forces productives) est l'une des explications les plus exemplaires de la dialectique marxiste. Nous avons vu sa place centrale dans l'explication marxiste de la crise.

Les concepts de classes, de lutte des classes, de bourgeoisie, de prolétariat, de mode de production, sont, pour Marx, des *objets pensés*, à partir desquels on peut raisonner et apprendre à voir, même si la réalité historique est plus complexe que celle à partir de laquelle la théorie fonctionne.

— les forces productives ;
— les rapports de production ;
— les modes de production.

A tout moment, c'est la production, l'économique qui gouverne l'organisation sociale. L'économique n'est pas le seul élément qui agisse dans l'histoire, mais, en dernière instance, il mène le monde. L'homme et la société se constituent à travers leur affrontement matériel à la nature. Toutefois, pour Marx, l'économique n'est ni un niveau ni une institution précise ; *c'est une fonction* qui renvoie à des rapports de production. Or, la fonction des rapports de production peut très bien être assumée dans des sociétés différentes de la nôtre par des structures politiques ou des structures de parenté (cas des sociétés primitives), et non par des structures économiques.

Les forces productives constituent les moyens naturels exploitables [1], l'état de la science et des techniques, les procédés de production qu'une société met en œuvre pour vivre, en transformant la nature. Elles représentent, en quelque sorte, l'état d'humanisation de la nature.

Les rapports de production règlent l'organisation des relations entre les hommes dans la mise en œuvre des forces productives. Ils commandent l'organisation du travail et le partage de ses fruits, tant au niveau individuel que collectif. Pour Marx, ce sont ces rapports de production qui représentent la spécificité d'une structure économique et sociale, l'infrastructure par rapport aux superstructures. Toutefois, ces rapports de production qui jouent, en dernière instance, un rôle déterminant, ne sont pas séparés de l'état des forces productives.

La combinaison des forces productives et des rapports de production constitue les *modes de production* d'une société donnée [2].

B) Ce sont les contradictions internes des rapports de production et les contradictions entre ces rapports de production et l'évolution des forces productives qui expliquent l'évolution historique.

Dans *le Capital*, Marx applique cette découverte au capitalisme.

Les rapports de production caractérisés par l'appropriation

1. Y compris la force de travail.
2. Il faut bien avouer que les marxistes ne s'entendent pas toujours entre eux pour définir ces concepts de base.

des biens de production aboutissent à l'opposition capitalistes-classe ouvrière. Ce rapport caractérise le capitalisme dès son apparition et le différencie de l'esclavage et de la féodalité. Grâce à l'appropriation privée des biens de production, la bourgeoisie (les capitalistes) exploite le prolétariat (la classe ouvrière). La lutte des classes, qu'exprime toujours un rapport de production, prend ainsi la forme spécifique du capitalisme.

Toutefois cette contradiction, caractéristique du capitalisme, n'est pas sa contradiction fondamentale. C'est le caractère antagoniste du mode de production capitaliste qui est la contradiction fondamentale. C'est lui qui voue le capitalisme à l'irrationalité et à l'échec. Ce mode de production est antagoniste, car — nous l'avons vu — l'évolution des forces productives vers une socialisation toujours plus grande de la production (de l'économie) est incompatible avec l'appropriation privée des biens de production.

Cette contradiction n'est pas interne à la structure (les rapports de production), elle est contradiction entre deux structures (les rapports de production et les forces productives). Elle n'existe pas dès l'origine du capitalisme ; elle se développe au fur et à mesure que les capitalistes, pour accroître leur profit, socialisent la production, c'est-à-dire accentuent la division du travail, allongent les processus de production, accroissent les échanges internationaux.

Nous débouchons sur une dynamique des structures qui, conformément au matérialisme historique, n'a pas besoin de normes extérieures à l'analyse scientifique pour condamner le capitalisme. Comme l'écrit M. Godelier, « la nécessité de l'apparition d'un nouveau mode de production ne renvoie pas à une finalité enfouie dans les mystères de l'essence humaine ».

C'est en ce sens que la critique marxiste du capitalisme peut être appelée scientifique.

L'ALIÉNATION DANS

Pour une grande partie des analystes de K. Marx, l'aliénation est au centre de la pensée marxiste. Elle est présentée par eux comme le résultat de la séparation douloureuse de l'homme et de ses produits. Elle apparaît dès le moment où l'homme affronte la nature. En effet, dès ce moment, il peut non seulement créer des produits réels, mais aussi des produits imaginaires inutiles pour le développement des forces productives (par exemple, les idéologies, la magie ou la religion). Il peut aussi déifier ce qu'il crée ou ce dont il a besoin (l'argent). Bien entendu, les aliénations les plus fondamentales sont les aliénations sociales qui assurent la supériorité mythique d'une classe (par exemple, la féodalité) et surtout l'aliénation économique qui prive le travailleur des résultats de son travail, de ce par quoi il devient homme. Par rapport à l'aliénation économique, les autres aliénations ne sont que des aliénations reflets et secondaires.

Dans cette perspective, le prolétariat, en s'attaquant directement à l'aliénation économique, a une mission historique. Il va permettre à l'homme de se retrouver lui-même, de mettre d'accord son existence avec ce qui est son essence : un être qui se réalise par le travail, par la création.

Ce type d'interprétation du marxismc est surtout réalisé par des auteurs d'origine chrétienne. Certains veulent montrer le profond

2. Le marxisme cherche à fonder une action révolutionnaire. Le marxisme est une pratique révolutionnaire.

Si l'analyse marxiste s'arrêtait à la dynamique des contradictions internes et externes du capitalisme, elle ne serait qu'une variété d'analyse systémique. Le marxisme a, toutefois, un autre objet que la découverte des lois du développement historique. *Il veut, scientifiquement, fonder le renouveau socialiste*. Ce décalage des points d'observation par rapport à ceux des autres économistes amène le marxisme dans une tout autre voie que la dynamique des structures. Il va d'abord s'attacher à ce qui peut fonder la lutte du prolétariat et la conquête du pouvoir. Le découpage de la réalité, la formation et le choix

L'ANALYSE MARXISTE *

accord avec des valeurs chrétiennes (le travail, la création) ou encore l'inspiration chrétienne du marxisme. D'autres, au contraire, veulent voir dans le marxisme un messianisme, voire une religion nouvelle en concurrence avec les autres religions.

On peut en effet trouver dans les œuvres de jeunesse de Marx cette analyse de l'aliénation et de son rôle. En fait, le jeune Marx transposait au domaine économique l'analyse de l'aliénation religieuse fait par Feuerbach. Toutefois, comme l'ont montré L. Althusser, P. Cornu et J. Guichard, il n'y a pas continuité, mais rupture entre le jeune Marx (celui, notamment, des *Manuscrits de 1844*) et le Marx de la maturité (celui du *Capital*, extrait du *Manifeste de 1848*). Dès 1845, Marx rejette l'aliénation au sens de Feuerbach. Dans le *Manifeste de 1848*, il qualifie « l'aliénation du genre humain » « d'insanité philosophique ». On ne voit pas comment l'homme-être qui se réalise à travers l'histoire pourrait aliéner son « essence » même, puis la retrouver. Pour le Marx de la maturité, l'aliénation n'exprime plus l'écrasement du genre humain, mais la séparation entre les travailleurs et les moyens de production. C'est cette séparation qui transforme les produits en marchandises et permet la confiscation de la plus-value. L'aliénation est un élément interne au rapport de production.

des concepts, leur articulation entre eux vont dépendre de la pratique révolutionnaire ou, plus exactement, de ce qui peut donner une plus grande efficacité à cette pratique.

1. Le marxisme tente de fonder scientifiquement la lutte du prolétariat.

A cette fin, K. Marx donne à la lutte du prolétariat, dans le développement historique, et à la valeur-travail dans le fonctionnement économique, une place centrale.

A) La lutte du prolétariat dans le développement historique.

Faisant jouer aux *rapports de production* un rôle central, il fait de « l'histoire de toute société, l'histoire de la lutte des classes ». « Oppresseurs et opprimés, dit le *Manifeste de 1848*, se sont trouvés en constante opposition ; ils ont mené une lutte sans répit (...) qui, chaque fois finissait, soit par une transformation révolutionnaire, soit par la ruine des diverses classes en présence. » Ainsi la bourgeoisie a-t-elle eu un caractère révolutionnaire en s'opposant à la féodalité. A la lutte entre la féodalité et la bourgeoisie, succède la lutte entre cette dernière et le prolétariat. Avec l'appropriation privée des biens de production elle a créé le prolétariat et introduit une contradiction nouvelle. Plus le capitalisme se développe, plus cette contradiction va le rendre instable. Mais « la bourgeoisie n'a pas seulement forgé les armes qui lui donnent la mort, elle a, en outre, produit les hommes qui manieront les armes : les travailleurs modernes, le prolétariat ». De crise en crise, l'importance et la colère du prolétariat s'affirment. Au sommet de son développement industriel, la bourgeoisie sera abattue par les prolétaires, devenus l'immense majorité de la population.

Rappelons ici que pour Marx, les prolétaires, produits de l'histoire, n'ont pas pour mission d'accomplir l'histoire. Leur situation de dominés ne le leur permet pas. C'est seulement parce qu'ils sont guidés par la « théorie » et l'élite du prolétariat qui a adhéré à cette théorie (les communistes), que les prolétaires pourront, en supprimant les éléments qui fondent leur écrasement, créer les conditions d'un monde plus rationnel. Ce n'est pas un prophète qui parle, c'est un militant politique, voire un révolutionnaire professionnel. Le prolétariat n'est pas, chez Marx, l'humanité souffrante, porteuse de l'espérance du monde. C'est une force révolutionnaire. Dans la théorie du développement des sociétés (au même titre que la lutte des classes, les rapports de production, les modes de production), le prolétariat est un concept qui apprend à voir et facilite l'action. La théorie ainsi construite permet de mobiliser et d'orienter les forces révolutionnaires.

B) La loi de la valeur et la lutte du prolétariat.

Bien que l'influence de l'offre et de la demande entraîne une continuelle fluctuation des prix, Marx affirme que « dans le rapport d'échange (des produits), le temps de travail nécessaire à leur production l'emporte de haute lutte, comme la loi naturelle régulatrice [1], de même que la loi de la pesanteur se fait sentir à n'importe qui, lorsque sa maison s'écroule sur sa tête ».

Après avoir distingué, à la suite d'Adam Smith, valeur d'usage et valeur d'échange, Marx fait de la valeur-travail le fondement de la valeur d'échange. Peu à peu, dans Marx, cette loi, dont il a eu beaucoup de mal à mettre au clair les tenants et les aboutissants, va prendre une signification particulière. L'analyse marxiste va de plus en plus s'écarter de l'analyse des contradictions structurelles pour devenir une justification scientifique de la lutte du prolétariat.

I. MARX ET L'ÉNIGME DE LA VALEUR.

Les biens sur les marchés ont des prix exprimés en monnaie. Mais ce qu'il y a de plus mystérieux, c'est, qu'au moins à court terme, les rapports entre ces prix ne varient que faiblement. A plus long terme, les changements sociaux, économiques et techniques amènent, au contraire, d'amples changements dans les rapports de prix. Pourquoi cette stabilité, à court terme, des rapports de prix ? Si une douzaine d'œufs vaut 9 francs et un litre de lait, 3 francs, c'est-à-dire trois fois moins, qu'est-ce qui explique ce rapport ? Est-ce la rareté relative ? La moindre utilité ? les coûts de production ? la dépense en travail ? des rapports de force ? Les économistes ont proposé de multiples explications [2]. Nous verrons plus loin l'explication qu'on peut donner à leurs divergences de vues. Restons-en, pour l'instant, à Marx.

Au départ, il semble reprendre, après l'avoir condamnée dans sa jeunesse, la théorie de Ricardo. La valeur d'une marchandise s'explique par la quantité de travail nécessaire à

1. Marx utilise ici l'expression « loi naturelle » pour bien montrer qu'elle a une influence sur laquelle on ne peut rien. Ne perdons, cependant, pas de vue qu'elle est le produit d'une évolution historique et, à ce titre, peut *théoriquement* évoluer.
2. Cf. p. 283 et s.

sa production (y compris le travail cristallisé dans les biens de production incorporés dans le processus de production). Nous verrons plus loin les raisons et les conséquences de la théorie de Ricardo.

Pour Marx, ce ne peut être, en effet, que le travail qui fonde la valeur d'échange d'un produit. La valeur d'usage liée à l'utilité d'un bien varie d'une personne à une autre ; elle est subjective et ne se prête à aucune comparaison quantitative. Marx reprend ici l'argumentation des classiques. Nous avons déjà vu que les néo-classiques ont passé outre à cette critique. Pour comparer la valeur des produits il faut, pour Marx, prendre un élément stable, commun à tous les biens : le travail. *Les prix sont la manifestation, exprimée en monnaie, de la valeur d'échange exprimée en valeur-travail.*

Toutefois, la conception marxiste ne réduit pas cette valeur-travail à un simple équivalent de la durée du travail.

1. *Marx raisonne avec des prix exprimés en monnaie*. Marx rejette l'hypothèse classique et néo-classique à laquelle Ricardo se conforme, et selon laquelle les prix sont d'abord des prix en valeur réelle (rapport entre des utilités pour les uns, expression du travail intégré aux produits pour les autres). L'ensemble des calculs et des éléments pris en compte sont, chez Marx, exprimés en monnaie, ou rapportés à la monnaie. Pour lui, la monnaie n'est pas un simple intermédiaire qui met les marchandises en rapport entre elles ; elle est ce qui les fait apparaître comme valeurs d'échange.

2. *Le travail, que Marx prend en compte dans la valeur, est lui-même une marchandise dont le prix est exprimé en monnaie.* Il n'a rien à voir avec le travail concret d'un individu précis. Le travail concret exprime le rapport de l'homme et de la nature. Le travail de la « valeur-travail » est, au contraire, un travail abstrait. Il résulte des rapports de production, il a un prix monétaire et se prête à des comparaisons en termes de valeur d'échange.

Comme tous les autres biens, la *valeur* de ce travail abstrait est, rappelons-le, définie, par le temps de travail nécessaire pour produire (pour gagner, puisque la monnaie est directement intégrée) ce qui est nécessaire à sa reproduction et à sa reconstitution.

Toutefois, la « valeur-travail » prise en compte dans la valeur des marchandises (et du travail, qui est aussi une marchandise) ne représente pas le travail réellement effectué. Elle est mesurée par « le temps socialement nécessaire à la production des marchandises, avec un degré moyen d'habileté et d'intensité, et dans des conditions normales ». Bien plus, tout le travail est ramené à une sorte d'unité de compte. Le travail d'un ingénieur ou d'un ouvrier qualifié est exprimé en multiple du travail simple : celui d'un ouvrier non qualifié.

Cette progressive abstraction du travail est réalisée à travers le fonctionnement du marché. Elle résulte de la division du travail, qui implique l'échange monétaire, et des rapports de production, qui réduisent le travail en marchandises.

3. *La valeur d'échange n'existe que si une marchandise a une valeur d'usage, une utilité* pour celui qui désire l'acheter. Si on produit un bien inutile, il n'aura pas de valeur d'échange. Le travail dépensé l'aura été en pure perte. Une fois de plus, nous sommes bien loin d'une idéalisation du travail. Ce n'est pas parce qu'il y a travail qu'il y a création de valeur. La valeur-travail n'apparaît que dans le rapport social d'échange.

4. *Le prix n'est donc pas le simple décalque de la valeur-travail* ; il la manifeste, mais avec une plus ou moins grande fidélité. Les rapports entre valeur d'usage et valeur d'échange permettent à Marx de réintroduire dans son analyse les phénomènes de rareté, de concurrence et les rapports entre l'offre et la demande. Si la demande est plus importante que l'offre ou si un monopole la raréfie, les prix monteront. Si, pour satisfaire la demande, il est nécessaire de faire appel à des entreprises ne produisant pas dans de bonnes conditions, les prix assureront la rentabilité des premières et des *surprofits* aux autres. Autrement dit, dans ce cas, le profit dépasse la plus-value, le prix, la valeur d'échange. Les prix n'expriment la valeur qu'en cas d'égalité entre l'offre et la demande, et en situation de concurrence importante (pure et parfaite diraient

les smithiens). Ainsi, lorsque les prix expriment exactement la valeur d'échange, nous sommes en présence d'une situation d'équilibre semblable à celle décrite par Walras. Toutefois, chez Walras, cet équilibre correspondait à un équilibre parfait entre toutes les utilités et désutilités. Il entraîne une disparition du profit et une affectation optimale des ressources. Il en va tout autrement chez Marx. Pour lui, cet équilibre est dû au hasard des rapports de forces et des fluctuations de l'offre et de la demande. Il assure un profit par l'extorsion de la plus-value. Il ne reflète pas un équilibre stable entre les utilités et désutilités, mais simplement une situation du marché qui correspond aux conditions normales de la production. Pour Marx, le prix n'exprime pas la formation de la valeur, mais sa réalisation plus ou moins parfaite [1].

II. LA LOI DE LA VALEUR DE MARX EST INSÉPARABLE DES RAPPORTS SOCIAUX DE L'ÉCHANGE ET DE LA PRODUCTION.

La valeur d'échange d'un produit n'a pas d'existence en soi. Une marchandise a une apparence bien concrète et une valeur. On ne perçoit que la première. En revanche, on ne sait pas par quel bout prendre la seconde. Elle est, dit Marx, insaisissable. Ce n'est pas une qualité permanente de la marchandise, elle n'existe qu'au moment et en fonction de l'échange.

Dans les communautés primitives, le travail était, selon Marx, organisé en fonction des besoins du groupe. C'était une réalité directement sociale. Peu à peu, les individus se sont séparés les uns des autres. Réduits à eux-mêmes, les hommes ne peuvent, séparément les uns des autres, satisfaire tous leurs besoins. La division du travail implique l'échange. Alors, apparaissent la marchandise et le problème de la valeur.

— *La marchandise n'est pas, d'abord, un bien concret* ; c'est d'abord un produit du travail destiné à l'échange. Elle est produite pour être vendue et unit des contraires.

— *Elle est valeur d'usage pour celui qui la désire et ne la*

1. Au passage, il devient impossible de faire une vérification expérimentale et statistique de la loi de la valeur, mais cette impossibilité n'est pas, pour Marx, une infirmation de la loi de la valeur. Cette loi est une force invisible ; les concepts marxistes sont des objets pensés, dont la seule vérification est instrumentale.

possède pas, mais elle n'a pas de valeur d'usage pour celui qui la produit pour la vendre. Pour trouver une valeur acceptée par les uns et les autres, elle doit être échangée. Cela suppose que son utilité soit préalablement démontrée. Un bien inutile, ne pouvant trouver d'acquéreur, n'aura jamais de valeur d'échange.

— *La marchandise unit à la fois le travail concret qui a permis sa production et le travail abstrait qui détermine sa valeur*. Là encore, c'est l'échange qui va résoudre la contradiction. Si la marchandise ne se vend pas, le travail concret ne sera pas reconnu par la société et ne donnera plus lieu à une évaluation en termes de travail abstrait.

— *La valeur d'échange nous renvoie donc aux contradictions introduites par la division du travail puis par l'appropriation privée des biens de production*. Dans un tel système, le travail, sa rémunération, les quantités produites, sont affaire privée. Avec sa division, le travail n'est plus destiné à la consommation personnelle du producteur. Il doit répondre aux besoins de la société. On conçoit donc bien ici, à nouveau, pourquoi le mode capitaliste de production (combinaison des rapports de production et des forces productives) devient de plus en plus antagoniste — donc instable — au fur et à mesure que se développent les forces productives. On ne peut qu'évoluer vers des contradictions potentielles plus fortes entre travail social et travail individuel, valeur d'échange et valeur d'usage.

III. L'INTRODUCTION FATALE DE LA MONNAIE ET LA RÉALISATION DE LA VALEUR À TRAVERS DES PRIX (EXPRIMÉS EN MONNAIE) EMPÊCHENT DE PERCEVOIR DIRECTEMENT LE RÔLE DES RAPPORTS DE PRODUCTION.

Celui qui possède de la monnaie possède un pouvoir sur les autres hommes ; il va pouvoir devenir propriétaire de biens de production, mais :

— Dans la société primitive, le troc a un caractère social évident, puisqu'il met en rapport deux personnes. L'introduction de la monnaie va masquer les rapports entre les personnes. La monnaie va donner à l'échange l'apparence de

QU'EST-CE QUE LA MONNAIE POUR MARX ? *

Nous avons vu qu'une marchandise est, d'emblée, un bien utile (ou elle n'est rien qu'une chose insignifiante) et aussi le support d'une valeur d'échange. On peut, en effet, la désirer pour elle-même ou bien parce qu'elle va permettre d'obtenir d'autres biens. Malheureusement, elle ne peut être simultanément objet utile et support de valeur d'échange. Si elle est valeur d'usage, elle ne peut être échangée (car les comparaisons sont impossibles) ; si elle est destinée à se procurer les moyens qui permettent d'acquérir une autre marchandise, elle n'a pas directement d'utilité, elle n'a qu'une valeur d'échange potentielle.

Si nous disons qu'une marchandise X a une valeur parce qu'elle vous permettra de vous procurer une marchandise Y qui vous est utile, nous exprimons sa valeur en termes relatifs, en termes d'équivalents, sans que cette marchandise ait une valeur d'usage.

Lorsque la division du travail exige l'introduction de la monnaie, elle transforme totalement le troc. En effet, la monnaie devient l'équivalent général de toutes les valeurs d'usage ; *elle est la forme générale de la valeur et l'expression sociale des marchandises*.

On ne peut donc réduire l'échange monétaire au troc. La monnaie n'est pas un voile et les marchandises ne s'échangent pas, pour Marx, contre des marchandises. « Les marchandises sont exprimées en argent, avant même que celui-ci les fasse circuler. » Il y a incompatibilité entre la vision des smithiens et des marxistes. Marx rejette d'ailleurs catégoriquement la théorie quantitative de la monnaie. Pour lui, la quantité de monnaie ne détermine pas les prix, mais les prix, la quantité de monnaie.

La monnaie est pouvoir, car celui qui la possède va s'approprier les biens de production ; il a dans sa poche son pouvoir sur les autres hommes. En ce sens, la monnaie n'est pas un simple intermédiaire ; elle est une forme particulière du capital. Nous y reviendrons.

rapports entre marchandises. La valeur va apparaître alors comme une qualité intrinsèque des marchandises, et non comme l'expression de rapports sociaux. La marchandise semble ainsi avoir le pouvoir mystérieux, magique, de *produire* de la valeur. Les rapports de production, le rapport capital-travail-salaire sont escamotés par une forme apparente et trompeuse. Nous succombons au mirage du fétichisme de la marchandise ; nous attribuons à la marchandise (objet naturel) des propriétés surnaturelles.

— Le travailleur va ainsi être payé au prix de sa force de travail : le salaire. Comme nous l'avons vu [1], le salaire est calculé suivant la loi de la valeur, c'est-à-dire en fonction de ce qui est nécessaire à la reconstitution et à la reproduction de la force de travail. En revanche, celui qui loue sa force de travail en dispose bien au-delà de la valeur de ce minimum vital. Le travailleur va ajouter de la *valeur* au produit. Cette valeur supplémentaire va être accaparée par le capitaliste (s'il arrive à vendre la production). Le payement de la force de travail par un salaire exprimé en monnaie rend invisible, pour le travailleur, les conséquences du rapport de production capitaliste. Le salaire apparaît comme le prix du travail. La plus-value « réalisée » (c'est-à-dire récupérée) par le capitaliste, grâce à la vente du produit sur le marché, semble provenir du capital. Or, ce n'est que la conséquence du rapport de production. Le salaire semble être le revenu du travail, et le profit, le revenu du capital. Nous sommes dans le monde des apparences mesurables.

— Les biens de production, dont la propriété appartient aux capitalistes, ne peuvent ajouter à la production que la valeur du travail qui a permis de les produire.

En effet, machines, matières premières, énergie, ne peuvent produire à elles seules de la valeur supplémentaire. Le travail, cristallisé en ces biens de production, ne peut être restitué, réactivé, que s'il est combiné à du travail vivant, celui du travailleur participant au processus de production. On peut, à ce propos, partir d'une constatation banale. Avec du travail, on peut toujours produire quelque chose ; une machine sans travailleur ne produit rien ; même l'usine la plus automatisée qui soit a besoin d'un travail minimal.

Les capitalistes le savent bien. A la recherche du profit maximum (de la confiscation maximale de la plus-value), ils tentent, systématiquement, d'allonger la durée du travail, d'accroître la productivité du travail sans élever le salaire (augmentation de la plus-value relative).

1. Cf. p. 146.

Malheureusement pour eux, les capitalistes sont aussi prisonniers des apparences. La réalité leur est dissimulée par les prix, tels que les fixe la confrontation de l'offre et de la demande [1]. Il y a ainsi égalisation des taux de profit. Pour réaliser plus de profit, les capitalistes agissent en élevant la plus-value relative, en substituant du capital (au sens de biens de production) au travail. La composition organique du capital se modifie... Nous débouchons sur la baisse tendancielle des profits, que nous avons analysée dans le chapitre cinq de cet ouvrage [2].

Là encore, c'est la réalité invisible des rapports de production qui apprend à voir.

IV. LA LOI DE LA VALEUR MARXISTE ABOUTIT À FAIRE DU PROFIT UN REVENU LIÉ À L'EXPLOITATION DU TRAVAIL ET DÉBOUCHE SUR LA BIPOLARISATION DE LA SOCIÉTÉ.

Dans la théorie marxiste, le profit n'est lié ni à la productivité du capital, qui est niée, ni à la fonction d'entrepreneur, qui n'est pas reconnue. Les entrepreneurs ne cherchent pas directement une adaptation de la production à la demande. Dans leur volonté d'accumuler le capital, instrument de leur pouvoir, les capitalistes cherchent d'abord à porter l'exploitation des travailleurs à son niveau le plus élevé. Si, à un moment donné, il y a équilibre entre l'offre et la demande, cela est dû au hasard. Le fonctionnement du capitalisme n'est pas d'aller vers un équilibre stable, mais vers des déséquilibres de plus en plus graves. Ce sont les crises, et non les retours à l'équilibre, qui permettent au capitalisme de se perpétuer. Elles modifient, en effet, provisoirement, la composition organique du capital (en atténuant les conséquences de la surcapitalisation sur le taux de profit).

Cependant, à la recherche d'un taux de profit maximum pour accroître sans cesse le pouvoir par l'accumulation du capital, les capitalistes vont faire évoluer la société de manière décisive.

1. Cf. p. 177.
2. Cf. p. 149.

QU'EST-CE QUE LE CAPITAL POUR MARX ?

Pour Marx, le capital constant représente les sommes nécessaires à l'achat des biens de production (machines, installations diverses, moyens de transport, matières premières, énergie... plus brièvement, les biens produits qui servent à la production). Quant au capital variable, il est constitué par des sommes consacrées au payement de la force de travail.

Derrière ces sommes, il y a des éléments très concrets qui représentent, soit du travail passé, cristallisé dans les biens de production, soit du travail vivant.

En fait, Marx n'emploie généralement pas le terme « capital » pour désigner des choses concrètes. Pour lui, *le capital est avant tout un rapport de production* : « Au lieu d'être une chose, le capital est un rapport social entre des personnes, lequel s'établit par l'intermédiaire de choses... » ; « Le capital n'est pas un objet, il est représenté par un objet auquel il confie un rôle social spécifique. »

Dans cette perspective, la monnaie n'est pas un simple intermédiaire équivalent général qui permet d'acheter toute marchandise (y compris le travail). C'est, comme nous l'avons dit, une forme particulière du capital : celle qui donne au capitaliste le pouvoir d'accaparer la propriété des biens de production et, par là, de louer la force de travail. Elle est aussi l'expression de rapports sociaux.

Si on ne prend pas en compte que le capital est un rapport social, on l'assimile à un facteur de production ou à un agent et on lui confère, comme au travail, la possibilité d'être productif.

La loi de la valeur incite les capitalistes à améliorer les techniques. L'évolution des forces productives est accélérée, le caractère antagoniste du mode de production capitaliste accru.

La loi de la valeur tend en outre à éliminer tous ceux qui ne parviennent pas à produire dans des conditions normales. Elle entraîne la disparition des petits capitalistes et la prolétarisation croissante de la société.

LA LOI DE LA VALEUR EST-ELLE APPLICABLE

En suivant l'analyse marxiste, on peut conclure que le socialisme doit permettre une plus grande liberté vis-à-vis des « lois » économiques. La propriété privée n'entre plus en contradiction avec le développement des forces productives. Le pouvoir politique peut enfin optimiser l'utilisation des ressources sans tenir compte des nécessités qui s'enracinent dans les rapports de production capitaliste, notamment... la loi de la valeur.

Les rapports marchands ayant perdu leur priorité, on ne voit pas pourquoi la loi de la valeur garderait son caractère fondamental. Ce fut ce point de vue qui prévalut en Union soviétique, durant la majeure partie de l'ère stalinienne.

Certes, après la période du communisme de guerre (1917-1921), l'économie est rapidement revenue à l'usage de la monnaie. Cela facilitait à la fois l'échange et les comptes. Toutefois, le système des prix qui s'établit, surtout au moment de l'élaboration des premiers plans quinquennaux, n'avait que peu de signification par rapport à la valeur des biens et des services exprimés en « valeur-travail ». Il répondait à la volonté d'encourager ou de décourager telle ou telle consommation ou telle ou telle utilisation des biens de production, sans référence aux coûts de production. Ainsi, les prix des machines et des produits agricoles étaient d'abord des prix administrés, établis en fonction de critères politiques.

C'est un directeur du *Gosplan*, Voznessenski, qui, le premier, mit en cause, en 1948, ce volontarisme politique. Pour lui, il était nécessaire de tenir compte de l'équilibre entre branches, entre la consommation et l'investissement, ce qui, du même coup, supposait un système de prix cohérent.

Les théories de Voznessenski furent condamnées par Staline, et son auteur « liquidé ». Malheureusement, les nécessités demeuraient. Staline, quelques mois avant sa mort, amorça un virage. Dans un petit ouvrage sur *les Problèmes actuels du socialisme en URSS,* il admit que, si la loi de la valeur ne s'appliquait pas à l'économie soviétique tout entière, elle pouvait garder son utilité pour l'agriculture. Les kolkhoziens disposaient d'une grande partie de leur production comme biens propres. Il fallait donc établir pour eux un système de prix rémunérateur. De toute façon, dans la seconde phase du socialisme, l'économie soviétique s'affranchirait totalement des contraintes de la valeur et de l'échange. Pour Staline, la loi fondamentale du socialisme n'est pas la loi de la valeur, mais *« la satisfaction maximale des besoins, grâce au perfectionnement de la production, sur la base d'une technique supérieure. »* La révolution prolétarienne étant faite, il faut réaliser la révolution scientifique et

À UNE ÉCONOMIE SOCIALISTE ? *

technique. Ce thème sera largement développé durant « l'ère Brejnev ». Il reste que Staline fait, dans cet ouvrage, un pas de plus dans le débat. Il note que *la loi fondamentale du capitalisme n'est pas la loi de la valeur, mais celle de la plus-value* (ce qui n'est guère orthodoxe).

Après la mort de Staline, les partisans de la loi de la valeur allaient gagner du terrain, sinon la partie... L'accord se fit rapidement sur la nécessité de fixer un système de prix en fonction des coûts de production (idée plus ricardienne que marxiste). Dans cette direction, les apports décisifs furent ceux de L. Kantorovitch et V. Novogilov, dont les travaux avaient commencé avant-guerre. Ces néo-marginalistes soviétiques ont développé ainsi des calculs d'optimisation des ressources, en prenant en compte les productivités marginales des alternatives possibles du travail disponible. On parvint ainsi à l'idée que le système des prix devrait être établi de telle sorte que les calculs de minimisation des entreprises aboutissent au coût minimum pour l'ensemble de l'économie.

Jusqu'où aller dans le calcul économique et la prise en compte des *coûts* de production ? Doit-on introduire l'amortissement, et de quelle façon ? L'économie stalinienne avait admis l'idée d'un « délai de récupération de l'investissement », grâce aux économies permises par l'investissement. La liaison entre les prix et ce délai de récupération était, cependant, bien mince. Les débats actuels, la réforme de la planification soviétique et, surtout, celle de pays comme la Hongrie, vont beaucoup plus loin. Il s'agit de faire payer le capital aux entreprises (jusqu'ici, les entreprises recevaient, comme les administrations occidentales, des dotations en capital). Bien plus, les entreprises doivent acquitter un intérêt qui les incite à mieux calculer leurs besoins en investissements. D'autres propositions sont encore plus radicales. Elles proposent de laisser les entreprises financer elles-mêmes leurs investissements, grâce aux fonds qu'elles peuvent dégager à partir de leurs ventes.

Ici va se poser une question de fond pour un pays socialiste ; d'où viennent les profits non planifiés ? N'est-ce pas admettre que le prélèvement d'une plus-value est, pour l'entreprise, un mode efficace de développement ? A partir du moment où l'on réintroduit le taux d'intérêt et le profit non planifié, n'admet-on pas que le capital est productif ? On comprend que l'académicien Stroumiline, gardien de l'orthodoxie, s'opposa jusqu'à sa mort en 1980, aux réformistes « à la Libermann [1] ».

1. Cf. II, p. 148.

V. QUELLE EST LA SIGNIFICATION DE LA LOI MARXISTE DE LA VALEUR ?

On peut contester la non-productivité du capital et l'inutilité de la fonction d'entrepreneur. Selon ce qu'on recherche, ces hypothèses sont utiles ou non. Marx arrive à une explication tout aussi cohérente et adéquate à la réalité que les néo-classiques et les classiques. Toute une théorie des prix peut être construite à partir de la loi de la valeur. Toutefois, cette théorie des prix n'aura pas, pour l'entreprise capitaliste, le même degré opératoire que celui auquel parviennent les marginalistes et les néo-marginalistes. Remarquons au passage que l'équilibre walrassien et les courbes d'indifférence seront d'une utilité tout aussi médiocres pour le ministre de l'Économie qui doit lutter à la fois contre le chômage et l'inflation. Ici, les analyses keynésiennes semblent plus intéressantes.

A travers l'étude de la valeur travail et le détour qu'elle nous a amenés à faire dans les théories de la répartition, nous percevons mieux ce vers quoi nous acheminent nos réflexions sur les divers types d'approches économiques. Chacune d'entre elles a une rationnalité liée à des objectifs.

Karl Marx ne cherche pas à gérer une firme, ni à gérer le capitalisme. Il veut substituer à « l'économie politique bourgeoise » « l'économie politique de la classe ouvrière », ce qui revient à dire, une science économique efficace pour critiquer, puis abattre le capitalisme.

De ce point de vue, comme l'énonce un ouvrage d'initiation économique, publié en 1975, par les Éditions du Peuple à Shanghai, « la théorie marxiste de la valeur du travail a fait ses preuves dans la lutte contre la panoplie des théories bourgeoises anti-scientifiques, elle seule est juste »

Reste à savoir comment on peut s'en servir, non pour attaquer mais pour gérer une économie. Certains l'ont tenté, en développant certains de ses aspects et en changeant son objectif et sa nature. Marx s'est bien gardé d'entrer dans cette voie.

2. Fonder scientifiquement la prise du pouvoir.

Le marxisme, à la recherche des lois du développement capitaliste, ne vise pas seulement à renforcer la lutte du prolétariat, il s'efforce principalement d'abattre le capitalisme. Au-delà du penseur, de l'intellectuel au service de la classe ouvrière, nous découvrons les préoccupations du militant révolutionnaire.

A) Sans le parti communiste, la classe ouvrière ne peut parvenir à renverser le capitalisme.

Pour Marx et pour tous ses disciples orthodoxes, l'organisation des travailleurs ne peut mener à la révolution. Il faut encore qu'elle s'appuie sur une connaissance scientifique, théorique, qui apprend à voir et à agir. Le marxisme ne crée pas le mouvement ouvrier, et le mouvement ouvrier n'engendre pas le marxisme. La révolution suppose la jonction de la lutte des classes et d'une connaissance théorique. Alors apparaît la nécessité d'une organisation politique capable de diriger scientifiquement la pratique révolutionnaire. « Les communistes, dit le *Manifeste de 1848*, ont sur le reste de la masse prolétarienne l'avantage de comprendre les conditions, la marche et les résultats généraux de la classe ouvrière. » C'est l'avant-garde du prolétariat.

Il reste que les rapports de Marx avec la Ligue communiste, puis avec l'Internationale, ne furent pas simples. Il aspirait à un *parti*, au grand sens historique du terme. Il eut des démêlés sans fin avec l'organisation en place. Perpétuellement, il condamne à la fois l'opportunisme et le sectarisme, et finit par déclarer, comme nous l'avons déjà dit : « Je ne suis pas marxiste. »

C'est Lénine qui, confronté à de toutes autres circonstances historiques, donne le primat à l'organisation. Il renforce le rôle des révolutionnaires professionnels, jette les bases du centralisme démocratique, rejette la possibilité d'organisation fractionnelle. Il transforme les marxistes orthodoxes en disciples de Marx. Toutefois, Lénine n'a fait que développer ce qui était sous-entendu. Marx a toujours condamné l'ouvriérisme. Pour lui, l'ouvrier n'aspire qu'à être un bourgeois. Le socialisme n'est pas la généralisation, mais la suppression du prolétariat. Pour y parvenir il faut « organiser le prolétariat en classe, en parti politique distinct ».

B) L'objectif direct de la révolution est l'abolition de la propriété privée des biens de production.

Le *Manifeste de 1848* l'affirme avec force : « La propriété bourgeoise moderne, la propriété privée, est l'expression ultime, l'expression la plus parfaite du mode de production et d'appropriation fondé sur les antagonismes de classes, sur l'exploitation des uns par les autres. En ce sens, les communistes peuvent résumer leur théorie par cette seule formule : *abolition de la propriété privée*. »

Lorsqu'on voit le rôle attribué par Marx aux rapports de production capitalistes et à la propriété privée des biens de production dans la contradiction fondamentale du mode de production capitaliste, on comprend cette focalisation de l'action révolutionnaire.

Il reste que cet objectif a un autre avantage. Il est simple et précis et peut être réalisé par la prise du pouvoir. Il suffit de changer une institution. Tout serait plus complexe pour la révolution si on avait mis en cause les évolutions techniques qui semblent imposer des hiérarchies de pouvoir, ou encore, si on recherchait prioritairement la diffusion réelle et quotidienne du pouvoir. De ce point de vue, l'autogestion est un objectif révolutionnaire autrement difficile à mettre en œuvre et à faire comprendre aux « masses ».

DU JEUNE MARX AU MARX DE LA MATURITÉ

L'objectif révolutionnaire de Marx ne doit pas faire oublier que Marx est aussi un économiste qui veut réaliser une analyse scientifique de l'économie.

L'évolution de la pensée de Marx, des *Manuscrits de 1844* au *Capital*, est, de ce point de vue très significative. Nous passons d'une pensée qui pouvait déboucher sur une sorte de religion nouvelle à une analyse de type scientifique, à partir de concepts bien précis et d'une rationalité qui ne se fonde pas sur des « finalités » extérieures.

Le tableau comparatif établi à ce propos, par M. Godelier, est très significatif de cette évolution.

Les Manuscrits	**Le Capital**
1. Place centrale à la théorie du travail aliéné.	1. Place centrale de la loi de correspondance des rapports de production et des forces productives. (Caractère antagoniste du mode de production capitaliste [1].)
2. Rejet de la théorie de Ricardo et place importante de la concurrence.	2. Place centrale de la théorie de la valeur (fondée sur les rapports sociaux d'échange et de production). La concurrence explique le prix, non la valeur.
3. Réduction de la lutte des classes à l'aliénation.	3. La lutte des classes dépend du développement des forces productives et des rapports de production.
4. Le communisme, outil politique de l'humanisme triomphant (l'homme réconcilié avec lui-même).	4. Le communisme, mode de production.

1. Les phrases entre parenthèses sont de nous.

LES PHASES DU SOCIALISME ET DU COMMUNISME

La phase du socialisme	La phase du communisme
Satisfaction des besoins	
La pénurie subsiste. Pour la vaincre, il faut : donner la priorité aux industries de base et organiser la répartition suivant le principe : « à chacun selon son travail ».	*La pénurie est vaincue.* On peut passer de : « à chacun selon ses capacités » à « à chacun selon ses besoins ».
Rôle de l'État	
On doit s'emparer de l'État, pour établir la dictature du prolétariat. Le parti communiste est l'instrument qui permet au prolétariat d'organiser sa dictature.	L'État dépérit. Ses fonctions deviennent des fonctions techniques, d'administration des choses.
Classes sociales	
L'appropriation des biens de production est supprimée, mais les mentalités de classes subsistent. En outre, la division du travail entraîne des contradictions entre groupes, branches, régions, etc. Les hiérarchies de fonctions continuent à exister. Toutefois, apparaît une morale du travail fondée sur l'émulation socialiste.	Il n'y a plus ni classes ni mentalités de classe. L'égalité est établie, à la fois — grâce à l'alternance des activités et de la libre satisfaction des besoins (grâce à l'abondance).
Propriété	
L'appropriation privée des biens de production est largement combattue, mais il peut en subsister quelques éléments. La propriété privée des biens de consommation est maintenue.	L'abondance des biens, en supprimant la rareté, élimine le caractère oppresseur de toute possession.

Division du travail	
Elle reste, mais elle n'est plus organisée par une société de classes. Elle est rationalisée par une planification d'ensemble.	Elle est supprimée par l'alternance des activités. On pourra à son gré changer d'activité.
L'homme	
Les contradictions sociales durent encore, d'autant plus que toutes les séquelles du capitalisme n'ont pas disparu. Le travail demeure une nécessité.	Le travail n'est plus une obligation pour vivre, mais un besoin. La liberté peut s'épanouir grâce au développement sans fin des forces productives et à la suppression de toute exploitation de l'homme par l'homme.

C) L'avènement du socialisme, puis du communisme, passe par une période de dictature du prolétariat.

Les rapports de production capitalistes ont permis l'instauration d'un État qui renforce le pouvoir de la classe dominante. Cette dictature bourgeoise doit être brisée avec ses propres armes. La révolution passe par la prise en main de la structure étatique bourgeoise et son utilisation pour établir la dictature du prolétariat.

A terme, Marx annonce le dépérissement de l'État. C'est là une concession au courant anarchiste, alors très puissant. Marx, qui fut hégélien [1], ne peut admettre les idées anarchistes ; il renvoie donc le vieux rêve à une époque tout aussi lointaine qu'idyllique.

Là encore, c'est Lénine qui formule une théorie cohérente du rôle de la dictature du prolétariat et du dépérissement de l'État. Le concept de « dictature du prolétariat » se trouve cependant bien dans Marx. Aujourd'hui, il a mauvaise presse ;

1. Hegel donne à l'État un rôle prépondérant dans la transformation de la société. Il y a une véritable mystique hégélienne de l'État.

il est peu à peu abandonné par toute une partie des partis communistes, mais parallèlement, les économistes soviétiques admettent que le dépérissement de l'État sera beaucoup plus lent que prévu. L'État devra subsister bien au-delà du socialisme. Une société dynamique dont les forces productives évoluent rapidement devra toujours faire des choix et établir des priorités d'ordre politique. Seul l'État, expression organisée du pouvoir politique, est capable de les imposer.

En revanche, Marx n'est guère loquace sur ce que seront vraiment les phases du socialisme (dont la devise est « à chacun selon son travail ») et du communisme (dont la devise est « à chacun selon ses besoins »). Il est encore moins loquace sur la manière dont il faudra gérer le socialisme. Certes, on trouve dans Marx un certain nombre d'indications générales, et d'orientations d'ensemble.

Elles sont loin d'une explication réelle du fonctionnement et du développement des systèmes qui succéderont au capitalisme. Le Marx du *Capital* s'intéresse d'abord au capitalisme pour hâter sa disparition. Pour le reste, il dira avec force : « *Je ne m'intéresse pas aux cuisines des gargotes de l'Histoire.* »

Tout au plus, on peut trouver dans Marx la nécessité de planifier afin d'éviter au mode de production socialiste les impasses du mode de production capitaliste. Il faut volontairement harmoniser, de manière centralisée, le développement des divers secteurs de l'économie, afin d'éviter un gaspillage de ressources. Toute son analyse du caractère antagoniste du mode de production capitaliste l'amenait à cette conclusion.

Mais la clé de la lecture marxiste est, d'abord et avant tout, la prise du pouvoir. La grille d'analyse de Marx est celle d'une classe ou, plus précisément, celle du groupe d'hommes qui tentent d'orienter la lutte de cette classe vers la prise du pouvoir.

Annexes

ANNEXE 1

Peut-on appliquer au régime soviétique l'analyse marxiste ? *

Aujourd'hui, au moment où les régimes communistes d'Europe s'écroulent, il est intéressant de reprendre l'analyse de certains dissidents. Ces dissidents ont, en effet, appliqué au régime communiste l'analyse marxiste elle-même. Le Yougoslave Milovan Djilas fut un précurseur. M. Voslensky, aujourd'hui à l'Ouest, mais qui travailla à Moscou en liaison étroite avec le Comité central du Parti et fut membre de l'Académie des sciences sociales, s'est livré, dans un ouvrage célèbre, *la Nomenklatura*, à ce type d'analyse. En URSS, des publications clandestines circulent. Elles ont pour thème central la reconstitution d'une classe dominante qui exploite les travailleurs et entraîne le régime vers un mode de production tout aussi, sinon plus, antagoniste que le mode de production capitaliste. Ce sont, notamment, *le Programme du mouvement démocratique de l'Union soviétique, le Mémorandum sur l'illégalité de la prise du pouvoir du parti communiste et sur ses menées anticommunistes*, adressés au Soviet suprême, ou encore *le Programme de Leningrad.* Tous parlent d'exploitation d'une classe par une autre.

1. Pour comprendre la portée de cette analyse, il faut éviter de confondre l'exploitation d'une classe par une autre avec ce que l'on pourrait appeler « l'exploitation socialiste » nécessaire à l'édification du socialisme.

a) L'exploitation socialiste, au sens de surtravail non rémunéré, ne peut qu'exister. Marx, dans sa *Critique du programme de*

Gotha a été formel sur ce point. Il faut investir, mettre en place les équipements collectifs nécessaires, défendre la patrie socialiste…

b) Comme toute exploitation, l'exploitation socialiste a besoin, pour être effective, que quelqu'un tienne le rôle d'exploiteur. L'abolition de la propriété privée n'a jamais signifié que, dans la période du socialisme, les hiérarchies ne seront pas maintenues, que certains ne commanderont pas à d'autres. Il y a, ainsi en URSS, officiellement trois classes : les kolkhoziens, les ouvriers et les employés. Cette dernière classe comprend, à côté de ce que nous nommons « employés », toute *l'intelligentsia*, autrement dit, tous les cadres. Il est normal qu'il existe entre ces groupes des tensions et conflits. C'est d'ailleurs l'existence de tels conflits qui suppose le maintien de l'État.

c) Toute fonction de direction et d'encadrement suppose une rémunération proportionnelle à la compétence et à la responsabilité. Le socialisme n'est pas l'ère de l'égalité ; sa devise est « à chacun selon son travail ». En d'autres termes, l'existence d'une exploitation socialiste organisée par une minorité de responsables mieux payés que le reste de la population ne signifie nullement, du point de vue de la théorie marxiste, l'exploitation d'une classe par une autre et que le mode de production soit devenu antagoniste.

Pour Marx, une classe sociale n'est pas une simple catégorie socio-professionnelle définie par la division du travail, ce que sont les classes officielles de l'URSS. Il y a classes sociales lorsque ces classes sont définies par rapport à leur place dans une lutte des classes. Il y a classe sociale dominante lorsqu'une classe, grâce à son emprise sur le reste de la société, et surtout, sur les biens de production, peut exploiter les autres classes sociales à son profit et, consciemment organiser cette exploitation. La conscience de classe fait partie de la définition marxiste de la classe sociale, et rappelons que la bipolarisation « bourgeoisie — prolétariat » n'est rien d'autre qu'un concept théorique qui apprend à voir. Dans la réalité, il peut y avoir plusieurs classes sociales en présence.

2. Les analyses des dissidents tendent à montrer que l'on peut, dorénavant, parler, en URSS et dans les démocraties populaires, de « classe sociale dominante » et de « lutte de classes ». Pour eux il ne s'agit pas simplement d'un résidu de l'ancien régime capitaliste, ou d'un avatar du phénomène bureaucratique (déjà dénoncé par Lénine). C'est le régime socialiste qui, par sa logique propre, a produit une classe dominante, a mis la lutte des classes au cœur de son fonctionnement et, du même coup, fait du mode de production socialiste un mode de production antagoniste irrationnel.

a) Il existe, en URSS, une classe dirigeante qui tend à se fermer sur elle-même : « la nomenklatura ».

Très rapidement, il est apparu qu'il était nécessaire de disposer de cadres sûrs. Ainsi est née, dès les années vingt, sous l'impulsion de Staline, la *nomenklatura.* C'est à la fois une liste de postes dont le Parti doit contrôler la manière dont ils sont pourvus et une liste de personnes occupant des postes ou susceptibles de les occuper. Les critères du choix ne sont pas la simple compétence, mais aussi la fiabilité politique et la rectitude idéologique. Il existe diverses *nomenklatura* dépendant d'échelons plus ou moins élevés du Parti. Au total, elles représentent actuellement quelque 750 000 personnes. Peu à peu ce groupe va, à partir des règles imposées par Lénine, se fermer sur lui-même et devenir une classe dominante. Lénine a opté pour des révolutionnaires professionnels et le centralisme démocratique. Ce système fait désigner les éléments dirigeants par des responsables locaux, mais ces derniers sont eux-mêmes désignés par les dirigeants, toute activité fractionnelle étant par ailleurs interdite. Une fois la décision prise, elle doit être exécutée sans discussion. Le rôle du Parti par rapport à la classe ouvrière et la dictature du prolétariat impliquent nécessairement une telle organisation. Cette procédure amène fatalement à la fermeture du groupe dirigeant sur lui-même ; « le pouvoir est en circuit fermé ». A partir du moment où le groupe dirigeant est assez nombreux pour pouvoir se recruter sans faire appel systématiquement à la mobilité sociale, le contrôle du Parti sur la *nomenklatura* et le système circulaire de la désignation des cadres dirigeants font de la *nomenklatura* un groupe social coupé du reste de la société. Pendant toute l'ère stalinienne, les *purges* qui touchaient surtout les responsables du Parti et les cadres administratifs, économiques et militaires ont retardé cette coupure. L'ère de Brejnev a, au contraire, accéléré le phénomène.

b) La « nomenklatura », puisque tel est le nom donné par les dissidents à cette classe sociale, est bien une classe, car elle a une conscience de classe et défend de mieux en mieux ses membres et ses privilèges.

Au moment où, après l'ère stalinienne, Khrouchtchev tenta une démocratisation de son recrutement par une réforme du système éducatif et une rotation des cadres, tout en cassant l'organisation monolithique du Parti (par la déconcentration et une organisation du Parti en fonction des grands secteurs de l'économie), ses réformes furent systématiquement sabotées par la *nomenklatura*.

C'est au nom de *la sécurité de l'emploi des cadres* que Brejnev prit le pouvoir. L'ère de Brejnev coïncide ainsi avec la consolidation d'une *nomenklatura* ayant acquis une conscience de classe. La stabilité de l'emploi est désormais garantie. Même des fautes professionnelles, voire politiques, graves n'entraînent pas l'exclusion de la *nomenklatura* ; on est affecté à un poste plus honorifique que réel. Les « nomenklaturistes » se protègent mutuellement. Là encore, l'organisation du Parti et son contrôle sur les nominations sont à la base de la *nomenklatura* à vie. « Chaque nomenklaturiste, écrit M. Voslensky, fait partie de la *nomenklatura*, d'un organe précis de direction du Parti. C'est cet organe et lui seul qui pourra le révoquer. Comme aucun membre du Parti n'a le droit d'être chômeur (tout membre de la *nomenklatura*, est membre du Parti), l'organe de direction est dans l'obligation non pas de le révoquer, mais de le muter à un autre poste. Ce nouveau poste ne pourra être qu'un poste de la *nomenklatura*, car l'organe de direction ne nomme qu'à ce type de poste. La chaîne " révocation, mutation, nouvelle nomination " garantit à tout " nomenklaturiste " une place à vie dans la classe dirigeante. » Au-delà, c'est le passage à la *nomenklatura* héréditaire ; le système éducatif le permet ; à partir du moment où les « nomenklaturistes » ont conscience d'être une classe, rien ne peut véritablement s'y opposer.

c) La « nomenklatura » devient, de plus en plus, une classe de privilégiés bénéficiant de l'exploitation des autres classes. Nous sommes aujourd'hui bien au-delà des « inégalités » nécessaires au socialisme. Staline avait doublé cette inégalité par la pratique des « enveloppes ». Khrouchtchev a tenté de supprimer cette pratique. Aujourd'hui, elle est largement remplacée par celle des décorations, auxquelles sont attachés des avantages matériels plus ou moins occultes. L'exploitation socialiste est détournée de son rôle d'élément moteur du développement des forces productives.

d) Cette exploitation n'est pas un avatar de l'histoire. Grâce au monopole du pouvoir politique par le Parti, ou du moins par ses cadres dirigeants, le Parti a la haute main sur l'économie du pays. Tous les responsables de la planification de la propriété collective ou non (les kholkhozes) appartiennent aux divers échelons de la *nomenklatura*. Les réformes de l'entreprise lient de plus en plus le revenu des responsables aux « résultats » financiers, en d'autres termes à l'exploitation directe des travailleurs de l'entreprise et à l'orientation de l'économie en fonction du revenu de la *nomenklatura*. A tous les niveaux, les rapports entre *nomenklatura*, choix économiques et exploitation se renforcent. La loi fondamentale du socialisme devient la même que celle du capitalisme : la loi de la valeur, dans tous les sens où l'entendait Marx.

Toutefois, contrairement au capitalisme, les rapports de production ne s'enracinent pas sur l'appropriation privée des biens de production, mais sur le monopole du pouvoir politique. En fait l'appropriation des biens de production à laquelle on parvient est tout aussi *privée* que dans le capitalisme. Elle prend seulement une forme d'appropriation privée détenue collectivement par une classe dominante (c'est à une situation semblable à laquelle on parvient dans le capitalisme monopoliste d'État), grâce au monopole politique et idéologique du Parti. On ne peut ainsi qu'aboutir à des contradictions de plus en plus graves entre les rapports de production socialistes et l'évolution des forces productives. Les crises des démocraties populaires et les difficultés économiques de l'URSS le démontrent clairement. Partout, il a existé une *tendance à la réduction du développement des forces productives* qui incite la *nomenklatura* à un développement impérialiste hors de ses frontières.

e) La lutte des classes s'est maintenue et s'est exacerbée. Il n'est pas inintéressant de constater qu'elle est passée par la lutte pour les Droits de l'Homme, la liberté religieuse ou encore la reconnaissance de revendications nationales. En contestant le monopole idéologique du Parti, ce combat pour les libertés s'attaquait directement au rapport socialiste de production. A partir du moment où le pluralisme a été reconnu, les bases mêmes du régime économique étaient ébranlées. Nous assistons aujourd'hui à une révolution anti-communiste. Toutefois, on ne peut la comparer ni à celle de 1789, ni à celle de 1917. Nous n'avons pas dans les pays socialistes l'équivalent d'une classe bourgeoise voulant prendre la place d'une classe dominante. Si un rapprochement avec une révolution peut être fait, il doit l'être avec celle de 1848. On retrouve dans les révolutions anti-communistes d'aujourd'hui, tout à la fois, la prédominance des intellectuels, un renouveau religieux populaire, l'exacerbation des nationalistes et l'absence de classes dominantes de remplacement. Tous les futurs responsables économiques ne peuvent qu'avoir appartenu à la nomenklatura. Un retour des conservateurs après le putsch d'août 1991 étant moins probable, la mutation des anciens nomenklaturistes en capitalistes n'est pas impossible, y compris dans l'ancienne Union Soviétique. Après tout, au XIXe siècle, la réforme Meiji a transformé une partie de la classe féodale japonaise en capitalistes industriels. Comme l'ont montré les événements d'août 1991, l'avenir dépend des luttes à l'intérieur de l'ancienne nomenklatura.

(Nous prions le lecteur de vouloir bien nous excuser pour cette longue incursion dans les régimes socialistes et dans l'analyse marxiste qu'en font certains dissidents. Elle avait pour objectif de montrer que le *marxisme* est bien un formidable instrument théorique de critique des systèmes économiques et de leur développement. C'est à partir de cette qualité qu'on doit lire et comprendre le marxisme.)

ANNEXE 2

Faisons une pause à propos des théories de la répartition des revenus

Marx fait donc du profit un revenu lié à l'exploitation du travail. Le profit n'est rien d'autre que le résultat de la confiscation de la plus-value. Les intérêts des banques, les rentes des propriétaires fonciers, les bénéfices commerciaux sont des rétrocessions des capitalistes industriels, en raison des services que leur rendent les banquiers, les propriétaires fonciers et les commerçants. Les salaires sont les revenus de ceux qui sont à l'origine de toute valeur. Le montant du profit tend à se confondre avec la plus-value. Le profit est réduit à ce montant, car les rapports de production permettent l'accaparement de la plus-value par les capitalistes et entretiennent une armée de réserve de chômeurs. La loi de la valeur gouverne ainsi tant la théorie de la production que la théorie de la répartition marxiste.

1. Les classiques.

Smith, l'optimiste, et Ricardo, le pessimiste, fondateurs avec Malthus de l'école classique anglaise, n'étaient pas si loin de cette vision. Marx, nous l'avons vu, est parti de la valeur-travail de Ricardo en lui donnant une autre signification. En fait, il n'y a pas de véritable unité dans la formation des revenus décrite par les classiques.

— Le salaire est prix du travail. Il est réglé par l'offre et la demande de travail. Malheureusement sitôt qu'il s'élève au-dessus du niveau de la simple subsistance, les travailleurs ont plus d'enfants, et leurs enfants meurent moins. Rapidement, le nombre des travailleurs qui arrivent sur le marché augmente (les enfants d'ouvriers commençaient souvent à travailler à 6 ans et beaucoup mouraient avant 12 ans). Le salaire est ramené au niveau de la subsistance (ce niveau pouvant cependant varier). Le social-démocrate Lassalle parlera, à ce propos, de la *« loi d'airain »* des salaires. Ce mécanisme ne dépend pas, comme chez Marx, de rapports de production, mais du sexe et de la mort ; données que le bourgeois victorien Marx n'aime guère intégrer dans son système, alors qu'elles ne gênent nullement les hommes du XVIIIe siècle que sont Smith et Ricardo.

— Le profit provient de la confiscation d'une grande partie de la valeur ajoutée. Le maintien des salaires au niveau de la subsistance facilite cette confiscation. Toutefois, Smith pense qu'après tout l'existence du profit stimule les entrepreneurs capitalistes. Elle les incite à créer des richesses supplémentaires, et ces richesses facilitent l'amélioration du sort de tous et l'élévation progressive du minimum des salaires.

Ricardo fait bien, lui aussi, du profit un revenu de la confiscation de la valeur ajoutée disponible qui permet de stimuler le progrès technique. Il introduit cependant un autre larron :le propriétaire foncier. Au fur et à mesure que les progrès économiques permettent d'améliorer le bien-être, la population s'accroît de plus en plus rapidement. Il faut mettre en valeur des terres de moins en moins productives. Le coût de production des denrées produites sur les terres les plus pauvres provoque une augmentation générale des prix des denrées. Cette hausse permet aux propriétaires des terres plus riches de bénéficier d'une rente de situation croissante. Cette rente est la différence entre le coût de production effectif et le coût de production marginal des denrées [1]. Pour qu'ils puissent survivre, il faut payer aux travailleurs des salaires plus élevés (sans d'ailleurs qu'ils bénéficient d'une élévation de leur niveau de vie). Pour Ricardo, le profit devient ainsi un résidu : c'est ce qui reste après la déduction des salaires et de la rente.

— L'intérêt est, quant à lui, situé comme le prix de l'épargne. Il est lié à l'égalisation de l'épargne et de l'investissement. A ce propos, la différence entre l'intérêt et le profit est présentée par Smith comme le payement des primes de risque au capitaliste qui investit.

En fait, tant chez Smith que chez Ricardo, il n'y a pas lieu de rechercher les lois de détermination du profit. Le profit a une fonction : stimuler les chefs d'entreprise, mais il n'est que le résultat d'un rapport de forces.

En intégrant ces rapports de forces dans une perspective qui commande à la fois à la production et à la répartition, Marx devait donner une tout autre signification aux élements qui se trouvent en germe dans l'approche des classiques.

2. Les réactions smithiennes aux théories classiques de la répartition.

Face à ces deux conceptions, celle des classiques et celle de Marx, le développement de la pensée « smithienne » devait donner deux réactions.

I. STUART MILL ET LE « MAIS » RÉFORMISTE.

La première développe l'idée qu'aucune véritable loi ne commande la détermination des profits ; c'est l'apport de Stuart Mill (1806-1873). Cet économiste et philosophe anglais a certainement donné la plus parfaite synthèse de la pensée des grands classiques. Pendant cinquante ans, de 1850 à 1900, son manuel a servi d'ouvrage de base dans les universités britanniques. Pourtant, Stuart Mill a sapé à la base l'approche des descendants d'Adam

1. Pour un exposé plus complet sur la rente foncière, voir chapitre de conclusion, p. 291 et s.

Smith. Cet humaniste, vulgarisateur de génie, était défenseur des droits de l'homme et adepte du féminisme naissant (à Avignon, où il s'était retiré [1], il donnait, avec son ami l'entomologiste français Fabre, des cours du soir pour l'alphabétisation des femmes du peuple... et cela sous le second Empire). Il prononça, comme l'a dit R.L. Heilbroner, le plus grand « mais » de la pensée économique.

Il y a, écrit-il en 1848, au moment où paraît le *Manifeste communiste*, des « lois naturelles », *mais* elles n'ont rien à voir avec la répartition des revenus. Certes, la rareté, dont les limites reculent, gouverne la production ; certes, les intérêts et l'individualisme commandent à l'activité humaine (encore qu'il soit possible de les dépasser par la coopération et le mutualisme) ; certes, les lois de la population existent (encore que la limitation des naissances soit possible, et Stuart Mill fut un des premiers promoteurs de ce que nous nommons aujourd'hui le planning familial)... *mais*, une fois la richesse produite, « l'humanité prise individuellement ou collectivement peut en faire ce qu'il lui plaît... La distribution des richesses dépend des lois et des coutumes ». Ce que nous croyons être des « lois naturelles » ne sont que « les symptômes désagréables d'une des phases du progrès industriel ».

Le *« mais »* de Stuart Mill fonde le réformisme, la redistribution des revenus par l'impôt, le *trade-unionisme* et la sécurité sociale. Il a, finalement, eu autant de poids, dans l'histoire économique et sociale récente, que le « non » de Karl Marx, dont il entrevoit, très tôt, le contenu totalitaire. Il ne faut pas, disait-il à propos du marxisme, « estimer les revendications du communisme en regard de l'état de la société actuelle, qui est mauvais... Le problème est de savoir si on laisserait quelque asile à la personnalité individuelle ; si l'opinion publique ne serait pas sous un joug tyrannique ; la dépendance absolue de tous envers tous, la surveillance de tous par tous, ne finirait pas par tout écraser et produire une uniformité docile de penser... une société où l'excentricité appelle le reproche ne peut être complète ».

1. La femme qu'il aima passionnément et qu'il attendit longtemps était mariée à un certain Taylor. Il put l'épouser après la mort de ce dernier. Lorsqu'elle mourut, à Avignon, Stuart Mill se retira dans cette ville.

II. LA RECHERCHE D'UNE INTÉGRATION SMITHIENNE DE LA THÉORIE DE LA PRODUCTION ET DE LA THÉORIE DE LA RÉPARTITION.

La seconde réaction développe aussi la pensée smithienne, mais tente, au contraire, d'unifier dans un même corps de *lois économiques* la production et la répartition. On peut voir son origine dans l'économiste français Jean-Baptiste Say.

a) Jean-Baptiste Say (1767-1832).

Pour lui, la production ne se réalise pas simplement grâce au travail, mais par l'union de trois facteurs : la nature, le travail et le capital. Chacun de ces éléments apporte « le concours de ses services productifs » aux chefs d'entreprise et reçoit le prix de ses services. Salaires, rentes foncières, intérêts, profits, ne sont plus les résultats du partage de la valeur ajoutée, mais la rémunération de *services productifs*. Au passage, il fait apparaître « les entrepreneurs », dont le profit est la rémunération de leur fonction dans la combinaison des facteurs de production. Le niveau du montant de chaque revenu est déterminé par la rareté relative de chaque facteur. Malheureusement, J.-B. Say ignore le problème des interdépendances entre les marchés ; le prix de chaque facteur est établi séparément des autres ; la formation de ces prix participe à une seule chose : le partage de la valeur ajoutée.

b) Les néo-classiques.

C'est la révolution marginaliste, puis néo-marginaliste, dont nous avons déjà parlé qui, dans le dernier quart du XIXe siècle, vont ouvrir la voie à une unification plus cohérente des lois de la production et de la répartition, dans une perspective smithienne. Il était temps car, à l'époque, la loi de la valeur de Karl Marx menaçait de plus en plus l'édifice des « smithiens ».

Comme Marx, la nouvelle science smithienne, celle qu'on appellera plus tard le néo-classicisme, va considérer la théorie de la répartition comme un simple aspect de la théorie générale de la valeur. Comme chez J.-B. Say, il s'agit de savoir comment rémunérer *les services des facteurs de production*.

Pour eux, c'est *l'utilité* qui fonde la valeur d'échange, car c'est à partir de l'utilité que les individus font des choix d'optimisation économique et réagissent aux prix, expression de rapports entre des utilités [1].

Nous avons déjà vu cette perspective dans les clés de l'approche smithienne et nous aurons l'occasion de la revoir dans le chapitre de conclusion. En tout cas, le raisonnement en termes d'utilité et

1. Cf. chapitre de conclusion, p. 306 et s.

d'utilité marginale [1] (c'est-à-dire de l'utilité de la dernière unité utilisée) va permettre d'expliquer la rémunération des facteurs de production sans faire intervenir une quelconque exploitation du travail.

A cette fin, les néo-classiques partent de la *loi des rendements décroissants*. Ils montrent que chaque facteur est rémunéré en fonction de sa productivité marginale, c'est-à-dire de la productivité de la dernière unité intégrée à la production [2] (la quantité utilisée de tous les autres facteurs de production étant constante). En d'autres termes, si on ne change nullement la quantité de capital utilisé et que l'intégration d'un travailleur supplémentaire aboutit encore à accroître la production de manière satisfaisante, le salaire du dernier travailleur embauché devrait correspondre à cette augmentation de la productivité.

Au point d'équilibre (c'est-à-dire au moment où il y a plein emploi de tous les facteurs de production et utilisation optimale des ressources [3]), le taux des salaires ne peut être ni inférieur, ni supérieur à la productivité marginale du travail. En effet, n'importe quelle unité de travail peut être prise pour unité marginale (globalement, on ne peut distinguer le dernier travailleur embauché des autres), et cette valeur est le maximum que l'entrepreneur peut offrir pour inciter un travailleur supplémentaire à venir s'embaucher. Au-delà, le salaire lui coûterait plus cher que ce qu'il rapporterait et il attirerait trop de personnes sur le marché du travail, ce qui provoquerait une baisse de salaires. Nous retrouvons là les raisonnements en termes d'utilité et de désutilité. Il n'y a pas exploitation, puisque personne n'est « forcé » de travailler. S'il y a exploitation, autrement dit, si quelqu'un est payé en-dessous de la productivité marginale de travail, c'est qu'il y a imperfection du marché (l'information a mal circulé, ou bien la mobilité du travail est insuffisante), c'est-à-dire que la réalité ne se rapproche pas assez du fonctionnement théorique de la concurrence pure et parfaite. Nous sommes très loin de l'exploitation marxiste.

Bien entendu, le même raisonnement peut être appliqué au *capital* pour la détermination du taux d'intérêt. Le capitaliste n'est qu'un consommateur qui vit du revenu de son épargne.

1. La base de tous les raisonnements en termes d'utilité marginale est parfaitement exprimée par la loi dite de Gossen : « L'intensité d'un plaisir qui se prolonge, décroît et finit par s'éteindre au point de satiété » ; « La valeur d'un bien dépend de la dernière unité consommée. »
2. Cf. l'exemple de la productivité du travail, p. 108 et 113.
3. Cf. p. 84 et s.

Quant *au profit de l'entrepreneur*, c'est un *résidu* qui rémunère la fonction d'entreprendre et incite les entrepreneurs à produire plus. Tant qu'il y aura des profits possibles, de nouvelles entreprises apparaîtront et embaucheront. Au point d'équilibre général, lorsque plus aucun travailleur ne veut travailler, ni le moindre capital se placer, lorsque le prix de tous les facteurs de production est égal à leur productivité marginale, le profit disparaît.

Une telle explication n'est pas fausse pour l'analyse marxiste ; elle n'est que située au niveau de l'apparence des choses. Certes, on peut expliquer les fluctuations de l'offre et de la demande à partir des raisonnements marginalistes et néo-marginalistes. Marx ne nie pas l'existence de la concurrence. Nous avons vu que l'on pouvait, à partir d'elle et de la valeur-travail, aboutir à un équilibre de type walrassien. Toutefois, pour les marxistes, le type de raisonnement à partir des apparences ne permet pas de comprendre ce qui est important. L'important, pour eux, n'est pas l'équilibre, mais la découverte des lois du développement capitaliste et, grâce à cette découverte, l'élaboration d'une théorie susceptible de fonder scientifiquement la lutte du prolétariat. Au-delà des apparences créées par le *fétichisme* des marchandises, il faut prendre en compte la *réalité invisible* des rapports de production.

Bien entendu, les néo-classiques répondent qu'être obligés d'ajouter des hypothèses supplémentaires pour pouvoir démontrer une loi scientifique amène généralement les scientifiques à s'interroger sur la véracité de la loi. Quand on place la terre au centre de l'univers, on est obligé de passer par de multiples détours et d'ajouter les hypothèses les unes aux autres.

Toutefois, quand on voit comment la théorie néo-classique fait intervenir des éléments disparates pour expliquer les évolutions à long terme, on est perplexe devant la simplicité de la démonstration néo-classique. A moins qu'on ne s'en tienne à des hypothèses très restrictives par rapport à la réalité (l'offre de travail est donnée, les évolutions technologiques sont écartées, la concurrence est pure et parfaite, les salaires sont flexibles...), la synthèse entre la théorie de la production et la théorie de la répartition des descendants d'Adam Smith peut sembler contestable, si on la sépare de leurs points d'observation.

3. Et, de tout cela, que pensent les keynésiens ?

En fait, les keynésiens raisonnent en termes de circuit, à partir de la demande. Ils intègrent directement la production et la répartition. C'est le même processus qui, en se déroulant, aboutit à la production, de la production aux revenus, des revenus à la demande, et de la demande à la répartition.

Ce n'est pas pour rien que la théorie keynésienne est à l'origine des *politiques* sociale, fiscale et budgétaire mises en œuvre après la Seconde Guerre mondiale. Stuart Mill avait *fondé* la liberté des lois qui régissent la répartition ; les keynésiens vont montrer qu'en jouant sur la répartition, on peut faciliter le développement de la production. A travers le jeu des variables qui commandent à la fixation de la demande effective (celle, répétons-le, que les entrepreneurs ont décidé de satisfaire), il montre comment se réalise cette synthèse et, du même coup, fixe les prix.

Mais quel est donc la régulation d'un tel système ? En fait, la théorie keynésienne de la répartition renvoie à un équilibre entre des rapports de forces. Cet équilibre n'est plus dominé par les entrepreneurs et les capitalistes. Dans l'économie keynésienne, les syndicats existent, les organisations professionnelles et les monopoles aussi. C'est la puissance syndicale qui détermine, grâce à des conventions collectives, le niveau des salaires nominaux. C'est la capacité plus ou moins grande des entreprises à fixer librement les prix qui, à partir des salaires nominaux considérés comme une donnée, fixera le profit.... et du même coup les salaires réels. Ce profit n'est plus le profit maximum de K. Marx, c'est celui qu'il est possible de réaliser sans compromettre l'équilibre des flux de demande et d'offre, tout en assurant la survie et le développement de l'entreprise.

Peut-on parvenir ainsi à l'intérêt général qui devrait satisfaire le libre fonctionnement du marché ? Ici, des fils de Keynes et notamment J. K. Galbraith, héritier de la tradition institutionnaliste américaine, vont faire intervenir *le phénomène des pouvoirs compensateurs*. La société à partir de laquelle ils raisonnent est structurée en groupes. L'entreprise appartient à des groupes et à des organisations de plus en plus puissantes, les travailleurs aussi. Toutefois, ce ne sont pas simplement les producteurs qui s'organisent, ce sont aussi les consommateurs, les parents d'élèves, les écologistes... Chacun de ces groupes joue un rôle dans l'économie capitaliste actuelle. Le pouvoir des patrons du XIXe siècle a suscité le syndicalisme, le pouvoir des grandes firmes appelle les groupements de producteurs, puis ceux des consommateurs. « Le pouvoir économique privé est tenu en échec par *le pouvoir compensateur* de ceux qui y sont assujettis. Le premier engendre le second... Les deux pouvoirs se développent de concert..., sinon du même pas, mais de telle manière qu'il ne peut y avoir doute que l'un correspond à l'autre. »

Va-t-on arriver ainsi à une situation d'équilibre entre des pouvoirs assurant la meilleure allocation possible des ressources ? Certainement pas. La confrontation des pouvoirs peut aboutir à la collusion contre les plus faibles ou au dérapage inflationniste. Le régulateur ultime du système keynésien est l'État, à l'ère des pouvoirs compensateurs, la répartition doit passer par une politique des revenus.

Et l'intérêt ? Il n'est plus qu'un instrument de la politique publique ; il ne fixe pas le prix de l'épargne ou de la rémunération des capitalistes, mais le prix de la monnaie prêtée par les banques.

Et la valeur ? « Bof » : pour les keynésiens, elle ne sert pas à grand-chose ; les prix sont directement déterminés en monnaie et sont aussi le résultat de l'affrontement entre des groupes. La valeur n'est qu'une hypothèse supplémentaire dont ils n'ont guère besoin. Nous verrons plus loin pourquoi [1].

Comment expliquer alors le développement capitaliste ? diront les marxistes, qui réaffirment que nous demeurons, avec les keynésiens, au niveau des apparences. Qu'avons-nous à faire des lois du développement historique ? disent les keynésiens. Elles ne sont utiles que pour expliquer l'évolution à long terme, et à long terme… nous serons tous morts… si nous ne nous occupons pas du court terme.

1. Cf. chapitre de conclusion.

QUATRIÈME PARTIE

L'économie selon les hérétiques « à la Schumpeter »

Qui était Joseph Aloys Schumpeter ? (1883-1950)

J.A. Schumpeter est né en 1883 dans une province de l'Empire austro-hongrois : la Moravie. Il appartient à l'aristocratie de l'Empire. De 1901 à 1906, il fait des études de droit et d'économie à l'université de Vienne. Il y est formé par les maîtres de « l'École de Vienne » qui, à l'époque, rajeunissent et approfondissent la pensée smithienne. F. von Wieser et Böhm-Bawerk en sont les principaux. Le premier ouvrage de J.A. Schumpeter : Nature et Contenu de la théorie économique, *paraît en 1908, il s'inspire de leur enseignement. Dès lors, J.A. Schumpeter entame une carrière de professeur, d'abord à l'université de Czernowitz, puis à celle de Graz.*

C'est en 1912 que se manifeste son premier penchant pour l'hérésie. Alors que ses maîtres ne parlaient que d'équilibre général (ou presque), J.A. Schumpeter publie une Théorie de l'évolution économique. *Il ne cherche plus à comprendre le retour à l'équilibre, mais les lois du changement. Déjà, il voit dans l'entrepreneur qui introduit des innovations la clé de la dynamique économique.*

La Première Guerre mondiale, la guerre civile, l'éclatement de l'Autriche-Hongrie interrompent sa carrière universitaire. Pendant un an, il est ministre des Finances d'un gouvernement socialiste, puis dirige une banque. Ce fut pour J.A. Schumpeter un échec complet. Il ne parvint pas à devenir un homme politique, ou simplement un homme d'action. En 1924, sa banque fit faillite et il retourna à l'enseignement, pour le plus grand bien de la science économique.

En 1932, au moment de la montée de l'hitlérisme, il est professeur en Allemagne, à l'université de Bonn. Profitant d'une offre qui lui est faite, il part aux États-Unis où il devient professeur à Harvard. En 1939, il y publie Business Cycle. *Dans cet ouvrage, il explique comment les innovations apparaissent en « grappes », provoquent expansion et croissance, puis comment les effets de ces grappes d'innovations s'attéuent ; l'expansion rencontre des obstacles, notamment monétaires ; ils finissent par provoquer la crise. L'importance des innovations explique, selon Schumpeter, la durée des cycles dont elles sont à l'origine.*

Schumpeter intègre alors les analyses en termes de marché dans une approche structurelle où le progrès technique joue un rôle majeur.

Son hérésie suprême, J.A. Schumpeter ne la manifestera cependant qu'en 1942, dans Capitalisme, Socialisme et Démocratie. *Dans cet ouvrage, il développe une thèse paradoxale. Le capitalisme, dit-il, est le meilleur système qu'on puisse imaginer ; il n'a qu'un défaut : il ne peut pas survivre. Seul, en effet, le capitalisme peut propager efficacement le progrès technologique. Seul, il peut allouer les ressources suivant des choix rationnels. Bien plus, il est capable d'éliminer en permanence les éléments vieillis et de rajeunir ses structures économiques.* La destruction créatrice *qu'ordonnent les entrepreneurs explique ce dynamisme. Ici, il s'enfonce un peu plus loin dans l'hérésie ; contrairement à la plupart des descendants d'Adam Smith, il affirme que le capitalisme n'a pas besoin, bien au contraire, de la libre concurrence pour être dynamique et efficace. Pour lui, les pratiques monopolistiques et les grandes firmes peuvent mieux diffuser l'innovation, prendre les risques nécessaires et imposer des transformations.*

Ce n'est finalement pas pour des raisons économiques que le capitalisme est en danger. En fait, au fur et à mesure que la croissance se développe, l'hostilité sociale et politique vis-à-vis de la grande entreprise grandit. Au moment où la bourgeoisie se sclérose, le glacis qui protège le capitalisme disparaît. La vieille aristocratie, les militaires et le clergé perdent leur emprise sociale. La classe des intellectuels, au contraire, grandit et accroît son prestige. Or, cette classe n'est guère satisfaite d'un régime dont la règle est le succès économique. Pour elle, l'argent n'est pas tout. Quand meurent les idéaux romantiques et les mythologies de l'entrepreneur industriel, minés par la critique des intellectuels, le capitalisme ne peut survivre. « Le pain socialiste a des cancrelats, mais... il est socialiste. » Histoire, sociologie et politique bousculent l'analyse économique. L'économie n'est pas le facteur déterminant de l'histoire, et c'est un économiste qui ose le dire. *J.A. Schumpeter meurt en 1950. En 1954 paraîtra, inachevée, une monumentale* Histoire de l'analyse économique, *à laquelle il avait consacré les dernières années de sa vie. Elle montre que J.A. Schumpeter savait dépasser l'économie, parce qu'il en connaissait la totalité du champ. Ce fut un des derniers généralistes d'une science économique de plus en plus éclatée en de multiples spécialités.*

Il fut essentiellement un professeur qui ne parvint pas à être un homme d'action. Comme nous l'avons dit, en tant que ministre des Finances, il ne parvint pas à empêcher une inflation galopante et il conduisit à la faillite la banque dont il fut directeur. Ses tentatives hors de la science n'aboutirent qu'à de lamentables échecs. Ne pouvant transformer le monde, il voulut le comprendre. Cependant, cet aristocrate ne négligeait pas la vie. Il dit un jour que, jeune, il désirait trois choses : être un grand économiste, un grand cavalier et un grand amant, et que, sur ces trois vœux, il en avait réalisé deux, sans préciser lesquels, ce qui relativise ses échecs hors de la science économique.

CHAPITRE 7

Le fonctionnement de l'économie et l'explication du chômage par les hérétiques « à la Schumpeter »

Il n'y a pas, à proprement parler, d'écoles se réclamant de J.A. Schumpeter. En fait, J.A. Schumpeter a justifié tous ceux qui se refusaient à une coupure trop stricte entre l'économie et le social, entre le long et le court terme. Certes, Karl Marx avait déjà, à son époque, fait le saut. Toutefois, en homme du XIXe siècle, il a radicalisé son explication et lui a donné un aspect déterministe. *J.A. Schumpeter a une vision plus systémique, capable d'intégrer plusieurs niveaux de rationalité.*

En France, le professeur François Perroux, qui a fait connaître l'œuvre de Schumpeter, a prolongé cet élargissement de la science économique. Comme bien d'autres économistes français et étrangers, les auteurs de cet ouvrage ont été fortement influencés par sa pensée. Les préoccupations de François Perroux ont nourri et conforté tout un courant intéressé d'abord par *une dynamique des structures*. Des recherches entreprises sur ce thème par le professeur A. Marchal ont été poursuivies par A. Nicolaï, J. Houssiaux et J. Austruy. Des préoccupations identiques se retrouvent au centre de l'œuvre du démographe-économiste A. Sauvy, qui s'est toujours joué d'un orthodoxe découpage de la réalité. Bien entendu, l'acuité des problèmes du développement du Tiers Monde durant les trois dernières décennies a renforcé toutes les explorations, en termes de structure et d'articulation, entre l'économique et le social. La crise de la croissance qui a éclaté en 1973 incite à nouveau les économistes à des propos hérétiques. Certains auteurs, tels Aglietta, Orlean et Lorenzi, ou encore et, surtout, J.K. Galbraith qui fait la jonction entre les keynésiens et les hérétiques « à la Schumpeter » se rattachent par leurs analyses à l'hérésie schumpétérienne. Une partie des idées développées dans ce chapitre reprend certaines de leurs analyses. De leur côté d'autres économistes, tels J. Attali et H. Bartoli, à partir de perspectives et de fondements théoriques différents, participent à l'ouverture du champ économique par une critique épistémologique. Elle rejoint celle des *radicaux* américains, pourtant plus près des smithiens (voire des marxistes) que des schumpétériens.

En France, ces dernières années ont vu enfin se former une école de « régulation » qui fait la jonction entre les analyses en terme de contradiction du marxisme et une approche reprenant par certains aspects l'institutionnalisme américain (duquel se sont rapprochés des économistes tels que J.K. Galbraith et Marchal). Boyer, Mistral, Aglietta sont les principaux auteurs de cette école.

STRUCTURE ET ANALYSE ÉCONOMIQUE

A l'origine, le mot « structure » appartient au vocabulaire de l'architecture. Le *Petit Robert* donne la définition : « la manière dont un bâtiment est construit ; l'agencement des parties du bâtiment ». Ces idées se retrouvent toujours, lorsqu'on évoque une structure. On parle ainsi de structures géographiques, économiques, productives, sociales, politiques, voire mentales.

En économie, ce sont surtout les auteurs allemands et français qui se sont intéressés à l'analyse des structures. Les auteurs anglo-saxons y ont été peu portés ; peut-être y a-t-il contradiction entre les « structures mentales » anglo-saxonnes et les besoins de synthèse globale très large, parfois hasardeuse, que supposent l'analyse des structures et surtout une dynamique des structures.

Plus prosaïquement, une structure économique est représentée par l'ensemble des coefficients, des relations et proportions, relativement stables, qui caractérisent un ensemble économique. On parlera ainsi des structures de l'économie financière, des structures du commerce international, des structures du système bancaire ou bien des structures capitalistes. Les idées de *relations* et de *relations stabilisées* sont donc centrales.

Aujourd'hui, une dynamique des structures, l'étude des lois de leur évolution, du passage d'un type à un autre d'organisation, tendent à lier l'évolution des structures économiques aux autres évolutions structurelles.

« Il s'agit de prendre en compte l'ensemble des processus institutionnels qui permettent de rendre compatibles les comportements micro-économiques avec les contraintes de l'équilibre macro-économique global. »

1. Le fonctionnement de l'économie est inséparable d'une évolution d'ensemble

Les keynésiens et les smithiens ont, chacun à leur manière, une approche très autonomisée du fonctionnement de l'économie.

Les marxistes situent le fonctionnement de l'économie dans une perspective à long terme ; ils se refusent à réaliser des coupures entre les phénomènes sociaux et les phénomènes économiques. Toutefois, ils font de *l'économique* l'élément qui, en dernier ressort, mène le monde. L'affrontement utilitaire de l'homme avec la nature est au centre du fonctionnement de la société.

Les hérétiques « à la Schumpeter » vont avoir une tout autre attitude. Certes, ils vont se livrer à l'analyse du fonctionnement de l'économie, mais ce fonctionnement est aussi, sinon plus, déterminé par les autres instances non économiques.

Si l'on essaie de décrire un fonctionnement de l'économique « schumpéterien » on doit :

1. *Partir du progrès technique* et des évolutions structurelles qu'il provoque. Le progrès technique caractérise d'autant mieux une approche « schumpétérienne » qu'il ne peut pas être séparé de l'évolution générale de la société. En outre, il est bien l'expression de cette violence humaine, dont nous verrons plus loin l'importance dans la vision hérétique « à la Schumpeter ».

2. *Lier l'évolution économique à l'évolution sociale, politique et culturelle.*

1. A un premier niveau d'analyse, le fonctionnement de l'économie peut être décrit à partir des gains de productivité permis par le progrès technique.

Peu à peu, les sociétés se sont organisées en fonction de la croissance. Peu à peu, l'aune du succès est devenue la performance économique. La croissance, grossièrement mesurée par l'augmentation de la production, a exigé de profondes transformations des comportements, des techniques et de l'organisation sociale. Les concepts d'évolution de *progrès technique* et de productivité sont des concepts fondamentaux.

A) L'apparition de gain de productivité peut garantir la croissance et l'emploi.

La croissance de la production peut être due, soit à l'augmentation de la quantité de facteurs de production (travail et capital) utilisés, soit à une meilleure organisation de la production, c'est-à-dire à l'élévation de la productivité du travail ou du capital, ou des deux à la fois. Dans le premier cas, les techniques (au sens large du terme) ne sont pas modifiées. Pour chaque unité supplémentaire de production, les facteurs de production nécessaires augmentant toujours de la même manière. Dans le second cas, la technique évolue ; on combine de manière différente le capital et le travail ; on introduit un progrès technique.

Souvent, les travailleurs redoutent le progrès technique. Une croissance « à progrès » technique stagnant leur paraît mieux garantir l'emploi qu'une autre. En fait, seule une croissance largement liée au *progrès* technique et faisant apparaître d'importants surplus de productivité peut garantir, non pas n'importe quel emploi, mais une création continue de nouveaux emplois.

Reprenons ces divers points :

a) Sans progrès technique, une croissance ne peut garantir une création continue de nouveaux emplois.

Une croissance sans progrès technique est rapidement bornée. Elle est d'abord limitée par la population active. Elle est aussi limitée par l'accumulation du capital. Toute augmentation de l'emploi suppose parallèlement un investissement supplémentaire, suivant une complémentarité déterminée par l'état des techniques. On ne peut employer un travailleur de

DÉFINISSONS LA PRODUCTIVITÉ...

La productivité exprime la quantité d'unités de production que l'on peut obtenir avec une unité de facteurs de production, par exemple, un homme travaillant pendant une année ou une heure. Mais on peut, bien entendu, appliquer cette notion à tous les facteurs de production : le capital, les matières premières ou l'énergie.

Dans tous les cas, on divise le volume de la production par le nombre d'unités de facteurs utilisées dans cette production. On notera que, dans cette opération relativement simple, on ne distingue pas nettement la part de l'augmentation de la productivité qui peut être attribuée à tel ou tel facteur, à telle ou telle action. Dans l'exemple de la productivité du travail, ce qui est mesuré ne résulte pas simplement du travail, mais de son organisation, de la gestion de l'entreprise, des moyens de production mis à la disposition des travailleurs. Aussi a-t-on mis au point des techniques de calcul relativement sophistiquées, qui permettent d'attribuer à chaque facteur de production les accroissements de productivité obtenus.

Il y a plusieurs manières d'exprimer la productivité. On peut, et c'est souvent le cas dans l'entreprise, mesurer les quantités d'unités produites en heures, par poste de travail. Le danger est de confondre rendement et productivité. Accroître les cadences et le rendement peut, en fin de compte, entraîner malfaçons, gaspillage, fatigues nerveuses, maladies, absentéisme, qui se retournent contre de véritables gains de productivité.

On peut aussi, et c'est de cette façon que l'on procède au niveau national, diviser la production (la valeur ajoutée), exprimée en monnaie constante, par le nombre de personnes employées ou par le nombre d'heures de travail qu'elles ont fournies au cours, par exemple, d'une année. On parle, à ce propos, de productivité *apparente* du travail. Des calculs analogues peuvent être faits à propos du capital ou de tout autre facteur.

plus s'il n'y a pas les moyens de production nécessaires à son activité. Or, pour investir, il est nécessaire de faire apparaître un surplus ; on ne doit pas consommer tout ce qui est produit. Des changements entre la consommation et l'épargne (croissance de la propension marginale à épargner) ou dans le partage salaire-profit doivent intervenir.

LES EFFETS DIRECTS ET INDIRECTS DE LA PRODUCTIVITE SUR L'EMPLOI

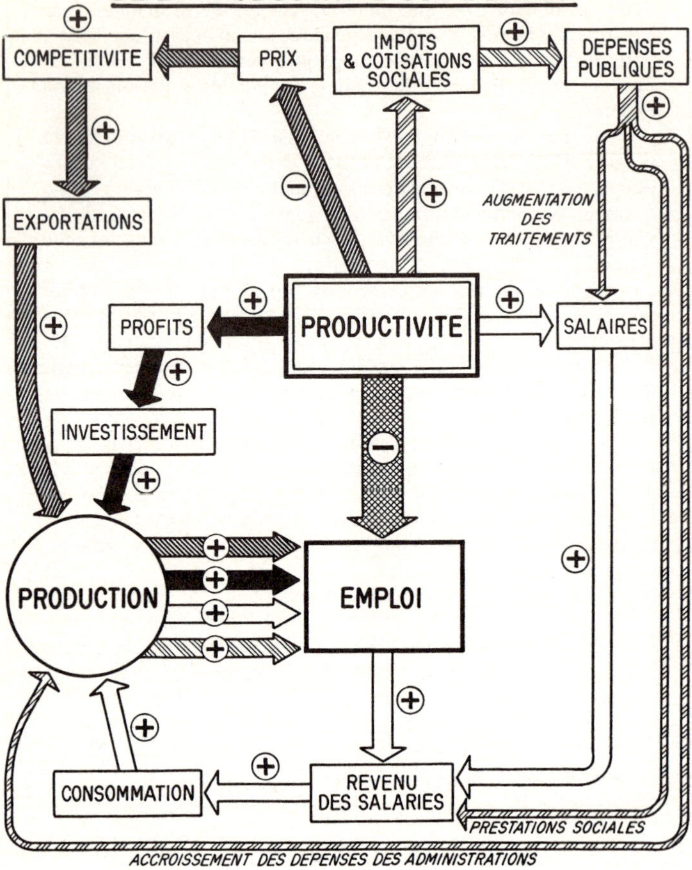

Dans le cadre d'une croissance sans progrès technique, l'accumulation du capital se heurte donc, soit à un ralentissement de l'augmentation de la consommation, soit à des résistances de plus en plus grandes à l'élévation des profits.

b) L'introduction du progrès technique peut permettre (sous certaines conditions) une croissance avec création continue de nouveaux emplois.

L'introduction du progrès technique fait apparaître une croissance intensive ; l'accroissement de la production va de pair avec une évolution rapide de la productivité. Seule, une telle croissance a des chances de se perpétuer et de créer de nouveaux emplois.

— *Le progrès technique* permet d'échapper à la suraccumulation en facilitant une baisse du prix [1] du capital. Cette baisse de prix du capital est une forme de dévalorisation sans crise du capitalisme, qui facilite la rentabilité. Si nous nous plaçons dans une perspective marxiste, nous dirons que la baisse tendancielle du profit n'est plus une fatalité. Parallèlement, la production de biens de consommation avec une productivité croissante peut faciliter le partage salaire-profit.

— *Les gains de productivité* sont, soit directement, soit indirectement à l'origine de la création d'emplois. La simple lecture du schéma ci-contre permet de le montrer de manière suffisamment explicite.

Les faits sont d'ailleurs probants. Depuis le début de la révolution industrielle, nous avons connu une élévation constante de la productivité. Si productivité et emploi étaient antagonistes, il devrait y avoir, aujourd'hui, plus de chômeurs que de personnes actives. Bien plus, ce sont les périodes de forte croissance de la productivité, telles que les décennies 1950 et 1960, qui ont connu la plus forte création d'emplois.

B) Si le progrès technique et l'élévation de la productivité sont des conditions nécessaires à l'augmentation de l'emploi, elles ne sont pas des conditions suffisantes.

a) L'apparition d'importants gains de productivité n'est pas un objectif mais la conséquence d'un ensemble d'évolutions

1. Tout au moins des prix relatifs du capital.

ÉVOLUTION DES TECHNIQUES ET

L'évolution des techniques ou, si l'on préfère, *le « progrès technique »* — ce qui introduit un jugement de valeur sur cette évolution — est multiforme.

Pour reprendre les classifications de J.A. Schumpeter concernant l'innovation, l'évolution technique peut se manifester à propos de la fabrication d'un bien nouveau, de l'introduction d'une nouvelle méthode de production, de l'ouverture d'un nouveau marché (l'innovation commerciale), de la conquête d'une nouvelle source d'énergie ou de matières premières ou encore de la mise au point de nouvelles formes d'organisation de la production. Bien entendu, il n'y aura véritablement *progrès technique* que quand ces innovations aboutiront à transformer les conditions de la production et à faire apparaître des gains de productivité.

Un grand nombre d'économistes considèrent l'évolution des techniques comme un facteur autonome de l'évolution économique. Elle la détermine plus qu'elle n'est déterminée par elle. Le progrès technique est un peu le *deus ex machina* de l'économiste. *K. Marx n'a pas fondamentalement changé cette conception.*

Il part d'un développement autonome des techniques, dont les capitalistes vont hâter la diffusion, tout en accroissant les contradictions économiques du système capitaliste. L'économiste soviétique Kondratief [1] amena, dans les années vingt, un complément à cette analyse. Pour lui, les cycles économiques longs qui font succéder des périodes de hausse et de baisse des prix d'une durée de 25 à 35 ans, correspondraient à « l'usure, au remplacement et à l'augmentation du fonds des biens capitaux de base, dont la production demande des investissements exceptionnels et un long processus ». Tel serait, par exemple, le cas des chemins de fer. Il y aurait ainsi de grandes vagues techniques, qui entraîneraient de grandes vagues économiques. Dans la phase de diffusion, l'accumulation s'amplifie, le taux de profit s'élève. Avec la généralisation de la nouvelle technique la concurrence abaisse les taux de profit et la suraccumulation devient de plus en plus intolérable. Aujourd'hui, l'appel au cycle de Kondratief apparaît dans des explications de la crise présentées par les disciples orthodoxes de K. Marx.

Schumpeter part d'une analyse assez proche de celle de Kondratief, mais il la généralise à tous les cycles économiques. La longueur et l'intensité du cycle étant liées à l'importance de l'innovation technique, les grandes innovations techniques termineraient les cycles longs ; on aurait ainsi le cycle de la vapeur (1787-1848), le cycle du rail (1848-1897), puis celui de l'automobile, de l'électricité et de la chimie (1897-1942). Les auteurs contemporains font terminer ce cycle en 1942, avec un retournement en 1928-1929. Un quatrième cycle long aurait commencé en 1942 avec un sommet en 1970-1972 ; alors commencerait une baisse, qui se poursuivrait jusqu'en 2010.

1. Il est né en 1882, mais on ne connaît pas la date de sa mort. Il fut, en effet, déporté en 1928 en Sibérie, sur une décision de Staline, lorsqu'il publia son article sur les cycles longs. Aujourd'hui, son approche fait partie de l'analyse marxiste non orthodoxe, telle celle de Mandel.

ÉVOLUTION DES STRUCTURES *

Schumpeter va cependant aller plus loin dans les mécanismes de l'apparition et de la diffusion de l'innovation technique. Quelle que soit leur ampleur, il montre que ces innovations apparaissent en « grappes ». La réussite appelle la réussite, les entrepreneurs routiniers se précipitent dans les voies ouvertes par les entrepreneurs dynamiques. L'ébranlement acquis, l'innovation se généralise. La généralisation acquise, le *boom* d'investissement se termine, la demande de produits nouveaux s'accroît moins vite, de nouvelles entreprises n'apparaissent plus, les perspectives d'absence de profit découragent les entrepreneurs. On entre dans une période de dépression. Vient alors un moment où les conditions de la reprise (notamment l'abondance des capitaux financiers susceptibles de s'investir et la baisse des taux d'intérêt) sont à nouveau réunies. Les entrepreneurs dynamiques vont chercher à rétablir leur profit par de nouvelles innovations.

Le progrès technique n'est donc pas un flux continu. Il se diffuse de manière périodique, par vagues, à partir de certains secteurs et de certains lieux.

J.A. Schumpeter intègre mieux les conditions d'apparition et de diffusion du progrès technique ; toutefois, son orientation et sa nature sont déterminées de manière autonome.

Il reste que le caractère autonome du progrès technique peut être contesté. L'économiste suédois J. Akerman a été un des premiers à le contester. Pour lui, le progrès technique est bien une des forces motrices de l'évolution économique et sociale, mais « les inventions ne jaillissent pas spontanément... Elles sont soumises à maintes conditions, dont les plus générales sont les mobiles humains, l'ordre institutionnel régnant et l'état d'avancement des sciences de la nature... ». C'est dans cette voie que s'orientent les hérétiques « à la Schumpeter » actuels.

Nous sommes ici bien au-delà de l'analyse néo-classique, qui essaie de montrer comment les variations du taux d'intérêt (le prix du capital) et les variations du prix du travail peuvent aboutir à des choix techniques différents pour un même état des techniques. Cela suppose, notons-le au passage, que les choix technologiques soient des choix rationnels purement économiques [2].

Des analyses plus récentes contestent cette position. Il n'y a pas de solutions techniques optimales. Le conflit social peut amener à une substitution massive du capital au travail, quels que soient, par ailleurs, le prix du travail et le prix du capital. L'évolution des techniques et des sciences n'est ainsi jamais parfaitement autonome ou parfaitement déterminée par des choix économiques *rationnels*. A chaque moment, les pistes que la science peut explorer, les solutions techniques potentielles sont multiples et variées. *Ce sont les rapports de force, les emprises idéologiques, les conflits sociaux, les évolutions culturelles et idéologiques, qui amènent un tri dans tous les possibles.*

2. Akerman refuse, de son côté, l'analyse *déductiviste* néo-classique qui caractérise aussi très largement l'ensemble des approches réalisées par les économistes. Il ne cesse d'affirmer que la meilleure manière de progresser en économie est l'approche empirique.

techniques, économiques, sociales, politiques et culturelles. Les surplus de productivité dépendent de la cohérence entre des évolutions et les choix qui les gouvernent. Si la cohérence s'étiole, ils seront faibles.

b) Il ne suffit pas d'avoir des surplus pour créer beaucoup d'emplois. Il faut qu'il y ait transferts de secteurs où la création d'emplois est onéreuse à des secteurs où elle l'est beaucoup moins. Ainsi, lorsque l'élévation supprime ici un emploi, elle peut permettre d'en faire apparaître là plus d'un. Dans les dernières décennies, le développement du tertiaire (privé ou public) a ainsi permis une création massive d'emplois, alors que la productivité bondissait. Reste à savoir comment des emplois peu onéreux peuvent être créés. Nous en reparlerons.

2. L'importance des gains de productivité transférables dépend de la convergence et de la cohérence des évolutions économiques, sociales, politiques, culturelles et idéologiques.

Dans une évolution, toutes les structures ne changent pas de la même façon. Des distorsions se produisent. Ces distorsions (les marxistes parleraient de contradictions) entraînent de nouvelles évolutions, d'autres ruptures.

Lorsque les évolutions sont cohérentes entre elles, le progrès technique va pouvoir donner d'importants gains de productivité et une croissance rapide. Lorsque ces évolutions ne sont pas cohérentes entre elles (comme nous l'avons dit plus haut), la croissance se ralentit, des crises apparaissent. On peut aussi, à partir de ces hypothèses, réinterpréter les phases « d'aggravation » économique et celles « d'adoucissement » des crises capitalistes [1]. Nous nous contenterons de reprendre ici une description schématique de la « grande croissance » qui débuta en 1945 et s'acheva en 1973.

1. Cf. J.-M. Albertini et A. Silem, *Comprendre l'économie mondiale*, Paris, Le Seuil, 1980.

A) De 1945 au milieu des années soixante, les surplus de productivité ont été importants.

Au cours de cette période, il y a eu, en effet, une combinaison presque optimale entre l'évolution technologique, un certain consensus social et les choix économique et politique.

— Le progrès technique exploite très largement les lignées technologiques et les méthodes de travail qui se sont développées durant la dernière guerre. Toutes ces techniques, qui sont dans leur phase d'épanouissement et de généralisation, visent principalement *la production de masse* et permettent des économies d'échelles [1].

— *Les choix économiques de l'entreprise* sont centrés sur l'augmentation du capital fixe. On tente de diminuer les coûts de production par des augmentations de productivité liées à des investissements de plus en plus importants.

— *La consommation individuelle*, satisfaite par la production de masse, est le fondement d'un consensus social implicite. La volonté de consommer devient le moteur du progrès social. Productivité, consommation de masse, motivation de *standing* s'épaulent mutuellement. Les aspects négatifs de la croissance sont minimisés. La propension marginale à épargner n'augmente pas, et le partage salaire-profit est aisé.

— *Les risques d'un important fléchissement de la consommation de masse* ou de son emballement sont minimisés par des politiques de régulation de la demande, d'inspiration keynésienne. Politique sociale et dépenses militaires confortent ces politiques. Les entreprises peuvent investir en prévoyant une croissance continue.

— Ces modifications internes vont de pair avec des évolutions internationales qui les consolident. La libération des échanges entre pays développés permet d'investir en fonction de marchés riches et plus larges que les marchés nationaux.

1. Les produits obtenus coûtent moins cher, car on peut les produire en plus grande quantité.

Les empires coloniaux s'effondrent, mais les pays du Sud, producteurs de matières premières, continuent à subir des effets de domination. Ils sont d'autant plus forts que le commerce international est de plus en plus structuré par des firmes multinationales liées aux pays du Nord. L'échange inégal provoque une véritable spoliation du Tiers Monde ; le prix relatif du pétrole et des matières premières se dégrade. Le Sud est obligé de « céder » au Nord une partie importante de ses propres surplus de productivité.

B) Durant cette période, les surplus de productivité débouchent aisément sur des créations d'emplois.

— La croissance facilite leur apparition et, à leur tour ils confortent la croissance, qui est par elle-même créatrice d'emplois.

— Il n'est pas nécessaire d'utiliser une partie de ces surplus à payer des importations d'énergie ou de matières premières, bien au contraire, le prix relatif de ces importations baisse.

— Une grande partie de ces surplus est utilisée pour développer des emplois tertiaires, dont *la création* est moins onéreuse que celle des emplois secondaires.

Les groupes les moins aisés ont avantage à axer leurs achats sur ce qui peut être produit en quantité croissante et à coût décroissant. Biens d'équipement ménager, automobiles sont pour eux les éléments essentiels du mieux-vivre. En revanche, les plus aisés (et leur importance croît), préfèrent souvent se tourner vers les services [1] (loisirs, soins de beauté ou de santé, restaurant, activités culturelles...). Jouant le rôle de leaders de la consommation, ils diffusent rapidement de nouvelles modalités du mieux-être, qui favorisent le développement de l'emploi tertiaire.

Parallèlement, la politique sociale et les exigences de la société industrielle multiplient la création d'emplois administratifs et les services aux familles (éducation, santé).

1. Le prix du service est cher car il comprend beaucoup de travail, mais la création d'un emploi de service demeurait jusqu'ici moins onéreuse qu'une autre, car elle n'impliquait pas un investissement massif.

Le développement de l'emploi tertiaire se réalise par intégration rapide à l'économie monétaire d'activités qui, autrefois, se déroulaient en dehors d'elle. L'expansion de l'emploi dans la santé et l'éducation est caractéristique. Au départ, ces activités sont peu chères à créer. Ce n'est que récemment, à partir des années soixante, que l'on y a vu bondir, parfois de manière exponentielle, l'investissement. L'utilisation de bâtiments anciens, la faiblesse du matériel pédagogique, une médecine qui n'était pas encore industrialisée par l'hospitalisation moderne, expliquent cette situation. Bien plus, au moment où l'on passe de la sphère non monétaire à la sphère monétaire, les salaires exigés sont faibles, parfois à la limite du bénévolat. Au début des années cinquante, les congrégations religieuses représentent encore une partie non négligeable du personnel de certains hôpitaux. Ce n'est qu'à partir des années soixante que la professionnalisation et l'appel à de nouvelles techniques ont renforcé les conséquences de l'évolution technologique et ont exigé des dépenses de plus en plus importantes. Nous en reparlerons.

2. L'explication de la situation actuelle par les hérétiques « à la Schumpeter »

Dès le milieu des années soixante, la cohérence entre les évolutions structurales s'effrite. L'interaction entre les choix de l'appareil productif aggrave la situation de l'emploi. La croissance se ralentit ; le chômage augmente.

1. Dès le milieu des années soixante, la cohérence entre les évolutions structurales s'effrite.

A) On assiste d'abord à un tassement, puis à une chute de la productivité du capital.

Une partie des technologies utilisées parviennent à leur

phase de maturité. Il faut de plus en plus de capital pour maintenir constant le taux de croissance de la productivité.

Le développement du tertiaire accentue alors cette évolution à partir de la première moitié des années soixante ; le tertiaire devient à son tour exigeant en capital. Malheureusement, dans le tertiaire, l'investissement, même nécessaire, n'a souvent qu'un effet restreint sur la productivité du travail. Seules, les P.T.T., les banques et certaines administrations commencent à véritablement accroître leur productivité par des équipements informatiques. Il faudra cependant attendre le milieu des années quatre-vingt pour voir se généraliser à toute une partie du tertiaire les effets de la bureautique et de la télématique. Bien plus, on s'aperçoit de plus en plus que la productivité n'est pas, dans le tertiaire, la garantie de l'efficacité. La qualité du travail et celle de l'organisation y sont souvent plus déterminantes.

B) Parallèlement, au fur et à mesure que la croissance se poursuit, le consensus social s'affaiblit.

Les effets négatifs de la croissance sont mieux perçus. Le couple travail-consommation perd son emprise. Les inégalités, même moindres, deviennent plus intolérables... Le partage salaire-profit devient plus difficile, au moment où la croissance est de plus en plus gourmande en capital. De ce point de vue, la contestation écologiste, les révoltes étudiantes de 1968, la montée du gauchisme, sont des faits qui manifestent un affaiblissement de l'idéologie de la croissance.

C) Les politiques de régulation par la demande perdent leur efficacité. Les salariés s'organisent de mieux en mieux pour maintenir leur pouvoir d'achat, voire son accroissement. Même si la mévente apparaît, les entreprises savent augmenter leurs prix pour faire face aux exigences de l'investissement et aux difficultés du partage salaire-profit. Devant cette inflation, les politiques de régulation par la demande sont inefficaces. Par ailleurs, la politique sociale atteint sa limite, la résistance aux prélèvements obligatoires grandit, et chaque groupe social essaie de répercuter sur les autres ses charges. L'inflation s'accélère. Les politiques de régulation se transforment en politiques de *stop and go*, au risque de briser la demande.

D) La baisse de la productivité du capital dans les pays développés et l'expansion des firmes multinationales facilitent le développement dans le Tiers Monde, d'industries extraverties.

Ces industries, le plus souvent implantées dans des « enclaves » ou dans quelques pays en voie de rapide industrialisation, concurrencent les secteurs traditionnels (textiles) ou emploient une main-d'œuvre nombreuse (optique, électronique de grande consommation).

E) L'inflation accélère la désorganisation d'un système monétaire international, lui-même cause d'inflation, et accentue les contradictions entre l'internationalisation de l'économie et la division du monde en espaces monétaires nationaux.

Le système monétaire international s'effondre, les dollars détenus hors des États-Unis se multiplient, la spéculation monétaire joue à plein et paralyse les politiques nationales de relance, ou de lutte contre l'inflation.

L'inflation dans les pays industrialisés et l'effondrement du système monétaire international renforcent la résistance des pays du Sud aux effets de la domination. Profitant d'un accident historique (la guerre du Kippour), les pays de l'OPEP renversent les rapports de forces et augmentent leurs prix. La contrainte extérieure devient plus forte. Les pays industrialisés doivent rétrocéder une partie des surplus de productivité dont ils disposent pour payer leur facture pétrolière, cela au moment ou l'affaiblissement de la croissance réduit ces surplus.

*

En résumant et en reconstituant le raisonnement d'un hérétique « à la Schumpeter », nous avons retrouvé au passage des éléments qui se trouvaient dans d'autres types d'analyses ; heureusement, puisque chaque analyse part de la même situation. La contrainte extérieure, l'affaiblissement de la productivité du capital, la surcapitalisation, le poids des dépenses publiques, le caractère moins attractif du travail sont bien là. Ils ne sont cependant pas situés dans la même perspective. Les hérétiques « à la Schumpeter » ne cherchent pas simplement à savoir comment rendre à nouveau efficaces les politiques de la demande, pourquoi le fonctionnement du marché est perturbé, ou encore comment le capitalisme tente de réagir à ses contradictions internes. Leur préoccupation est tout autre. Ils essaient de comprendre comment et pourquoi des modifications de structures (économiques, sociales autant que politiques, voire mentales...) permettent d'expliquer l'évolution de l'économie.

On touche alors à l'un des points essentiels de leur diagnostic.

L'évolution des structures actuelles (y compris celle des structures techniques) freine l'apparition des surplus de productivité et les rend moins disponibles pour la création de nouveaux emplois. Cela se produit au moment où l'évolution du tertiaire actuel exige de plus en plus de capital pour chaque création d'emploi.

Pour retrouver des emplois moins onéreux à créer, il faudrait créer ou laisser s'épanouir des besoins qui exigeraient l'entrée dans l'économie monétaire de nouvelles activités. Ces besoins existent, notamment dans le socioculturel. Malheureusement, leur satisfaction se heurte à des résistances idéologiques et politiques.

2. Aujourd'hui, l'interaction entre les choix de la population et les choix de l'appareil productif aggrave la situation de l'emploi.

A) Prenons, par exemple, des réactions à la crise.

a) La montée du chômage dans un pays comme la France, où son niveau était jusqu'ici relativement faible, provoque, de la part des travailleurs, des réactions de défense compréhensibles. Le chômage ou la nécessité de changer d'emploi sont durement ressentis par ceux qui s'étaient le mieux insérés dans l'entreprise, notamment les ouvriers qualifiés et les techniciens de l'encadrement. Cette partie de la main-d'œuvre est d'autant plus touchée que, jusqu'ici, les chefs d'entreprise avaient multiplié les mesures pour l'intégrer durablement. La revendication d'une plus grande sécurité de l'emploi est plus pressante. Les entreprises y cèdent d'autant mieux qu'il demeure parfois difficile de trouver certains types de qualifications. Quand l'activité se ralentit, au lieu de licencier, on diminue les horaires et, finalement, on freine plus profondément la croissance de la productivité. La diminution des gains de productivité empêche une partie des pertes d'emplois dans les secteurs touchés par la crise, mais bloque les mécanismes de transfert des surplus vers les secteurs où la création d'emplois est moins onéreuse.

b) Pour retrouver une flexibilité plus importante, les entreprises qui acceptent les revendications d'une plus grande sécurité d'emploi créent des emplois, mais de nature différente des anciens : contrats de travail à temps partiel et recours à des entreprises d'intérim. Ces emplois instables ont toujours existé. Leur croissance multiplie les passages par le chômage.

c) Pour accroître la productivité et éviter le coût de la sécurité d'emploi accordée au noyau dur de leur personnel, les entreprises accentuent la substitution du capital au travail. Elles réalisent ainsi des investissements de productivité qui, à croissance égale, diminuent leurs besoins en main-d'œuvre. Normalement, cette croissance de la productivité devrait faciliter la création d'emplois dans d'autres secteurs. En fait, cela est de plus en plus difficile, car il faut aujourd'hui davantage de capital pour obtenir un effet sur la productivité. Les gains de productivité servent surtout à assurer la compétitivité de l'entreprise. C'est l'étranger qui bénéficie des surplus, tout au plus peut-on espérer que cette compétitivité garantira l'emploi existant.

B) On pourrait aussi décrire d'autres interactions.

Dans un pays tel que la France, le manque de main-d'œuvre au moment de la reprise de la croissance à partir de 1945, et de son accélération dans les années soixante, a profondément marqué les conditions de travail. Elle a incité les entreprises à faire appel à une main-d'œuvre peu qualifiée (travailleurs immigrés, jeunes ruraux ou femmes sans qualification). Les entreprises industrielles ont ainsi dû maintenir une organisation du travail sans grand rapport avec le niveau culturel des jeunes. Aujourd'hui, même en période de chômage, les jeunes fuient l'industrie, et il existe un *chômage d'incohérence* ; dans certains cas, les jeunes préfèrent n'être intégrés que provisoirement et marginalement dans l'entreprise. Ils préfèrent un emploi instable et multiplient leur passage par le chômage, ce qui fait l'affaire de certaines entreprises et alimente l'*intérim*. En revanche, il y a une véritable ruée vers les emplois tertiaires qui paraissent plus acceptables aux jeunes (propreté, caractère moins astreignant, facilité des relations...). Lorsqu'on crée un emploi tertiaire peu qualifié, on voit apparaître rapidement sur le marché du travail des personnes qui ne s'y étaient pas portées ou s'en étaient retirées (jeunes femmes ou étudiants).

D'une manière générale, il y a une relation entre la structure des emplois et la demande de travail. Dans la mesure où le manque de main-d'œuvre entraîne l'appel à du personnel peu qualifié, des conditions de salaire et de travail inacceptables par les jeunes sont maintenues. On a assisté, alors, à la fuite des jeunes vers l'enseignement général ; l'enseignement technique a été négligé, et la pénurie de main-d'œuvre qualifiée, maintenue. Aujourd'hui, les technologies nouvelles supposent une haute qualification, y compris dans les tâches d'exécution. Il y a à la fois manque de main-d'œuvre qualifiée et des centaines de milliers d'ouvriers et d'ouvrières sans qualification au chômage. Créer un poste d'ouvrier qualifié, c'est faire diminuer le chômage ; créer un poste d'ouvrier, et surtout d'ouvrière non qualifiés, c'est attirer sur le marché du travail presque autant de personnes qu'on en sort.

Ainsi, à la limite, soit à travers l'emploi tertiaire, soit à travers les emplois sans qualification, la création d'emplois perpétue le chômage.

Partant de ces interactions, les hérétiques « à la Schumpeter » poursuivent l'élaboration d'une analyse systémique déjà présente dans leur dynamique structurelle. On notera, au passage, que les analyses smithiennes du chômage sont reprises, mais dans une perspective de distorsion entre des évolutions structurelles, et non plus dans celle d'individus jugeant de l'utilité ou de la désutilité du travail.

3. Les prescriptions des hérétiques « à la Schumpeter » pour lutter contre la crise

On peut résumer en une formule les prescriptions des hérétiques « à la Schumpeter » : pour sortir de la crise, il faut changer la croissance.

A cette fin :

a) Il faut *donner la priorité à la recherche scientifique et technologique*. Les hérétiques « à la Schumpeter » ne sont pas des scientistes ayant une confiance absolue dans le progrès technique. Ils pensent que, sans innovations techniques, c'est-à-dire sans développement, dans l'activité économique et sociale, des résultats des recherches scientifiques et technologiques, on ne pourra pas créer les surplus de productivité nécessaires à la croissance de la production et de l'emploi.

b) La recherche de nouvelles combinaisons du travail et du capital doit s'efforcer d'explorer des lignées nouvelles et ne pas se cantonner dans la technologie ancienne.

Il faut rechercher des lignées technologiques qui diminuent le coût relatif du capital, facilitent l'amélioration des conditions de travail, économisent l'énergie en développant une

PRODUCTIF ET

Nous considérons souvent comme improductives certaines activités économiques. Fonctionnaires et saltimbanques sont ainsi relégués dans « les charges », voire « les inutiles ».

Malheureusement, les notions de productif ou d'improductif sont très relatives. Les physiocrates, les économistes qui précédèrent A. Smith ne croyaient productives que les activités directement liées à la terre, tout le reste, y compris l'industrie, n'étant que mousse. A. Smith veut justifier l'industrie et affirme que tout travail est productif. Poursuivant le même objectif, Ricardo fit du travail l'origine de toute valeur.

Marx allait introduire une nouvelle distinction, toujours étroitement défendue par ses disciples orthodoxes. D'un côté, il y a ceux dont la force de travail participe à la création de la plus-value, et, par là même, du capital. *Ils sont productifs.* Sous cette rubrique, se retrouvent les ouvriers, les artisans, les paysans, tous producteurs de biens matériels, mais aussi des travailleurs intellectuels, par exemple certains cadres et certains employés qui participent à la production directe de la plus-value. De l'autre côté, il y a ceux qui ne sont pas directement engagés dans la production matérielle, les employés de bureau et de commerce, les fonctionnaires. *Ce sont des improductifs.* Certes, ils favorisent indirectement la plus-value, mais ils ne la créent

société de communication qui fera circuler l'information, plus que les hommes et les choses.

Il faut lier les innovations techniques à des innovations sociales, tant dans le domaine de l'organisation du travail que dans celui de la vie quotidienne. Les sciences sociales doivent, elles aussi, faciliter la sortie de la crise. Pour parvenir à cette fin, la recherche ne doit pas être l'apanage d'une communauté scientifique repliée sur elle-même, mais le résultat d'un dialogue avec l'ensemble des partenaires sociaux.

c) Il faut *promouvoir de nouvelles activités et un nouveau mode de vie.* Nous l'avons vu, c'est généralement dans les nouvelles activités que l'emploi est le moins onéreux à créer. La transformation du travail noir en travail « gris » puis « blanc » peut faciliter la promotion d'un nouvel artisanat de services. Le développement des activités d'animation sociocul-

IMPRODUCTIF

pas. Karl Marx ne fait pas dans cette distinction un jugement de valeur. Il analyse le travail en fonction de l'accumulation du capital. Pour lui, le travail improductif est financé par des transferts de la plus-value. Il diminue donc, au moins directement, la plus-value disponible et le taux de profit. Son financement joue donc un rôle important dans la crise.

Les Soviétiques, en suivant Marx, ont créé la notion de production matérielle, beaucoup plus restrictive que celle de produit national. Jusqu'à la dernière réforme de la comptabilité nationale, la France avait une conception assez particulière ; l'activité des administrations n'était pas prise en compte dans la notion de *Production intérieure brute*. Il n'en va plus de même aujourd'hui. On est passé de la Production intérieure brute à celle de *Produit intérieur brut*.

En fait, les notions de productif et d'improductif n'ont guère de sens économique. Il est difficile de savoir qui crée la richesse, notion purement idéologique et contingente, qui ne facilite guère l'analyse économique.

Il vaut mieux parler en terme de gains ou de surplus de productivité (donnant lieu à des mesures) et de transfert de ces gains ou surplus d'un secteur à un autre.

turelle peut faire apparaître un secteur répondant à des besoins sociaux, sans extension de la « bureaucratie ». Le développement de ces nouveaux secteurs de service est d'autant plus urgent que la bureautique facilite le dégagement de gains de productivité et, finalement, d'emplois, dans les anciens secteurs du tertiaire. Elle est d'autant plus importante qu'elle peut faciliter l'apparition d'un nouveau consensus, centré sur la qualité de l'environnement des personnes. Ce consensus entraînerait à son tour le développement d'activités créatrices d'emplois en intégrant dans l'économie « officielle » des activités rejetées, jusqu'ici, dans le bénévolat, le temps hors travail, voire le parasitisme. Parallèlement, il inciterait à prendre au sérieux les conditions de travail. (Le développement de l'économie sociale, la création des emplois d'intérêt collectif, une faveur plus grande à l'initiative locale, correspondent à cette quête d'une nouvelle forme d'emplois.)

d) Il faut *réformer le système monétaire interne et ses rapports avec le système monétaire international.* Il ne s'agit pas seulement, ici, de retrouver un espace keynésien ; il s'agit de pallier des contradictions fondamentales dans les évolutions structurelles actuelles. L'institution monétaire d'aujourd'hui n'est plus en mesure de gérer les problèmes posés par l'internationalisation de l'économie. Elle ne peut qu'aggraver les crises et les autres distorsions structurelles.

e) Il faut *faciliter le développement autocentré des pays du Tiers Monde.* La solution réelle du conflit Nord-Sud n'est pas dans un simple « plan Marshall » pour le Tiers Monde. Il ne ferait qu'imposer au Sud des technologies mal appropriées à ses problèmes. Il faut, au contraire, permettre au Tiers Monde de trouver ses propres voies de développement. Cela passe par l'invention de nouvelles lignées technologiques. Cela passe aussi par une maîtrise des effets de domination. Cela passe enfin par un développement moins extraverti, et plus apte à répondre aux besoins des sociétés du Tiers Monde.

Au total, les hérétiques « à la Schumpeter » veulent créer de nouveaux rapports entre la croissance technique, l'emploi et le bien-être de la société, entre la croissance interne et la croissance externe.

Leurs prescriptions s'inscrivent moins dans une politique à court terme que dans l'évolution générale de la société.

CHAPITRE 8

Les clés de la lecture de l'économie par les hérétiques « à la Schumpeter »

Le monde dans lequel écrit Schumpeter est un monde où s'affrontent deux types de régimes économiques : les régimes socialistes et les régimes capitalistes. Le socialisme n'est plus simplement une théorie ou une espérance, il est devenu une politique et souvent une désespérance. De son côté, la crise de 1929 a consacré l'effondrement des politiques d'inspiration libérale et la guerre accéléré la montée d'un nouveau type de capitalisme : le néo-capitalisme. Schumpeter mourut en 1950, au moment où commençait, avec la décolonisation, l'affrontement Nord-Sud et où culminait la guerre froide Est-Ouest. Parallèlement, la guerre avait accéléré l'évolution technologique. L'avion pouvait devenir un moyen de communication à la fois rapide et banal. L'énergie atomique annonçait de nouvelles conquêtes et inspirait de réelles frayeurs. La télévision prenait son essor, et le règne de l'informatique commençait à poindre. Le temps des politiques technologiques et des grands programmes scientifiques commençait.

Actuellement, les transformations du monde s'accélèrent. Nous ne sommes plus à l'époque des certitudes et de la recherche des simples équilibres de prix ou de revenus. L'économie mondiale est dominée à la fois par de gigantesques affrontements de puissances et par d'impitoyables concurrences entre firmes aux dimensions des États, qui transforment le commerce international en commerce intrafirmes. Les échecs du socialisme ne sont plus niables. Avec l'électronique, l'informatique et la conquête de l'espace, nous entrons de plain-pied dans une nouvelle révolution technique. De nouveaux pays industriels apparaissent, mais aujourd'hui, dans un monde de plus en plus complexe et interdépendant, il ne suffit plus de faire de bons choix économiques ou technologiques pour faire une bonne politique sociale.

Dans les pays en voie de développement, l'introduction « économiquement justifiée » de certaines technologies peut aboutir, dans certains cas, à des désastres sociaux et politiques qui bloquent, en fin de compte, le développement. Dans les pays développés, les problèmes de l'emploi et de l'inflation n'ont plus de solutions essentiellement économiques, et la croissance elle-même est contestée.

Ces transformations sont accompagnées d'une progression des autres sciences de l'homme, qui interpellent les économistes et contestent leur impérialisme. De nouvelles méthodologies scientifiques se développent, et l'utilisation des mathématiques est bouleversée par l'informatique. Toutefois, dans ce monde en mouvement où, pour la première fois, le suicide collectif de l'humanité est possible, voilà que naissent des interrogations sur la nature et les limites de la connaissance scientifique. Partout l'économiste est sommé d'élargir son angle de vue.

Dans le foisonnement actuel des hérétiques « à la Schumpeter », il est parfois difficile de discerner les clés de leur lecture de l'économie. Cette difficulté est d'autant plus grande que Schumpeter a fondé une attitude, et non une école. Bien plus, les hérétiques viennent de tous les horizons de la science économique. C'est moins l'adhésion à quelques principes fondamentaux qu'une démarche et des préoccupations communes (ou voisines), qui caractérisent l'état actuel de ce courant de la pensée économique. Nous verrons, dans le tome 2 [1] qu'il a existé au XIXe siècle et qu'il fut même parfois très puissant aux États-Unis, dans les années trente, sans pour autant faire véritablement école. Toutefois, c'est dans les circonstances techniques, économiques, sociales, culturelles et politiques d'aujourd'hui, qu'il s'épanouit vraiment, principalement en France.

Pour en comprendre les caractéristiques nous verrons successivement celles qui semblent être au cœur de l'attitude des hérétiques « à la Schumpeter » :

— l'acceptation des limites de la rationalité économique ;
— l'étude préférentielle des enchaînements dynamiques.

1. Cf. II, p. 53 et s.

1. L'acceptation des limites de la rationalité économique

Smithiens et marxistes essaient, chacun à leur manière, de fonder une *rationalité économique*, exclusive de toute autre. Entre eux, le débat tourne assez vite à l'invective. Chacun voit, dans la position de l'autre, le reflet d'une vision du monde qui repose sur des postulats plus proches de croyances que d'hypothèses scientifiques. Les smithiens sont accusés d'être au service d'une classe sociale dominante ; les marxistes, de vouloir simplement justifier des visées politiques.

Les hérétiques « à la Schumpeter » ne cherchent pas une rationalité économique aussi totalisante, unitaire et définitive. Pour eux :

1. Plusieurs types de « rationalités économiques » peuvent coexister dans la science économique. Autrement dit, le champ de la science économique n'est ni totalement unifié, ni — peut-être — totalement unifiable.
2. Les lois économiques ne sont, dans cette perspective, que des lois *provisoires*, ou liées à une société donnée. Elles sont relatives.
3. Finalement, la science économique n'est *qu'une manière de voir* le réel, ou plus exactement, de découper ce que l'on croit en percevoir. Si la science économique veut éviter les simplismes et les erreurs d'optique, elle ne doit pas négliger l'apport des autres sciences sociales. Elle doit devenir l'une des composantes d'une approche interdisciplinaire.
4. L'acceptation de ces limites par la science économique doit l'amener à situer les problèmes de valeur et de finalité.

Bien entendu, ces quatre démarches sont violemment attaquées par la majorité des smithiens actuels et des marxistes orthodoxes. Elles mettent en cause la volonté des premiers de fonder une science universelle des choix dans l'utilisation des ressources rares. Elles nient le type d'explication unitaire du monde et de l'histoire que sous-tend le matérialisme marxiste.

DE QUELQUES VARIÉTÉS DE

« La rationalité [1] économique » n'est pas abordée de la même façon par l'ensemble des économistes.

Pour les uns, il s'agit de déterminer comment choisir la meilleure manière d'utiliser des ressources rares en fonction d'un objectif. Cela revient à dire comment minimiser les dépenses (les coûts, le déplaisir, la pénibilité, les utilisations des ressources rares) pour parvenir à une satisfaction maximale. La science économique devient alors l'élaboration de la théorie des choix rationnels (tels qu'ils viennent d'être définis).

Pour les autres, la rationalité économique est ce qui permet de comprendre ce qui fait la cohérence d'un ensemble de structures économiques et commande à leur fonctionnement ou, surtout, à leur évolution. Alors, la science économique n'a plus pour objet la théorie des choix rationnels, mais « l'étude, comme l'écrivent J. Attali et M. Guillaume, des mécanismes de production, d'échange et de consommation dans une structure sociale donnée et les interdépendances entre ces mécanismes et cette structure. »

La première approche se réfère à la rationalité optimale d'un agent économique (serait-il l'État) et tend vers une *théorie de l'économie pure* de type déductif, à partir des principes de la rationalité maximale.

La seconde approche se réfère à la rationalité du système et se refuse à définir le domaine de l'économie en dehors de la prise en compte de données précises (production, consommation, répartition, structure sociale).

La première approche est propre aux descendants d'A. Smith. Elle part du comportement théorique de l'*homo œconomicus* (ou plus exactement, aujourd'hui, du *néo-marginalus* [2]). *Elle multiplie, à partir des principes, les déductions logiques en se servant de l'appareil mathématique, ou, plus exactement, d'une symbolique mathématique. Une partie du raisonnement prend en compte des éléments non quantifiables, mais exprimés par des symboles et des enchaînements mathématiques. La volonté de rigueur logique étant dominante, ce type d'approche n'ignore pas le réel, il le juge à partir d'un modèle idéal.*

La seconde approche regroupe, d'une manière ou d'une autre, l'ensemble des autres courants de la pensée économique. Toutefois, il faut immédiatement remarquer que les classiques recherchaient aussi, d'une certaine manière, les lois du développement des sociétés. C'est même J.-B. Say qui, le premier, avança clairement que le propre de l'économie était de s'intéresser à la sphère de la production, de la répartition, de l'échange et de la consommation.

En fait, dans l'analyse de la *rationalité* de l'organisation économique (certains diront du système) nous trouvons des approches ayant des préoccupations fort différentes. Les keynésiens mettent l'accent sur le

1. Le terme de rationalité évoque l'idée de *cohérence* avec soi-même, ou avec les principes à partir desquels une société est organisée, entre les fins poursuivies, ou encore l'adaptation entre les moyens et les fins.

2. Même si, par ailleurs, le calcul à la marge est une méthode utilisée dans des contextes divers, y compris en Union soviétique par quelques économistes.

RATIONALITÉS ÉCONOMIQUES *

fonctionnement du système. Certes, ils prennent en compte les comportements des agents, mais ce sont des comportements qui relèvent de la sociologie, et non de l'introspection psychologique de *l'homo marginalus*. Ils mettent en relation des données globales (consommation, production, investissement, exportations, importations...) avec des coefficients qui expriment des comportements statistiquement repérés dans les évolutions passées. (Notons, cependant, qu'une partie des descendants d'A. Smith, en particulier, les monétaristes, font aujourd'hui de même.) Lorsque Keynes parle de « loi psychologique de la consommation », il fait appel à un comportement grégaire qui est peu lié à un choix rationnel.

En revanche, les marxistes recherchent essentiellement *les lois du développement des sociétés*, en essayant d'éviter le recours à des postulats (la rationalité hédoniste) étrangers au développement historique. L'analyse en termes de contradiction leur permet, selon eux, d'y parvenir. Nous avons, dans le chapitre six, suffisamment vu la méthode marxiste pour qu'il ne soit pas nécessaire d'y revenir ici.

Les hérétiques « à la Schumpeter » donnent eux aussi la priorité à l'étude de la cohérence d'un ensemble de structures économiques. Toutefois, on voit apparaître chez eux une volonté de retrouver, au niveau de la société, des critères de choix collectif et d'analyse avantages/coûts qui les rapprochent des préoccupations des descendants d'A. Smith. Ils passent de la « rationalité » définie abstraitement à la *rationalité sociale*. Ils incluent la prise en compte de *stratégies* qui se réfèrent à des options de type politique et social qui soumettent la rationalité économique à des fins supérieures.

Les calculs avantages/coûts des hérétiques « à la Schumpeter » se différencient par ailleurs, très fortement de la rationalité marchande des smithiens. Ils prennent en compte, en effet, les problèmes d'évolution structurale (sociale, économique, politique et technologique) et se réfèrent, d'une manière ou d'une autre, à ce que François Perroux appelle les « coûts de l'homme ».

L'appel à des fins supérieures dans la rationalité économique des hérétiques « à la Schumpeter » les oppose à la fois aux smithiens et aux marxistes. Chacun de ces deux groupes veut juger la rationalité d'un système économique à partir de critères tirés uniquement de leur rationalité économique. Pour les smithiens, la rationalité économique — la théorie des choix rationnels — peut être mise au service de n'importe quelle fin ; c'est un instrument. Cependant, c'est à partir de *la rationalité économique* qu'ils pensent que le système capitaliste de la concurrence pure et parfaite est, théoriquement, le seul capable d'aboutir à la meilleure allocation possible des richesses. Pour les marxistes, le capitalisme est un progrès dans la rationalité économique, définie comme le développement maximum et sans crises des forces productives, mais les contradictions entraînent des incohérences et des gaspillages. Ils se refusent, pour juger le développement d'un système, à faire appel à des finalités supérieures.

Toutefois, les marxistes moins orthodoxes sont beaucoup moins violents que certains smithiens, qui traitent les hérétiques « à la Schumpeter » d'« anti-économistes ». Après tout, Marx ne rejette pas la possibilité d'analyses économiques situées au niveau de ce qu'il pense être l'apparence des choses. Quant aux keynésiens, ils ne sont jamais sortis du cadre d'une rationalité limitée ; celle qui, à un moment historique précis, permet à un gouvernement de relancer l'économie. Ils se sentent un peu étrangers à cette querelle. Ils recherchent plus des recettes efficaces pour une politique économique, qu'une science économique universelle ou qu'une explication scientifique de l'évolution historique. Contrairement aux hérétiques « à la Schumpeter », ils se situent dans le *court terme* et *la politique gouvernementale*.

1. Il n'est ni possible ni — peut-être — souhaitable d'unifier la science économique.

Schumpeter avait donné l'exemple. Au cours de sa vie, suivant le domaine de ses préoccupations, (l'équilibre, le cycle, le développement), il s'est référé à des modèles explicatifs différents.

Dans les chapitres précédents, nous avons vu que le même fait (le chômage) pouvait donner lieu à des analyses fort contrastées, sinon contradictoires. Le point d'observation, l'horizon, l'objectif expliquent très largement les différences. En fait, les économistes ne cherchent pas la même chose et, du même coup, ils ont peu de chances de trouver la même chose. Cela peut sembler une faiblesse de la science économique ; c'est en fait une richesse. La variété des points d'observation permet d'analyser divers aspects de la réalité (ou diverses manières de voir ce que nous croyons être la réalité). Chaque approche peut ainsi avoir sa place et un rôle, à condition qu'on précise bien ses tenants et ses aboutissants et qu'on ne s'en serve point pour chercher ce pourquoi elle n'est pas faite. Il est assez difficile de chasser un lièvre avec une canne à pêche !...

La théorie des choix dans l'utilisation des ressources rares peut être d'une grande efficacité pour l'entreprise, voire dans certaines politiques publiques. Elle n'a que des effets médiocres pour expliquer des évolutions structurales et pour comprendre le rôle de la lutte des classes dans le développement des sociétés, voire pour juger de la « rationalité » d'un régime économique. Certains « nouveaux économistes » l'ont fort bien compris. Ils lâchent du lest sur les « théories de l'optimum » général. Ils préfèrent mettre l'accent sur des analyses particulières, des équilibres partiels, mieux cernés et moins dépendants de l'équilibre général et de ses fondements théoriques.

Les hérétiques « à la Schumpeter » admettent des ruptures dans la science économique. La plus célèbre est celle de la micro et de la macro-économie. Nous avons vu que certains auteurs [1] tentent bien, aujourd'hui, de voir comment les comportements pris en compte dans la macro-économie (dominée par les keynésiens) peuvent avoir un soubassement micro-économique (c'est-à-dire relevant d'une analyse smithienne ou walrassienne). La tentative est intellectuellement et théoriquement excitante.

Mais est-ce bien du même comportement dont on a besoin dans le champ de la macro-économie et dans celui de la micro-économie ? Pour élaborer une théorie des choix dans l'utilisation des ressources rares, on peut partir du modèle abstrait de l'individu *rationnel*. Pour établir comment se réalise l'équilibre macro-économique entre la consommation, la production, l'investissement, l'épargne... il vaut peut-être mieux partir de coefficients qui expriment des comportements statisquement constatés. Le développement des théories statistiques est ici plus utile que celui des théories micro-économiques. Toutefois, l'apport de ces dernières ne doit pas être totalement négligé ; il peut donner des indications précieuses sur ce qu'on doit tenter de rechercher et de mettre en relation par des méthodes statistiques. Nous avons vu aussi que l'analyse marxiste — nous devrions plutôt dire la méthode marxiste — est un instrument de gestion médiocre et difficile-

1. Cf. la théorie des déséquilibres, p. 125.

ment maniable. Elle permet, en revanche, de mieux comprendre les phénomènes d'exploitation et les contradictions structurales. Une dynamique des structures à la fois élargie et relativisée peut tirer un large profit des investigations marxistes.

Est-ce à dire que, selon le point de vue d'où on veut se placer (celui du gouvernement, du chef d'entreprise, des exploités, des exploiteurs...), on doit choisir entre telle ou telle approche ? Ce serait aller un peu vite en besogne. Les théories micro-économiques donnent lieu, aujourd'hui, à des développements qui n'ont rien de capitalistes. Certains radicaux américains redécouvrent, à travers elles, une forme nouvelle de contestation anarchiste. En fait, en partant de points d'observation différents, les économistes ont exploré des champs différents et créé des outils mieux adaptés à certains champs qu'à d'autres.

Bien entendu, *la légitime multiplicité des approches ne doit pas empêcher les économistes de se garder des facilités ou des risques du syncrétisme.* Il faut concevoir les rapports entre les approches économiques comme on doit concevoir ceux entre plusieurs sciences sociales. Coopération et complémentarité ne sont pas confusion.

Bien sûr, il existe des tentatives de rapprochement. Lorsqu'elles sortent du champ de la collaboration opérationnelle (par exemple, pour mettre au point un modèle, établir une analyse prospective, un programme gouvernemental, etc.) et qu'elles tentent de parvenir à une synthèse théorique, elles n'aboutissent souvent qu'à des résultats décevants.

Ce n'est pas la première fois, dans l'histoire, qu'une science ne parvient pas à une totale unicité de son champ. Même si, aujourd'hui, la physique quantique semble donner un fondement à toute la physique, les lois de la physique classique (celles observables à l'échelle humaine) peuvent toujours être utilisées et même, doivent être utilisées. Or, les lois de la physique classique ne sont pas vérifiées lorsqu'on tente de prendre en compte les problèmes de l'atome. Certaines observations qui semblent remettre en question les relations de causalité de la physique quantique n'empêchent pas cette dernière d'avoir un niveau d'efficacité explicative.

2. Les lois économiques sont des lois relatives.

Les hérétiques « à la Schumpeter » refusent de confondre la science économique avec celle *des choix dans l'utilisation des ressources rares*. Ils relativisent très fortement les *lois économiques*. Au siècle dernier, les économistes de l'École historique allemande qui furent, à leur époque et à leur manière, des hérétiques, avaient eux aussi, et parfois plus radicalement, une attitude critique vis-à-vis de ce que les classiques appelaient les *lois naturelles* de l'économie.

Aujourd'hui, les hérétiques « à la Schumpeter » font, à propos des lois économiques, dont ils ne nient pas, cependant, l'existence, plusieurs remarques :

1. Les lois économiques dépendent du niveau d'observation. Une loi valable à un niveau peut ne pas l'être à un autre. Cela est évident en ce qui concerne la micro et la macro-économie. C'est là une des conséquences d'une science *éclatée*.

2. *Les lois économiques sont liées à un contexte historique.* Seuls, la plupart des smithiens actuels refusent cette constatation. Leur volonté de bâtir « la science des choix dans l'utilisation des ressources rares » leur donne une conception particulière des lois économiques. Ce sont des lois qui découlent du raisonnement à partir de principes d'une rationalité économique qu'ils pensent universelle. Au siècle dernier, Marx avait déjà montré que la loi de la valeur, comme nous l'avons vu, n'existait pas de toute éternité. Smith lui-même pensait que la science économique ne pouvait pas être utile pour les sociétés primitives des « sauvages ». Il est vrai qu'à sa manière, il s'intéressait, comme Marx, au développement des sociétés, ce que ne firent plus les néo-classiques. De son côté, Keynes se situe dans un moment précis du capitalisme et Galbraith rejoint ici, très nettement, la position des hérétiques « à la Schumpeter » : « La matière, écrit-il, qu'étudient la physique, la chimie ou la géologie est une matière statique.

QU'EST-CE QU'UNE

Toute science désire mettre en évidence des lois, c'est-à-dire des rapports constants de causalité, ou des conditions d'apparition entre deux phénomènes. Les économistes ne font pas exception. Cependant, comme dans toutes les sciences de l'homme, la nature de ces lois a fait l'objet de grands débats.

Jusqu'au XVIIIe siècle, les « lois économiques » ne sont que des constatations que l'on doit prendre en compte dans la mise au point d'une politique économique. Elles n'ont ni un caractère *nécessaire* ni un caractère *naturel*. Les lois économiques sont ainsi très éloignées des lois de la physique. On voit mal comment le caractère *absolutiste* du pouvoir et ses fondements philosophiques auraient pu faire bon ménage avec des lois qui auraient réglé la marche de la société en dehors de la volonté du monarque.

La notion de *loi « naturelle »* entre dans la science économique au moment où le *libéralisme* affirme qu'*il existe un ordre naturel que le pouvoir doit respecter*. C'est dorénavant l'existence de lois naturelles, et non le pouvoir royal, qui règle l'harmonie sociale. « C'est l'existence de lois naturelles et constantes (dit J.-B. Say) sans lesquelles les sociétés humaines ne sauraient subsister, qui constitue cette nouvelle science que l'on a désignée sous le nom d'économie politique. » Les économistes recherchent alors tous les enchaînements économiques et leur donnent un caractère à la fois impératif et nécessaire, dans tous les sens de ces termes. On trouve encore dans certains développements de la science économique de bons restes de cette conception.

Toutefois, l'existence de lois naturelles a très vite fait l'objet de vives critiques. L'École historique allemande et Marx vont, chacun à leur manière, s'en détacher. Même les smithiens vont admettre que les lois « naturelles » n'ont pas le même caractère impératif que les lois de la physique ou de la chimie. Comme nous l'avons vu, Stuart Mill, le dernier des grands classiques, affirmera que même les lois qui gouvernent la production peuvent être invalidées par une transformation volontaire des comportements humains.

Les économistes se sont alors orientés vers la distinction entre deux types de lois.

D'une part, des lois qui dérivent d'un raisonnement abstrait et logique, à partir d'hypothèses (ou de postulats). Tous les dévelop-

Celle de la science économique est, au contraire, soumise à un changement continuel ; les entreprises, les syndicats, l'attitude des consommateurs, le rôle du gouvernement évoluent sans cesse. C'est pourquoi, si la science économique ne veut pas tomber en désuétude, elle doit s'adapter au changement de deux manières : elle doit aborder les nouvelles informations et

« LOI ÉCONOMIQUE » ? *

pements de l'École marginaliste et du néo-marginalisme et les recherches de la plus grande partie des descendants actuels d'A. Smith se rattachent à ce type de lois. On veut mettre en évidence les implications nécessaires de ce que l'on nomme « la rationalité économique » (loi de l'offre et de la demande, loi d'égalisation des productivités marginales, loi commandant le retour à l'équilibre général...). On critique des règles de fonctionnement de l'économie concrète à partir d'un système abstrait. Il faudrait, cependant, se garder de croire que les autres courants de la pensée économique ne développent pas des lois *logiques*. Les raisonnements, à partir d'hypothèses et de concepts de base, se retrouvent partout.

D'autre part, des lois statistiques, ou encore de tendance, qui permettent de mettre en évidence des effets économiques (tel, par exemple, la loi de King [1]), ou des évolutions ayant tendance à se répéter (telle, la loi de Colin Clark sur l'évolution de la répartition de la population active dans les secteurs primaire, secondaire et tertiaire).

Il est évidemment parfois difficile de distinguer ces deux grands types de lois. Il existe, chez les néo-classiques, des enchaînements qui prévoient des tendances à partir de l'application de principes. Toutes les « lois de tendance » ne résultent pas de simples constatations ou de fréquences statistiques. Quoi qu'il en soit, tous les économistes tentent de découvrir des lois, des automatismes, des effets, des phénomènes de régulation. Si une science veut sortir de la simple description et aller vers l'action et la prescription, une telle recherche est nécessaire. Savoir la nature de ces lois, leur universalité ou leur relativité historique est un autre problème [2].

Tous les économistes sont aussi d'accord sur un point ; *ces lois sont conditionnelles*. Les lois logiques dépendent des postulats relatifs de la rationalité. Les automatismes, effets et mécanismes, ne sont vérifiés que si des phénomènes étrangers ne viennent pas perturber leur fonctionnement. Les économistes expriment le caractère conditionnel des lois économiques par la formule : « toute chose étant égale par ailleurs ».

1. Cf. II, p. 15.
2. Cf. p. 271 et s. et p. 318 et s.

réviser ses interprétations ; elle doit évoluer, dans la mesure où les institutions de base évoluent elles aussi. »

3. Les hérétiques « à la Schumpeter » — ou, du moins, certains d'entre eux — vont même loin. *Les postulats de base des choix rationnels smithiens seraient, eux aussi, historique-*

ment situés. Pour eux, la rationalité hédoniste et individuelle se réfère à un moment de la pensée philosophique et de l'évolution des sociétés occidentales. Certes, il n'est pas interdit de raisonner à partir d'eux ; on peut même interpréter, grâce aux raisonnements qu'ils suggèrent, ce qui se passe dans d'autres sociétés et dans d'autres époques historiques. Toutefois, il faut bien comprendre alors ce que l'on fait. On ne cherche plus à expliquer comment la production, la consommation et la répartition sont organisées ; on réinterprète cette organisation à partir d'une rationalité extérieure. La loi économique devient un moyen commode d'organiser un monde qui nous est étranger. En réalité, avec cette affirmation, certains hérétiques « à la Schumpeter » glissent non seulement vers une autre conception de la science économique, mais vers une autre conception de la connaissance scientifique. Les *relations économiques* (comme les relations scientifiques) n'existent pas dans la réalité. Ce sont seulement des *représentations mentales* qui nous permettent d'organiser ce que nous percevons. La structure n'est pas dans le monde, mais dans la connaissance que nous en avons. Il existe, sans doute, un lien entre la science et la réalité, mais nous ne savons pas lequel. Cela n'a guère d'importance si la manière dont nous structurons ce que nous voyons nous permet d'interpréter, de prévoir et d'agir. Nous ne sommes pas très loin des « objets pensés » de Marx et de sa « connaissance instrumentale ». Les hérétiques « à la Schumpeter » rejoignent ici les développements de l'anthropologie structuraliste.

4. Les hérétiques « à la Schumpeter » vont donner une signification nouvelle au « toute chose étant égale par ailleurs » utilisé par l'ensemble des économistes. Pour eux, la loi économique n'est pas simplement validée à la condition qu'aucun autre élément que ceux qu'elle prend n'influence le phénomène étudié. *Une loi économique, et, finalement, l'économie, résultent d'un découpage arbitraire, mais nécessaire, de ce que nous percevons.*

En relativisant les lois économiques, les hérétiques « à la Schumpeter » relativisent la science économique et débouchent sur une approche pluridisciplinaire.

3. L'économie ne doit pas négliger l'apport des autres sciences de l'homme.

Non seulement une science n'est ainsi qu'une représentation mentale de la réalité, mais elle est aussi une représentation organisée en fonction de ce que nous recherchons. La chimie nous amène à ne prendre en considération que ce qui intéresse la chimie [1], la physique, que ce qui intéresse la physique, et il en va de même pour chaque science sociale. Nous l'avons vu, toute science commence ainsi à déterminer son champ, ce qu'elle prendra en compte et ce qu'elle rejettera. C'est une manière de voir les choses sous un aspect particulier. La science est d'abord découpage et autonomisation réalisés par les scientifiques.

L'ensemble des découpages réalisés par les économistes est différent de ceux pratiqués par les historiens, les géographes, les sociologues, les psychologues, les démographes, les diététiciens...

Notre objectif n'est pas ici de fixer le champ et l'objet de chacune des sciences de l'homme. Nous nous contenterons de constater qu'elles étudient des phénomènes qui ont forcément des rapports entre eux, puisqu'ils ne sont que des découpages (dus, parfois, aux avatars de l'histoire des sciences) du phénomène humain.

Il faut bien convenir que les césures n'ont jamais été totales. Chaque science, après avoir fortement autonomisé son champ, procède à des réarticulations, le plus souvent, mineures. Dans certains cas, nous assistons à des rapprochements beaucoup plus nets. En ce qui concerne l'économie, nous avons vu se développer l'histoire économique, la géographie économique, la socio-économie, la psychologie économique et encore l'anthropologie économique... Bien rares sont les approches économiques qui n'empruntent pas certains de leurs éléments, parfois les plus fondamentaux, à d'autres sciences. La loi de la

1. On pourrait d'ailleurs dire, non la chimie, mais les chimistes....

population des classiques est directement liée à la démographie. L'hédonisme de l'*homo œconomicus* et le marginalisme se réfèrent à la psychologie d'avant Freud. Marx a la volonté d'intégrer une approche historique et sociologique. Les « comportements keynésiens » sont de type psycho-sociologique.

Les hérétiques « à la Schumpeter » vont aller plus loin. Ils autonomisent, mais ils prennent en compte, *dès le départ*, les limites de la science économique. Ils affirment qu'on doit situer globalement l'approche particulière d'un phénomène dans l'ensemble des relations qu'il entretient avec son environnement.

Pour eux, les mises en relation avec l'ensemble sont tout aussi importantes (sinon plus) que la réduction du phénomène étudié aux seuls éléments considérés comme économiques. Ils s'éloignent du réductionnisme cartésien et se rapprochent de la méthode systémique. Nous y reviendrons. Les hérétiques « à la Schumpeter » désirent intégrer l'économie dans des approches pluridisciplinaires. Comme l'écrit H. Bartoli, « sans doute, le moment est-il venu que la science économique, sans renoncer le moins du monde à ses exigences de rigueur, se mette à l'écoute des diverses sciences de l'homme ».

Toutefois, affirmer l'importance des mises en relations et de la prise en compte de l'apport des autres sciences ne doit pas conduire à une croyance naïve en une science *totale*. La science demeure découpage et structuration fatalement partiels, puisque interaction entre des représentations mentales et ce que nous *percevons*. Bien plus, l'évolution de chacune des sciences de l'homme a été différente. Chaque science a ses propres modalités de fonctionnement et des méthodes souvent spécifiques. Elles ne peuvent être unifiées sans risques de graves confusions.

La science économique doit garder sa spécificité, mais comprendre ses limites et coopérer avec les autres sciences de l'homme dans des projets précis. La pluridisciplinarité ne peut être qu'opérationnelle.

4. La science économique ne peut ignorer les fins et les valeurs supérieures.

Smithiens et marxistes ont une préoccupation commune : ils désirent fonder une *science économique positive*, c'est-à-dire une science dont le développement ne dépendrait pas de fins et de valeurs supérieures.

Certains descendants actuels d'Adam Smith poussent très loin leur volonté de rendre la science économique *objective*, c'est-à-dire indépendante de tout jugement de valeur. La science de l'allocation des ressources rares se déploie indépendamment des fins poursuivies. Elle peut tout aussi bien s'appliquer au bien-être qu'au crime, à la drogue ou à l'amour... Le formalisme mathématique semble donner à la quête d'une science positive un instrument tout à fait adéquat. Il reste que les postulats de base demeurent attachés à une philosophie sociale individuelle et hédoniste et, dans bien des cas, on risque de passer de la démonstration scientifique à la justification politique. Quant à la philosophie sociale qui fonde les déductions logiques, elle est mal adaptée pour résoudre les problèmes collectifs.

V. Pareto, le théoricien des systèmes économiques finis et de l'optimum général, mathématiquement déterminé, en viendra, au soir de sa vie, à redonner une place à l'irrationnel. Il reconnaîtra que des doctrines absurdes peuvent être utiles et se rapprochera du *volontarisme* fasciste. Une science des choix dans l'allocation des ressources rares peut devenir la réalisation d'un bien-être collectif choisi, par ailleurs, à partir de normes sociales et d'options politiques. Il est douteux que le choix d'un bien-être ou d'un avantage collectif n'ait pas d'influence sur la logique et les modalités du raisonnement économique. Il est encore plus douteux que n'importe quel type de bien-être soit compatible avec une philosophie sociale historiquement datée.

Marx a voulu briser l'appel à un postulat impliquant *a priori* une idée de l'homme. Il s'est refusé à soumettre l'économie à des valeurs transcendantes dont il percevait mal le rôle. Pour lui, les valeurs ne sont que l'émergence, dans les superstructures, des évolutions de l'infrastructure (les rapports de production). Il parvient effectivement, à travers la combinaison des contradictions externes et internes, à définir une rationalité économique qui n'a pas besoin de finalités et de valeurs supérieures. Pour lui, c'est la structure sociale qui détermine la norme, et les normes naissent de l'évolution historique. Le remplacement d'une structure par une autre, d'un ensemble de normes par un autre, n'est pas lié à des valeurs transcendantes [1]. Ici, les finalités et les valeurs sont bien intégrées dans les sciences économiques. Malheureusement, leur caractère de sous-produits historiques ouvre la voie aux règnes du stalinisme, des commissaires, du *goulag* et de la *nomenklatura*, de la violence irrationnelle...

Comment sortir du piège des *positivismes* scientifiques en tout genre ? Peut-on accepter des *non possumus*, des refus, au nom de valeurs et de finalités supérieures, sans pour autant dévaloriser la science ?

François Perroux, développant une idée clé de Schumpeter (la place et le rôle de l'innovation) a sans doute ouvert la voie à une solution *scientifique* du problème. Tant que la science économique est enfermée dans *l'utile, l'accumulation du capital*, la production dans son aspect matériel, elle risque de n'aboutir, pour le problème qui nous intéresse, qu'à des impasses. A partir du moment où elle intègre l'innovation, la création de l'homme et son projet individuel ou collectif, elle ne peut plus faire de la conscience le simple reflet des rapports matériels de production ou réduire le comportement à la recherche de l'utilité maximale. Les mécanismes de la création nous permettront de comprendre que « la conscience humaine [2] », écrit Fr. Perroux, « ne reflète pas la nature et les rapports matériels de production comme une eau reflète un paysage,

1. Nous verrons, à la fin de ce chapitre, comment l'anthropologie fondamentale de R. Girard permet de redonner un sens aux valeurs tout en leur gardant une historicité.

2. Nous verrons plus loin que la civilisation et, finalement, l'homme naissent de l'économiquement inutile. Cf. p. 148.

en le déformant toujours de la même façon, dans des conditions physiques données. Elle les reflète en introduisant une nouveauté, et une nouveauté qu'on ne voit, jusqu'ici, astreinte à aucune loi de répétition. La conscience humaine est un reflet qui renvoie à la nature et à l'homme, un monde nouveau et imprévisible ». « Notre connaissance a une façon, qui lui appartient en propre, de refléter. Elle reflète en créant. » L'homme passe l'homme. Une approche scientifique ne peut soumettre ces lois aux projets humains, mais se soumettre à ces projets. La science économique doit être soutenue par un projet de l'homme.

Il ne s'agit pas, ici, d'une simple injonction humaniste et généreuse, d'un *non possumus* devant toutes les réductions positivistes du phénomène humain. L'intégration du *projet* humain dans la science économique peut être prise en compte par une méthode scientifique dérivée de l'analyse de systèmes. L'analyse de systèmes ne cherche plus à mettre en évidence, seulement, des *causalités*, des lois dont nous avons vu le caractère relatif. Elle cherche à intégrer les *buts*, les *fins*, à partir desquels est organisé un *ensemble*, une *structure*, un *comportement*. « De l'explication inachevée, écrit J.L. Le Moigne, et, peut-être, impossible, du dis-moi quelles sont les lois qui gouvernent ton comportement ? », nous pouvons passer à l'interprétation relative et contingente : « Dis-moi quels sont les projets extrinsèques auxquels tu réfères ton comportement. »

Nous retrouverons plus loin l'analyse systémique. Disons qu'à partir du moment où les fins, les valeurs et les projets qui concrétisent cette poursuite sont réintégrés dans le champ de l'analyse économique, cela appelle une redéfinition de la rationalité et une réinterprétation des structures et de leur évolution.

La science économique devient *la science qui « permet une économie de l'homme, de tous les hommes, de tout l'homme »*. Certes, on est alors loin du désir de M. Friedman de fonder « une science positive indépendante de toute position éthique, comme de tout jugement normatif ». Mais est-ce bien réaliste de vouloir fonder une science de l'homme indépendamment d'un projet sur l'homme ?

VERS UN NOUVEAU DISCOURS DE LA MÉTHODE [1] *

Le discours de la méthode cartésienne	**Le discours de la méthode systémique**
Le précepte d'évidence Admettre une chose que lorsqu'elle est évidente et ne peut plus être mise en doute.	*Le précepte de pertinence* Tout objet se définit par rapport aux intentions explicites ou implicites du modélisateur. Il faut savoir mettre en cause la définition si l'objectif se modifie.
Le précepte réductionniste Diviser les difficultés en autant de parcelles qu'il le faut pour mieux les résoudre.	*Le précepte de globalisme* Considérer toujours l'objet à connaître par notre intelligence comme une partie immergée et active au sein du « grand tout ». Le percevoir d'abord dans une relation fonctionnelle avec l'environnement, sans vouloir parvenir à une image parfaitement fidèle de sa structure interne.
Le précepte de causalité Aller du simple au complexe, « en supposant même de l'ordre entre ceux qui ne se précèdent point naturellement les uns les autres. » Faire ainsi l'hypothèse que des lois existent et qu'il faut les identifier.	*Le précepte téléologique* (rôle du projet organisateur) Ne pas chercher, *a priori*, une loi explicative du comportement par quelque loi impliquée dans une éventuelle structure. Comprendre, en revanche, le *projet* que l'on peut *attribuer* à « l'objet » étudié.
Le précepte d'exhaustivité Dénombrer tout et ne rien omettre de ce qui est nécessaire pour expliquer.	*Le précepte d'agrégativité* Convenir que toute représentation est simplificatrice, non par oubli, mais délibérément. Trouver, en conséquence, comment sélectionner les agrégats les plus pertinents, sans vouloir poursuivre une exhaustivité.

1. D'après J.-L. Le Moigne, in *La Théorie du système général.*

Toute l'histoire de la pensée économique nous démontre le contraire [1].

2. L'étude préférentielle des évolutions structurelles

Keynésiens et smithiens mettent l'accent sur *le fonctionnement* de l'économie. Keynes se situe à l'intérieur d'une structure donnée — celle du capitalisme des années trente — et regarde comment fonctionne le circuit économique. Les keynésiens actuels examinent comment un certain nombre de structures doivent être modifiées pour permettre un fonctionnement compatible avec le retour au plein emploi. Les smithiens établissent une science des choix rationnels indépendamment des structures. Quand ils s'occupent des structures, ils regardent ce qui empêche le fonctionnement d'une économie gouvernée par les choix rationnels d'unités économiques en situation de concurrence pure et parfaite. Pour eux, la concurrence pure et parfaite garantit l'équilibre général et, par

1. **Note pour ceux qui veulent aller plus loin *.**
Nous verrons que, d'une manière ou d'une autre, une grande partie du courant smithien a une approche systémique. L'équilibre général walrassien représente même une approche systémique très élaborée. Aujourd'hui encore, cette approche systémique a été très largement développée dans une perspective néo-classique, qui, cependant, est proche des hérétiques « à la Schumpeter » et par des auteurs tel que J. Lesourne quand il analyse les mille et un sentiers de la croissance. Elle permet de prendre en compte un plus grand nombre de variables que les anciennes méthodes déductives et de construire des modèles économétriques complexes. Par ailleurs, elle intègre mieux le problème des fins que l'analyse parétienne de l'optimum ; elle permet de fixer des stratégies alternatives, voire, si aucun moyen ne permet d'atteindre l'objectif, de modifier ce dernier. On retrouve ici l'idée de Pareto, d'optimum de premier rang, de deuxième rang ou de troisième rang. Si *l'optimum optimorum* n'est pas réalisé, on choisira un optimum (un objectif) plus conforme aux moyens dont on dispose. Avec l'analyse systémique, les calculs coûts-avantages, coûts-efficacité smithiens prennent un nouveau départ.

Les hérétiques « à la Schumpeter » se servent de l'approche systémique dans une tout autre perspective. Ils la lient à la dynamique des structures et, souvent, à une approche structuraliste de la connaissance (cf. la suite du chapitre).

Il existe aussi des économistes, tel que F. Perroux, qui développent à la fois une analyse systémique dans la tradition néo-classique et une analyse systémique plus structuraliste.

« STATIQUES » ET

Les smithiens recherchent avant tout les conditions d'un équilibre stable. Après un choc, les mécanismes économiques qu'ils prennent en compte ramènent l'économie à son point de départ, un peu comme un pendule revient à sa position verticale après des oscillations plus ou moins grandes suivant l'impulsion initiale. Les smithiens se situent dans une approche statique de l'économie.

Smith s'était bien intéressé à la croissance des richesses, et tous les classiques ont décrit une évolution à long terme. Il est intéressant de noter, à ce propos que tous les enchaînements qu'ils ont alors décrits aboutissaient à un *état stationnaire*, où plus rien ne bougeait.

Cet intérêt pour la croissance a rapidement disparu des préoccupations des smithiens. L'optique ricardienne, centrée sur des mécanismes s'appliquant à toutes les économies et à toutes les époques, a largement dominé. L'intégration du temps concret et historique n'a jamais été que très partielle. Elle fut de plus en plus négligée avec l'épanouissement du marginalisme et de l'équilibre walrassien.

Ce n'est pas pour rien que les smithiens raisonnent à partir d'un échange non monétaire et n'introduisent la monnaie qu'une fois l'équilibre, en termes réels, établi. Des choix et des comportements à partir de prévisions exprimées en monnaie, instrument de liaison entre le présent et le futur, les auraient entraînés lors de la marche inexorable vers un équilibre stable. L'appel au pouvoir régulateur de l'État serait devenu indispensable. Certes, aujourd'hui, les monétaristes admettent les calculs monétaires et le rôle de la monnaie dans les phénomènes à court terme. La prégnance de l'optique statique n'en est pas moins grande. Pour les disciples de M. Friedman, les déséquilibres à court terme n'ont pas d'influence sur les équilibres naturels vers lesquels on évolue fatalement, du moins si l'économie n'est pas perturbée par des interventions publiques intempestives.

L'intégration du calcul monétaire avait pourtant permis à Keynes de sortir de l'équilibre stable smithien. Dans l'analyse du présent, les calculs monétaires keynésiens intègrent la monnaie. Ils sont avant tout prévision et se servent de la monnaie,

là, la meilleure allocation possible des ressources. Cette démarche est patente lorsqu'ils critiquent la politique keynésienne. Elle sous-tend leur analyse des conséquences, des *imperfections du marché*. Nous la retrouvons dans leur approche du sous-développement lorsque l'économiste britannique Arthur Lewis a réalisé une analyse très fine de la situation des pays en voie de développement en la référant à « la rationalité

« DYNAMIQUES » *

instrument de conservation de la valeur, pour actualiser le futur.

Nous ne sommes plus, chez Keynes, en présence d'une oscillation autour d'un point d'équilibre, mais de l'apparition d'équilibres successifs et différents, dont la stabilité n'est pas garantie.

Keynes, lui-même, n'a cependant pas abouti à un véritable déroulement dans le temps des phénomènes économiques. Il y a seulement, chez Keynes, apparition d'équilibres successifs. Nous ne sommes pas en présence d'une véritable dynamique, *mais d'une statique comparative.*

Ce sont ses successeurs qui se sont plus spécialement intéressés aux enchaînements d'une période à une autre, rejoints, aujourd'hui, par les monétaristes. Toutefois, la dynamique des keynésiens et des smithiens monétaristes est, pour l'essentiel, limitée à des flux de revenus, de dépenses et de monnaie. Elle est largement indépendante des transformations dans les structures économiques, sociales, démographiques, institutionnelles, culturelles...

Cette dynamique des flux demeure fidèle à la distinction entre la courte et la longue période mise en honneur par A. Marshall au début de ce siècle. On raisonne dans une situation structurelle donnée. L'hypothèse sous-jacente est que les modifications structurelles étant, à court terme, minimes, elles n'influencent pas le fonctionnement de l'économie. La notion d'équilibre est alors réintroduite ; le point d'équilibre — stable — est remplacé par l'équilibre quantitatif entre des flux.

Les hérétiques « à la Schumpeter » contemporains désirent, au contraire, construire une dynamique des structures. Comme Marx, l'École historique allemande du XIXe siècle, ou encore les institutionnalistes américains des années trente, ils mettent l'accent sur les modifications structurelles. Contrairement à l'École historique et aux institutionnalistes américains, cet intérêt ne leur fait pas négliger l'étude des lois économiques. Avec les marxistes, ils veulent comprendre l'évolution économique et sociale. Ils se refusent, néanmoins, à réduire cette dynamique aux seules contradictions prises en compte par Marx. Ils désirent construire une *dynamique générale des structures*.

économique optimale ». Il ne néglige pas *les problèmes d'évolution* mais il juge plus sûr d'étudier ceux de *la compatibilité* des structures avec la *rationalité économique* qui assurera la croissance économique maximale. « Il est, écrit-il, plus difficile de traiter de questions d'évolution sociale que de compatibilité, parce que, pour les résoudre, la méthode déductive est d'un bien moindre recours. »

Les hérétiques « à la Schumpeter » mettent au contraire l'accent sur les évolutions structurelles. Les problèmes du sous-développement, de l'accélération du progrès technique, l'imbrication du social, de l'économique, du politique et du culturel, l'accélération des changements, tout les incite à donner la priorité aux évolutions structurelles.

A cette fin, ils tentent de préciser :

— une dynamique générale des structures ;

— le rôle du pouvoir, tant dans le fonctionnement de l'économie, que dans les évolutions structurelles ;

— une approche systémique de l'économie.

1. Vers une dynamique générale des structures.

Les hérétiques « à la Schumpeter » découpent bien un champ économique. Le fonctionnement et l'évolution structurelle de l'économie ne dépendent cependant pas, pour eux, des seules interactions entre variables, données ou structures économiques. Le champ de l'économie qu'ils définissent est plus ouvert qu'autonome.

A) Tous les hérétiques « à la Schumpeter » donnent ainsi une place importante aux structures d'encadrement (population, technique, institutions, culture...).

Ils ne se contentent d'ailleurs pas de donner à ces structures une influence ; ils essaient de voir comment elles dépendent des structures économiques proprement dites. Pour reprendre la distinction entre les facteurs exogènes (déterminés indépendamment du fonctionnement de l'économie) et les facteurs endogènes (déterminés par le fonctionnement de l'économie), ils tentent de rendre endogène l'évolution d'une partie des structures d'encadrement. Ainsi, la population active devient un élément en partie déterminé par la structure de la production [1]. Bien sûr, il est impossible de rendre endogènes toutes

1. L'emploi tertiaire non qualifié a par exemple un rôle d'appel sur le marché du travail et amène le gonflement de la population active.

les structures d'encadrement. Une dynamique générale est possible ; une dynamique totale est illusoire. Elle se heurte d'ailleurs à la nature même de la science, qui est d'abord découpage de la réalité perçue. Tout au plus peut-on mettre en relation *la structure, l'événement* et *l'histoire*. L'économiste italien De Maria a ainsi introduit la notion de propagateur. Certains de ces propagateurs étant des événements historiques qui entraînent de brutales transformations. (Exemple : l'OPEP et la guerre du Kippour transforment l'équilibre géopolitique mondial et, par-là, l'évolution économique. Toutefois, l'OPEP et la guerre du Kippour sont aussi, en partie, les résultats d'une évolution d'ensemble. Ils sont des seuils de rupture et jouent le rôle de catalyseurs d'une situation où les distorsions structurelles deviennent de plus en plus graves.)

B) Tous les hérétiques « à la Schumpeter » donnent un rôle important aux contradictions et tensions structurelles.

Nous avons vu ainsi, dans le chapitre sept, comment les évolutions techniques, économiques, sociales, politiques et culturelles peuvent être des éléments explicatifs du chômage et de la crise.

C) Tous les hérétiques « à la Schumpeter » recherchent les effets de propagation.

Ils s'intéressent aux effets des transformations d'une structure sur une autre et sur son évolution. Ainsi, dans l'étude du sous-développement, on étudiera les conséquences de l'introduction de la monnaie sur les structures sociales et économiques des sociétés traditionnelles. On pèsera ensuite les conséquences de la *déstructuration* des sociétés traditionnelles sur la croissance de la production ou encore sur la croissance urbaine.

D) Tous les hérétiques « à la Schumpeter » mettent en évidence des séries de ruptures.

Un ensemble de structures peut connaître des tensions, des contradictions entre des évolutions structurelles sans pour autant perdre sa cohérence. En revanche, il vient un moment où tensions et contradictions deviennent si intenses qu'il y a rupture, effondrement de l'ancienne cohérence et restructuration d'ensemble. On peut rapprocher cette notion de *seuil de rupture* de l'application à l'économie de la théorie des catastrophes. Là encore, on trouve chez Marx une application des seuils de rupture ; *les crises* sont des moments où les contradictions ne sont plus tolérables par le système ; elles permettent leur résolution, mais, de crise en crise, on aboutira à une situation où il ne sera plus possible au système de retrouver sa cohérence. La grande différence entre marxistes et schumpétériens réside dans le nombre et la nature des contradictions prises en compte. Les schumpétériens se refusent à s'enfermer dans « l'économisme » marxiste.

Reste à trouver quel est l'élément déterminant de *la cohérence* d'un ensemble de structures. Pour les schumpétériens comme pour les marxistes, il ne peut s'agir d'un *équilibre* naturel ou aléatoire. La cohérence d'un ensemble structurel est liée à l'existence de rapports de forces et de domination au pouvoir, ce grand absent de la plupart des développements théoriques d'une science des choix rationnels.

2. La prise en compte du rôle du pouvoir.

A ses origines, la science économique est une science du pouvoir. Les économistes sont les conseillers du roi. D'Oresme à Colbert, en passant par le chancelier Gresham, ils cherchent à élaborer une politique économique. Juste avant les grands classiques britanniques, les physiocrates du XVIIIe siècle, tout en se référant à un droit et à un ordre naturels, se veulent les conseillers des « despotes éclairés ». Bien plus, l'économie qu'ils décrivent est celle des relations entre les classes sociales (dont une classe stérile), en lutte pour le partage du *produit net*.

Adam Smith consacre de nombreux développements à la politique publique. Ricardo s'intéresse à l'impôt et à la politique monétaire. La théorie de la rente, la loi d'airain des salaires, le caractère résiduel du profit, ont le pouvoir au cœur.

Marx héritera de la vision des grands classiques et la systématisera. Toute son analyse se fonde sur des rapports de pouvoirs. Parallèlement, le courant qui, tout au long du XIXe siècle et dans le début du XXe siècle, représente ce que nous nommons, aujourd'hui, les hérétiques « à la Schumpeter », s'intéresse aux phénomènes de pouvoir, d'influence, de subordination [1].

A) La reconquête du champ du pouvoir par les hérétiques « à la Schumpeter ».

A partir de la seconde moitié du XIXe siècle, les descendants d'Adam Smith ne se sont pas simplement désintéressés du pouvoir, ils ont, en fait, posé des principes méthodologiques qui l'ont exclu du champ de l'économique. En rejetant ces principes méthodologiques les hérétiques « à la Schumpeter » sont, du même coup, amenés à réinterpréter les phénomènes économiques en termes de rapports de pouvoirs.

— *Rejet de la distinction entre l'économique et le social.* Il découle de l'élargissement du champ économique réalisé par les hérétiques « à la Schumpeter » et de l'approche pluridisciplinaire dont ils affirment la nécessité. Or, cette distinction permet de distinguer entre ce qui est objet de science — le domaine de la rentabilité prévue — et ce qui n'est que palliatif et correction risquant de gêner la rentabilité. L'ensemble des phénomènes de marginalisation, d'exploitation, d'affronte-

1. On notera ici que l'économiste autrichien Böhm-Bawerk, qui fut un des maîtres de Schumpeter, publia, en 1914, un livre intitulé *Pouvoir ou lois économiques*. Il y conclut cependant que le pouvoir n'influence la vie économique que s'il se conforme aux *lois économiques* ; c'était revenir à la position des physiocrates.

LE SOUS-DÉVELOPPEMENT DANS L'OPTIQUE

Nous avons vu que *l'approche smithienne* d'un Arthur Lewis consistait à étudier l'incompatibilité entre la situation d'un pays sous-développé et l'application de *la science des choix rationnels*, seule capable de permettre une allocation optimale des ressources.

Les marxistes élargissent les contradictions capitalistes à l'échelle mondiale. Ils font du sous-développement le résultat d'une exploitation des pays de la périphérie par les pays du centre en transposant, au niveau mondial, les concepts de prolétariat et de bourgeoisie — cela est plus net chez les marxistes tiers-mondistes ou maoïstes que chez les marxistes orthodoxes. Cela n'empêche nullement l'existence d'une lutte des classes à l'intérieur des pays développés et des pays en voie de développement. L'internationalisation de la production à laquelle aboutit la situation actuelle ne fait alors qu'accentuer le caractère antagoniste du mode de production capitaliste. Le sous-développement est le produit de l'impérialisme et de ses avatars colonialistes ou néo-colonialistes.

Pour les hérétiques « à la Schumpeter », la situation de sous-développement est liée à un état de dépendance économique, sociale et culturelle. Il diminue leur dynamisme et peut mener le développement dans des impasses. Les dominations font le sous-développement.

Pourtant, une situation de dépendance n'est pas le propre d'une économie sous-développée. L'Europe et le Japon subissent encore, aujourd'hui, la domination nord-américaine, et ils en tirent parti. Les investissements nord-américains ont facilité la renaissance économique européenne des années cinquante et soixante. L'Europe et le Japon ont pu s'approprier les avancées technologiques des États-Unis. Les effets de domination se sont transformés en effets d'entraînement.

Pourquoi des conséquences si différentes ?

Les hérétiques « à la Schumpeter » l'expliquent à travers des rapports entre *structures inégales.*

L'économie d'un pays développé est un ensemble de structures relativement *soudées* entre elles. « Quand le bâtiment va, tout va », dit le proverbe populaire expliquant cette interdépendance.

Les interdépendances entre toutes les branches et toutes les

ments sociaux était ainsi rejeté hors de la science et livré à l'art politique et à la prudence.

— *Rejet de la distinction entre les fins et les moyens*. Pour les hérétiques « à la Schumpeter », fidèles à l'approche systémique, les actions humaines sont, d'abord et avant tout, des actions finalisées. On ne peut comprendre les choix des

DES HÉRÉTIQUES « À LA SCHUMPETER » *

régions sont importantes. Bien plus, peu à peu, l'ensemble de ces structures sociales, politiques, culturelles et, évidemment, économiques, ont été *organisées, soumises* aux impératifs de la croissance économique. Certes, des crises et des disfonctionnements existent. L'interdépendance ne signifie pas la solidarité ; elle peut se fonder sur l'exploitation. La croissance n'en demeure pas moins l'élément autour duquel est organisé l'ensemble des structures économiques, sinon l'ensemble des structures. C'est le résultat d'une longue évolution idéologique, sociale, économique et politique.

Or, contrairement aux économies des pays industrialisés, les économies des pays sous-développés ne forment pas un tout. On parle souvent, à leur propos, *d'économie dualiste*, ou encore *d'économie désarticulée*. Derrière ces mots, se cachent des réalités qui frappent toute personne arrivant dans un pays en voie de développement. Le contraste est grand entre les centres-villes à l'européenne ou à l'américaine et les quartiers non urbanisés, souvent repliés sur eux-mêmes. Des campagnes sont encore enfermées dans des économies de subsistance qui ne connaissent que marginalement la monnaie. Des plantations, des exploitations minières ou pétrolières ultra-mécanisées coexistent avec une paysannerie aux techniques millénaires. L'industrie se développe, mais elle se tourne vers l'exportation et la demande des groupes urbains privilégiés. Certes, il s'agit là d'images, mais elles révèlent un ensemble de structures fort différent de celui qui caractérise les économies des pays développés.

A partir de ce constat, les analyses des hérétiques « à la Schumpeter » vont s'orienter dans deux directions :

— Comment la mise en contact de sociétés et d'économies aux cohérences différentes a historiquement entraîné la déstructuration des économies traditionnelles et a fait apparaître des économies désarticulées et incohérentes.

— Comment la désarticulation accentue les phénomènes de domination qui paralysent la croissance.

Dans cette perspective, une politique de développement est, d'abord, une politique de modifications structurelles permettant à l'économie et à la société de retrouver une cohérence interne.

moyens sans les référer aux fins poursuivies. Or, pour les descendants d'Adam Smith, cette distinction permet de faire sortir un peu plus le pouvoir du champ de l'économie. Seuls, les choix dans l'utilisation des moyens rares relèvent de la science économique. Les fins ressortent de la morale et de la politique.

— *Rejet d'une division radicale entre les données et les variables*. Les hérétiques « à la Schumpeter » tentent d'élucider les évolutions structurelles, voire « d'endogénéiser », au moins en partie, ce que l'on nomme les structures d'encadrement. Or, dans le fourre-tout des données, on retrouve tous les éléments de ce qui permet des phénomènes d'influence et de subordination (propriété privée, institutions, pouvoirs sociaux). En ne s'intéressant qu'au rôle des variables dans une situation dont les *données* ne changent pas, les descendants d'Adam Smith éliminent tout ce qui permet d'étudier le rôle du pouvoir. Notons au passage que la distinction entre la courte période et la longue période aboutit à un résultat identique. En effet, dans la courte période les modifications de structures sont censées n'avoir aucune influence.

— *Rejet des raisonnements en terme d'équilibre au profit d'une approche dynamique*. La dynamique implique l'existence de force et de pouvoir que la statique peut exclure. Lorsque le modèle de référence est le fonctionnement théorique du marché en situation de concurrence pure et parfaite, les seuls phénomènes de pouvoir qui sont pris en compte ne peuvent être introduits, comme l'écrit François Perroux, « que par la porte étroite de la concurrence monopolistite ». Dans un tel système, l'État n'est plus qu'une donnée d'encadrement, un « État gendarme » assurant la paix du marché. La science des choix rationnels ne fait pas bon ménage avec la raison du plus fort, dont les hérétiques « à la Schumpeter » veulent étudier les tenants et les aboutissants.

B) L'envahissement du champ de la science économique par les phénomènes du pouvoir.

Les verrouillages ayant sauté, l'ensemble du champ économique a pu être réinterprété. Nous sommes ici bien au-delà d'une analyse marxiste qui lit l'économie à travers un certain type de rapports de pouvoir, ceux qui s'expriment dans les rapports de production. Ce n'est pas simplement dans la fixation des prix ou dans la répartition des revenus que sont, dorénavant, étudiées les actions d'influence, d'imposition ou de subordination.

François Perroux [1], qui est, sans doute, l'économiste ayant poussé le plus loin l'intégration du rôle du pouvoir dans la théorie économique, a mis ainsi en lumière :

— les phénomènes de propagation, notamment, du progrès technique ;

— les phénomènes de structuration de l'espace, tant national qu'international, par des *pôles de développement* liés à des industries industrialisantes ;

— les effets de domination exercés par une économie sur une autre, qui renouvellent l'analyse de l'impérialisme.

Aujourd'hui, la théorie de l'échange international et l'analyse du rôle de la firme multinationale permettent de nouveaux développements de ce que l'on peut appeler l'*échange inégal*.

Dans tous les domaines, aux équilibres smithiens, se substituent peu à peu une relecture de l'économie où prédominent les affrontements, les déséquilibres de situations, les stratégies. Il n'y a plus de « mains invisibles », mais l'action de pouvoirs concrètement situés.

3. Une approche systémique de l'économie.

Les hérétiques « à la Schumpeter » s'intéressent particulièrement aux structures, c'est-à-dire aux relations entre des éléments. Mais, au-delà de ces relations, se pose la question de la cohérence des structures entre elles, de la cohérence de leur agencement d'ensemble et de son évolution.

Les *relations de pouvoir* sont, certainement, l'instrument de cette cohérence. Encore faut-il comprendre le sens de l'agencement d'ensemble, les *lois* qui gouvernent son organisation et son évolution. C'est l'objet de ce que l'on nomme une *approche systémique* ; découvrir le *principe organisateur* à

1. C'est d'ailleurs à lui que nous empruntons l'analyse de la réintégration du pouvoir dans la science économique.

LE COMMERCE INTERNATIONAL :

Qu'il s'agisse de l'économie nationale ou de l'économie internationale, les smithiens ont une foi absolue dans les avantages de l'échange. Chaque unité économique (individu ou nation) à la recherche de son intérêt particulier participe à la satisfaction de l'intérêt général. Laissons le commerce international libre de toute entrave et chaque pays se spécialisera de telle manière que tous les partenaires de l'échange y gagneront et que la production mondiale sera plus importante. En fait, ils ne parviennent à ce résultat qu'en éliminant de leurs démonstrations les phénomènes de subordination et de dépendance.

Adam Smith a montré la voie d'un tel raisonnement. Pour lui, chaque pays a avantage à se spécialiser là où son coût de production, exprimé en heure-travail, est plus faible que dans les autres pays. Il peut ainsi produire en plus grand nombre les biens qu'il a le moins de peine à produire. Chacun produisant au moindre coût, pour une demande donnée, la demande sera par ailleurs plus importante et la production pourra s'élever.

Ricardo va plus loin. Il démontre que la division internationale du travail est même avantageuse quand un pays a des coûts absolus plus faibles pour toutes les productions, pourvu que les coûts relatifs soient différents. C'est la théorie des *coûts comparatifs*, ou encore des *avantages comparatifs*. Dans un exemple célèbre, où le Portugal produit, avec moins d'heures de travail que l'Angleterre, tant le vin que le drap (on remarquera la pertinence de l'exemple), Ricardo démontre que le Portugal a, malgré tout, avantage à se spécialiser dans la production de vin et l'Angleterre, dans celle de drap [1]. En fait, cette théorie ne dit pas comment se répartit le gain du commerce international. Il faudra attendre J.S. Mill pour voir ce problème abordé. Cependant, en l'absence d'une prise en compte des rapports inégaux, on conclut, en définitive, que ce sont en fait les pays pauvres et les petits pays qui profitent le plus du gain de l'échange.

La théorie ricardienne apparaît nettement plus inspirée par des considérations de circonstances (réduire la puissance des propriétaires fonciers et asseoir la domination anglaise dans le monde), que scientifiques. L'économiste allemand Frédéric List l'attaqua violemment dès 1840. Elle n'en fut pas moins reprise par l'École néo-classique, qui lui donna une forme plus générale.

Dans sa reformulation néo-classique, la théorie de la division internationale du travail perd sa référence à la théorie de la valeur-travail. Tout dépend de la rareté relative du travail et du capital dans les pays participant à l'échange.

Dans ces conditions, comme l'écrit B. Ohlin, économiste contempo-

1. André Piettre donne la démonstration suivante : Supposons que, pour un même nombre d'heures de travail, on obtienne :
— 5 mètres de drap et 100 litres de vin en Angleterre,
— 10 mètres de drap et 300 litres de vin au Portugal.
L'Angleterre a avantage à exporter son drap, et le Portugal, son vin. En effet, avec 5 m de drap, l'Angleterre obtiendra 150 l de vin, contre 100 l seulement chez elle et avec 300 l de vin, le Portugal obtiendra 15 m de drap, contre 10 m seulement chez lui.

DE L'ÉCHANGE ÉQUILIBRÉ À L'ÉCHANGE INÉGAL *

rain, « l'échange international est un échange de facteurs abondants contre des facteurs rares : un pays exporte les produits dont la fabrication nécessite une grande quantité du facteur qu'il possède en abondance ». L'échange aboutit alors à uniformiser les prix des facteurs, puis l'exportation réduit la pléthore du facteur abondant et l'importation atténue la pénurie du facteur rare. Quels que soient les perfectionnements de l'élaboration théorique, on aboutit au même point : laissé à lui-même, l'échange institue une division internationale du travail profitable à tous.

Cet ensemble théorique ne résiste pas à l'introduction des *inégalités* structurales. Certes, on peut toujours s'abriter derrière la formule : « toute chose étant égale par ailleurs ». Il n'est pas inintéressant d'étudier, dans ces conditions, les facteurs économiques d'une spécialisation. Les limites de l'analyse lui enlèvent une grande partie de son intérêt. Sitôt que l'on introduit des situations d'inégalités, l'avantage de l'échange n'est pas évident.

Supposons que, *théoriquement*, il soit avantageux pour un pays en voie de développement de se spécialiser dans la production d'un produit primaire. En tirera-t-il véritablement avantage ?

L'échange met en relation des pays aux structures *inégales*.

Dans les pays industrialisés, grâce au progrès technique, la productivité a sans cesse augmenté. Une baisse des prix aurait dû s'ensuivre. En fait, les gains de productivité ont été récupérés, soit par les salariés, sous forme d'augmentation de salaires, soit par les entreprises pour financer des investissements supplémentaires, soit par les pouvoirs publics, afin de financer la croissance de leurs dépenses. Les prix demeurent constants, même quand la productivité augmente. En revanche, dans un pays en voie de développement, producteur de produits primaires, les augmentations de productivité ont tendance à se répercuter sur les prix. Les revendications de salaires y sont moindres, car l'organisation syndicale est à peine naissante. Dans le cas d'une production réalisée par des agriculteurs, les capacités de dépense des producteurs directs sont encore plus faibles. La production et, en tout cas, la commercialisation, sont tenues par des firmes multinationales qui ont, souvent, tout avantage à transformer les augmentations de productivité en baisses des prix. Elles récupéreront les bénéfices dans les pays industrialisés, où elles possèdent des entreprises de transformation.

D'un côté, les pays industrialisés peuvent, par leur structure, retenir leurs gains de productivité ; les pays en voie de développement sont, au contraire, amenés à les rétrocéder. Les causes de la détérioration des termes de l'échange (du pouvoir d'achat des matières premières) s'enracinent dans les inégalités structurelles des économies et des sociétés. L'évolution différentielle des prix, dans le cadre d'une division internationale du travail, oblige les pays du Tiers Monde à fournir des quantités croissantes de produits primaires pour obtenir les mêmes quantités de produits manufacturés. Dans ces conditions certains pensent que seuls, les renversements de rapports de forces et de l'équilibre géopolitique mondiaux peuvent changer cette situation.

partir duquel les relations peuvent être comprises (tandis que l'étude des relations ne permet pas de saisir pleinement le principe organisateur).

A) L'évolution de l'idée de système en économie.

A vrai dire, les économistes ont eu très tôt une approche systémique minimale. Lorsque au XVIIe siècle, l'économiste français Pierre de Boisguilbert recherche les interdépendances entre les professions et compare le fonctionnement de l'économie aux mécanismes d'une horloge, il conçoit l'économie comme un système. Les physiocrates analysent, de leur côté, l'économie à partir des relations qu'entretiennent des classes et tracent les premiers tableaux économiques d'ensemble.

Il faudra attendre Marx et surtout Keynes pour retrouver une approche systémique du même ordre. Le système keynésien permet ainsi la modélisation de l'économie en termes de flux et d'interdépendance globale et débouche sur les *systèmes* des comptabilités nationales.

Les classiques ont décrit, de leur côté, l'économie comme une machine parfaitement réglée, voire capable d'autorégulation, grâce à la main invisible des mécanismes du marché. En fait, même s'ils pensent l'économie en termes de système total, les classiques, et principalement Ricardo, ouvrent la voie à l'utilisation d'une *logique déductive,* qui s'éloigne des relations systémiques d'interdépendance finalisée.

L'équilibre général de Walras retrouvera, bien sûr, les interdépendances d'ensemble et l'idée de système. Malheureusement, le « système » walrassien est un système fermé. Il fonctionne essentiellement comme une oscillation autour d'un point d'équilibre. Il ne permet pas de comprendre les transformations entre les relations, les structures. La logique déductive peut s'y déployer à l'aise. Le système walrassien ne prend, en effet, en compte ni les relations du système avec l'environnement ni ses relations avec les finalités auxquelles il faut se référer pour comprendre le développement d'un organisme. Walras se situe dans le cadre d'une économie pure.

Au XIXe siècle, l'idée de système sera essentiellement développée par l'École historique allemande et Karl Marx. En voulant étudier les lois du développement économique d'une nation (l'École historique allemande) ou les lois du développement des sociétés (Karl Marx), ils mettent l'accent sur *l'organisation* et *la cohérence de l'organisation* des structures nationales ou du mode de production capitaliste. Ils préfigurent les approches systémiques des schumpétériens actuels. Cependant, il existe de profondes différences entre leur conception et celle des hérétiques « à la Schumpeter ». L'École historique allemande (comme, plus tard, les institutionnalistes américains des années trente) accentue l'aspect descriptif, au point de nier la possibilité d'une élaboration théorique. K. Marx demeure un homme du XIXe siècle, recherchant la *cause* explicative. Le raisonnement dialectique est plus en accord avec une approche systémique, mais la *déduction* prédomine.

B) L'approche systémique des hérétiques « à la Schumpeter » actuels.

L'approche systémique des hérétiques « à la Schumpeter » actuels se rattache, en fait, à la théorie des systèmes qui, aujourd'hui, envahit progressivement l'ensemble des sciences. Il s'agit, en réalité, d'une nouvelle théorie de la connaissance, dont nous avons déjà comparé la méthode à la méthode cartésienne [1].

1. L'intérêt de l'approche systémique actuelle est qu'elle permet une nouvelle *formalisation mathématique*. Cette dernière s'enracine sur ce que l'on a souvent pris l'habitude d'appeler les mathématiques modernes de la théorie des ensembles ou de l'algèbre booléienne.

Certes, toute formalisation mathématique comporte un risque. Lorsque les mathématiques permettent des raisonnements logiques rigoureux, la déduction prime sur l'expérience et l'humble description des faits.

1. Cf. p. 252.

Ce risque est, cependant, modéré, car l'approche systémique actuelle va de pair, chez les hérétiques « à la Schumpeter », avec une conception structuraliste de la connaissance. Comme nous l'avons vu à propos de la rationalité économique, dans cette conception, la structure n'est pas dans la réalité, mais dans la manière dont nous organisons ce que nous en percevons. « Le monde n'est pas rationnel, mais rationalisable », écrit H. Bartoli. L'économiste est ainsi incité, comme tout scientifique, à l'humilité. Sa perception du monde n'a pas de valeur en soi. Elle n'est pas la vérité. Elle ne peut être validée que si elle permet une *praxis*. L'économiste est alors amené à s'interroger sur la nature de cette *praxis*, ses modalités, ses objectifs, ses bénéficiaires. Il ne peut demeurer enfermé dans les sphères de cristal des formalisations intempestives et des logiques déductives en tout genre.

2. Il reste qu'une grande interrogation surgit : *d'où vient cette capacité à organiser la perception du réel ?* D'où provient cette connaissance structurante qui interpose entre l'homme et la réalité des systèmes de signes, de représentations, qu'il confond avec la réalité et lui permet l'action ?

Sur ce point, le structuralisme tel qu'il est parvenu aux sciences de l'homme, à travers la linguistique [1], l'ethnologie, est incapable de répondre. Il ne s'intéresse pas à la genèse des systèmes de signification. Mettant le projecteur sur la relation, il exclut l'origine de l'impératif d'ordonnancement que possède l'esprit humain. Quand on lit certaines des descriptions ethnologiques qui ont précédé celles d'un Lévi-Strauss, on comprend la réserve et le silence de ce dernier. Certaines de ces approches relèvent d'un fonctionnalisme utilitaire tout aussi naïf que la croyance dans une « nature humaine » transcendant l'histoire et la société.

3. *L'appel à « l'anthropologie fondamentale » de R. Girard.* Depuis une dizaine d'années, l'ethnologue et philosophe R. Girard apporte à cette question une réponse nouvelle, fondée sur le rôle de la violence dans l'évolution des sociétés

1. Le linguiste F. de Saussure reconnaît avoir emprunté son système à Walras.

humaines. Elle s'appuie sur un certain nombre d'avancées de l'ethnologie et tente un dépassement du structuralisme statique. Deux économistes, M. Aglietta et A. Orlean, ont transféré à l'économie les hypothèses de R. Girard. Nous examinerons plus loin, dans notre chapitre de conclusion, les conséquences que ces deux hérétiques « à la Schumpeter » en tirent dans leur livre *la Violence de la monnaie*. Nous voudrions noter ici ce qu'apporte, à notre avis, à la théorie structuraliste de la connaissance, « l'anthropologie fondamentale » de R. Girard.

Pour cet auteur, les sociétés humaines ont la violence au cœur. Cette violence est capable d'entraîner la liquidation des groupes humains. En effet, contrairement aux autres animaux vivant en groupe, l'homme risque de tourner prioritairement la violence vers les autres membres du groupe. Dans l'annexe suivante, nous verrons pourquoi cette violence est liée au comportement d'imitation qui anime toute l'espèce animale, et quelles ont été, selon R. Girard, les diverses voies explorées par l'homme pour la canaliser.

Disons pour l'instant, en résumant jusqu'au simplisme la pensée de R. Girard, que la société, ses interdits et ses rituels ont été la première voie explorée par les êtres en voie d'hominisation pour détourner et contrôler la violence. Lorsque la crise de violence se déclenche et risque de détruire le groupe, alors, les énergies de tous, la violence de tous, se retournent contre un seul : *la victime émissaire*. Le groupe retrouve son union et sa paix intérieure (les persécutions, la guerre extérieure, les lynchages sont encore, dans nos sociétés contemporaines, des exemples de « l'efficacité pacificatrice » du meurtre collectif). Alors, sont institués les rites et la reproduction mythique du meurtre fondateur. Grâce au sacrifice religieux, on reproduit, sans risque, la crise de violence et l'union de tous contre la victime nécessaire.

Peu à peu se développe alors une *pensée religieuse* — « les mythes, les rituels, les systèmes de parenté sont les premiers résultats de cette pensée ». D'elle va naître le langage pour nommer ce qui est bon, ce qui est mal, célébrer le rite, différencier la structure. « Longtemps, le langage reste imprégné du sacré, et ce n'est pas sans raison qu'il paraît très réservé au sacré et octroyé par lui. » De là va naître aussi l'art, qui participe du même mouvement, de la même sphère du sacré. Peu à peu, la pensée religieuse différencie ; il y a les femmes que l'on peut prendre et celles que l'on ne doit pas prendre ; il y a le parricide et l'inceste ; il y a ce qu'il faut faire et ne pas faire. Certaines des distinctions imposées par les rites et les coutumes nous paraissent, aujourd'hui, arbitraires et sans objet. Au sein d'une culture vivante, l'arbitraire est souvent difficile à comprendre. Il émerge douloureusement des connaissances plus empiriques des causes. Si un virus totalement inconnu et mortel apparaissait, la communauté scientifique serait amenée à faire prendre des précautions dont un grand nombre apparaîtraient sans objet lorsque le virus serait identifié. Il faut interpréter de la même manière les précautions des premiers hommes contre le virus de la violence.

« Les mécanismes de discrimination, d'exclusion et de conjonction qui s'enracinent dans le processus fondamental (de la victime émissaire) s'exercent d'abord sur lui, et ils produisent la pensée religieuse, mais ils ne sont pas réservés au religieux. Nous ne pouvons pas nous offrir le luxe de les rejeter, ou même de les mépriser, car nous n'en avons pas d'autres. »

La pensée « sauvage », la pensée religieuse, la pensée scientifique ont une même origine et obéissent à des mécanismes identiques.

L'angélisme scientifique relève, écrit encore R. Girard, « d'une répugnance profonde… à admettre que le vrai puisse coexister avec l'arbitraire, peut-être même s'enraciner dans cet arbitraire. Il faut avouer qu'il y a là pour nos habitudes de penser une difficulté réelle. L'idée que la pensée vraie et la pensée dite mythique ne diffèrent pas essentiellement l'une de l'autre, nous paraît scandaleuse ».

C'est là pourtant une idée dont on n'a pas encore épuisé la fécondité pour la recherche, la science, la communication et, finalement, la pédagogie. Elle inspire largement la conception de cet ouvrage.

*

Mais de quel point de vue les hérétiques « à la Schumpeter » examinent-ils l'économie ? Ce point de vue ne semble pas, *a priori*, refléter la stratégie d'un groupe social. Nous sommes souvent loin de préceptes d'action. On dirait souvent que leur approche a pour seule fonction de produire des connaissances et, surtout, de critiquer l'approche des autres. En fait, ils voient l'économie du point de vue des clercs, des intellectuels. Certains mettent même en question la possibilité de donner des conseils pertinents. Leur discours « se veut essentiellement réflexif et abandonne sans appel les agents économiques à la violence [1] ». C'est bien au soir de sa vie, l'attitude de Schumpeter, ce professeur qui ne réussit jamais à être un homme d'action. Ce n'est que si leur approche est réappropriée par d'autres forces sociales qu'elle aura des effets réels (cela est vrai de toute recherche scientifique) à moins que, dans les sociétés à venir, les intellectuels ne se constituent en une force sociale autonome *l'intelligentsia* ; mais peuvent-ils être autre chose qu'une force de contestation ?

4. Liberté de l'homme et loi du développement des sociétés.

En étudiant les structures, en recherchant les causes de leur évolution ou mieux les lois du développement des sociétés, les hérétiques butent sur un obstacle méthodologique de taille : *a-t-on le droit de raisonner à partir d'ensembles non réductibles à des comportements individuels, et peut-on rechercher des lois du développement des sociétés tout en affirmant la liberté des individus ?*

Ce que l'on nomme l'individualisme méthodologique répond négativement à ces deux questions. La réponse de toute une partie des hérétiques actuels est plus complexe et nuancée.

Tout d'abord, on peut fort bien raisonner à partir de phénomènes globaux en les considérant comme le résultat de

1. M. Aglietta et A. Orlean.

comportements individuels mais sans, pour autant, connaître les mécanismes de la transformation des comportements individuels en phénomènes globaux. Il serait catastrophique d'abandonner la macro-économie sous prétexte qu'on ne connaît pas la manière dont s'établit la liaison entre les choix individuels et les relations macro-économiques.

Ensuite, si l'équilibre walrassien et les analyses néo-classiques répondent en apparence aux exigences de l'individualisme méthodologique, sont-ils pour autant plus respectueux de la liberté des hommes et de leur capacité de choix ? Je pense, pour ma part, qu'il flotte dans bien de ces analyses un parfum de déterminisme qui rappelle les lois de la gravité de Newton, comme le matérialisme dialectique rappelle celle de la thermodynamique d'antan. En fait, la dynamique des structures et l'approche systémique de bien des hérétiques sont très loin de la recherche de lois déterministes.

Il s'agit plutôt de décrire de la manière la plus précise possible comment peut être perçue une situation, en sachant que l'on a peu de chance de tout pouvoir embrasser. De toute manière, s'il en avait la possibilité, l'économiste n'empêcherait pas l'impondérable de bousculer le cours des choses. Les physiciens nous enseignent aujourd'hui que le hasard ne traduit pas nos ignorances mais « est une propriété intrinsèque du réel ». Il existe des États où la prévision est possible. Il en existe d'autres où l'on ne peut pas prévoir l'avenir mais seulement comprendre comment il se construit. C'est dans cette voie que s'oriente la physique des déséquilibres. C'est dans cette voie que s'avancent les hérétiques qui, par exemple, travaillent dans la prospective. Ils prennent conscience que l'avenir ne se prévoit pas mais se construit, et veulent éclairer l'action. En fonction de ce qu'ils cherchent, ils organisent ce qu'ils voient, émettent des hypothèses, détectent les contradictions, puis établissent des scénarios. Ils éclairent l'action et facilitent les choix et permettent d'entrer dans un avenir possible un peu moins à reculons qu'autrefois.

Enfin, l'approche de bien des hérétiques est fort éloignée d'un déterminisme des structures plus ou moins dérivé du marxisme. Leur « structuralisme » est situé d'abord dans la manière dont l'homme organise ce qu'il perçoit et construit sa connaissance. Les lois du développement des sociétés, comme toute loi scientifique, ne sont pour eux que des représentations mentales qui permettent d'organiser le perçu en fonction de leurs objectifs. Certes, cette « structuration » dépend de l'influence de l'environnement sur la connaissance et de son évolution, mais elle dépend aussi de la nature de l'homme et de son fonctionnement. De toute manière, cette conception de la connaissance en relativisant les lois économiques est un puissant antidote contre le rêve déterministe et permet aux hérétiques qui l'adoptent de vivre dans leurs contradictions.

> Certains lecteurs peuvent être étonnés de la place que nous donnons à l'anthropologie fondamentale. Certains y verront une complaisance vis-à-vis de la nouveauté, sinon de la mode. En fait, cette introduction de l'anthropologie fondamentale et des conséquences qu'en tirent M. Aglietta et A. Orlean a surtout un but pédagogique. A travers elle, nous voulons montrer comment de nouvelles hypothèses permettent de renouveler l'approche économique, de lancer de nouveaux programmes de recherches et de donner un sens à des phénomènes jusqu'ici relativement mal compris. La violence de la mimésis est en quelque sorte un « objet pensé » qui apprend à voir.

Annexes

ANNEXE 1

Les éléments d'une anthropologie fondamentale de R. Girard. La violence et la victime émissaire.

On trouvera l'essentiel de la thèse de R. Girard dans deux de ses ouvrages : *la Violence et le Sacré* et *Des choses cachées depuis la fondation du monde*.

Au point de départ, nous trouvons les phénomènes d'imitation, dont on connaît le rôle dans tout le règne animal. Ils ont toujours été quelque peu méprisés par les philosophes et les scientifiques. Ils évoquent trop, pour eux, le conformisme et la répétition. Gabriel de Tarde qui au siècle dernier les mit en honneur ne fit guère école.

En fait, l'imitation n'est pas que conformisme et répétition, elle est aussi *tentative d'appropriation*, capture, afin d'être encore plus conforme à l'autre. L'imitation appropriative est au centre des hypothèses de R. Girard.

Dans les sociétés animales, les conséquences de la *mimésis* sont presque instinctivement contenues. L'imitation ne débouche que très momentanément, et exceptionnellement, sur la violence, car, dès leur jeune âge, les animaux vivant en groupe acceptent des rôles de dominant et de dominé. La force physique du dominant assure alors la stabilité du groupe. La violence ne peut provoquer la destruction de la société animale et se reporte, tout entière, à l'extérieur du groupe.

Avec les anthropoïdes — qui vont devenir les hommes —, la croissance du cerveau ne permet plus la stabilité. L'intelligence atteint un niveau suffisant pour contrebalancer la force physique. Le faible sait aussi s'armer de pierres autrement efficaces que les branchages utilisés par certains singes pour effaroucher l'adversaire. Bien plus, le grossissement du cerveau va sans doute de pair avec le développement d'un imaginaire qui explique que l'homme soit le seul animal dont la sexualité n'est plus périodique. Les risques de conflits à propos des femmes du groupe s'aggravent.

L'imitation appropriative peut alors entraîner des *folies meurtrières*, des crises mimétiques, où chacun veut *capturer* l'autre, se l'approprier pour mieux l'imiter.

Ou les premières sociétés humaines trouvaient les moyens de détourner et de canaliser la violence originelle, ou elles disparaissaient. Elles ne pouvaient plus être régulées par la simple reconnaissance de la force physique du dominant.

La recherche sur l'origine des religions montre que la victime émissaire a été la première manière de ressouder le groupe. Le sacré, ses rituels et ses interdits perpétuaient ensuite la fonction pacificatrice de la victime émissaire, imposant notamment les interdits qui éviteront le retour de la violence. La condamnation de l'inceste est, de ce point de vue, fort éclairante. Il est en effet absurde d'imaginer que les premiers hommes connaissaient les structures de la parenté, et encore moins la biologie. Ils ne faisaient, sans doute, aucun rapport entre l'acte sexuel et la naissance. Les interdits de l'inceste ont d'abord pour objectif d'éviter la violence à propos d'une dispute sur les femmes du groupe.

La monarchie et, dans sa foulée, le pouvoir politique ont la même origine et la même fonction. La monarchie s'enracine dans le sacré et est une forme de victime émissaire à qui la transgression est possible [1]. Dans bien des sociétés primitives, il est celui qui est mis à part, celui pour lesquels les interdits ne jouent pas, notamment l'inceste ; celui qui, finalement, est parfois mis à mort, et pas simplement de manière rituelle. Dans le divin, le sacrifice vient avant ; dans la royauté, il vient après. Divinité et royauté constituent deux solutions au même problème. Mais si le divin tend à conjurer la violence par le sacrifice et le rituel, la royauté a le pouvoir de la prévenir en punissant ceux qui violent la règle.

L'ordre marchand et la monnaie, qui lui est étroitement liée ont aussi la même origine. Le meurtre et la violence sont d'abord déportés vers les objets appartenant à l'autre. Le vol est déjà, par rapport au meurtre de sang, une maîtrise de la violence. Les échanges rituels, les guerres rituelles avec enlèvement de prisonniers en nombre souvent bien déterminé et qui seront, par la suite, sacrifiés, participent eux aussi au même endiguement de la violence. Mais la capture de ce que possède l'autre est difficile-

1. Y compris de pouvoir mettre à mort un membre du groupe qui a transgressé les règles.

ment contrôlable par le rite. Alors apparaît la monnaie. Elle joue dans l'ordre marchand le rôle de la victime émissaire. Elle va être cette chose mise à part que personne ne consomme (qui n'a pour personne une valeur d'usage) et que tout le monde va poursuivre, chercher à accumuler ; comme l'écrivent M. Aglietta et A. Orlean : « une société capable de détourner le désir sur l'accaparement des objets, de maintenir une distance entre la " valeur d'usage " que l'on convoite et la personne du rival qui la possède, peut supporter une violence beaucoup plus grande qu'une société dans laquelle les objets sont les symboles représentatifs des personnes vivantes ou mortes ».

Nous voilà loin de la fable du troc primitif et de l'invention rationnelle de la monnaie. Nous verrons, dans le chapitre de conclusion, les conséquences de cette « anthropologie fondamentale » pour les théories de la valeur et de la monnaie.

On comprend mieux les relations que semblent entretenir ces trois institutions que sont : *le sacré, le pouvoir politique* et *la monnaie*. Elles ont toutes trois même fonction, et des rapports ambigus avec la violence.

R. Girard tire bien d'autres conséquences de cette anthropologie fondamentale. Ainsi, la chasse et l'élevage, leur venue dans le domaine économique, n'ont plus une origine utilitaire. Ces deux activités n'ont pas eu d'abord un objectif alimentaire. On oublie que l'être en voie d'hominisation descend directement de végétariens et qu'il ne devient omnivore que progressivement. Pour comprendre la chasse, l'organisation et les rites qu'elle suscite (cf. les peintures préhistoriques), il faut la ramener à l'activité sacrificielle. « Le gibier est perçu comme un remplaçant de la victime originaire, monstrueuse et sacrée. » La *domestication des animaux* a la même fonction. L'explication économique de la domestication est invraisemblable. Il a fallu, le plus souvent, des centaines d'années pour parvenir à des *races domestiques*. Il aurait donc fallu que les premiers hommes se disent : « Traitons les vaches et les chevaux comme s'ils étaient déjà domestiqués, et nos descendants, dans un avenir indéterminé, jouiront des avantages de l'élevage. » En fait, les rituels du sacrifice ont fourni le motif de la domestication future ; la victime émissaire est devenue *le bouc émissaire*.

Bien entendu, dans le même mouvement d'enfouissement de la violence, l'origine réelle de nos institutions et de notre pensée a été, peu à peu, engloutie par des explications plus apaisantes.

On peut émettre l'idée que les recherches tâtonnantes des causes, à partir de laquelle s'est développée la pensée, participe aussi à cet apaisement de la violence originelle. Elle rejette la cause hors du groupe ; elle objectivise l'origine de la peur et du mal. La *causalité* a, elle aussi, un fondement subjectif et entretient des liens étroits avec la violence.

Nous ne trouvons plus que des traces de la violence fondatrice. Toute l'histoire de l'humanité tend à effacer ce fondement pour essayer d'extraire de son sein la violence, qui risque toujours, à tout moment, de la détruire [1].

ANNEXE 2

L'approche systémique et l'élaboration de modèles économiques *

La notion d'interdépendance générale qui sous-tend toute approche systémique se retrouve dans tous les modèles économiques.

Un modèle économique est la représentation de phénomènes économiques par un système d'équations qui permet, soit de prévoir son évolution, soit de tester l'effet de certaines décisions, soit encore de rechercher les conditions d'une solution optimale. Il est la mise en œuvre la plus spectaculaire de l'approche systémique dans le domaine économique.

Il faut bien distinguer les modèles *abstraits*, qui relèvent de l'économie mathématique, et les modèles *concrets*. L'économie mathématique analyse, de manière abstraite, les relations entre les variables et en tire un certain nombre de conséquences théoriques. Tel est le sens du modèle walrassien d'équilibre

1. Pour R. Girard, historiquement, seule la tradition judéo-chrétienne a affronté le rôle de la victime émissaire, tenté de renverser sa logique, ses conséquences religieuses. Nous retrouvons dans la tradition judéo-chrétienne le meurtre fondateur (Caïn et Abel, Jacob et Esaü, Joseph et ses onze frères), mais il est condamné. Les mythes bibliques et, surtout, le Nouveau Testament constituent une rupture dans la pensée religieuse. Le meurtre fondateur y révèle, mais pour être rejetée, la violence qui n'est plus sublimée. Mais la tradition religieuse a essayé d'enfouir ce dévoiement et tire l'interprétation de la Bible et de l'Évangile dans la voie du sacrifice meurtrier nécessaire et des rituels religieux traditionnels, alors qu'ils en étaient la dénonciation.

général. Les modèles économétriques partent de données chiffrées. Ces données quantitatives utilisées peuvent être des données *théoriques* définies *a priori*, ou des données *observées*. Ce sont ces modèles concrets qui seront analysés ici. Ces dernières années, ils ont pris une importance croissante, grâce au progrès de l'économétrie, de la statistique, de l'accumulation théorique et de l'informatique.

La mise au point de modèles quantitatifs est une approche très ancienne. Parmi les premiers, on peut citer le modèle élaboré par Quesnay en 1758, parallèlement à l'élaboration de son tableau économique d'ensemble. Tout au long du XIXe siècle, les auteurs, pour appuyer les démonstrations, ne se privaient pas de construire des modèles théoriques, à partir de quantités définies *a priori*. Les démonstrations de Ricardo à propos des coûts comparatifs, ou encore, celles des rapports entre les deux secteurs de l'économie, faites par Karl Marx, sont des exemples d'une telle démarche. A cette époque, l'économie quantitative se cantonne, le plus souvent, dans une tâche d'observation. L'étude de la *conjoncture* amena cependant, assez tôt, parfois par des applications assez triviales, comme la prévision boursière, un premier développement prévisionnel. Il s'agissait de tirer des conséquences de l'évolution parallèle, divergente ou décalée, de plusieurs séries statistiques. Le plus célèbre des « baromètres » fut celui d'Harvard. Son fiasco est demeuré célèbre : en 1929, il s'obstinait à prévoir la reprise, alors que la Bourse de New York s'effondrait, entraînant avec elle le système bancaire américain et l'économie mondiale.

Cet échec des baromètres va être le point de départ des progrès considérables de l'*économétrie*.

L'économétrie, dit l'*Encyclopedia universalis*, peut être définie « comme l'application des méthodes d'induction statistique, afin de vérifier les relations suggérées par la théorie économique ». Ainsi peut-on parvenir à des modèles économiques chiffrés simulant le fonctionnement de l'économie.

Au départ, ses ambitions étant modestes, son application portait sur des marchés particuliers et des problèmes limités. Après 1929, on tenta d'appliquer ses méthodes à l'ensemble de l'économie. Dans les années trente, ses promoteurs, en France, furent R. Roy, F. Divisia et E. Milhau, puis le groupe X. Crise. C'est à cette époque que fut créée la célèbre revue *Econometrica*.

Les progrès de l'économétrie actuelle et sa capacité à permettre l'élaboration de modèles de plus en plus ambitieux, vont être accélérés :

1. Par les progrès des statistiques. A partir des années trente, et surtout depuis 1945, la collecte des données statistiques va devenir systématique. On va pouvoir ainsi posséder des séries longues et fiables dans un très grand nombre de domaines (démographique, économique, financier, social...). Bien plus, à partir de 1945, des systèmes de comptabilité nationale sont mis en place ; ils fourniront des données *macro-économiques* cohérentes entre elles. Toutefois, sans des progrès parallèles dans la science statistique, cette accumulation de données chiffrées n'aurait pu être intégrée dans la construction des modèles économiques.

L'avancée décisive dans ce domaine a été *la théorie de la régression*. Elle peut s'appliquer à toute donnée statistique. Cette théorie concilie deux éléments contradictoires : tenir compte d'un ensemble complexe d'éléments qui interagissent les uns sur les autres ; être, cependant, utilisable, ce qui suppose que les phénomènes complexes sont maîtrisables. La régression permet, à partir de séries statistiques, d'exprimer l'action d'un facteur et de faire intervenir l'action des autres facteurs sous la forme d'un résidu dont on peut mesurer l'effet.

2. Le progrès de la *macro-économie*, inspirée essentiellement, au départ, par l'approche keynésienne, a été l'impulsion théorique décisive. Même si, aujourd'hui, des modèles s'élaborent en dehors de cette optique, c'est la macro-économie qui demeure l'application centrale de la modélisation économique. Non seulement la macro-économie permet une approche systémique relativement simple, mais elle répond aux besoins des gouvernements. Au départ, on a tenté de dynamiser l'analyse de l'économie en termes de circuits. La combinaison, par Samuelson et Hansen, du multiplicateur keynésien et de l'accélérateur, a été aussi un premier pas théorique. On a, ensuite, cherché à affiner l'intégration des anticipations et à élargir le nombre de variables pouvant être prises en compte. On a, enfin, cherché à passer de ces modèles directement déduits de la théorie à des modèles de type économétrique intégrant le maximum de données chiffrées et des démarches plus empiriques. Dans ce domaine, les recherches de Leontief, à Harvard, et de Tinbergen, aux Pays-Bas, ont été assez décisives.

3. Aujourd'hui, l'informatique permet de nouvelles avancées. On peut résoudre des systèmes d'équations qui auraient autrefois exigé plusieurs milliers d'heures. On peut intégrer à des

systèmes complexes des équations qui ne relèvent pas du même fondement théorique. Certain bloc d'équations, fondé sur une première approche, permet de fournir un certain nombre de résultats à un autre bloc dont le fonctionnement a une tout autre base théorique. Ainsi, le modèle français DMS (modèle dynamique multisectoriel) a environ 1 900 équations, dont 250 de comportement. Il peut faire intervenir simultanément 400 variables exogènes. Il intègre les résultats de 2 500 séries statistiques. Il est organisé en 32 blocs de 98 équations, qui ont chacune pour fonction de déterminer une série de résultats.

Ces différents progrès permettent aujourd'hui d'envisager la construction de modèles hors du domaine privilégié de la macro et de la micro-économie. De nouveaux traitements de données (l'analyse factorielle ou l'analyse de similitude) permettent de dépasser le temps des modèles ne pouvant pas prendre en charge des données plus qualitatives (notamment sociales). Des tentatives ont actuellement lieu pour appliquer l'économétrie à la dynamique structurelle. Partout, l'informatique permet de réaliser des modèles dont l'élaboration et, surtout, le fonctionnement étaient autrefois hors de portée des économistes. On peut unir des données empiriques à des champs théoriques différents. Cette liaison entre l'empirisme et la théorie offre des possibilités jusqu'alors inconnues. Une recherche purement empirique n'est pas possible et, à la limite devient, même dangereuse, car elle aboutit à rapprocher des données sans rapports entre elles. Il est nécessaire que la théorie oriente la recherche des relations. Or, suivant les domaines, ce ne sont pas les mêmes approches théoriques qui sont utilisables.

Il faut se garder de deux illusions.

Il serait extrêmement dangereux de croire que, grâce à l'informatique et à une « boîte à outils » théorique bien fournie, on pourra parvenir à une sorte de synthèse. Au point où nous en sommes dans notre ouvrage, nous comprenons mieux pourquoi les modèles ne sont jamais que des bricolages plus ou moins géniaux qui peuvent éclairer les choix politiques.

Il serait encore plus dangereux de croire que les modèles sont des sortes de « boules de cristal » ou encore des « machines à penser » qui vont enfin permettre de faire scientifiquement des choix, notamment politiques, c'est-à-dire sans influence idéologique.

D'abord, les choix des variables à prendre en compte et des champs à explorer sont déjà des choix politiques. Il serait urgent que des débats démocratiques s'instaurent à ce propos.

Ensuite, un modèle *ne prévoit pas l'avenir*, il donne une représentation simplifiée de ce qui arrivera, compte tenu de ce que l'on a mis dans ces équations. Il permet de mieux situer les conséquences de telle ou telle action ; il ne permet pas de se substituer au politique.

Enfin, le modèle n'est qu'un élément d'un choix politique qui doit obligatoirement compter sur les rapports de forces. La solution politique d'un problème, la seule, finalement, qui peut le résoudre, ne peut être mathématiquement déterminée. Tout ce que nous avons dit jusqu'ici des différences dans les points d'observation, qui expliquent les divergences économiques, nous le fait mieux comprendre.

Les modèles économiques ne sont, cependant, pas inutiles, même lorsque l'environnement change, comme c'est aujourd'hui le cas.

Rien ne garantit que les relations de comportement telles qu'elles ressortent des séries statistiques, puissent demeurer. Bien plus, les mesures que prennent les gouvernements pour sortir de la crise, peuvent rendre caduques certaines équations. De toute manière nous manquons de recul.

L'intérêt des prévisions modélisées n'en demeure pas moins, car c'est un moyen efficace d'avoir des points de repère.

CHAPITRE 9

En guise de conclusion : La contre-épreuve de la valeur

L'hypothèse centrale de cet ouvrage est simple : pour comprendre les économistes, il faut découvrir le point d'observation à partir duquel ils décrivent l'économie.

Lorsqu'on la regarde du bureau du ministre des finances on ne voit pas la même chose que la réalité observable d'un atelier d'usine, d'une salle de conseil d'administration ou de la bibliothèque d'un chercheur. On voit d'autant moins la même chose que, suivant le point d'observation, on ne cherche pas la même chose.

Cette hypothèse a quelques mérites essentiels : elle donne un sens au champ éclaté de la science économique ; elle rend plus intelligibles les disputes d'économistes qui étonnent toujours le commun des mortels ; elle rassure le non-spécialiste, qui s'aperçoit qu'il ne voit pas et ne cherche pas la même chose que ces messieurs si distingués et si en désaccord entre eux.

Admettre que les économistes ne s'intéressent pas à la même économie et comprendre pourquoi est un premier pas dans le décryptage de leur curieux langage.

Dans ce dernier chapitre, nous voudrions faire la contre-épreuve de notre démonstration, à partir du problème de la *valeur*. Il apparaît au non-initié l'un des plus hermétiques de la science économique, alors qu'il en a, *a priori,* une perception beaucoup plus simple, et, peut-être, ...plus saine. Pour lui, la valeur d'un bien, c'est son prix. La taxe à la valeur ajoutée peut l'amener à une conception plus fine. Il percevra la décomposition du prix en fonction de ce que chaque entreprise ayant participé à la production aura ajouté de valeur. S'il est industriel, la notion de valeur lui évoquera l'analyse de la valeur. Dans ce cas, il se préoccupera de décomposer les coûts de production, de les minimiser, ou encore il étudiera si un produit répond bien à ce qu'on attendait de lui techniquement, commercialement, financièrement...

A travers les théories de la valeur, les économistes semblent rechercher autre chose. Ils veulent se demander pourquoi les prix entretiennent entre eux des rapports à peu près constants ou qui ne se modifient que lentement, même si, par ailleurs, les prix exprimés en monnaie courante changent rapidement.

Dans les temps modernes, au XVIIe siècle, W. Petty fut le premier à se demander quel rapport il pouvait bien y avoir entre une unité monétaire, une journée de travail et un acre de terre. C'était une question semblable que s'était posée, dans l'Antiquité, le philosophe grec Xénophon. Les réponses à cette interrogation ont été fort diverses, et parfaitement contradictoires entre elles. Bien plus, certains économistes font de la valeur la pierre angulaire de tous leurs raisonnements. D'autres n'y font plus qu'une allusion polie et, visiblement, n'en ont aucun besoin pour la cohérence de leur vision. Pire, certains, tel Marx, tout en établissant une théorie de la valeur-travail qui supporte une grande partie de son œuvre, parle, à propos de la valeur de « fantasmagorie ». D'autres, enfin, cherchent à comprendre pourquoi la valeur tient tant de place dans la science économique. Le lecteur comprend que nous nous rangeons dans cette dernière catégorie.

En effet, dans ce chapitre de conclusion, nous voudrions montrer que la valeur a, dans une théorie économique, un rôle central toutes les fois que l'on a besoin, socialement, de justifier le point d'observation à partir duquel on décrit l'économie. Si l'on parle au nom d'un point de vue déjà socialement justifié, il n'en va pas de même, la valeur n'aura qu'un rôle très marginal. Toutes les théories qui parlent au nom du Prince, de l'État, ne font qu'un appel discret à une théorie de la valeur. La souveraineté n'a pas besoin d'une théorie économique pour être fondée, le droit divin, le suffrage universel et bien d'autres choses y pourvoient. De son côté, l'orgueil du clerc est d'être celui qui a toujours le droit de dire. Il est, en permanence, le fou du roi (quel que soit le roi). La *pensée* n'a point besoin de théorie de la valeur pour avoir le droit de parler. En revanche, si l'on se place du point de vue d'un groupe particulier ou d'une classe sociale, une théorie de la valeur va tenir lieu de justification sociale.

1. Les keynésiens, des économistes sans « valeur »

La plupart des keynésiens ne s'intéressent que vaguement aux problèmes de la valeur. Pour eux, les prix sont d'abord et seulement exprimés en monnaie, les calculs économiques aussi ; la monnaie est un pouvoir, et sa valeur exprime un rapport de pouvoirs. Toute description de l'économie en termes de circuit peut bien se passer d'une théorie de la valeur. Il faut simplement bien savoir décomposer un prix, un agrégat, déterminer les flux de revenus. Tout au plus, a-t-on besoin de savoir éliminer les variations de prix, lorsque l'on a besoin d'établir des comparaisons en volume (en monnaie constante). Les problèmes d'indice et de conversion monétaire sont plus importants que ceux de la recherche des fondements de la valeur. Pour établir une comptabilité, notion dérivée du système keynésien, une théorie de la valeur est inutile. L'économie keynésienne est affranchie des théories de la valeur. Les biens, le travail, le capital, la monnaie n'ont pas de valeur, mais des prix. Keynes n'a cependant pas catégoriquement rejeté *l'utilité* de la valeur, il s'en est désintéressé. Tout au plus peut-on retrouver chez lui des éléments qui relèvent de deux théories parfaitement contradictoires.

Lorsqu'il parle d'efficacité marginale du capital et de la productivité marginale du travail, dans la détermination des salaires réels, il se rattache à la valeur-utilité des néo-classiques. En cela, il est le bon élève d'Alfred Marshall. Toutefois, cet appel à certains éléments de la *valeur-utilité* ne suppose pas une véritable adhésion. Cela ressemble un peu à la foi des catholiques, pour lesquels, l'adhésion religieuse se réduit à bien fêter Noël. De toute façon, pour comprendre Keynes, la valeur-utilité est inutile.

Certains ont d'ailleurs vu dans Keynes des éléments qui prouveraient son adhésion à l'antidote de la valeur-utilité, la valeur-travail. En fait, disons qu'il n'y a pas incompatibilité, mais que Keynes calcule seulement le revenu réel total en unité d'emploi (obtenue par division de la masse des salaires nominaux par le salaire nominal moyen). Ainsi, le revenu réel et un certain nombre d'agrégats sont-ils convertis en *quantité de travail*.

Malheureusement, on ne retrouve guère, dans Keynes, des déductions de cette utilisation de *l'étalon-emploi* (sinon de l'étalon-travail) dans ces modalité de fixation des prix et de répartition des revenus. A travers le *revenu réel* et l'utilisation des relations qu'il établit entre la demande effective, le revenu et l'emploi, il réaffirme l'indépendance entre la *fixation des salaires* et *l'emploi*. Quant à son *étalon-emploi*, qui permet de mesurer le revenu réel, il ne sert pas à mesurer la valeur mais le bien-être. Aujourd'hui nous préférons le PNB par tête, exprimé en monnaie constante. Au moment où le chômage dévaste les économies capitalistes, calculer le revenu réel, le bien-être réel, en unité d'emploi aurait un tout autre sens.

Chez la plupart des keynésiens, comme autrefois chez la plupart des mercantilistes, la théorie de la valeur est pratiquement ignorée. Les mercantilistes étaient-ils des primitifs ? L'économie keynésienne est-elle une régression scientifique ? En fait, comme nous l'avons dit, la légitimité de l'État n'a que faire, pour s'affirmer, d'une théorie de la valeur. La monnaie n'est que l'expansion de cette légitimité, et sa valeur lui est intimement liée. Les mercantilistes verront même dans la monnaie la richesse par excellence. Dans la perspective de l'anthropologie fondamentale de R. Girard, cela n'est pas tout à fait une illusion, du moins lorsque l'on essaie de comprendre le rôle de la monnaie dans la socialisation des hommes, ou, ce qui revient au même, dans leur hominisation.

Aujourd'hui, des keynésiens (les *old cambridgiens*) cherchent plus explicitement à intégrer une valeur-travail (parfois néo-ricardienne, parfois néo-marxiste) au système keynésien. En réalité, ils cherchent, avant toute chose, à déplacer le point d'observation de Keynes. Ces « néo-keynésiens », Joan Robinson en tête, trouvent la « révolution » keynésienne bien fade. Ils désirent mieux la lier à la répartition des revenus, à la lutte des classes, à l'exploitation du travail. Leur préoccupation est bien conforme au rôle que nous attribuons à la valeur dans le déploiement de la science économique.

2. Adam Smith et la justification du travail industriel

Adam Smith passe pour être le premier économiste à avoir posé le problème de la valeur dans toutes ses dimensions. La plupart des économistes lui en savent gré. En même temps, ils s'accordent pour lui pardonner ses approximations et ses maladresses. On ne peut être le précurseur et tout savoir.

En réalité, A. Smith n'a pas directement cherché à établir une théorie de valeur. Il a d'abord voulu mettre en question la manière dont les physiocrates et les mercantilistes parlaient de la richesse.

Pour les mercantilistes, la richesse dépendait de l'abondance d'une monnaie belle et bonne. Pour les physiocrates, seule la terre pouvait fournir un surplus [1].

On comprend que Smith ait jugé pernicieuses de telles vues. Pour lui, la richesse des nations s'enracine dans le travail industriel. Il faut laisser les entrepreneurs, les industriels capitalistes, libres de s'enrichir. Ils multiplieront les activités industrielles. En écrivant au début de son livre « Le travail manuel d'une nation est le fond primitif qui lui fournit son produit », et plus loin : « Le travail est le fondement et l'essence des richesses », il écarte les conceptions mercantilistes et physiocrates. Si le travail fonde la richesse, l'agent de la prospérité n'est plus ni l'État, ni le marchand, ni le propriétaire foncier, c'est celui qui permet l'agencement le plus productif du travail, c'est l'industriel capitaliste.

1. Cf. annexe, p. 323.

1. De la réfutation des mercantilistes et des physiocrates à la valeur-travail-commandé.

C'est sur cette base qu'Adam Smith élabore sa théorie de la valeur. Il recherche les éléments qui permettent aux prix de divers biens d'entretenir des relations à peu près constantes, du moins à moyen terme.

Il distingue valeur d'usage et valeur d'échange. L'une exprime l'utilité particulière d'un bien, l'autre, le pouvoir d'acheter d'autres biens.

Il marque les contradictions possibles entre valeur d'usage et valeur d'échange. On notera, à ce propos, qu'Adam Smith ne fait pas de l'utilité un fantasme. Est utile ce qui est socialement reconnu utile par la... *raison.* Pour lui, le diamant est inutile. (On peut se demander si c'est le rationaliste ou l'Écossais qui parle.)

Ces paradoxes signalés, Smith se désintéresse de la valeur d'usage. Elle ne peut servir à comprendre ce que coûte réellement un bien. Elle n'est, avec la richesse des demandeurs, qu'un des éléments qui fixent la demande. Pour comparer et pouvoir échanger, il faut un élément moins subjectif que l'utilité. « Le prix réel de chaque chose est ce que chaque chose a réellement coûté à celui qui vient de l'acquérir... Le travail est donc la mesure réelle de la valeur des choses. »

La formule est à la fois explicite et compliquée. Le travail est à l'origine de la valeur d'échange, mais ce n'est pas du travail incorporé dans le produit que parle Smith. La valeur-travail de Smith est celle qu'il est nécessaire de dépenser, non pour produire un bien, mais pour l'acquérir. En renversant la proposition, on en vient à « la valeur-travail commandé » : la valeur d'une marchandise est égale à la quantité du travail (de peines, de troubles) qui permet de l'acheter. Cela suppose, bien entendu, que la valeur du travail soit aisément mesurable. Le montant du prix du travail, ou salaire minimum, exprimable dans une seule subsistance élémentaire, le blé, permet de simplifier le problème. Nous y reviendrons [1].

Les marxistes considèrent la « valeur-travail-commandé » de Smith comme supérieure à la « valeur-travail-incorporé » de Ricardo. Elle montrerait que celui qui, au départ, possède une marchandise, peut acheter avec elle plus de travail qu'il n'en a fallu pour la produire. Malheureusement, toujours d'après les marxistes, la « valeur-travail-commandé » n'explique pas l'origine de cette différence. Bien plus, cette théorie déboucherait sur un raisonnement circulaire. La valeur du travail est égale à la quantité de marchandise (de blé) nécessaire à sa reproduction, la valeur du blé étant égale à la valeur du travail qu'on peut acheter avec une unité de blé. On pourrait objecter aux marxistes qu'il manquait ici à Smith la fixation simultanée des prix permise par l'interdépendance walrassienne.

En fait, cela n'a pas beaucoup d'importance, puisqu'une fois sa théorie de la valeur construite, elle est abandonnée. Elle a joué son rôle : établir le bien-fondé du travail industriel. Smith va alors tenter de revenir à une réalité toujours plus complexe que le monde théorique de la polémique.

2. De la valeur-travail à la fixation des prix réels.

A peine a-t-il établi la véracité de la valeur-travail que Smith, comme à son habitude, multiplie les objections. Pour lui, la valeur-travail n'existe à l'état pur que dans les sociétés primitives. Aujourd'hui, pour produire, il faut non seulement du travail direct, mais aussi du capital fixe et du capital circulant. Faisant les avances du capital, il est nécessaire que les entrepreneurs bénéficient des profits suffisants. Sans le profit, l'économie retournerait à la stagnation. Il faut aussi tenir compte de la terre et des propriétaires fonciers. A. Smith est encore trop proche des physiocrates. Ricardo aura, vis-à-vis de la terre, moins de scrupules.

Smith en arrive ainsi à faire des coûts de production la base

1. Cf. p.300.

des prix réels dans une société moderne. Or, il n'a pu traduire ces coûts en travail. Le profit est un revenu *stimulant* proportionnel au capital engagé ; quant au capital, il ne peut pas être comptabilisé en travail, car Smith n'a pas choisi la « valeur-travail-incorporé » dans la production d'un bien. Les coûts de production lui semblent donc une base relativement sûre et concrète pour mesurer la valeur.

Reste à savoir comment s'établit le prix du diamant ou d'une œuvre d'art. La rareté relative lui semble une explication suffisante.

En fait, Smith ne cherche pas à établir une théorie de la valeur, il veut comprendre quelles sont les causes de l'évolution à long terme des prix. Le prix du marché de Smith n'a pas encore la splendeur du prix d'équilibre de Walras. Il est lié à des marchandages incessants, aux rapports de forces incertains et aux fluctuations monétaires. Il n'est qu'instabilité ; Smith recherche derrière elle la tendance et ses explications.

Stuart Mill, ce classique réformiste qui ne cherchait plus à justifier les capitalistes, s'est rallié à cette explication composite de l'évolution des prix.

Pour expliquer les prix réels, il combine les coûts de production, la rareté et les conditions de production.

La demande et l'offre commandent le prix des biens indéfiniment reproductibles. Toutefois, il y a un prix plancher au-dessous duquel on ne descend pas, car la production s'arrête. Ce prix minimum est constitué par les coûts de production.

Toutes les fois que les choses ne se prêtent pas à une reproduction indéfinie, la demande et l'offre déterminent les fluctuations de la valeur... jusqu'au moment où l'offre se modifiera.

Pensant avoir fait la synthèse du rôle des coûts, de l'utilité et de la rareté, Mill juge qu'il est temps de ne plus se préoccuper de la valeur des choses. Mill, le réformiste, voit bien ce qu'il y aurait pour lui de dangereux à explorer un tel concept. Avec quelque candeur, il l'exorcise : « Il n'y a plus rien, dans les lois de la valeur, qui reste à élucider dans le présent, ni pour aucun auteur dans l'avenir ; la théorie de la valeur est aujourd'hui achevée. » ...Bigre !

3. David Ricardo et la dénonciation des propriétaires fonciers

Avec Ricardo, nous sommes en présence de la première théorie de la valeur qui joua un rôle théorique central. Cela n'empêche pas Ricardo d'être aussi explicite qu'Adam Smith sur le sens de la valeur du travail. Elle lui sert d'arme de guerre contre les propriétaires fonciers, ou plus exactement, les *corn laws*.

Lorsque Ricardo élabore sa théorie de la valeur, la révolution industrielle est déjà très avancée. La population augmente rapidement. La croissance des villes, où se multiplient les manufactures, suppose des approvisionnements de plus en plus importants. Certes, l'agriculture britannique est l'une des plus avancées du monde. La révolution agricole a précédé, et non suivi, la révolution industrielle. Mais la production de céréales et de viande a quelque mal à suivre la demande. Les grands propriétaires fonciers qui, grâce aux *enclosures* [1], ont peu à peu généralisé les techniques nouvelles, bénéficient de cette situation. Certaines années, les profits d'une exploitation agricole modernisée dépassent de 50 % les capitaux investis. Dominant le Parlement, et, sous prétexte d'encourager la production de grains, les propriétaires vont faire voter une réglementation douanière protectrice : les *corn laws*. Elle cherche à perpétuer le pactole dont ils bénéficient.

En 1813, avec l'intensification de la guerre contre Napoléon et les mauvaises récoltes, les cours du blé montent à des prix records. Celui du boisseau [2] de farine équivaut au double du salaire hebdomadaire d'un ouvrier. Cela ne profitait ni aux ouvriers ni aux industriels, obligés d'augmenter les salaires. Avec une impudence très grande, le parlement britannique

1. Clôture des champs et partage des communaux par des lois spéciales, dont certaines furent votées dès le début du XVIIe siècle.

2. Ancienne mesure de capacité pour les matières sèches, de contenance variable suivant les pays (environ 13 litres).

vota un renforcement des droits d'entrée sur les céréales... afin d'encourager l'approvisionnement national.

L'affrontement des propriétaires fonciers et des industriels devint sans merci. Pétitions, libelles, meetings agitent la Grande-Bretagne. Rien n'y fit : les *corn laws* furent maintenues. En 1815, avec la fin des guerres napoléoniennes, le prix du blé retrouve un niveau plus acceptable et la réforme des *corn laws* semble être renvoyée aux calendes grecques.

Ricardo ne l'entend pas ainsi et publie un livre dont le titre est sans ambiguïté : *Essai sur l'influence des bas prix du blé, sur les profits*. La dénonciation des propriétaires fonciers y est sans nuances : « les intérêts des propriétaires fonciers sont toujours opposés à l'intérêt de toutes les autres classes sociales ». C'est contre ces propriétaires qu'il construit sa théorie de la valeur. Son argumentation lui paraîtra si convaincante, l'enrichissement abusif des propriétaires si inévitable, qu'en 1816, il se retire des affaires de spéculations boursières et devient ...un richissime propriétaire terrien. L'immense fortune qu'il laissa à sa mort prouve que Ricardo [1] avait une manière bien empirique de vérifier ses propres théories.

1. La démonstration ricardienne des risques de la rente foncière a besoin de la valeur-travail.

Nous avons déjà donné, à propos de la répartition, les grandes lignes de la théorie ricardienne de la rente foncière.

1. David Ricardo est né à Londres en 1772, dans une famille israélite venue des Pays-Bas, mais originaire du Portugal. Son père était un courtier en marchandises et, à l'âge de 17 ans, Ricardo se lança dans des spéculations boursières en tout genre. A 22 ans, il fonde sa propre maison d'affaires. Son mariage avec une *quaker* et sa conversion au protestantisme le séparent de sa famille. Il va mener de front ses activités financières et son élaboration théorique. Il deviendra professeur à l'université de Haileybury, fondée par la compagnie des Indes pour former des administrateurs. Son premier ouvrage fut publié en 1810. Son contenu : « le haut prix des lingots comme preuve de la dépréciation du billet de banque », ouvre la voie à la théorie quantitative moderne de la monnaie. La première édition des *Principes d'économie politique et de l'impôt* date de 1817. Il rééditera l'ouvrage en 1819, puis en 1821, en approfondissant chaque fois son analyse théorique. Élu au Parlement en 1819, il meurt brusquement en 1823, dans la propriété où il s'était retiré, après avoir cessé, en 1816, ses activités de spéculateur financier et s'être reconverti dans la ...rente foncière.

Nous voudrions ici en montrer les liaisons intimes avec la théorie de la valeur.

Pour Ricardo (comme pour Malthus), au fur et à mesure que la population s'accroît, on est obligé de mettre en culture des terres de moins en moins fertiles. Turgot avait déjà signalé cette situation, et la loi des rendements décroissants est la reprise, au niveau théorique, des arguments donnés en 1813 par les propriétaires fonciers, qui voulaient justifier le renforcement des *corn laws*. Les terres que l'on pouvait mettre en culture ne pouvaient être rentables que si le prix du blé dépassait 80 shillings l'hectolitre.

Pour compléter sa démonstration, Ricardo pose alors :

1. Que tous les sacs de blé, quels que soient les travaux et dépenses qu'ils impliquent, ont la même valeur d'échange. Si des marchandises sont semblables dans leur qualité et leur nature, peu importent les différences dans les coûts de production ; elles concourent toutes à la formation du prix, et le prix est le même pour toutes. Aucun acheteur ne consentira à payer plus cher un sac de blé qu'un autre ; il n'y a qu'un seul prix d'équilibre. Stanley Jevons parlera, à ce propos, de loi d'indifférence ;

2. Que cette valeur d'échange uniforme est déterminée par le travail. C'est la reprise de l'idée d'Adam Smith, mais systématisée comme savait le faire Ricardo. Il écarte la vision composite des coûts de production qu'avait A. Smith. La rente foncière est éliminée, elle n'est qu'un revenu abusif. Le capital est réduit à des *unités de travail*. Ricardo, abandonnant la théorie de la « valeur-travail-commandé » au profit de la « valeur-travail-incorporé », peut ramener le capital au travail qui a été nécessaire à sa production.

3. Que la quantité de travail qui détermine la valeur d'échange est celle nécessaire à la production du blé sur la terre la moins fertile. En effet, ce blé est nécessaire pour parvenir à équilibrer l'offre et la demande, il faut donc que le prix du marché couvre ses frais de production, le travail direct ou indirect qu'il a incorporé.

Ainsi va apparaître une situation de *rente* au profit des producteurs de blé qui ont des terres plus fertiles. Admirez le raisonnement. Ricardo explique la rente, revenu qui ne dépend d'aucun travail, à partir d'une théorie qui explique que toute valeur vient du travail.

Ricardo fait coup double.

Il fonde le caractère productif de tout travail, et principalement du travail industriel.

Il montre que la rente foncière est dangereuse. Le prix du blé, se fixant à partir de la fertilité de la terre la moins bonne, ne peut que monter au fur et à mesure que la population s'accroîtra. « Les manufacturiers » (les industriels) seront obligés d'augmenter leurs salaires aux dépens de leurs profits. Il viendra un moment où ils ne pourront plus que renouveler le capital. Son accumulation s'arrêtant, la croissance s'étiolera. Les salaires seront alors élevés, mais engloutis par le prix du grain. Les prix du blé et l'arrêt de l'accumulation du capital auront tôt fait de stopper la croissance industrielle. Dans ce monde de stagnation, seuls, les propriétaires jouiront de revenus indécents.

2. Les développements de la théorie ricardienne de la valeur.

L'origine de la théorie ricardienne de la valeur-travail montre bien sa fonction ; toutefois, cette théorie n'est pas enfermée dans la dénonciation de la rente. Ricardo n'a pas la même légèreté qu'un A. Smith, cet esprit encyclopédique, ouvrant, puis négligeant une piste. C'est au contraire un homme de raisonnement rigoureux, des principes cohérents entre eux. Il va aussi être amené à faire de la valeur-travail l'élément intégrateur de toute sa vision de l'économie.

1. Il n'y a plus de confusion entre la richesse et la valeur.

— *La richesse* représente ce qui est nécessaire, utile, agréable ; sa recherche commande la demande. *Pour les biens non reproductifs* (par exemple les œuvres d'art), la rareté est l'élément qui détermine la valeur d'échange. Mais pour Ricardo, ces biens ne représentent qu'une infime partie des biens échangés.

— La valeur de tous les autres biens dépend de la plus ou moins grande facilité avec laquelle un bien est produit ; de la *quantité* de travail qui est nécessaire à sa production.

Comment expliquer cette liaison valeur/travail ? Ricardo a une réponse qui frise le simplisme : « Toutes les marchandises sont le produit du travail et n'auraient aucune valeur sans le travail dépensé à les produire. » Autrement dit, sans le travail, elles n'existeraient pas, donc, c'est le travail qui fait leur valeur. Mais pourquoi les produits du travail sont-ils devenus des marchandises, c'est-à-dire des biens vendus sur un marché ? Ricardo ne se pose pas cette question, qui est fondamentale pour Marx. Il ne lui vient pas à l'idée de soulever des questions qui pourraient être gênantes pour le capitaliste industriel, il n'a qu'un ennemi : le propriétaire foncier.

2. Ricardo choisit une conception de la valeur-travail-incorporé. Il n'y a pas ainsi besoin de distinguer la société primitive et la société moderne, comme le fait Smith. Marx reprendra cette définition, mais avec une tout autre signification ; que l'on ait besoin de capital ou non, que l'on connaisse ou non la monnaie, la valeur-travail-incorporé de Ricardo permet de mesurer la valeur relative des biens. La valeur-travail ricardienne est a-historique, hors de l'histoire.

3. Il n'y a pas, chez Ricardo, de confusion entre salaire et travail. Ricardo raisonne clairement en *quantité de travail incorporé*.

4. Ricardo intègre bien sa théorie de la valeur et sa théorie de la monnaie. La valeur de la monnaie dépend de la quantité de travail qu'il a fallu pour la produire. Le prix d'un bien dépend du rapport entre la quantité de travail qu'il a fallu pour le produire et la quantité de travail qu'il a fallu pour produire une unité de monnaie. Si on extrait plus facilement l'or, la quantité de travail nécessaire à la production d'une unité de monnaie baissera, les prix monteront. Si on remplace l'or par des billets non convertibles, la valeur de la monnaie baissera, et les prix monteront. En effet, le remplacement — par exemple — d'une unité-or par dix unités-papier revient à

produire une unité de monnaie avec dix fois moins de travail. Les prix nominaux seront multipliés par 10.

5. La théorie ricardienne de la valeur est conforme à sa théorie de la répartition. Il serait curieux qu'il en aille autrement, puisqu'elle est née à propos de la répartition. Les propriétaires fonciers prélèvent leur rente. Les salariés reçoivent leur rémunération, qui leur permet tout juste de subsister, quel que soit, par ailleurs, le prix du grain. (Le prix du grain dépend du rapport entre le travail nécessaire pour produire un sac de blé sur la terre la moins fertile et le travail nécessaire pour produire une unité monétaire.) Les profits que touchent les propriétaires sont un résidu. Les marxistes s'opposent à une telle conception, qui ne permet pas de faire du profit un revenu d'exploitation. Certes, une fois la rente prélevée, les salaires et les profits sont dans un face-à-face conflictuel. Toutefois, le malheur des ouvriers ne vient pas des capitalistes, mais de leur propension à faire des enfants. Ricardo voulait justifier le travail industriel et le rôle des industriels, non la lutte des ouvriers, ce qui, à son époque, n'avait guère de sens. Avant de vouloir expliquer la lutte du prolétariat, il faut que ce dernier devienne une véritable entité.

6. La valeur-travail est à la base de l'explication ricardienne de la division internationale du travail par les coûts comparatifs [1].

7. Ricardo explique les mouvements des prix à long terme par des changements dans les conditions de leur production, par la productivité. C'est une explication du même ordre qu'on trouve chez bien des économistes contemporains, tel J. Fourastié qui, cependant, est très loin d'une solution aussi unitaire que celle de Ricardo.

1. Cf. p. 265.

3. Les incertitudes de la théorie ricardienne de la valeur.

Tous ces éléments auraient dû permettre à Ricardo d'affirmer que les rapports entre les prix expriment les rapports entre les valeurs incorporées dans la production de chaque bien ; que les prix sont proportionnels au travail incorporé.

Or, c'est là que commencent les difficultés.

1. Revenons au point de départ : au prix de la nourriture. Il dépend bien de la quantité de travail, *mais de la quantité nécessaire pour exploiter les terres les moins fertiles.* Plus tard, en généralisant à leur manière l'idée de la productivité marginale et de la rente, les néo-classiques parviendront à donner un sens à cette situation bizarre. Ils auront abandonné la valeur-travail pour la valeur-utilité. Nous en reparlerons.

2. Pour Ricardo, les salaires sont proportionnels au travail fourni, et les profits, aux capitaux financiers investis. Il n'y a pas de liaison entre travail et profit (si ce n'est à travers le prélèvement de la rente et la fixation du salaire minimum, indépendant de la fixation des profits). Les capitaux étant convertibles en quantité de travail, même si on fait jouer la *loi d'égalisation du taux de profit* énoncée par Smith et qui fut reprise par Marx [1], on devrait retrouver un certain rapport avec la quantité de travail. Or, il n'en est rien.

La *valeur* des capitaux fixes, exprimée en travail, peut représenter des données financières fort différentes. Durant leur fabrication, plus ou moins longue suivant le type d'équipement, le prix du travail (le salaire) a pu varier ; cela est d'autant plus sensible que l'utilisation et, par là même, la durée d'amortissement d'un capital fixe, peut s'étaler sur de

1. D'après cette loi, la concurrence aboutit à égaliser tous les taux de profit, car elle pousse les capitaux à s'investir là où les profits sont les plus élevés, de sorte que l'offre y augmente rapidement et que les prix y baissent. En revanche, là où les profits sont faibles au départ, les capitaux rechignent à s'investir ; l'offre stagne, voire régresse ; les prix montent, les profits, également.

nombreuses années. Pire, avec un même taux de profit, selon la durée d'amortissement des équipements, il faut, si l'on veut récupérer sa mise et pouvoir racheter un équipement neuf pour remplacer l'usé, avoir des profits effectifs fort différents. Il faut doubler le taux de profit théorique lorsqu'un équipement doit être amorti deux fois plus vite (pas tout à fait deux fois si l'on tient compte des intérêts composés). Les relations entre le prix et la quantité de travail deviennent donc très lâches.

3. Supposons maintenant que le prix du blé s'accroisse. Les salaires vont suivre. Les profits baisseront ; les prix changeront, mais pas uniformément. Les prix monteront dans les secteurs faiblement capitalistiques (ceux qui utilisent beaucoup de travail et peu de capital). Ils baisseront dans les autres. C'est ce que l'on a appelé *l'effet Ricardo* et qui, aujourd'hui encore, permet d'expliquer certains phénomènes de substitution du capital au travail. Cet effet est dû aux mécanismes de l'égalisation des profits. Dans le premier secteur, les profits chutent plus vite que dans le second (où, dans la logique de Ricardo, le travail incorporé dans le capital l'a été à une époque où les profits étaient plus bas). Les capitaux financiers fuient le premier secteur pour aller s'investir dans le second. L'offre du premier secteur stagne, tandis qu'elle s'élève dans le second. D'un côté, les prix montent, de l'autre, ils chutent, jusqu'au moment où le taux de profit des deux secteurs sera à nouveau identique.

Ajoutons maintenant à toutes ces incertitudes les variations de la *valeur* de la monnaie : la belle relation proportionnelle entre les prix et les quantités de travail-incorporé dans les produits vole en éclats. Ricardo était fort conscient de ces difficultés. Pour s'en sortir, il recherchait un invariant, un *étalon* qui aurait pu permettre d'éliminer toutes les causes d'incertitude. Il ne parvint qu'à un résultat contestable. Aussi finit-il par dire que l'explication de la variation des prix par la quantité de travail-incorporé dans la production était *approximativement* valable.

Elle avait parfaitement joué son rôle dans l'attaque des *corn laws*, elle permettait certains développements théoriques suffisamment explicatifs de phénomènes réels ; pour le reste, pour comprendre, il faut simplifier. Ricardo était maître dans cet art d'élimination des phénomènes parasites.

En fait, ce qu'il y a de plus remarquable, dans Ricardo, c'est la liaison qu'il a établie entre l'évolution à long terme des prix et les conditions de la production. L'évolution de la production, et finalement des techniques, est un des points majeurs de son système. On peut peut-être parvenir à un tel résultat sans des hypothèses concernant la *valeur*.

En définitive, ces dernières ont toujours été formulées à propos de la défense sociale (ou de l'attaque) d'un des acteurs de l'économie. Elles ont permis d'explorer des champs différents, car elles décalent le point d'observation. En cela, ces hypothèses n'ont pas été inutiles, mais tout construire à partir d'elles, cela s'appelle avoir des œillères. Ce n'est pas la valeur-travail marxiste qui nous convaincra du contraire. Il reste que toute approche scientifique est découpage, et donc, œillère.

Aujourd'hui, la reprise de l'hypothèse ricardienne de la valeur par un certain nombre de néo-classiques ou de keynésiens n'est bien sûr pas dénuée de tout objectif social. Les uns, les néo-classiques-néo-ricardiens, veulent sortir des limites de la valeur-utilité. A force de vouloir justifier le capitalisme, la concurrence et le rôle d'une rationalité fort spéciale, elle ne parvient plus à éclairer la réalité. On voudrait réintroduire la lutte des classes en aseptisant le marxisme, en le délivrant de son virus révolutionnaire. On croit pouvoir le faire en revenant à la valeur-travail ricardienne, qui rassure. Comme l'a dit Samuelson en 1974 : « Le marxisme est une chose trop valable pour qu'on la laisse aux marxistes. » Les « néo-ricardiens-néo-keynésiens » veulent tout au contraire, comme nous l'avons déjà dit [1], renforcer la caractère révolutionnaire de la vision keynésienne.

1. Cf. p. 286.

Les économistes à la recherche d'un étalon général de mesure. Ou, d'Adam Smith à Sraffa, la petite histoire de la pierre philosophale de l'économie *

Ricardo a recherché désespérément un point fixe à partir duquel toutes les mesures de la valeur deviendraient possibles. Tout au long de l'histoire de l'économie, on retrouve cette quête ; il semble même que le point fixe soit devenu, pour certains, une idée fixe. Stuart Mill l'a fort bien compris : « Ce que recherchent les économistes, ce n'est pas la mesure de la valeur des biens aux mêmes lieu et place, mais une mesure de la valeur du même bien, à différents moments du temps et en des lieux différents. »

Adam Smith croyait avoir trouvé cette mesure dans l'étalon-travail. Cet étalon devait lui permettre de mesurer l'évolution de la richesse d'une nation en éliminant les variations nominales des prix et des salaires. Smith substitue à l'unité-salaire *un salaire réel exprimé en quantité de blé.* Le blé était la base alimentaire du peuple. Smith constate que si le prix du blé varie d'une année à l'autre, son prix est remarquablement constant d'un siècle à l'autre (nous ne sommes pas encore à l'époque des *corn laws*). Les salaires sont ramenés au niveau de la subsistance. Il croit voir là tous les éléments d'un étalon général de mesure. En fait, il obtient une sorte *d'indice de bien-être* qui répond aux questions : combien peut-on faire vivre de personnes avec la richesse nationale ? comment a évolué dans le temps cette possibilité ? C'est dans une voie semblable que s'est engagé Keynes lorsqu'il essaie de traduire le revenu national en unités d'emploi. Il ne s'agissait plus de faire subsister un maximum de personnes, mais de leur donner un emploi.

Ricardo est le premier à aller à la recherche d'un véritable *invariant* ; il n'y parvient pas et il garde un substitut bien curieux à l'étalon général de mesure : l'or. Comme à son habitude, Ricardo a l'air de trouver des solutions simples aux problèmes compliqués, en ajoutant qu'elles sont... approximativement satisfaisantes. Les raisons que donne Ricardo pour justifier son choix sont intéressantes : l'or, quelle que soit l'évolution de ses conditions d'exploitation, est toujours produit, au cours du temps, avec l'intensité capitaliste moyenne de l'économie. Autrement dit, la quantité de travail qu'il exige varie dans la même proportion que celle que réclame en moyenne l'ensemble des branches. L'or entretient donc un rapport constant avec la valeur moyenne d'un bien exprimé en quantité de travail. Choisir comme étalon invariable l'étalon-monnaie, il faut bien avouer que cela simplifie le problème. En fait, cela ne mène pas à grand-chose, si ce n'est à comprendre que *la recherche d'un invariant n'est pas indépendante des conditions de production.*

C'est dans cette voie que le bibliothécaire de Cambridge responsable de la réédition des œuvres de Ricardo s'est engagé. Dans un ouvrage célèbre publié en 1960 : *la Production des marchandises par des marchandises : prélude à une critique de la théorie économique*, il tente de sortir des ornières ricardiennes. Il n'est pas question de faire ici une critique d'ensemble de cet ouvrage. Il s'inscrit dans le renouveau ricardien, dont nous avons montré la signification. Il est, en outre, particulièrement illisible, et on a parfois l'impression d'un déchaînement intempestif de formalisations mathématiques abstraites. Ce qui est intéressant, c'est que Sraffa, tout en présentant la valeur-travail, essaie de résoudre le problème de l'étalon général de mesure. A cette fin, il part d'un *panier de marchandises*, un peu comme aujourd'hui, dans le domaine des monnaies internationales, on établit la valeur d'un étalon à partir d'un *panier* de monnaies nationales (ECU, DTS). Pour Sraffa, l'étalon composite qu'il recherche devrait être parfaitement représentatif des combinaisons du travail et du capital de l'ensemble des branches. C'est reprendre l'idée de Ricardo d'un étalon qui exprimerait les conditions moyennes de production. Grâce au calcul matriciel et aux principes de l'interdépendance walrassienne d'un tableau d'échange interindustriel, il pense pouvoir échapper au simplisme de Ricardo. Il tente d'établir un étalon de mesure représentatif de la combinaison moyenne du travail et du capital [1]. Au départ, il raisonne sur une situation ultra-simplifiée. Dans son économie, il n'y aurait notamment besoin que de capital circulant et de travail. Il élimine les capitaux fixes, qui supposent un amortissement et les variations de la technologie (nous voilà ramenés au bon exemple ricardien du blé, dont la production ne supposait que du travail et des semences). Sraffa pense alors avoir construit un *invariant* convenable pour une économie simplifiée à l'extrême. Il avoue qu'à partir du moment où l'on introduit un capital fixe et des délais d'amortissement, son système aboutit à *un ensemble d'équations abstraites* dont il ne perçoit plus la signification concrète... C'est à notre avis un euphémisme.

Cela dit, Sraffa cherche à déterminer si, quand un prix change, cela provient des conditions de sa production ou de celles des biens qui servent à sa production. Il essaie aussi d'examiner comment les changements de prix se traduisent dans la répartition des salaires et des profits. Il montre alors qu'en l'absence de tout changement dans la demande, dans les techniques, dans les échelles de production et divers autres éléments extérieurs, *il y a indétermination du partage salaire/profit*. A partir d'une situation ultra-simplifiée il semble fonder logiquement, *mathématiquement*, une théorie néo-keynésienne de la répartition. Mais alors, que vient faire, dans tout cela, la valeur-travail ricardienne ? Elle sert de justification aux keynésiens, qui passent avec armes et bagages du côté de la contestation sociale.

Mais revenons à l'invariant. Sraffa a relancé toute une partie des recherches actuelles sur la valeur. Elles cherchent à déterminer comment se fixent *les prix de production*. Dans bien des cas, ces recherches auraient avantage à examiner les démarches des sciences de la gestion et à fuir la quête sans fin de la pierre philosophale. Le détour par les théories de la valeur ne font qu'accumuler hypothèses sur hypothèses. Ce n'est pas toujours le signe du bon sens et de l'efficacité scientifique. Il y a des limites à l'économie pure, au-delà desquelles on ne stimule plus la recherche mais les jeux de l'esprit et, Dieu seul sait quoi !...

1. Pour les initiés : *branche non fondamentale* (celle qui ne sert ni à la production des autres branches ni à la consommation indispensable) *exclue*.

4. Marx et la valeur-travail au service de la révolution

Nous avons déjà très longuement analysé la valeur-travail marxiste et son rôle à la fois historique et théorique dans la lutte du prolétariat [1].

Nous voudrions, dans ce chapitre, mieux marquer les différences entre la valeur-travail ricardienne et la valeur-travail marxiste. Toutes deux se rattachent au concept de valeur-travail-incorporé et sont pourtant fondamentalement différentes. Nous examinerons ensuite les limites et les déviations de la nature de la valeur-travail marxiste, ce qui nous ramènera au rôle social de toute théorie de la valeur.

1. De la valeur-travail ricardienne à la valeur-travail marxiste.

La valeur-travail marxiste n'est pas fondée sur la quantité de travail mais sur le prix de la force de travail, du travail transformé en marchandise. Dans toute la théorie marxiste, on raisonne en prix monétaire, et non en prix réel, ou encore en unités physiques de travail.

La valeur-travail marxiste est liée aux rapports sociaux d'exploitation. Elle naît de la division du travail et de l'appropriation privée des biens de production, qui obligent les travailleurs à vendre leur force de travail au prix du marché. De ce fait, le profit n'est plus un revenu résiduel et innocent, il s'enracine à la fois dans la fixation du prix de la force de travail au niveau de la subsistance, et de l'appropriation de la plus-value par les capitalistes. Il y a une unité fondamentale des lois qui gouvernent la répartition.

1. Relire éventuellement ici, p. 175 et s.

Marx établit une relation étroite entre la valeur d'usage et la valeur d'échange. Elles apparaissent comme les deux aspects à la fois complémentaires et contradictoires d'un phénomène, celui de la valeur. Cela permet à Marx de réintroduire de manière cohérente les problèmes de la rareté et de l'utilité. Grâce à cette relation, la concurrence (les rapports entre l'offre et la demande) permet d'expliquer les distorsions possibles entre les variations de prix et la valeur-travail-incorporé. La valeur-travail est un objet pensé, qui permet de voir, de comprendre, mais ne peut être vu. Au premier niveau de l'analyse, on ne perçoit que des prix, qui peuvent être déterminés, à la limite, suivant les lois de l'équilibre walrassien.

Les contradictions entre prix du marché et valeur-travail-incorporé étant explicables, Marx évite les incertitudes de Ricardo. Il n'a plus à se préoccuper de calculs compliqués et sans issue auxquels le système ricardien aboutit lorsqu'il tente de trouver une relation entre les variations des prix et les quantités de travail-incorporé. Chez Marx, il n'y a pas indépendance des deux éléments, mais les relations entre valeur d'usage et valeur d'échange peuvent expliquer les fluctuations du prix du marché autour d'un point d'équilibre qui, lui, entretient une liaison intime, mais invisible avec la valeur-travail-incorporé [1].

1. Bien des analyses néo-ricardiennes, voire marxistes, ont oublié ces différences. Elles établissent notamment, à la suite de Sraffa, des tableaux d'entrées et de sorties utilisant des *quantités* de travail-incorporé et essaient de montrer l'erreur de Marx dans certains passages du *Capital*. Il se serait trompé en établissant les prix de production de chaque branche et le prix des produits finaux. Ces analyses oublient que Marx utilise une valeur-travail exprimée en monnaie, que, dans les passages incriminés, il n'établit pas de relations entre les branches (il les cite à titre d'exemple et n'avait pas — et pour cause — l'idée d'un tableau d'entrées et de sorties sur les interdépendances walrassiennes), enfin et surtout, toute la théorie marxiste en témoigne, la *valeur-travail* est un objet pensé... invisible. Il est donc bien vain pour Marx de rechercher des liaisons étroites entre les *valeurs* et les prix du marché. L'erreur de Marx n'est pas une erreur, c'est, au choix, soit la confirmation éclatante de sa théorie de la connaissance, soit le plus beau tour de passe-passe de l'histoire de la pensée économique.

2. Les limites de la valeur-travail marxiste.

Marx ne part pas d'une situation a-historique, comme le font Ricardo et les néo-classiques. Comme chez Smith, il y a opposition entre la société primitive et la société actuelle.

a) La valeur d'échange est liée à la constitution de la société, au processus de socialisation ; née de la socialisation, elle y joue un rôle précis. Elle explique comment et pourquoi la socialisation telle qu'elle a évolué a entraîné l'exploitation du travail, réduit à l'état de marchandise. Dans le même mouvement, elle explique pourquoi les produits du travail sont des marchandises [1]. C'est à travers cette socialisation et l'échange que va apparaître l'équivalent-travail, *le travail abstrait* [2].

Ce point de départ pouvait ouvrir une voie assez proche de celle qu'explorent aujourd'hui certains schumpétériens actuels [3]. Marx évite cependant de l'exploiter. Bien au contraire, on le voit reprendre la fable du troc. L'échange préexiste à la monnaie, et celle-ci ne fait que l'élargir, et qu'accentuer la division du travail. Toute l'économie marxiste est monétaire, mais il existe dans la reconstitution marxiste de l'évolution des sociétés, un moment où l'échange n'était pas monétaire. *C'est la faille fatale.* Si l'échange a pu exister en dehors de la monnaie, il a fallu qu'existe déjà *une norme-travail*, un équivalent-travail. On débouche sur un raisonnement circulaire. La monnaie est la condition de l'apparition de l'équivalent-travail, la monnaie naît de l'échange, qui lui-même suppose un équivalent-travail.

Les marxistes ont encore accentué cette préexistence du référent social, essence de la valeur de toute chose. Ils ont même oublié la dualité des formes de la valeur affirmées par Marx, et font bizarrement précéder la valeur d'usage par la valeur d'échange ; le travail doit à toute force primer sur

1. Cf. p. 146.
2. Cf. p. 145.
3. Cf. p. 316 et s.

l'utilité. Peu à peu, on s'est réacheminé vers Ricardo. Le marxisme officiel soviétique a aussi prôné des calculs économiques en termes d'unités physiques de travail, ce qui n'a plus beaucoup de lien avec la valeur-travail... marxienne. En fait, si l'on veut faire de la valeur-travail la justification sociale de la révolution, la valeur-travail doit transcender la socialisation. Cette dernière ne fait que dévoiler la finalité de l'homme.

Certes, Marx a placé au départ le caractère idéal du travail abstrait (simple objet pensé) et de la valeur-travail. C'était un garde-fou. Il n'a pas tenu, car Marx n'a pas osé aller jusqu'au bout de la constitution de la société, à travers la socialisation et sans faire apparaître des normes supérieures.

b) Il l'a d'autant moins fait que lorsqu'il parle de la valeur, il quitte le domaine de la dialectique marxiste pour celui de la dialectique hégélienne. Nous ne sommes plus en présence de contradictions se combinant entre elles dans un processus historique. La valeur d'usage s'oppose à la valeur d'échange, comme l'une et son contraire. L'une et l'autre apparaissent comme les deux formes antinomiques du même concept de valeur. Pousser jusqu'au bout une telle conception aurait amené Marx à donner une place toute particulière à l'entrepreneur. Ce dernier deviendrait celui qui résout la contradiction entre les deux formes de la valeur, en combinant au mieux les facteurs de production. Le profit ne serait plus un simple revenu d'exploitation. C'est la voie qu'indique le professeur H. Denis en parlant de l'échec de Marx.

Marx, à propos de la valeur, a visiblement mélangé deux méthodes. L'une est hégélienne. L'autre, plus conforme à la dynamique des structures, qu'il élabore lorsqu'il recherche les lois d'évolution des sociétés. Il a fondé les lois d'évolution du capitalisme sur une conception hégélienne de la valeur. Parallèlement, il a fait de la valeur *l'essence* des prix, dans une société dont l'évolution dépend de contradictions structurelles.

Il aurait pu s'engager dans d'autres voies, opter plus franchement pour l'une ou l'autre des méthodes. Il ne serait pas parvenu à la même justification sociale.

N'accusons pas trop vite ici Marx d'erreur méthodologique ;

il a adapté ses choix méthodologiques à ses objectifs, et ses successeurs ont accentué les glissements. N'accusons pas Marx de parti pris, c'est le propre de toute approche économique, dans la mesure où toute approche économique, voire toute approche scientifique, suppose un découpage dans la réalité. Mais il ne suffit pas de découper la réalité pour être scientifique. Nous y reviendrons dans l'épilogue de cet ouvrage.

5. Les néo-classiques et l'utilité au cœur… du capitalisme

Nous n'avons pas, dans les chapitres consacrés aux descendants d'Adam Smith, explicitement traité du problème de la valeur selon les néo-classiques.

Toutefois, le lecteur a déjà tous les éléments dont il a besoin pour comprendre cette approche. Elle fut, en son temps, considérée comme une révolution théorique. Rappelons-la brièvement :

1. *Les néo-classiques se situent bien dans l'univers smithien* : laissons les hommes libres de poursuivre leurs intérêts particuliers, et on aboutira à la meilleure allocation possible des richesses. La rationalité hédoniste des individus en concurrence sur le marché a plus de chances d'arriver aux bons choix que la raison d'État.

2. *Les néo-classiques vont unifier des éléments qui, chez les classiques, étaient disparates*. La valeur d'usage et la valeur d'échange ne vont plus avoir qu'un seul fondement ultime : l'utilité [1]. Les calculs hédonistes des agents économiques deviendront notablement plus homogènes. Le rôle de la rareté relative dans la formation des prix évitera d'avoir deux types de référence : la valeur-travail pour les biens reproductibles, la rareté pour les biens non reproductibles. A partir de l'utilité de la dernière unité entrant dans la production d'un bien, ils veulent unifier les *lois* de la *production* et les *lois* de la *répartition*.

1. Relire éventuellement p. 104 à 114.

1. De la valeur d'échange classique à la valeur d'échange néo-classique.

Pour Ricardo, si quatre mètres de tissu de coton s'échangent contre deux mètres de tissu de laine, cela signifie qu'il a fallu deux fois moins de travail pour produire le tissu de coton que pour produire le tissu de laine. Ce rapport se retrouvera dans les prix exprimés en monnaie. Le travail nécessaire à la production d'une unité monétaire étant défini, le prix du mètre de tissu de laine sera le double du prix du mètre du tissu de coton. La valeur d'échange est chez Ricardo, un rapport entre des chiffres absolus, des quantités mesurables de travail, qui expriment les conditions de production.

Pour les néo-classiques la valeur d'échange est la relation entre deux valeurs d'usage. Si quatre mètres de tissu de coton s'échangent contre deux mètres de tissu de laine, c'est qu'en définitive l'utilité du tissu de laine est jugée deux fois plus élevée que celle du tissu de coton par les participants à l'échange. Toutefois, ne faisons pas ici de contresens. Il n'est pas question de mesurer les valeurs d'usage et de les comparer. La mesure de l'utilité subjective a, certes, été tentée. La psychologie mathématique d'Edgeworth n'a abouti qu'à rendre plus subtiles (ou compliquées) les formules exprimant le calcul du plaisir et de la désutilité. Nous en reparlerons. En réalité, comme l'a fort bien exprimé Walras : « Notre étalon de mesure doit être une certaine quantité d'une certaine marchandise, et non la valeur de cette quantité de marchandise... Quant aux valeurs, elles se mesurent d'elles-même, puisque leurs rapports apparaissent directement dans les quantités de marchandises échangées. »

En d'autres termes, la fixation de l'équilibre général, tel que nous avons eu l'occasion de le décrire [1], aboutit à la fixation des prix, et les rapports entre des prix sont l'expression des rapports entre des valeurs d'usage *qui n'ont nul besoin d'être mesurées* pour être comparées. Rappelons qu'à l'équilibre, il y a égalité entre les utilités marginales. La recherche de l'utilité

1. Cf. p. 84.

maximale explique le comportement des individus en rapport dans l'échange. Le point d'équilibre signifie qu'ils sont tombés d'accord sur le rapport entre les utilités qu'ils donnent aux biens faisant l'objet de l'échange. La valeur d'échange obtenue est bien le rapport entre des valeurs d'usage, mais il n'est nul besoin de donner à ces valeurs un chiffre absolu, ainsi que Ricardo le faisait avec la valeur-travail.

Nous sommes beaucoup plus près d'un *objet pensé* de Marx que des quantités physiques de Ricardo. L'utilité explique tout, mais est invisible. On n'en voit que des effets ; les formules mathématiques abstraites permettant de comprendre comment l'on passe de l'utilité aux prix. De même que chez Marx, ce qui se voit et se mesure, ce sont les prix. Ce qui explique, c'est ce qui ne se voit pas (la valeur d'usage chez les néo-classiques, la valeur-travail chez les marxistes). On comprend que, dans ces conditions, l'équilibre walrassien puisse être en partie récupéré dans une vision marxiste. V. Pareto a d'ailleurs, dès 1902, remarqué que la théorie de l'équilibre était indépendante des théories de l'utilité cardinale.

Mais revenons à la valeur néo-classique, elle permet aussi de réintroduire une théorie de la monnaie plus convaincante que celle de Ricardo. Nous l'avons déjà expliquée [1]. Rappelons ici qu'elle est fondée sur la détermination du prix de la monnaie suivant les mêmes principes que la fondation du prix des autres biens. Plus la monnaie en circulation, par rapport à des biens en quantité constante, est abondante, plus sa rareté relative s'estompe, plus son utilité diminue. Ceux qui détiennent les biens exigent plus de monnaie pour s'en séparer ; les prix exprimés en monnaie montent, sans que pour autant les prix relatifs changent. La voie est ouverte aux théories quantitatives contemporaines de la monnaie [2].

Et si c'est la relation utilité-rareté qui en fin de compte détermine la valeur, la valeur remonte de l'utilisation finale des biens vers les biens de production.

L'interdépendance des prix ne part plus de la décomposition des prix des produits de base, puis des prix des produits

1. Cf. p. 118.
2. Cf. p. 132 et s.

intermédiaires, puis des produits finis. Dans cette démarche typiquement ricardienne, les prix des produits finis intègrent dans leur coût de production les produits des branches travaillant en amont. Ils dépendent essentiellement des conditions de production et d'apparition du profit. Bien entendu, on a un problème au moment où le produit arrive sur le marché et où le *prix de production* doit se transformer en *prix de marché*. C'est ce que l'on nomme la *transformation*. Chez Ricardo, les distorsions entre les deux prix vont provoquer des séries d'ajustements complexes. Chez Marx, où se pose aussi un problème de transformation, nous avons vu qu'il y a en fait rupture entre les deux univers. Ce sont les conditions du marché qui règlent les prix, et c'est justement cette rupture qui va entraîner les capitalistes dans la baisse tendancielle du profit.

Chez les néo-classiques, ce sont les *utilisateurs finaux*, essentiellement les *consommateurs*, qui vont donner valeur aux choses. Bien entendu, des arbitrages se font au niveau des entreprises. Si les prix ne satisfont pas les entrepreneurs, suivant les règles des utilités et des productions marginales [1], des ajustements seront nécessaires. Les offres et les demandes variant, les prix varieront. Si nous nous plaçons dans le cadre théorique de l'équilibre général, les échanges ne pourront avoir lieu qu'au moment où la meilleure allocation possible des ressources sera acquise [2].

La valeur établit le règne du consommateur-roi et supprime le délicat passage des prix de production et des prix de marché. Le système des prix est unifié.

2. Comment l'utilité vint aux économistes.

L'utilité néo-classique, avec ses calculs à la marge et ses égalisations d'utilité, eut comme nous l'avons dit, de multiples inventeurs. Les déficiences de la valeur-travail, son abandon par Stuart Mill, les attaques des socialistes et de Karl Marx,

1. Cf. p. 85, 107.
2. Cf. p. 84 et 85.

LES PRÉCURSEURS OU

La « révolution » néo-classique fut brutale ; entre 1862 et 1874, en plusieurs lieux d'Europe, on vit soutenir des thèses identiques par des économistes qui n'étaient pas en rapport entre eux.

Toutefois, l'utilité avait cheminé lentement, elle avait peu à peu sapé l'édifice de la valeur-travail des classiques.

Au départ, ceux qui tentent d'établir des liens entre valeur et utilité les fixent maladroitement et de manière bien originale.

Ainsi, l'abbé de Condillac (1715-1780), qui voulait, comme Smith — il est son contemporain — pourfendre les physiocrates, le fit en partant de l'utilité des choses. Mais il y a l'eau utile et l'eau sans valeur. Condillac comprend qu'il lui faut combiner utilité et rareté. Il va plus loin, il essaie de sortir de la subjectivité : « une chose coûte parce qu'elle a de la valeur ». Seulement, il ne distingue pas valeur d'usage et valeur d'échange. Pour lui, ces deux notions sont confondues. Dans ces conditions, la valeur d'échange, mesurée par le prix, n'est plus le résultat d'une confrontation (en coulisse) entre deux valeurs d'échange. Il faut se résoudre à rechercher une *mesure* de l'utilité ; c'est évidemment une impasse.

C'est dans cette impasse que s'engage, sans remords, J. Bentham (1748-1832). Ce contemporain de Ricardo est un réformateur. Il rêve d'une société où la somme des plaisirs serait maximale, et celle des peines, minimale. A travers cette vaine poursuite, il commence à établir des formules et à ébaucher une démarche, qui ne sont pas sans rapport avec celles des néo-classiques. A la fin du XIXe siècle, un professeur d'Oxford, Francis Ysidro Edgeworth, s'inspira de sa démarche dans une *psychologie mathématique*. Toutefois, il ne s'attachait plus à une véritable quantification. Il désirait plutôt établir les formules mathématiques qui expliqueraient comment fonctionne cette « machine à plaisir » qu'était l'homme. C'était un prude et austère personnage, qui n'avait rien d'une *« love machine »*.

De son côté, J.-B. Say avait ouvert une autre voie. Il comprend qu'il faut unifier les divers domaines explorés par la science

celles de l'École historique anglaise, les progrès dans l'utilisation des mathématiques vont provoquer cette mutation des smithiens.

Deux hommes sont particulièrement intéressants pour comprendre le sens des théories de la valeur : William Stanley Jevons et Léon Walras.

a) W. St. Jevons (1835-1882) est le fils d'un industriel ruiné.

L'INCERTAINE UTILITÉ

économique. L'utilité lui paraît un bon instrument. A partir d'elle, on justifie non seulement le travail industriel, créateur de richesses matérielles, mais tout travail. Plus personne, ni les oisifs ni les fonctionnaires, n'est stérile. Cette idée devait être en avance sur son temps, car aujourd'hui encore elle est parfois contestée [1]. Bien plus, il détache l'utilité d'un jugement social. Est utile ce qui est l'objet d'un désir. Il jugera utile la perle, que Smith, au nom de la raison, aurait rejetée dans le superflu et la vanité. A partir de l'utilité, il fait des revenus le paiement des services et justifie le rôle de l'entrepreneur. Le profit n'est plus un résidu. Malheureusement, pour combiner efficacement rareté et utilité, il faut passer par la satisfaction marginale et son utilisation. J.-B. Say en était bien loin.

Bastiat (1801-1850) va reprendre l'idée des services rendus. Ce brillant polémiste, chantre du libre-échange, va aller plus loin ; il va faire de la valeur le rapport entre des services rendus. Nous brûlons. Mais comment mesurer les services ? par le travail qu'ils permettent d'épargner. Il reprend là, une idée de l'Américain Ch. H. Carrey (1793-1879), qui l'accusa de plagiat. Il croyait ainsi faire la jonction entre la valeur-utilité et la valeur-travail ricardienne. En fait, mesurer le travail-épargné est encore moins simple que de mesurer le travail-incorporé.

Ce qui est intéressant c'est de voir que tous ces auteurs cherchent, à travers la valeur-utilité, la justification de la société libérale. Bastiat n'y est pas allé par quatre chemins : « Socialistes, économistes, égalitaires, fraternitaires, je vous défie, écrit-il, tous, autant que vous êtes, d'élever même l'ombre d'une objection contre la légitime mutualité des services volontaires, et, par conséquent, contre la propriété tellc que je l'ai définie [celui qui accorde un terme [2] rend service]... A l'égard les uns des autres, les hommes ne sont propriétaires que de valeurs, et les valeurs ne représentent que des services comparés, librement reçus et rendus. »

1. Cf. p. 202.
2. Qui loue un appartement.

Pour justifier sa théorie, Jevons se place dans la position d'un industriel qui veut faire de bonnes affaires. Il doit d'abord se préoccuper de ses clients. Il ne doit pas regarder ce qui est derrière lui (ses coûts de production, le travail accumulé) ; ce qui est fait est fait. Il doit au contraire regarder devant lui : la demande possible, l'utilité future de son produit. « L'industrie est essentiellement prospective, et non rétrospective. » Jevons condamne la valeur-travail au nom d'une saine pratique des affaires. Il cherche comment prévoir le mieux ce qui se vendra. Il en vient à une valeur d'échange liée à des utilités marginales. Il cherche comment le consommateur choisit. Il établit la proportionnalité des prix aux utilités marginales. En tout cas, Jevons indique sans ambiguïté quel est le point d'observation qui justifie la valeur-utilité et, finalement, est justifié par elle.

b) La démarche de Walras est tout aussi intéressante. Nous l'avons vu, Walras est un socialiste réformateur qui croit à la concurrence, mais socialiste quand même. Son *économie sociale* ne laisse aucun doute. Il n'est pas sûr qu'il n'y ait pas eu de relation étroite entre sa volonté réformatrice et son *économie pure*.

Walras, tout en mettant la subjectivité au centre de l'économie, a trois démarches qui tentent d'atténuer les conséquences de son choix.

1. Il se refuse à porter un jugement moral. Il rejoint J.-B. Say : on n'a pas à juger ce qui est utile ou non. Dans la valeur-travail, tant ricardienne, que smithienne, que marxiste, il y a une valorisation du travail. L'utilité triviale de la plupart des précurseurs répond aux besoins et à un aspect moralisant et justificatif.

2. Il choisit un langage qui l'oblige à la neutralité, du moins le croit-il : le langage mathématique. Son père, Auguste Walras (1801-1866), inspecteur d'académie mis en disponibilité, s'était engagé dans cette voie, et son fils lui doit beaucoup. Augustin Cournot (1801-1877) avait fait de même et avait clairement énoncé que la demande et l'offre étaient des fonctions du prix [1].

3. Il fonde bien le prix sur l'utilité et sur des comportements, tous commandés par la relation avec l'utilité et la rareté, mais, rappelons-le, la valeur-utilité devient invisible. *Le prix réel* résulte de sa gigantesque machinerie d'équations, qui mène à l'équilibre général. Au moment où l'utilité triomphe, elle est passée dans les coulisses. Pour le socialiste Walras, ce n'est

1. Ce fut cependant l'ingénieur Dupuit qui traça les premières courbes d'offres et de demandes.

peut-être pas totalement innocent. Cela est si vrai que l'équilibre walrassien (avec ses équations qui établissent l'interdépendance générale des prix, des revenus, et des productions) a pu, comme nous l'avons dit, être détaché du système de la concurrence pure et parfaite, voire de la valeur-utilité. Walras voulait défendre, à travers son équilibre, la théorie de la libre concurrence. En réussissant à « neutraliser », au moins partiellement, la valeur, il a donné à son système une portée instrumentale plus grande.

La révolution de la valeur-utilité eut bien du mal à s'imposer. Puis on vit se multiplier les Écoles en tout genre. Aujourd'hui, ce qui perdure le plus est l'équilibre walrassien. Or, cet équilibre tomba pratiquement dans les oubliettes durant des décennies. Il fallut attendre les années trente, avec Hicks et Allen, pour le revoir mis au centre de l'analyse économique néo-classique. Au moment où commençait à s'affirmer la révolution keynésienne, l'équilibre général walrassien paraissait un appui plus ferme que la loi de J.-B. Say et les raisonnements micro-économiques. Ce ne fut pourtant pas cet aspect, la révolution de l'utilité, qui frappa le plus les observateurs de l'époque. On parla surtout de l'École hédoniste. Quand la révolution triompha, on crut y voir enfin une science détachée des hypothèses sur l'homme et la société. On crut que la science économique devenait enfin grâce à la prolifération des formules abstraites et des paradigmes de base, une science positive. Comme si une science de l'homme pouvait se passer d'une hypothèse sur l'homme et sur la société.

3. Mais enfin, l'utilité est-elle indispensable ?

En tant qu'approche conceptuelle et objet servant à voir, la valeur-utilité néo-classique a été d'une grande efficacité, du moins si l'on consent à se placer dans une perspective smithienne. Si l'on refuse cette perspective, elle ne peut être qu'une mystification… ; elle ne permet plus de voir ce que l'on recherche.

Il reste que demeurent un certain nombre de problèmes de fond, que l'on peut résumer par le mot d'*irréalisme*. On dira qu'il ne s'agit pas de décrire la réalité, mais de déterminer les conditions du bon choix. On peut légitimement s'interroger sur la nécessité d'avoir des hypothèses irréalistes pour faire un bon choix.

Nous pourrions ici décrire en détail les objections bien classiques que soulève la valeur-utilité. Nous en avons parlé à un moment ou à un autre.

La psychologie hédoniste est d'un simplisme désarmant qui se réfère à une conception philosophique du siècle des lumières [1].

La concurrence pure et parfaite devait pouvoir permettre l'efficacité la plus grande. Schumpeter a montré que rien n'était moins certain [2]. Le monopole est plus efficace pour transformer la technologie.

Partir d'une situation théorique du consommateur-roi et d'une consommation rationnelle n'a rien à voir avec la situation présente. Là encore, le comportement de la firme qui maîtrise le consommateur est peut-être plus avantageux pour la croissance que celui des firmes qui ne peuvent que subir les lois du marché.

L'évolution des conditions de production — et notamment l'évolution technologique — ne peut être prise en compte que médiocrement [3]. Cela renvoie aux deux observations précédentes.

L'inexistence de l'exploitation — chacun étant payé suivant sa productivité marginale, au point d'équilibre — a tout l'air d'un conte de fées ou d'un compte d'apothicaire [4]. L'irréalisme est ici tel, nous l'avons vu, qu'il incite certains néo-classiques à retourner vers la valeur-travail ricardienne.

Même d'un point de vue *purement* théorique, la solidité de la valeur-utilité est faible et irréaliste. Prenons un exemple.

On suppose que la demande varie en fonction du prix.

1. Cf. p. 105.
2. Cf. p. 210.
3. Cf. p. 221.
4. Cf. p. 203.

$$D = f(p)$$

Le consommateur, avec des besoins donnés, est confronté à une multitude de biens (au passage besoins et biens liés sont positionnés de manière autonome). Or, les biens sont plus ou moins liés ou plus ou moins substituables. En d'autres termes, la demande pour un bien n'est pas seulement fonction de son prix, elle dépend aussi des prix des autres biens. A partir de là, aucun élément n'est donné, autre que l'échelle de préférence, c'est-à-dire les besoins. Ce problème a amené des développements théoriques complexes et incertains. Malheureusement, comme le signale Hicks, « lorsqu'il s'agit de la consommation de plus de deux biens, il se peut que l'équation différentielle du système de préférence ne soit pas intégrable ». En d'autres termes, si le prix d'un bien baisse, le consommateur bénéficie d'un revenu qui peut l'inciter à augmenter sa demande pour l'ensemble des autres biens, alors qu'en principe on postule la demande comme une fonction décroissante des prix.

Nous pourrions continuer à ajouter les objections aux objections. Cela ne mène pas à grand-chose, car on peut faire de même avec toutes les théories de la valeur. Entre économistes, les batailles à propos de la valeur sont les plus meurtrières, car on fait mouche à chaque coup. On dirait que, presque sûrement, les économistes se sont mis à découvert. C'est d'ailleurs pour cela que la théorie de la valeur nous a permis de mieux découvrir les points d'observation de chaque École et ses intentions sociales.

Pourquoi des hommes qui, d'habitude, sont quelque peu retors, ont-ils été si naïfs, ou — plus exactement — si imprudents, lorsqu'ils ont abordé le problème de la valeur ?

Quelle force impérieuse les a poussés à se battre sur un terrain aussi dangereux [1] ?

Aujourd'hui, certains schumpétériens tentent d'apporter une réponse à cette question.

1. Il est peut-être significatif que nous-mêmes, dans cet ouvrage, ayons retardé le plus longtemps possible le moment où nous engagerions le fer sur cette question. Nous sommes bien sûrs, qu'ici, les coups vont pleuvoir de toutes parts. Nous aussi, sur ce terrain, nous sommes vulnérables.

6. Des schumpétériens et l'énigme de la valeur

Jusqu'ici, les schumpétériens semblaient n'avoir eu que fort peu de préoccupations fondamentales à propos de la valeur. Certes, à l'origine, Schumpeter est un néo-classique, mais le comprendre ne nécessite nullement l'adhésion à la valeur-utilité. François Perroux a soutenu une brillante thèse sur la valeur néo-classique [1], mais c'était avant qu'il ne joue un rôle décisif dans la propagation de l'hérésie schumpétérienne. A travers toute l'histoire de la pensée économique, tous ceux que l'on rattache plus ou moins à l'hérésie schumpétérienne n'ont jamais fait de la valeur le centre même de leur approche théorique. Certains ont même rejeté toute hypothèse à ce propos.

En fait, les hérétiques « à la Schumpeter » sont d'abord, comme nous l'avons dit, des intellectuels, qui justifient leur point de vue par la quête de la connaissance. Ils ont d'autant moins besoin de justifier socialement leur point d'observation, qu'ils ont la naïveté de croire que la quête de la vérité est reconnue en soi. Certains vont même plus loin. Ils n'ont pas besoin de justifier un point d'observation de l'économie, car la quête de la connaissance pour la connaissance n'est pas liée à une transformation de l'économie. C'est quand le savoir économique se dégrade et devient politico-économique qu'il a besoin de justification. C'est à ceux qui dégradent le savoir en politique, à se justifier, pas à eux. Nous retrouvons là la bonne conscience de l'intellectuel en général et du chercheur scientifique en particulier. Ils refusent d'avouer la responsabilité du savoir et accusent les autres au nom du droit imprescriptible qu'a tout intellectuel de contester le pouvoir. Subrepticement, ils s'arrogent au passage le droit d'agir dans la société, sans avoir besoin, socialement, de se justifier.

1. A propos du profit.

Enfin, il faut prendre les hommes tels qu'ils sont.

Ce n'est que récemment que l'on a vu des schumpétériens s'intéresser de façon directe à la valeur [1]. Peut-être, influencés dans leur cheminement par l'analyse marxiste, ont-ils été incités à se poser à eux-mêmes quelques questions indiscrètes. Leur point de départ est l'anthropologie fondamentale de la violence de R. Girard [2]. Nous reprenons ci-dessous leur argumentation.

1. De la violence à la valeur.

Saisir le sens de l'enchaînement théorique suscité par le problème de la valeur suppose que l'on prenne conscience des conditions de la socialisation des hommes.

Nous voilà ramenés à l'anthropologie fondamentale de R. Girard. La socialisation naît de la nécessité de maîtriser la violence du désir mimétique. L'être en voie d'humanisation est mû par un formidable désir d'imiter l'autre, de le capturer pour se l'approprier. Mais l'autre aussi est mû par le même désir mimétique. Chez ces animaux qui sont devenus les hommes, personne n'accepte plus, d'instinct, le rôle de dominé. La stabilité des sociétés animales est rompue. Chaque membre du groupe peut, par la ruse et à l'aide de pierres, abolir la force physique qui permettait autrefois la domination. Les lentes et hasardeuses évolutions biologiques ont amené l'espèce animale à ce point de rupture.

Nous avons déjà évoqué cette situation. Nous avons vu aussi comment, peu à peu, le sacré, le monarque (le pouvoir politique), la monnaie (l'ordre marchand) ont permis l'édification de la société en organisant la violence.

Au-delà du sacré, de ses rites et de ses sacrifices, du monarque et de son droit de transgresser les rites, d'user de la violence, nous avons vu que, peu à peu, les hommes ont tenté de détourner la violence vers les objets. Le don réciproque peu dégagé des rites du sacré, le vol et, bientôt, la monnaie appartiennent à la domestication tâtonnante de la violence.

1. M. Aglietta et A. Orlean.
2. Cf. p. 274.

a) Ce que nous nommons valeur d'usage, « l'utilité » s'enracine dans le désir de capturer de l'autre et non dans une nécessité biologique de survie.

L'instinct animal suffit pour répondre aux pulsions physiologiques. L'utilité naît, au contraire, d'une impérieuse nécessité de survie sociale. Elle n'exprime pas les rapports de l'homme avec la nature, mais les rapports sociaux entre les hommes. Afin de détourner la violence du désir mimétique, l'autre désigne un objet qui lui appartient comme substitut de soi-même. En même temps, il s'oppose à la satisfaction de ce désir acquisitif, car il veut aussi imiter celui qui veut l'imiter. Il se voit alors présenter un objet dont le rôle est, lui aussi, de détourner la violence. « La valeur d'échange, écrivaient Michel Aglietta et André Orlean, est l'obstacle que le rival place devant le désir acquisitif du sujet. »

Nous sommes dans le monde des rites, et non de l'économique, du désir, et non de la nécessité. Si le rite échoue, le désir montera jusqu'au paroxysme, jusqu'au meurtre…

b) Cet enracinement dans l'irrationnel, ou plus exactement, de l'économie dans le culturel et les rites du sacré, a été refusé par les classiques, les néo-classiques et les marxistes.

Les hommes cherchent toujours à enfouir ce péché originel auquel, peut-être, nous devons d'être des hommes. C'est une manière de conjurer le risque de son retour que d'affirmer une rationalité préexistante.

1. *Marx* a très bien compris que l'homme n'existait que dans le rapport social. Il a très bien compris le caractère conflictuel, dialectique, des rapports entre valeur d'échange et valeur d'usage. Mieux : il a entrevu le caractère fantasmagorique de la valeur. Toutefois, il n'est pas allé jusqu'au bout de sa démarche.

Pour Marx, si la valeur d'échange naît de la relation sociale, la valeur d'usage naît de la relation de l'homme et de la nature. Elle s'enracine dans des instincts qui deviennent des *besoins*.

Brusquement, au moment le moins opportun pour la compréhension du phénomène de socialisation, Marx bifurque. L'homme devient un être qui connaît ses besoins et les satisfait par son travail (l'affrontement de l'homme et de la nature). Besoins et travail finissent par apparaître comme préexistants, ils sont, en quelque sorte, « l'essence de la nature humaine ». La valeur d'usage devient une « prénotion », « en dépit, écrivent Michel Aglietta et André Orlean, de toutes les indications que Marx multiplie sur la dimension morale et historique des besoins, la valeur d'usage demeure une énigme, parce qu'elle n'est pas conçue comme un rapport social ».

Toute la vision marxiste du monde va basculer dans une anthropologie « besogneuse [1] ».

Le besoin humain n'est plus la forme polie de la capture de l'autre, le camouflage du désir, sinon son assagissement. Il n'est plus ce que l'homme cherche à prendre à l'autre. Marx va en faire un acte *rationnel*, qui fonde la primauté de l'économique sur le culturel ; d'abord, il faut survivre. L'infrastructure va gouverner l'évolution des sociétés vers un monde rationnel, où l'on passera de « chacun selon ses capacités » à « chacun selon ses besoins », comme si le besoin n'était pas d'abord violence contre l'autre.

En attendant, tout est prêt pour faire du *travail* le fondement de *la valeur* et pour justifier le rôle du prolétariat. En effet, si la valeur d'usage naît, en dehors de la socialisation, du mouvement qui permet à l'homme de satisfaire ses *besoins* par son travail, la socialisation passe non par la violence, mais par un échange de travail. Elle permet une plus grande satisfaction des besoins. Cela n'a plus de sens si nous admettons que le *besoin* qui fonde l'utilité provient du désir d'accaparement de l'autre, d'un désir de meurtre, qu'il n'est qu'un *subterfuge* social qui a, progressivement, *dénaturé* les instincts qui assuraient la survie physiologique, en les entraînant dans sa logique.

2. *Classiques et néo-classiques* n'ont même pas soupçonné les problèmes posés par les conditions de la socialisation.

1. Le terme est de G.-H. de Radkowski.

L'homme classique ou néo-classique a « la société tout entière dans sa tête ». Ce qui permet l'échange, c'est *la raison* (le propre de l'homme). *Le besoin* ne naît plus, comme chez Marx, de l'instinct de la survie biologique ; il est désir d'un être raisonnable vis-à-vis d'un objet. La relation sociale est inutile. Chacun va faire des choix rationnels, ou en suivant son intérêt, ou en recherchant son plaisir, guide suprême de la rationalité. Dans le modèle idéal que veulent construire les classiques et, surtout, les néo-classiques, il est extraordinaire de noter combien l'on tente d'éviter la relation entre des hommes différents. Ils seraient alors voués à la violence mimétique, chacun voulant être l'autre. Nous sommes en présence d'individus qui, indépendamment les uns des autres, font des choix, à partir d'une référence commune : *la raison*.

Les choix peuvent être différents, la fonction de l'échange est de les rendre compatibles. Le marché homogénise les choix, en laissant chaque individu dans son raisonnement solitaire. Tout au plus fait-on intervenir le personnage mythique du commissaire-priseur. « L'individu et le social sont définitivement réconciliés, écrivent M. Aglietta et A. Orlean, par suppression de la tension qui les unit. L'individu s'est fondu dans le social, parce que ce dernier était déjà présent, avant tout échange, dans la conscience de l'individu isolé. »

Smith et Ricardo ont fait du travail l'étalon à partir duquel la raison exerce des choix. Les néo-classiques substituent à l'étalon-travail l'utilité. La démarche demeure rigoureusement identique. Elle débouche sur une *société* où les contradictions n'ont pas de place et ne sont que des imperfections (l'exploitation est l'une d'entre elles). Les hommes raisonnent à partir des rapports qu'ils entretiennent avec les choses ; la monnaie ne peut être qu'une chose parmi d'autres ; l'échange est, fondamentalement, un troc.

Dans tous les cas, la valeur camoufle les conditions d'apparition de l'économie et, en même temps, justifie un groupe social. Elle oblige les autres groupes à adhérer à la logique qui fonde sa domination. Elle participe au grand mythe du sacré et à l'instauration des interdits, des tabous, du bien et du mal. Il est évident que lorsqu'on gratte un peu la croûte rationnelle dont elle se pare, il est facile d'en démontrer la déraison, mais peut-être pas l'inutilité sociale. Le sacré aussi joue un rôle fondamental dans la socialisation des hommes.

2. L'important, c'est la monnaie.

Quoi qu'il en soit, ne prenant pas en compte les conditions de la socialisation, des hommes, classiques, néo-classiques et marxistes, font préexister l'échange à la monnaie.

Dans le cadre de l'anthropologie fondamentale de R. Girard, cela est impossible. La monnaie n'a pas été une nécessité économique, mais une nécessité sociale qui a fondé l'économique. Pour que le troc soit possible, il faut que chacun se réfère à une valeur supérieure à l'échange. Or, l'échange est fondé sur un mutuel désir de capturer l'autre ; il ne peut donc parvenir à la stabilité. Il n'y a pas possibilité d'égaliser des évaluations, puisqu'aucun référent extérieur à l'échange n'existe, ni valeur-travail, ni valeur utile.

L'échange des choses, quand il dépasse le cadre du don rituel ou du vol, ne veut être, sous une forme ou sous une autre, qu'un échange monétaire.

Nous l'avons vu, peu à peu, les hommes, à travers les rites, ont détourné la violence sur les victimes émissaires et les choses. A travers ce détournement se fonde la société. La *monnaie* est l'élément qui va faire basculer la socialisation dans l'économie.

Par un accord commun, dans un processus identique à celui qui fait de la victime émissaire le facteur de la réconciliation du groupe, un bien est rejeté de la consommation. Il va alors devenir ce que chacun recherche et vers quoi il va détourner sa violence acquisitive.

Ainsi, la monnaie n'est pas un bien comme un autre, un moyen d'échange. Elle est une institution sociale, celle qui crée le champ de l'économique, permet son développement et désacralise notre monde, tout en entretenant de subtils liens avec le sacré.

En apparence, nous voilà revenus à Keynes, voire aux

mercantilistes (qui n'ont peut-être pas *tout à fait* tort d'y voir la richesse par excellence).

En fait, la monnaie du circuit économique ne permet pas de comprendre les crises de *l'institution monétaire*. Elle est celle que conçoit le pouvoir politique, un élément de son pouvoir dans l'organisation sociale.

La voie hérétique « à la Schumpeter » est d'étudier le rôle de la monnaie, institution sociale, dans le développement des sociétés. Elle se centre sur les crises de cette institution ambiguë qui a pour fonction de détourner la violence, mais non de l'apaiser. Elle ne cherche pas à prescrire une politique. Nous sommes bien loin du problème de la quantité de monnaie ; nous sommes renvoyés à l'ensemble des problèmes de la société des hommes, dans ses rapports changeants et évolutifs.

Il est finalement réconfortant que, pour le non-spécialiste, la valeur soit toujours liée aux prix exprimés en monnaie.

Il est temps que les économistes prennent la monnaie au sérieux ; ce serait un pas vers la désacralisation de leur science.

Annexe

Mercantilistes et physiocrates à la recherche de la richesse

Les mercantilistes furent les premiers à considérer l'enrichissement comme une fin louable.

Pour eux, l'intérêt personnel est un aiguillon qui mène à la prospérité générale. Toutefois, les agents de cette prospérité ne sont pas les industriels, mais les marchands et, surtout, l'État.

A leur époque, les États nationaux s'affirment, le capitalisme marchand prend son essor. De grandes compagnies maritimes créent un véritable réseau d'échanges internationaux. Tout incite les mercantilistes à voir dans l'accumulation de la monnaie, de la bonne monnaie — celle qui n'est pas altérée par les manipulations monétaires : la cause et la base de l'enrichissement des nations. Il faut prendre des mesures pour rendre l'or ou l'argent abondant. Certains mercantilistes — les bullionistes : de bullion (lingot) — voient la solution dans des mesures qui empêchent la sortie de l'or et de l'argent. Il faut éviter d'acheter à l'extérieur (y compris des matières premières), exploiter des mines d'or et d'argent au-delà des mers. L'Espagne fut leur victime et connut un déclin « doré ». Pour d'autres, il faut au contraire multiplier le commerce à l'étranger et les affaires profitables. L'effort doit se concentrer sur une balance commerciale suréquilibrée. Telle était la recette des mercantilistes hollandais et britanniques. Pour les mercantilistes français, la recette est celle de Colbert : développer l'industrie ; Sully préférait l'agriculture. L'État doit créer des manufactures et les protéger. Mais l'objectif reste finalement le même : suréquilibrer le commerce extérieur. Ce sont des hommes acquis aux idées mercantilistes qui de Richelieu à Colbert, favorisent le développement des grandes compagnies maritimes.

Dès 1568, Jean Bodin, dans ses *Réponses aux paradoxes de M. de Malestroit touchant au renchérissement de toute chose*, avait établi un lien entre la hausse des prix et l'abondance des moyens de paiement. Ce fut le départ de controverses qui aboutirent, au XIXe siècle, à la théorie quantitative de la monnaie.

La liaison fondamentale entre la richesse et la monnaie n'en demeure pas moins au centre de la pensée mercantiliste. Lorsque la monnaie est abondante, on peut aisément l'emprunter, et les taux d'intérêt sont bas. Les marchands ont aussi les moyens de se lancer dans de fructueuses opérations commerciales extérieures et de faire rentrer encore plus d'argent et d'or. Certains iront même jusqu'à justifier l'inflation : « Rien ne doit être bon marché, sauf l'argent. » La hausse des prix profite aux marchands et les incite à rechercher de bonnes affaires. Lorsque les prix montent, les pauvres sont obligés de travailler plus pour pouvoir survivre. Ce dernier point de vue rejoint la thèse populationniste. Ils ne craignent pas la croissance de la population, ils la souhaitent. Plus il y aura de population, plus il y aura de main-d'œuvre, et les salaires baisseront (Colbert conseille de faire travailler les enfants dès l'âge de six ans), plus les capitaux disponibles pour les affaires s'accroîtront.

Notons au passage que les intérêts des marchands et de l'État coïncident. Une population nombreuse et des capitaux à la recherche d'emprunteurs permettent à l'État de lever des armées nombreuses et de financer aisément ses dépenses.

Ces hommes, souvent préoccupés par les finances des princes, ne peuvent que voir dans la monnaie, *l'alpha* et *l'oméga* de la prospérité et n'ont pas à s'interroger sur le fondement de sa valeur.

Ce n'est qu'au moment où les mercantilistes perdent leurs certitudes que l'on voit apparaître le problème de la valeur. Au fur et à mesure que le développement commercial et industriel (celui des manufactures royales et des grandes compagnies maritimes) prend son essor, il semble moins dépendant de l'État. Certains s'attaquent aux impôts qui limitent la consommation intérieure et demandent l'abolition des entraves à l'exportation. Ainsi, Boisguillebert (1646-1714) émet même l'idée que les diverses activités du pays se servent mutuellement de débouchés ; il faut laisser jouer la nature. Nous nous rapprochons du libéralisme. Il parle de « prix normaux ». Boisguilbert sera exilé en Auvergne, et ses ouvrages condamnés, au même titre que ceux de Vauban, dont il reprit, en 1712, les théories fiscales. Il faut cependant attendre le banquier d'origine irlandaise, Richard Cantillon (1680-1734), pour voir formuler plus précisément le rôle d'une théorie de la valeur. Toutefois, son ouvrage : *Essai sur la nature du commerce en général* ne sera publié qu'en 1755 ; il était mort en 1734. Il reprend dans cet ouvrage une idée déjà émise en 1662 par W. Petty (1623-1687), selon laquelle la valeur des choses dérive de la terre et du travail, mais il met l'accent sur le rôle de la terre. W. Petty avait plutôt accentué l'aspect de la valeur du travail, en essayant de ramener la valeur de la terre au travail nécessaire à son exploitation. Mais W. Petty resta mercantiliste jusqu'au bout, il fut interventionniste ; sa prétendue théorie de la valeur-travail n'est là que pour fonder une théorie du salaire minimum. Grâce au salaire minimum, on pourra incorporer le maximum de travail dans les exportations et établir le plein emploi. Il est plus proche de l'indice du bien-être keynésien que de la valeur-travail ricardienne ou marxiste. Cantillon n'est plus un interventionniste virulent. Il pense que trop de monnaie risque d'entretenir la hausse des prix, la ruine du commerce extérieur, et fera retomber la nation où elle se produit dans la pauvreté. « La trop grande abondance de l'argent qui fait, tant qu'elle dure, la puissance des États, les rappelle insensiblement à une grande faiblesse. » En mettant l'accent sur le rôle de la terre, de sa mise en valeur, il ouvre la voie aux physiocrates (dans une annexe de son ouvrage, qui fut perdue, il établit, comme Quesnay, un tableau économique d'ensemble).

Dans le milieu du XVIIIe siècle les physiocrates, presque tous d'origine française, vont donner un tout autre fondement à la prospérité.

Pour eux, le commerce n'est pas la source inépuisable des richesses. La monnaie n'est plus l'élément clé du bonheur des nations. Il n'est de richesse que dans la terre, don de Dieu.

Les temps ont changé. Les progrès de l'agronomie sont rapides. On passe de la prairie naturelle à la prairie artificielle, des jachères périodiques à l'assolement triennal. De toute évidence, la révolution agricole précède la révolution industrielle, éclipse le rôle des marchands.

Par ailleurs, le vent de la liberté commence à souffler. La bourgeoisie est lasse des monarques absolus. Après les libertins, voilà l'ère de la raison. Elle établit que l'ordre n'a pas besoin des monarques pour exister. Mais les physiocrates ne sont pas des utopistes. Ils ne croient pas au bon sauvage de J.-J. Rousseau et au libre contrat social. Cela les mènerait vers un suffrage universel, une « ploutocratie » qu'ils redoutent, ou tout simplement, excluent de leurs perspectives. Les physiocrates sont des gens distingués. Ils soignent les riches, ils administrent les grands domaines des nobles, ils sont magistrats, intendants royaux, ministres. Comme les mercantilistes, ils conseillent des princes. Ils se refusent à imaginer que le sauvage soit un être meilleur et plus libre que les membres de leur société raffinée. Contre l'absolutisme de droit divin, ils érigent *l'ordre naturel des choses* (les classiques feront le même choix, mais pas au profit du même groupe social). L'ordre naturel des physiocrates n'a rien de révolutionnaire. C'est celui qui est *évident* pour des hommes cultivés et libéraux. Les physiocrates raffolent de l'évidence. A tout moment, ils ne cessent de l'invoquer. Leur devise n'est pas « Liberté, Égalité, Fraternité », mais « Prospérité, Sûreté, Propriété ». Quand ils parlent de la liberté, c'est de celle des affaires et des gens cultivés contre l'arbitraire des lois.

Conseillers ou serviteurs des princes (grands propriétaires terriens) au moment où l'agronomie progresse, il leur paraît *tout à fait évident* que la terre est le seul élément productif.

C'est elle et elle seule qui permet d'obtenir un « produit net », un surplus. Certes, toutes les opérations de production exigent la combinaison de diverses richesses, mais seule l'agriculture ajoute un plus à ce que l'on a combiné. L'agriculture permet une multiplication, là où les autres activités ne font qu'additionner. Or, pour croître, il faut un surplus. « La prospérité, dira Dupont de Nemours, est tout entière associée au plus grand produit net possible [1]. »

Mais le surplus de l'agriculture ne servira à rien sans les propriétaires fonciers. Non seulement ils font les avances nécessaires à la production agricole et à son progrès, mais ils font circuler les surplus. Ce sont en quelque sorte les intermédiaires entre la classe productive (les agriculteurs auxquels certains

1. Dupont (1759-1817) dit de Nemours, où il naquit, était fils d'horloger. Il fit des études scientifiques et adhéra aux idées du docteur Quesnay (1694-1774), le médecin de Mme de Pompadour. De tous les physiocrates, il eut la vie la plus aventureuse. Conseiller du roi de Suède, puis collaborateur de Turgot au Contrôle général des finances royales, il suit d'abord ce dernier dans sa disgrâce. Vergennes le rappelle ; il devient conseiller d'Etat chargé du Commerce extérieur. Il prépare alors le traité qui devait aboutir à l'indépendance des États-Unis et un traité de commerce avec l'Angleterre. Avec l'agitation révolutionnaire, il se lance dans la politique, devient représentant du Tiers État, puis président à l'Assemblée nationale. Il échappe à la vindicte de Robespierre, mais, après Thermidor, ayant plaidé la cause des émigrés, il est compromis dans un complot royaliste et doit s'exiler. Il part aux États-Unis s'occuper d'agriculture et surtout fonde, dans le Delaware, une entreprise qui est devenue aujourd'hui l'une des plus importantes multinationales du monde et célèbre son nom dans le monde entier. Aux États-Unis, en 1802, il établit, à la demande de Jefferson, un plan d'éducation nationale, puis retourne à Paris, où il devient président de la Chambre de Commerce. Il participe au gouvernement provisoire de 1814, qui restaure les Bourbons, et regagne définitivement l'Amérique lors du retour de Napoléon de l'île d'Elbe. Membre de l'Institut, il a laissé une œuvre considérable, dont une *Vie de Turgot* en 9 volumes, publiée en France sous le premier Empire. On peut ne pas être d'accord avec les physiocrates mais il faut bien reconnaître qu'ils participèrent tous à la transformation du monde.

physiocrates ajoutent les pêcheurs et les mineurs) et la classe stérile (les industriels et leurs ouvriers, les artisans et les commerçants, les banquiers, les domestiques et les professions libérales). Assez généralement, les physiocrates lient l'économique et le social, l'analyse sociale et une première esquisse de la comptabilité nationale. Habilement, ils font des nobles qu'ils servent une classe sociale indispensable à la prospérité.

Épilogue

1. Au point où nous en sommes, une question doit être posée : la science économique est-elle une science ou un discours idéologique ?

La réponse à cette interrogation est plus complexe qu'on ne le croit.

L'idéologie peut, en effet, être perçue de plusieurs manières :

Pour les uns, elle n'est rien d'autre qu'une série d'idées *a priori* erronées et utopiques, qui justifient des contestations abusives. Elle a tout à la fois un relent de totalitarisme et de révolution. Pour d'autres, elle ne serait qu'un moyen de justifier des rapports de production. Les marxistes ont alors tôt fait d'accuser l'économie politique « bourgeoise » d'être une mystification sociale.

Malheureusement, les rapports entre l'idéologie et la science sont beaucoup plus ambigus que ne laissent croire ces positions extrêmes et caricaturées.

L'idéologie peut avoir une connotation positive. Alain Birou, dans son *Vocabulaire des sciences sociales*, y voit « l'ensemble des idées et des représentations qui découlent des préoccupations et des centres d'intérêt d'un groupe d'hommes donné ». Comme l'écrit Sartre : « C'est une pensée synthétique produite en nous par des faits sociaux et qui tentent de se retourner sur eux pour les ramasser dans l'unité plus ou moins rigoureuse d'une même vision. »

Dans ce cas, il n'y a pas forcément opposition entre *science* et *idéologie* ou, plus exactement, *il n'y a pas de science sans idéologie.*

Schumpeter a fortement rappelé (dans son *Histoire de l'analyse économique*) que toute élaboration scientifique commence par une vision : « L'acte de connaissance antérieur à l'analyse qui fournit la matière première à l'effort d'analyse. »

Même le développement des mathématiques, cette science formelle qui construit son propre objet sans référence à un environnement, a une historicité. Son développement n'est pas vraiment logique : il dépend très largement de la *vision*, de l'idéologie des mathématiciens et, à travers elle, de leur insertion dans un social daté.

De plus, toute la conception de la connaissance à laquelle nous nous sommes référés fait bien de la science une représentation mentale. La science est une représentation mentale obéissant à certaines règles : elle est de nature idéologique. Comme nous l'avons vu, l'initiation économique et, plus généralement, scientifique, bute sur les difficiles rapports entre les représentations des spécialistes et celles des non-spécialistes (idéologie pratique, qui permet à ces derniers d'analyser leur environnement et d'y agir).

2. Toutefois quels que soient l'origine de la pensée scientifique, ses modes de fonctionnement et ses rapports avec l'idéologie, la science n'est pas n'importe quoi. Les découpages de la réalité qu'elle effectue, les articulations qu'elle établit, sont distincts de ceux que font spontanément les non-spécialistes. Nous l'avons dit dans l'introduction : il y a rupture de langage, c'est-à-dire, rupture entre des modalités différentes de connaissance.

Dans ces conditions, le rejet, l'adoption ou, plus simplement, la reconnaissance d'un statut scientifique à une théorie, n'est pas *un simple choix idéologique.*

I. En ce qui concerne une science purement formelle, comme les mathématiques, la validation est de nature logique et le principe de *non-contradiction* est un garde-fou solide.

II. Pour les sciences empirico-formelles, telle la physique, on combine à la fois les règles précédentes et l'expérience. Le raisonnement doit non seulement obéir à une logique formelle, mais doit également permettre de prévoir des événements. On notera, ici, qu'une théorie peut fort bien permettre une prévision *juste*, puis être infirmée par une autre : son champ explicatif était trop limité, le raisonnement supposait une multiplicité d'hypothèses secondaires. Combien de capitaines ont été sauvés en faisant le point sur les étoiles ? Des dizaines, des centaines de milliers. Or, le fondement théorique de cette technique fait de la terre le centre de l'univers.

III. Lorsqu'on aborde les sciences humaines la *scientificité* d'une théorie est parfois plus difficile à saisir. Nous ne nous sommes cependant pas livrés, là comme ailleurs, à l'arbitraire des choix idéologiques : des critères peuvent permettre de juger la *scientificité* d'une théorie.

A) Le premier critère est la solidité méthodologique.

On ne conteste pas les hypothèses : on vérifie les enchaînements logiques, les formalisations, l'adéquation entre la démarche et les hypothèses.

Toutefois, il ne faut pas croire qu'il n'y aura pas d'incertitude dans le jugement que l'on fera. La rigueur méthodologique n'est pas unique. La méthode cartésienne et la méthode systémique peuvent entraîner des appréciations fort différentes de la *scientificité* d'une démarche [1].

B) Le deuxième critère est la place des jugements de valeur.

La science économique s'est constituée en se détachant progressivement de la morale et de la philosophie. Au XIXe siècle, les économistes cherchaient à aller plus loin dans

1. Cf. p. 252 et 253.

l'autonomie de leur science. Ils distinguaient *l'économie positive* et *l'économie normative.* L'une exprime ce qui est, l'autre, ce qui doit être. Cette distinction n'est pas toujours facile. La science économique ne peut être qu'une accumulation de jugements moraux et d'exigences sociales ou politiques. Toutefois, le *normatif* demeure étroitement imbriqué à l'analyse scientifique. La théorie néo-classique est fondée sur des comportements rationnels, qui sont, en réalité, des normes de comportement. Les vérifications par l'expérience passent par des conseils aux pouvoirs. La science économique ne peut ignorer les finalités et les valeurs. Elle s'intéresse, comme les autres sciences humaines, aux comportements et aux actions humaines. Comment les décrire et les expliquer sans prendre en compte leur sens, leurs finalités [1] ?

C) Le troisième critère est la vérification par l'expérience.

Si, toutes les fois qu'on essaye de *prédire* un événement grâce à une théorie, la prédiction est erronée, on doit avoir un profond doute sur sa *scientificité*. Malheureusement, en économie, la vérification par l'expérience est souvent délicate ou dépourvue de sens, d'autant que la prévision crée les conditions de son infirmation.

a) Tout d'abord, comme dans toutes les sciences sociales, il n'y a pas, en économie, d'expérience, au sens scientifique du terme.

Il y a des événements et des évaluations qui ne se reproduisent jamais dans les mêmes conditions et qui n'obéissent jamais au fameux « toute chose étant égale par ailleurs ! ». Les *protocoles* scientifiques sont difficiles, la modélisation ne pallie que médiocrement cette insuffisance.

Mais à quel seuil de distorsion va-t-on juger une *vérification* ? L'influence des phénomènes exogènes, les contradictions internes qui expliquent les décalages entre les faits et les théories, peuvent servir d'alibi à un laxisme réconfortant.

1. Cf. p. 249.

b) Ensuite, une théorie scientifique peut désirer ne pas prévoir, mais décrire un *modèle idéal* qui permettra de mieux situer les problèmes à résoudre. L'équilibre walrassien n'a pas besoin de se vérifier par l'expérience, pour *prouver* sa *scientificité*.

c) Enfin, et surtout, dans bien des cas, la science économique cherche à interpréter des faits visibles à partir d'hypothèses non vérifiables. La théorie devient un décodage de la réalité perçue. L'utilité walrassienne, la loi de la valeur marxiste, le rôle de la violence dans l'émergence de l'humain, permettent des lectures différentes et, finalement, des conclusions divergentes. Il faut alors juger ce qui est le plus explicatif, mais les économistes ne cherchent pas la même chose.

D) Toutes ces raisons nous amènent au critère de réfutabilité du philosophe contemporain K. Popper.

Est scientifique ce qui est réfutable. Les acceptations de la critique, de la remise en jeu des hypothèses, deviennent la preuve de la *scientificité* (ce qui ne veut pas dire de la véracité).

Nous voilà renvoyés, à travers la discussion acceptée, aux autres critères de la *scientificité*. Dans le cas des théories interprétatives, la discussion portera sur la capacité des hypothèses à élargir le champ de l'interprétation. Le ralliement de certains économistes aux hypothèses de R. Girard intervient au moment où d'autres hypothèses (marxistes-keynésiennes ou néo-classiques) atteignent, pour eux, la limite de leur capacité explicative.

Cela ne signifie pas que, dans un champ plus restreint, la *scientificité* des autres hypothèses ne subsiste pas !

Dans ces conditions, l'existence de théories économiques contradictoires n'est plus un argument contre la science économique.

Une théorie peut fort bien répondre aux critères que nous venons brièvement de décrire et aboutir à des conclusions diamétralement opposées à celles d'une autre théorie. Le champ de la science économique n'est pas unifié. Nous savons aussi pourquoi il ne peut pas le devenir.

3. Reste alors à se demander ce que signifie une telle science ? À quoi sert-elle et comment est-elle apparue ?

Nous ne reprendrons pas ici les querelles sur l'objet de l'économie [1]. Nous voudrions plutôt émettre quelques hypothèses sur la signification de l'économie. Replaçons-nous dans les perspectives de l'anthropologie fondamentale de R. Girard.

I. Pour éviter que la violence (entraînée par l'imitation-acquisition) ne les désintègre, les premiers groupes humains ont cherché à la détourner. Nous avons vu par quels subterfuges ils y sont parvenus. La victime émissaire, la guerre extérieure, le monarque sacré, le vol, la monnaie et l'échange, sont des étapes ou des voies parallèles, qui ont un objectif commun.

A) Très vite, à travers cette quête d'une violence maîtrisée (mais non évacuée), l'homme va inventer des techniques et produire des objets. Chasse, élevage, armes, art sacré, ornements rituels, n'ont pas une utilité *économique* mais une finalité *socioculturelle*. Les premières techniques naissent de l'inutilité. Lorsque la violence est détournée vers les objets, un pas décisif est fait vers la désacralisation de la société et la société moderne. En effet, dans l'affrontement mimétique, on ne peut détourner la violence de l'autre sur l'objet, qu'en lui résistant, qu'en créant le besoin, autrement dit la *rareté*.

1. Cf. p. 238 et 239.

B) L'invention de la rareté est un acte de paix, au même titre que l'invention de la monnaie, du travail et, finalement de l'économie.

La monnaie rend les biens échangeables. Le désir ne débouche plus sur le vol ou la capture, mais sur la production, qui permet de se procurer la monnaie. La nécessité de produire des biens pour accumuler de la monnaie va instituer le travail. Elle entraîne de nouveaux développements techniques et l'émergence progressive de la rationalité instrumentale. « La voie est libre » vers une désacralisation progressive de la société. L'organisation de la production crée de nouveaux rapports entre les hommes et de nouvelles formes d'affrontement.

II. La technique et son application à la transformation du monde du travail vont élargir le champ des productions possibles.

A) A chaque élargissement des champs du *possible*, la rareté ne recule pas, mais progresse.

Tout progrès technique, toute nouvelle production, fait apparaître de nouveaux besoins qui exigent, eux-mêmes, de nouvelles ressources. La rareté précédente est remplacée par une rareté nouvelle, encore plus contraignante. Les imbrications entre l'organisation des hommes et l'organisation des choses multiplient les accaparements, les inégalités et les raretés.

B) La science économique apparaît au moment où le développement des techniques ne permet plus d'arbitrer l'allocation des ressources par la simple imposition des droits du plus fort, le respect des règles morales ou des coutumes. Paradoxalement, plus la technique permet de produire des biens, plus la science économique devient nécessaire.

C) Finalement, la science économique ne parle que d'une chose : l'organisation de la lutte contre la rareté. Les moyens qu'emploient les hommes pour lutter contre la rareté ne faisant qu'accroître cette dernière, l'économie a un bel avenir. On comprend, en définitive, que la seule contrainte universellement reconnue par tous les courants de la pensée économique soit la *contrainte de rareté*.

Trivialement, cela signifie qu'en économie, on ne peut pas avoir plus que ce dont on peut disposer. Cela a l'air d'une vérité de La Palisse, pourtant, bien des gens agissent comme si la contrainte de rareté n'existait pas. Il est vrai qu'il n'y a jamais une solution unique pour organiser l'économie en fonction de cette contrainte. Selon le point d'observation et l'objectif qu'on lui donne, les prescriptions diffèrent.

Certes, l'économiste voudrait bien émettre un discours qui permettrait de comprendre sans avoir à prendre parti ; il redoute la réduction de sa science à quelque recette de basse politique économique. Malheureusement, le cœur même de la science rend ce projet totalement impraticable. Même lorsque l'économiste veut se placer de son point de vue personnel : rendre le *monde intelligible*, la reconnaissance sociale passe par une mise en œuvre pratico-politique. Lorsque les économistes rêvent d'être des Don Quichotte de la société, leur science les entraîne à n'être que les Sancho Pança de la rareté.

Dans un monde en évolution rapide, à chaque grande crise ou à chaque grande mutation, la science économique est récupérée et accroît son emprise. Peu à peu, elle devient la rationalité à partir de laquelle certains acteurs sociaux tentent d'organiser à leur profit le détournement de la violence sur les choses et de créer une certaine unanimité ou, à défaut, un certain consensus qui évitera à la société de se défaire. Selon les rapports de force existants dans une société, et en fonction des problèmes à résoudre, la science économique évolue.

Elle s'organise autour de paradigmes différents, ou plus exactement, on voit peu à peu s'étioler « des programmes de recherche scientifique [1] », tandis que d'autres, autour d'un

1. Ce terme est du philosophe des sciences Lakatos.

noyau dur différent, rallient une majorité d'économistes. Les intimes rapports entre l'évolution des sociétés et la science économique expliquent ces changements. Ils ne doivent pas scandaliser. La science économique ne fait que montrer plus clairement qu'il n'y a pas d'évolution scientifique indépendante de l'évolution sociale.

La vérité scientifique est toujours contingente. De toute façon, quels que soient les états d'âme de certains économistes, au fur et à mesure que la technique progresse, l'économie devient un langage dominant. Elle envahit les propos politiques, sociaux et, juste retour des choses, religieux.

L'information économique, dont la place est chaque jour plus importante, est parfois très éloignée de la démarche scientifique des économistes. L'initiation économique devient une exigence sociale. Certes, les sciences économiques, comme les autres sciences, ne sont pas forcément pertinentes pour permettre à un non-spécialiste, à un homme normal, de régler ses actions. L'initiation économique est nécessaire afin que le plus grand nombre domine le langage dominant.

RÉPONSES AU TEST DE L'INTRODUCTION [1]

1 : S	2 : M, (K)	3 : S	4 : K	5 : H
6 : S	7 : S	8 : K	9 : K, H	10 : S
11 : M	12 : S	13 : H	14 : K, (S)	15 : S
16 : M	17 : K, S	18 : K	19 : H, (K)	20 : M
21 : M	22 : S	23 : S	24 : S	25 : K
26 : H, (S)	27 : M	28 : S	29 : S	30 : (K), (M), (H)
31 : H	32 : S, (K)	33 : M	34 : K, S, M, H	
35 : H	36 : S	37 : H		

1. K : fils de Keynes ; S : descendants d'Adam Smith ; M : disciples orthodoxes de Karl Marx ; H : hérétiques « à la Schumpeter ». ( ) peut, éventuellement, être rattaché au courant.

Index des thèmes

On trouvera dans cet index les principaux thèmes abordés dans les deux tomes de l'ouvrage [1]. Nous avons fait des choix et des regroupements. Notre objectif n'a pas été de fournir une table analytique complète mais un index qui permette de retrouver des définitions et les principaux développements. On est ainsi assez proche d'un vocabulaire des principales notions.

Symboles utilisés :

I .... tome
150 .... page
(M) ... approche marxiste
(K) .... approche keynésienne
(S) .... approche smithienne
(H) .... approche hérétique
* ..... comparaison entre courant.

Table du tome 1

PREMIÈRE PARTIE

L'économie selon les fils de Keynes

DEUXIÈME PARTIE

L'économie selon les descendants d'Adam Smith

TROISIÈME PARTIE

L'économie selon les disciples orthodoxes de Karl Marx

QUATRIÈME PARTIE

L'économie selon les hérétiques « à la Schumpeter »

IMPRIMERIE HÉRISSEY À ÉVREUX (11-91)
D.L. AVRIL 1983. Nº 6567-5 (56250)

Des mêmes auteurs

AUX ÉDITIONS DU SEUIL

J.-M. Albertini et A. Silem
Comprendre les théories économiques
coll. «Points Économie»
tome 2 : *Petit guide des grands courants*
(édition mise à jour en 1987)

Des sous et des hommes, 1985
coll. «Point-Virgule»

Bilan de l'économie française, 1988

EN COÉDITION
ÉDITIONS OUVRIÈRES ET ÉDITIONS DU SEUIL

J.-M. Albertini
L'Économie française, 1978

A. Viau et J.-M. Albertini
L'Inflation, 1979

J.-M. Albertini et A. Silem
Comprendre l'économie mondiale, 1980

J. Adenot et J.-M. Albertini
La Monnaie et les Banques, 1983

J.-M. Albertini et J.-J. Lambert
Le Circuit de l'économie nationale, 1983

AUX ÉDITIONS OUVRIÈRES

Faites le VIe Plan vous-même, 1971
Premiers Pas en économie, 1981
Mécanismes du sous-développement et Développements, 1987
Les rouages de l'économie nationale, 1990
Capitalismes et Socialismes, histoire abrégée du combat du siècle, 1991

AUX ÉDITIONS DU CNRS, en collaboration

L'Initiation économique des adultes, 1974
Mise au point, réalisation et contrôle d'un programme d'initiation économique en milieu adulte, 1977

Initiation économique et Jeux pédagogiques, 1980

À LA DOCUMENTATION FRANÇAISE

CEREP, sous la direction scientifique
de J.-M. Albertini

Une stratégie du développement : le VIIe Plan
Pour comprendre DMS
(Modèle dynamique multi-sectoriel), 1979

AUX ÉDITIONS NATHAN

J.-M. Albertini, E. Coiffier, M. Guiot
Pourquoi le chômage? 1987

en collaboration
L'Économie basique, 1988

NB. La date est celle de la dernière édition revue et corrigée.

Collection Points

SÉRIE ÉCONOMIE

E1. L'Or jaune et l'Or noir, *par Jean Carrière*
E2. Les Travailleurs face au capitalisme
par Culture et Liberté
E3. La Population mondiale
par Jean-Marie Poursin
E4. Keynes, *par Michael Stewart*
E5. Vocabulaire économique et financier
par Yves Bernard et Jean-Claude Colli
E6. L'Inflation mondiale et les Firmes multinationales
par Charles Levinson
E7. Les Grands Économistes, *par Robert L. Heilbronner*
E8. Comprendre l'économie, *par Éliane Mossé*
E10. L'Agriculture française, *par Joseph Klatzmann*
E11. Le Budget de l'État, *par Jean Rivoli*
E12. Comprendre les statistiques
par Michel Louis Lévy
E15. Tout savoir – ou presque – sur l'économie
par John Kenneth Galbraith et Nicole Salinger
E16. Comprendre les théories économiques
1. Clés de lecture
par Jean-Marie Albertini et Ahmed Silem
E17. Comprendre les théories économiques
2. Petit guide des grands courants
par Jean-Marie Albertini et Ahmed Silem
E18. Histoire du capitalisme, *par Michel Beaud*
E19. Abrégé de la croissance française
par Jean-Jacques Carré
Paul Dubois et Edmond Malinvaud
E20. Les Riches et les Pauvres, *par Éliane Mossé*
E21. Théories de la crise et Politiques économiques
par André Grjebine
E22. Les Grandes Économies
par Yves Barou et Bernard Keizer
E23. Les Économies planifiées
par Pawel H. Dembinski
E24. L'Entreprise du 3e type
par Georges Archier et Hervé Sérieyx
E25. L'Agriculture moderne, *par Claude Servolin*
E26. La Crise… et après
Comprendre la politique économique, t. 2
par Éliane Mossé
E27. Les Finances du monde, *par Jean-Yves Carfantan*

E28. L'Ère des certitudes
Comprendre la politique économique, t. 1
par Éliane Mossé

E29. La Politique économique, *par André Grjebine*

E30. La Comptabilité, une clé pour l'économie
par Jean-Franc. Bougeard

Collection Points

SÉRIE ESSAIS

DERNIERS TITRES PARUS

170. Pour sortir du XXe siècle, *par Edgar Morin*
171. La Communication, Hermès I, *par Michel Serres*
172. Sexualités occidentales, Communications 35
ouvrage collectif
173. Lettre aux Anglais, *par Georges Bernanos*
174. La Révolution du langage poétique, *par Julia Kristeva*
175. La Méthode
2. La vie de la vie, *par Edgar Morin*
176. Théories du symbole, *par Tzvetan Todorov*
177. Mémoires d'un névropathe
par Daniel Paul Schreber
178. Les Indes, *par Édouard Glissant*
179. Clefs pour l'Imaginaire ou l'Autre Scène
par Octave Mannoni
180. La Sociologie des organisations
par Philippe Bernoux
181. Théorie des genres, *ouvrage collectif*
182. Le Je-ne-sais-quoi et le Presque-rien
3. La volonté de vouloir, *par Vladimir Jankélévitch*
183. Le Traité du rebelle, *par Ernst Jünger*
184. Un homme en trop, *par Claude Lefort*
185. Théâtres, *par Bernard Dort*
186. Le Langage du changement, *par Paul Watzlawick*
187. Lettre ouverte à Freud, *par Lou Andreas-Salomé*
188. La Notion de littérature, *par Tzvetan Todorov*
189. Choix de poèmes, *par Jean-Claude Renard*
190. Le Langage et son double, *par Julien Green*
191. Au-delà de la culture, *par Edward T. Hall*
192. Au jeu du désir, *par Françoise Dolto*
193. Le Cerveau planétaire, *par Joël de Rosnay*
194. Suite anglaise, *par Julien Green*
195. Michelet, *par Roland Barthes*
196. Hugo, *par Henri Guillemin*
197. Zola, *par Marc Bernard*
198. Apollinaire, *par Pascal Pia*
199. Paris, *par Julien Green*
200. Voltaire, *par René Pomeau*
201. Montesquieu, *par Jean Starobinski*
202. Anthologie de la peur, *par Éric Jourdan*
203. Le Paradoxe de la morale, *par Vladimir Jankélévitch*

204. Saint-Exupéry, *par Luc Estang*
205. Leçon, *par Roland Barthes*
206. François Mauriac
1. Le sondeur d'abîmes (1885-1933)
par Jean Lacouture
207. François Mauriac
2. Un citoyen du siècle (1933-1970), *par Jean Lacouture*
208. Proust et le Monde sensible, *par Jean-Pierre Richard*
209. Nus, Féroces et Anthropophages, *par Hans Staden*
210. Œuvre poétique, *par Léopold Sédar Senghor*
211. Les Sociologies contemporaines, *par Pierre Ansart*
212. Le Nouveau Roman, *par Jean Ricardou*
213. Le Monde d'Ulysse, *par Moses I. Finley*
214. Les Enfants d'Athéna, *par Nicole Loraux*
215. La Grèce ancienne, tome 1
par Jean-Pierre Vernant et Pierre Vidal-Naquet
216. Rhétorique de la poésie, *par le Groupe* μ
217. Le Séminaire. Livre XI, *par Jacques Lacan*
218. Don Juan ou Pavlov
par Claude Bonnange et Chantal Thomas
219. L'Aventure sémiologique, *par Roland Barthes*
220. Séminaire de psychanalyse d'enfants (tome 1)
par Françoise Dolto
221. Séminaire de psychanalyse d'enfants (tome 2)
par Françoise Dolto
222. Séminaire de psychanalyse d'enfants
(tome 3, Inconscient et destins), *par Françoise Dolto*
223. État modeste, État moderne, *par Michel Crozier*
224. Vide et Plein, *par François Cheng*
225. Le Père : acte de naissance, *par Bernard This*
226. La Conquête de l'Amérique, *par Tzvetan Todorov*
227. Temps et récit, tome 1, *par Paul Ricœur*
228. Temps et récit, tome 2, *par Paul Ricœur*
229. Temps et récit, tome 3, *par Paul Ricœur*
230. Essais sur l'individualisme, *par Louis Dumont*
231. Histoire de l'architecture et de l'urbanisme modernes
1. Idéologies et pionniers (1800-1910)
par Michel Ragon
232. Histoire de l'architecture et de l'urbanisme modernes
2. Naissance de la cité moderne (1900-1940)
par Michel Ragon
233. Histoire de l'architecture et de l'urbanisme modernes
3. De Brasilia au post-modernisme (1940-1991)
par Michel Ragon
234. La Grèce ancienne, tome 2
par J.-P. Vernant et P. Vidal-Naquet
235. Quand dire, c'est faire, *par J. L. Austin*